杜牧詩集

〔唐〕杜 牧 著
〔清〕馮集梧 注
陳 成 校点

上海古籍出版社

图书在版编目（CIP）数据

杜牧诗集／（唐）杜牧著；（清）冯集梧注；陈成校点．
—上海：上海古籍出版社，2015.11（2018.7重印）
（国学典藏）
ISBN 978-7-5325-7835-1

Ⅰ.①杜… Ⅱ.①杜… ②陈… Ⅲ.①杜诗—诗集
Ⅳ.①I222.742

中国版本图书馆 CIP 数据核字（2015）第 247186 号

国学典藏
杜牧诗集

［唐］杜　牧 著
［清］冯集梧 注
陈　成 校点

上海世纪出版股份有限公司
上海古籍出版社 出版
（上海瑞金二路 272 号　邮政编码 200020）
（1）网址：www.guji.com.cn
（2）E-mail：guji1@guji.com.cn
（3）易文网网址：www.ewen.co
上海世纪出版股份有限公司发行中心发行经销
江阴金马印刷有限公司印刷
开本 890×1240　1/32　印张 13.625　插页 5　字数 380,000
2015 年 11 月第 1 版 2018 年 7 月第 3 次印刷
印数：5,601—7,700
ISBN 978-7-5325-7835-1
I·2982　定价：34.00 元

如有质量问题，请与承印公司联系

前　言

缪　钺

一

　　杜牧字牧之，唐京兆万年(今陕西西安市)人。京兆杜氏是魏、晋以来数百年的"高门世族"。他既是宰相杜佑之孙，又是少年科第，按说是不难"飞黄腾达"的，但是因为他刚直耿介，不屑于逢迎权贵，与牛僧孺私交虽好，而不同意牛僧孺姑息藩镇的政策，与李德裕有世谊，而亦不肯稍事敷衍，所以他一生仕宦并不很得意。进士及第、制策登科之后，杜牧在江西、宣歙、淮南诸使府为幕僚多年，后来又做过黄州、池州、睦州、湖州的刺史，中间虽然也曾入朝任监察御史、左补阙以及膳部、比部、司勋、吏部诸员外郎等官职，但时间都不长，最后官至中书舍人。

　　杜牧生于唐德宗贞元十九年，卒于宣宗大中六年，年五十岁(803—852)①。他所处的时代正是晚唐多事之秋。当时庄田制发展，土地大量集中，两税法日久弊多，征敛加繁，民生益窘；而藩镇跋扈，宦官擅权，朋党倾轧，统治阶级内部的各种矛盾，错综复杂，这些都直接或间接地加重了人民的痛苦，使阶级矛盾日趋尖锐。西北两方的边防上，又常受到吐蕃奴隶主与回鹘统治者的侵扰。这些时代背景，都在他的诗中得到一定程度的反映。

　　杜牧关心时政，政治倾向比较开明进步，他承继了他祖父杜佑

---

① 　关于杜牧卒年，有不同的说法，详本书附录拙著《杜牧卒年考》。

作《通典》的经世致用之学,很注意研究"治乱兴亡之迹,财赋兵甲之事,地形之险易远近,古人之长短得失"①,有忧国忧民的热情与经邦济世的抱负,最喜论政谈兵。他认为当时有两个大问题,一属于内忧,一属于边患。内忧即是安史乱后数十年来的藩镇割据,内战频繁,影响到边防空虚,民生凋敝;边患则是吐蕃统治者占据河西、陇右,威胁京都,而河陇人民亦长期受吐蕃奴隶主奴役之苦。他想将这两个问题解决,然后使国家安宁,生产发展,人民康乐;而想要解决这两个问题,都必须用兵,所以杜牧很注重兵事,他认为士大夫不知兵是不对的。他曾作《罪言》,主张朝廷修明政治,并提出削平河北藩镇的军事策略。当武宗会昌中,平泽潞叛镇及抵抗回鹘,杜牧都曾上书于宰相李德裕,陈述用兵方策,李德裕也颇采纳他的意见。杜牧又将生平论兵心得为《孙子》十三篇作注。

杜牧二十几岁时,出游各地,就很关心民生疾苦②。后来作刺史,为亲民之官,常在自己力所能及的范围之内减除弊政③。对于唐朝腐败的政治,也深致不满。这些都可以说是杜牧思想中的进步因素。但是,他的政治抱负既不能实现,就不免时常流露消沉的情思,甚至因抑郁之怀无所发泄,而纵情声色,流传了一些所谓"风流韵事"。不过,总的说来,他还不愧为晚唐时期一位有抱负、有识见、有正义感的士大夫。

二

杜牧擅长诗、赋与古文,而诗歌的造诣尤为杰出,他的许多进步思想即表现于诗歌之中。后人论杜牧诗,有的认为他只长于缘情绮

---

① 《樊川文集》卷十二《上李中丞书》。
② 《樊川文集》卷十《同州澄城县功仓户尉厅壁记》。
③ 《樊川文集》卷十四《黄州祭城隍神祈雨第二文》、卷十三《与汴州从事书》。

靡之作,这种看法,不够全面,杜牧诗中有一部分是政治性相当
强的。

上文提到,杜牧生平极关心的是削平藩镇与收复河陇,最后希
望能求得国泰民安。他这种志向曾在《郡斋独酌》诗中明显地说出:
"平生五色线,愿补舜衣裳。弦歌教燕赵,兰芷浴河湟;腥膻一扫洒,
凶狠皆披攘。生人但眠食,寿域富农桑。"当文宗大和①初年讨伐沧
州叛镇李同捷时,杜牧作《感怀诗》,慨叹安史乱后数十年中藩镇跋
扈,影响到"夷狄日开张,黎元愈憔悴"。而朝廷势弱,无法控制强
藩,自己虽有方策,可惜不能被采用。"请数系庖事,谁其为我听!"
武宗会昌二年(842),回鹘统治者率兵南侵,朝廷征调大兵防边,杜
牧也很关怀,他作《雪中书怀》诗说:"北虏坏亭障,闻屯千里师。牵
连久不解,他盗恐旁窥。臣实有长策,彼可徐鞭笞。如蒙一召议,食
肉寝其皮。"他又作了一首《早雁》诗,用比兴的方法寄托了他对于北
方边塞人民因受回鹘侵扰而流离逃散的深切同情,成为《樊川集》中
的名篇:

> 金河秋半虏弦开,云外惊飞四散哀。仙掌月明孤影过,长
> 门灯暗数声来。须知胡骑纷纷在,岂逐春风一一回。莫厌潇湘
> 少人处,水多菰米岸莓苔。

对于吐蕃统治者侵占河西、陇右,杜牧一直是很关心的。他作《河
湟》诗,怀念河陇人民"牧羊驱马虽戎服,白发丹心尽汉臣"。慨叹代
宗不能用元载经略之策,宪宗想收复河陇而其志未遂。武宗会昌四
年(844),命刘濛为筹边使,准备收复河陇,杜牧很高兴,于是作《皇
风》诗,希望"何当提笔待巡狩,前驱白旆吊河湟"! 宣宗大中三年

---

① 唐文宗年号,或作"太和",或作"大和",应以"大和"为是,详钱大昕《潜研堂金石文跋
尾》卷八《李渤留别南溪诗》跋语中。杜牧手书《张好好诗》墨迹正作"大和",杨氏景
苏园影宋刊本《樊川文集》、《四部丛刊》影明刊本《樊川文集》,亦均作"大和"。

(849)，陇西人民乘吐蕃衰乱，驱逐吐蕃官吏，唐朝亦派兵接应，收复三州七关，老幼千余人来到长安，见宣宗，欢呼万岁。杜牧这时正在长安为司勋员外郎，目睹盛况，作诗赞叹，有"听取满城歌舞曲，《凉州》声韵喜参差"之句（《今皇帝陛下一诏征兵不日功集河湟诸郡次第归降臣获睹圣功辄献歌咏》）。

在乡村中，杜牧看到农民生活之苦，曾作过一首《题村舍》诗：

> 三树稚桑春未到，扶床乳女午啼饥。潜销暗铄归何处？万指侯家自不知。

这首诗以鲜明的形象写出农民与封建贵族两个对立阶级生活苦乐的悬殊，揭发出封建制度的不合理。不过，由于杜牧出身于高门世族，又一生为官，没有经历过接近人民的清苦生活，对民生疾苦缺乏更深刻更具体的认识，所以他的诗中反映这方面情况的很少，这是他所以不如杜甫伟大之处。

对于唐玄宗晚年的昏聩荒淫，杜牧一再作诗加以讽刺，如《华清宫绝句三首》中"一骑红尘妃子笑，无人知是荔枝来"，"霓裳一曲千峰上，舞破中原始下来"。又如《华清宫三十韵》中"雨露偏金穴，乾坤入醉乡。玩兵师汉武，回手倒干将"。对于晚唐时期的政治，杜牧也有所不满，而不便明言，则用含蓄之笔出之，如《将赴吴兴登乐游原一绝》：

> 清时有味是无能，闲爱孤云静爱僧。欲把一麾江海去，乐游原上望昭陵。（昭陵是唐太宗的坟墓）①

杜牧是一个心地善良富于正义感的人，他作《李甘》、《李给事三

---

① 叶梦得《叶先生诗话》（中华书局影元刊本）卷中："杜牧之诗：'清时有味是无能，闲爱孤云静爱僧。拟把一麾江海去，乐游原上望昭陵。'此盖不满于当时，故末有'望昭陵'之句。汪辅之……谪官累年，遇赦牵复，知虔州，谢表有云：'清时有味，白首无能。'蔡持正为御史，引杜牧诗为证，以为怨望，遂复罢。"

首》、《哭李给事中敏》等诗,赞扬友人李甘、李中敏反抗权奸的气节,也表示了他们之间深厚的友谊,他又作《杜秋娘诗》、《张好好诗》,对于封建社会中遭遇不幸的女子寄予同情。

杜牧思想中不健康的东西,在诗中也有所流露,如《除官归京睦州雨霁》诗中说:"姹女真虚语,饥儿欲一行。浅深须揭厉,休更学张纲。"有灰心消极敷衍世俗之意,而《遣怀》(落魄江南载酒行)、《兵部尚书席上作》①等篇,也都表现了他的不羁之行、声色之好;并且还有无聊的应酬之作,如《送容州中丞赴镇》、《奉和门下相公送西川相公兼领相印出镇全蜀诗十八韵》之类。读杜牧《樊川集》时,应当存瑜去瑕,分别观之。

杜牧诗歌的艺术是相当高的。唐朝是中国古典诗歌的黄金时代,在杜牧以前的二百年中,出过许多有名的诗人,创造出各种不同的风格,但是生在晚唐的杜牧,不慕仿前人,不追逐时尚,有其独创的风格特点。他在《献诗启》中说:"某苦心为诗,本求高绝,不务奇丽,不涉习俗,不今不古,处于中间。"所谓"奇丽",可能是指李贺的诗风,而所谓"习俗",大概是指元稹、白居易等"杯酒光景间小碎篇章"的"元和体"②。李贺与元、白"元和体"的诗风,在晚唐时是颇有影响的,所以杜牧特别提出这两方面,说明自己不受他们的沾染;所谓"不今不古,处于中间"者,就是说,自己不囿于时尚,不因袭古人。的确,杜牧固然没有拘囿于李贺与元、白"元和体"的诗风,即便他所最推崇的李、杜、韩、柳,除去他的古诗有时显出受韩愈的影响之外,其他也没有因袭痕迹,他特立独行,能创造出自己特有的风格。当然这并不是说杜牧不接受古人的文学遗产,而是能把他们的好处吸收融化,用自己的精神面貌表现出来。

---

① 此两首诗在《樊川外集》与《别集》中。
② 关于"元和体",参看陈寅恪先生《元白诗笺证稿》附论(丁)《元和体诗》。

杜牧诗风格的特点就是俊爽,也就是刘熙载《艺概》卷二评杜牧诗时所说的"雄姿英发",这是杜牧诗歌思想性与艺术性相统一的基本特征。

前人论杜牧诗,多是欣赏他的律诗与绝句,宋张戒《岁寒堂诗话》甚至于说杜牧"不工古诗"。这种看法不够全面。杜牧固然擅长律诗与绝句,但是古诗,尤其是五古,也作得相当好。自从韩愈以古文家从事于诗歌的创作,将作散文的方法运用于诗中,盘曲跌宕,劲气直达,开了一个新途径。杜牧作古文是学韩愈的,他的古诗也汲取了韩诗的特长①,善于叙事、抒情,甚至于发议论,气格紧健,造句瘦劲,如《感怀诗》、《杜秋娘诗》、《张好好诗》、《雪中书怀》、《郡斋独酌》等,都是典型的例子。晚唐诗人,一般说来,才力比较薄弱,长于作律诗与绝句,很少能作长篇古诗的,只有杜牧与皮日休二人的古诗作得多而且较好②。

杜牧的律诗与绝句是非常精彩的,尤其是七律与七绝。大凡作律诗与绝句,劲健者容易失于枯直,而有韵致者又多流于软弱,杜牧的作品,独能于拗折峭健之中,有风华流美之致,气势豪宕而又情韵缠绵,把两种相反的好处结合起来。上文所引《早雁》诗,即是一个很好的例证。此外,如《九日齐山登高》:

> 江涵秋影雁初飞,与客携壶上翠微。尘世难逢开口笑,菊花须插满头归。但将酩酊酬佳节,不用登临恨落晖。古往今来只如此,牛山何必独沾衣!

抑郁之思而以旷达出之,音节高亮。又如下列诸联:

---

① 上文所引《雪中书怀》诗"北房坏亭障"以下诸句,胡震亨《唐音癸签》卷十一曾经指出其"以排调语抒孤愤",与韩愈《赠张道士》诗"意象如一"。实际上这只是一种形迹上的偶合,而杜牧古诗得力于韩者并不止此。
② 李商隐古诗亦受韩愈的影响,颇有气骨,如《韩碑》、《行次西郊作一百韵》等,但是所作很少。

桥横落照虹堪画，树锁千门鸟自还。(《洛阳长句》)

深秋帘幕千家雨，落日楼台一笛风。(《题宣州开元寺水阁阁下宛溪夹溪居人》)

荐衡昔日推文举，乞火无人作蒯通？(《酬张祜处士见寄长句四韵》)

无论是写景或抒情，都是健拔昂扬。胡震亨《唐音癸签》卷八引徐献忠说："牧之诗含思悲凄，流情感慨，抑扬顿挫之节，尤其所长，以时风委靡，独持拗峭。"这个评语是相当中肯的。

绝句虽然是短短的四句诗，但是善于运用时，能够做到精炼、含蓄、婉曲、深折，用旁敲侧击之法，表达丰富的情思，摹写生动的景象，以少许胜多许，耐人寻味。唐朝诗人在这方面下了很大的工夫，创造出不同的意境风格，杜牧也是其中很有成就的一个。《唐音癸签》卷十引杨慎论唐人绝句，说："擅场则王江宁，骖乘则李彰明，偏美则刘中山，遗响则杜樊川。"①杜牧绝句诗中有许多传诵千古的名作：

青山隐隐水遥遥(一作迢迢)，秋尽江南草木(一作未)雕。二十四桥明月夜，玉人何处教吹箫？(《寄扬州韩绰判官》)

烟笼寒水月笼沙，夜泊秦淮近酒家。商女不知亡国恨，隔江犹唱《后庭花》。(《泊秦淮》)

镜中丝发悲来惯，衣上尘痕拂渐难。惆怅江湖钓竿手，却遮西日向长安。(《途中一绝》)

千里莺啼绿映红，水村山郭酒旗风。南朝四百八十寺，多少楼台烟雨中！(《江南春绝句》)

这些例子不必多举了。杜牧善于运用绝句诗体，在短短的两句或四

---

① 王江宁指王昌龄，李彰明指李白，刘中山指刘禹锡。

句中,写出一个完整而幽美的景象,宛如一幅图画,或者表达深曲而醞藉的情思,使人玩味无尽,而音节顿挫上,尤其安排得好。

晚唐另一位杰出的诗人李商隐对于杜牧是很尊重的,他赠杜牧的诗说:"高楼风雨感斯文,短翼差池不及群。刻意伤春复伤别,人间惟有杜司勋。"(《杜司勋》)表示了自愧不如之感。实际上,李商隐的诗也自有他的特长,与杜牧异曲同工,后人也并称他们二人为"李杜",认为是晚唐诗人中的双璧。

三

杜牧的《樊川文集》二十卷,是他外甥裴延翰所编次的。据裴延翰序中说,杜牧于大中六年冬得病将死时,"尽搜文章阅千百纸掷焚之,才属留者十二三"。而裴延翰平日保存了杜牧许多手稿,"比校焚外,十多七八",因此编为二十卷,诗文合为四百五十首。这些作品当然都是可靠的。宋人又编次《樊川外集》与《别集》,因为鉴别不精,其中杂入了不少并非杜牧的作品,如李白、张籍、王建、张祜、赵嘏、李商隐、许浑诸人的诗篇,前人多已指出。

《樊川诗》有清冯集梧注本。冯集梧,浙江桐乡人,冯浩之子。冯浩对于李商隐诗文用功甚深,曾作《玉溪生诗笺注》六卷、《樊南文集详注》八卷,号为精审。冯集梧承继家学,为杜牧《樊川诗》作注。据他《自序》中所说,他只注《樊川集》中的诗歌,至于《外集》、《别集》,"未暇论及,盖亦以牧之手所焚弃而散落别见者,非其所欲存也"。冯集梧注杜牧诗,与他父亲冯浩注李商隐诗,体例亦略有不同。李商隐诗用意深隐,所以冯浩注中常对李诗用意所在,加以探索诠释(当然,这种解释不一定全都恰当),而冯集梧注杜牧诗时,则以"牧之语多直达,以视他人之旁寄曲取而意为辞晦者,迥乎不侔。……兹故第诠事实,以相参检,而意义所在,略而不道"(《自序》)。

　　冯注是用了相当多的功力的。凡是《樊川诗》中的名物、舆地、典故、难解的字与语词,以及有关唐朝的典章制度,全都注出;个别诗篇,如《感怀诗》、《杜秋娘诗》等(均见《樊川诗注》卷一,以下只注卷数),其中多牵涉唐朝史事,冯注亦征引详明,便于寻绎。有的地方还加以校勘辨析,譬如《润州二首》(卷三)第一首第一句"句吴亭东千里秋",冯注据《孔氏杂记》及《一统志》校改为"向吴亭";又如《湖南正初招李郢秀才》(卷三),冯注根据李郢诗,考订此题中"湖南"当是"湖州"之误;又如《齐安郡晚秋》(卷三)"可怜赤壁争雄渡"句下,冯注辨明,孙、曹会战之赤壁不在黄州。对于不能明确解释的典故,冯注亦采取审慎的态度,譬如《重送绝句》(卷二)"一灯明暗覆吴图"句下,冯注云:"按:覆吴图未详。或云用晋杜预表请伐吴,帝与张华围棋,预表适至,张华推枰敛手事。存参。"

　　冯注当然也有缺点。最普遍的就是拘泥于古人作诗"无一字无来历"之说,对于杜牧诗句所用的字或语词,差不多都要注出来历,有许多是累赘的、不必要的。譬如《郡斋独酌》(卷一)"生人但眠食"句下,冯注:"《南齐书·陆澄传》:'行坐眠食,手不释卷。'"《村行》(卷一)"春半南阳西"句下,冯注:"张若虚诗:'可怜春半不还家。'"《润州》(卷三)"青苔寺里无马迹"句下,冯注:"张协诗:'青苔依空墙。'"《自宣城赴官上京》(卷三)"千里云山何处好"句下,冯注:"王融诗:'江山千里长。'"《新定途中》(卷三)"重过江南更千里"句下,冯注"谢灵运诗:'江南倦历览。'"《江上偶见绝句》(卷四)"野渡临风驻彩旗"句下,冯注:"屈原《九歌》:'临风怳兮浩歌。'"这类例子很多,几乎每篇注中都有。"眠食"、"春半"、"青苔"、"千里"、"江南"、"临风"等,本来都是极普通的语词,在杜牧诗中,也无其他用意,而冯注一定要替他们找来历,这只能说是徒费笔墨,对于了解、欣赏杜牧诗并没有多大用处(清人注解古人诗集,犯这种弊病者甚多,亦不独冯集梧一人如此)。此外,冯注亦偶有错误之处,如《今皇帝陛下一诏征兵,不日功集,河湟诸郡,次第归降,臣获睹圣功,辄献歌咏》(卷二)诗中"宣王休道太原师"句下,冯注:"《国语》:'宣王既丧南国之师,乃料民于太原。'"这个注是错的。杜牧此处原是用《诗经·小雅·六月》"薄伐猃狁,至于太原"句意,称赞唐宣宗收复河湟之功胜于周宣王之伐猃狁,与《国语》的"料民太原"之事无关。不过,总的说来,冯集梧《樊川诗注》对于研读杜牧诗歌还是很有帮助的。

写于四川大学历史系

1962 年 3 月

(编者按:本前言原系我社《樊川诗集注》之前言。)

校点说明

　　本书校点以清嘉庆德裕堂刻本《樊川诗集》（上海古籍出版社《续修四库全书》影印）为底本。杜牧诗的原文参校以《全唐诗》等。原书中冯集梧的注文为双行小字列于诗间，我们用注码的形式将其提出，集中放在每首诗之后。冯注的引文我们尽量找到原文加以校核。底本中避讳字、俗体字、异体字及明显讹误的字，径改不出校。其他校改之处，错衍之字标以（　），校改及补字标以〔　〕，不出校记。

　　我社"中国古典文学丛书"中的《樊川诗集注》一书最后有"樊川集遗收诗补录"，乃据《全唐诗》补收《樊川诗集》未收入的杜牧诗 55 首，本书也将其一并收入，列于全书的最后。

杜樊川集注序

　　义山、牧之，世亦以"李杜"并称，而玉溪生诗，注释者多，词旨愈晦。自吾师冯孟亭先生，澡雪精神，荡涤繁秽，凡《锦瑟》《碧城》之什，《井泥》《镜槛》之篇，如烛照幽，若针通结，郑笺有伦，楚艳斯张。

　　今鹭庭编修，其贤嗣也，班固能续父书，颜臮为得臣义。尝以樊川一集，前人未有发明，取饮群言，积牍盈尺，既藏功有日矣，新官不戒，余烬莫收，又复寒暑勤劬，左右采获，迟之一纪，始得醒焦桐于爨下，回幸草于春余。注成，属余为序。

　　余惟牧之内怀经济之略，外骋豪宕之才。当其时，藩镇方张，朝廷多事：五诸侯并起，欲逼天闉；十常侍未除，先惊帝座。屯蜂昼聚，社鼠宵行。江充既兆乱于犬台，贾谊转埋忠于鹏舍。往往激昂狂节，摇荡愁旌。陈兵事之书，一麾愿乞；揭《罪言》之目，三刖奚辞。观其《独酌》成谣，《感怀》发咏，固非徒以一己牢愁之语，托之无端绮靡之词者也。而乃偃蹇幕僚，浮沉朝籍，揽霜毛于春镜，裹雨褐于秋船，茹鲠空忧，叫阍无助。惟是留云梦里，中酒花前，凭街子而说生平，对樗蒱而论心事。绿叶成阴之慨，青楼薄倖之名。壮志飘萧，才人落魄。此又写深情之帖，莫喻缠绵；读《小雅》之篇，难名悱恻也已。

　　鹭庭博采史编，综核时事。伫伊人于溢浦，眷往迹于朱坡，泂彼余波，节之杂佩。花红玉白，能通讽谕之心；酒醒灯残，为揾英雄之泪。不穿凿以侧附，不濛汞以诡随，情貌无遗，诠贯有叙。起古人而亦感，俾后学之不迷。是一编也，可以不朽矣！

1

独念义山、牧之，实为有唐一代诗人之殿。茈中原之牛耳，张大国之蝥弧，并号霸才，足推余勇。然而风流已远，文采仅存，诚不意时阅乎千载之余，而注成于一家之手。灵源得濬，幽径重搜。若鹭庭者，在小杜为功臣，在吾师为肖子。兰陵养志，胜赓束皙之诗；《水调》传声，待续扬州之梦。

嘉庆辛酉春二月既望钱唐吴锡麒撰。

樊川诗注自序

注杜牧之《樊川诗》四卷,既辍简,序之曰:

注诗之难,昔人言之,自孟子有知人论世及以意逆志之说,而奉以从事者,不无求之过深。夫吾人发言,岂必动关时事?牧之语多直达,以视他人之旁寄曲取而意为辞晦者,迥乎不侔。且以毛公序《诗》,师承有自,而后儒尚有异议,况其下此,抑又可知。兹故第诠事实,以相参检,而意义所在,略而不道。

昔人注书,谓取证之书,当以最先者为主,此亦难以概论。神农《本草》,伯禹《山经》,其书多著汉时郡县,虽有遗文,未可明也。使释山水草木者,舍可据之经典,而上取二书,以是为古,未见其得。又如汤告天之文,今略见《尚书·汤诰》,而《论语集解》据《墨子》引《汤誓》,然此可云《书》古文晚出也。凤兮凤兮,见《论语》、《庄子》,而刘峻注《世说》,乃引《列仙传》,故知革故取新,务在舍所习见,而姬籍、孔书,或亦略诸。至若《周书》之《职方》、《时训》,多同《周官·月令》;《国语》之方《左传》,又重出而小异。兹于地理职官,其各见于《新》、《旧唐书》及《六典》、《通典》、《元和志》等书者,随条分缀,义在互著,似斯类推,难可枚举,亦借以参离合,备遗忘也。王逸注《离骚》,于"县圃"引《淮南子》,《淮南》实在屈后;李善注《洛神赋》之"远游履",引繁钦《定情诗》,而子建与繁同时。若《汉·元帝纪》"自度曲",臣瓒引张衡《西京赋》"度曲未终",而善注《西京赋》复引臣瓒《汉书注》为证。盖古人著书,往往偶用旧文;古人引证,往往偶随所见。兹历选载言,间从近取,实用此道,谅可无讥。若夫左氏释经,

1

多叙经外别事，而挚虞之赏《杜氏释例》云："左氏本为《春秋》作传，而左氏遂自孤行；《释例》本为传设，而所发明何但《左氏》，故亦孤行。"兹于诠释所及，或遂衍及旁支，不知所裁，坐长繁芜，然不欲割弃，姑亦存之。至所引书如萧统《十二月启》、隋炀《望江南词》之类，颇出后人伪托，然意可证明，亦间为采撷。所谓昔之见为今，今之所谓古也。

牧之诗向多有许浑混入者。此四卷外，又有外集、别集各一卷，兹多未暇论及，盖亦以牧之手所焚弃而散落别见者，非其所欲存也。赵岐于《孟子》，不为外书四篇作注，亦其例也。

牧之出处之迹，史传了如，即诗亦可概见。兹仍其编次，不加更定。第才非著述，多所阙谬，丰取矜择，靡得而称。若其字句之异同，则颇广搜他本，详为附注。盖二字以上谓之一云，一字谓之一作，实用王钦臣《谈录》之例云。

嘉庆三年十月日桐乡冯集梧书。

目　录

1

卷　四

往年随故府吴兴公夜泊芜湖口

补　遗

附　录

卷　一①

感怀诗一首①

高文会隋季②，提剑徇天意③：扶持万代人④，步骤三皇地⑤。圣云继之神⑥，神仍用文治⑦。德泽酌生灵⑧，沉酣薰骨髓⑨。旄头骑箕尾⑩，风尘蓟门起⑪。胡兵杀汉兵⑫，尸满咸阳市⑬。宣皇走豪杰⑭，谈笑开中否⑮。蟠联两河间⑯，烬萌终不弭⑰。号为精兵处⑱，齐蔡燕赵魏⑲。合环千里疆⑳，争为一家事㉑。逆子嫁虏孙㉒，西邻聘东里㉓。急热同手足㉔，唱和如宫徵㉕。法制自作为㉖，礼文争僭拟㉗。压阶螭斗角㉘，画屋龙交尾㉙。署纸日替名㉚，分财赏称赐㉛。刳隍骸㉜万寻㉝，缭垣叠千雉㉞。誓将付孱孙㉟，血绝然方已㊱。九庙仗神灵㊲，四海为输委㊳。如何七十年㊴，汗赩含羞耻㊵？韩彭不再生㊶，英卫皆为鬼㊷。凶门爪牙辈㊸，穰穰如儿戏㊹。累圣但日吁㊺，阃外将谁寄㊻？屯田数十万㊼，堤防常慴惴㊽。急征赴军须㊾，厚赋资凶器㊿。因隳画一法(51)，且逐随时利(52)。流品极蒙龙(53)，网罗渐离弛(54)。夷狄日开张(55)，黎元愈憔悴(56)，邈矣远太平(57)，萧然尽烦费(58)。至于贞元末(59)，风流恣绮靡(60)。艰极泰循来(61)，元和圣天子(62)。元和圣天子，英明汤武上，茅茨覆宫殿(63)，封章绽帷帐(64)。伍旅拔雄儿(65)，梦卜庸真相(66)。

勃云走轰霆⑥，河南一平荡⑥。继于长庆初⑥，燕赵终舁襁⑦。
携妻负子来⑦，北阙争顿颡⑦。故老扶儿孙⑦，尔生今有望⑦。
茹鲠喉尚隘⑦，负重力未壮⑦。坐幄无奇兵⑦，吞舟漏疏网⑦。
骨添蓟垣沙⑦，血涨滹沱浪⑧。只云徒有征⑧，安能问无状⑧。
一日五诸侯⑧，奔亡如鸟往。取之难梯天⑧，失之易反掌⑧。
苍然太行路⑧，翦翦还榛莽⑧。关西贱男子⑧，誓肉虏杯羹。
请数系虏事，谁其为我听。荡荡乾坤大⑩，瞳瞳日月明⑩。
叱起文武业⑫，可以豁洪溟⑬。安得封域内⑭，长有扈苗征⑮。
七十里百里⑯，彼亦何常争。往往念所至⑰，得醉愁苏醒，
韬舌辱壮心⑱，叫阍无助声⑲。聊书感怀韵⑩，焚之遗贾生⑩。

① 原注：时沧州用兵。○《魏志·王朗传》注："孔融与朗书曰：世路隔塞，情问断绝，感怀增思。"《诗序》："诗者，志之所之也，在心为志，发言为诗。"《唐书·方镇表》：贞元三年，置横海军节度使，领沧、景二州，治沧州。《敬宗纪》："宝历二年四月，横海节度使李全略卒，其子同捷反。"《文宗纪》："太和元年五月，横海节度使乌重允讨李同捷。十一月，横海节度使李寰讨李同捷。三年四月，沧景节度使李祐克德州，李同捷降。"按：《三国志》本无本纪、列传之目，故近时考证，悉遵陈寿原书，不著纪传等字，然今所援引，若直曰《魏志》武帝若董卓云云，颇为不辞。考《隋书·经籍志》云："陈寿删集三国之事，唯魏帝为纪，其功臣及吴蜀之主，并皆为传。"然则《国志》有纪传之称旧矣。兹多仍之。

② 《通鉴·隋纪》注："杨忠从周太祖，以功封随国公，子坚袭爵，受周禅，遂以随为国号，又以周、齐不遑宁处，去辶作隋。"《左传》："此季世也。"《唐书·高祖纪》："炀帝南游江都，天下盗起，高祖子世民知隋必亡，阴结豪杰，谋举大事，乃起兵。高祖入京师，进封唐王。义宁二年五月，即皇帝位。贞观九年五月崩，庙号高祖。"《太宗纪》："帝高祖次子，武德九年八月即皇

帝位，贞观二十三年崩，谥曰文。"

③《史记·高祖纪》："吾以布衣提三尺剑取天下，此非天命乎？"《后汉书·袁绍传》："提剑挥鼓，发命东夏。"《汉书·礼乐志》："王者承天意以从事。"

④《册府元龟》："贞观五年正月，诏曰：自隋失道，四海横流，百王之弊，于斯为甚！朕提剑鞠旅，首启戎行，扶翼兴运，克成鸿业，遂荷慈睠，恭承大宝。"班固《东都赋》："繇数期而创万代。"按：《后汉书》作"万世"，此避讳也。《梁书·武帝纪》：人者，含生之通称。

⑤《后汉书·曹褒传》："三五步骤。"注："《孝经钩命诀》曰：'三皇步，五帝骤，三王驰。'《白虎通》：'三皇，伏羲、神农、燧人也。'或曰：伏羲、神农、祝融也。"按：《白虎通》亦引《钩命诀》作"三皇步，五帝趋"。《内经》："岐伯曰：地为人之下。"《唐书·太宗纪赞》："盛哉，太宗之烈也！其除隋之乱，比迹汤武；致治之美，庶几成康。自古功德兼隆，由汉以来，未之有也。"

⑥《逸周书》："一人无名曰神，称善□间曰圣。"按：《史记正义》载《谥法解》作："民无能名曰神，扬善赋简曰圣。"

⑦《吕氏春秋》："《夏书》曰：天子之德，广运乃神，乃武乃文。"《旧唐书·音乐志》："太宗曰：朕虽以武功定天下，终当以文德绥海内。"

⑧ 王褒《四子讲德论》："德泽洪茂，黎庶和睦。"《旧唐书·音乐志》："八座议曰：高祖缩地补天，重张区宇；反魂肉骨，再造生灵。虽圣迹神功，不可得而窥测；经文纬武，敢有寄于名言。"《礼仪志》："长孙无忌等议曰：太宗文皇帝道格上元，功清下渎，拯率土之涂炭，协大造于生灵。"

⑨《汉书·邹阳传》："德沦于骨髓，恩加于无穷。"

⑩《晋书·天文志》："昴七星，又为旄头，大而数动。若跳跃者，兵大起。"又："尾九星，箕四星。州郡躔次，尾、箕，燕幽州。"

⑪《汉书·终军传》："边境时有风尘之警。"《旧唐书·地理志》："幽州范阳郡，蓟州所治，古之燕国都。"《唐六典》："凡天下十道，四曰河北道，东并于海，南迫于河，西距太行、恒山，北通榆关、蓟门，在幽州北。"庾信诗：

"桑叶纷纷落蓟门。"《唐书·安禄山传》："天宝元年，以平卢为节度，禄山为之使。十三载，拜尚书左仆射。明年十一月，反范阳。"

⑫《汉书·李广传》："胡急击，矢下如雨，汉兵死者过半。"

⑬《史记·卢绾传》："长安，故咸阳也。"《周礼·司市》注："市，杂聚之处。"《三辅黄图》："《庙记》云：长安市有九，各方二百六十六步，凡四里为一市。"《长安志图》："坊市总一百一十区，朱雀街东市万年领之，西市长安领之。"《后汉书·刘盆子传》："百姓争还，长安市且满。"《唐书·安禄山传》："贼济河，败封常清，取东都，遣孙孝哲、安神威西攻长安，驻兵潼关，十日乃西。于是汧陇以东，皆没于贼。"

⑭原注：肃宗也。○《唐会要》："肃宗文明武德大圣大宣孝皇帝。"《独断》："皇者煌也。盛德煌煌，无所不照。"《文子》："智过百人谓之杰，十人谓之豪。"

⑮《吴志·孙坚传》："坚方行酒谈笑，敕部曲整顿行阵，无得妄动。"《唐书·肃宗纪》："至德二载闰月，广平王俶为天下兵马元帅，郭子仪副之，九月，复京师。"

⑯李德裕《会昌一品集》："自天宝以后，兵宿中原，强侯缔交，髋髀甚众，贡赋不入，刑政自出，包荒含垢，以致于贞元，两河蕃镇，或仓卒易帅，甚于弈棋；或陆梁弄兵，同于拒辙。"《后汉书·五行志》注："河者，经天亘地之水也。"按：两河，系借用《尔雅》语，《尔雅》谓自东河至西河，此则据唐时河南、河北两道之地为言，下云"齐蔡燕赵魏"是也。

⑰《唐书·藩镇传》："安史乱天下，至肃宗，大难略平，君臣皆幸安，故瓜分河北地付授叛将，护养孽萌，以成祸根。"

⑱《史记·淮阴侯传》："公所居，天下精兵处也。"

⑲《唐书·藩镇传》："魏博传五世，至田弘正入朝，十年复乱，更四姓，传十世，有州七。成德更二姓，传五世，至王承元入朝，明年，王廷凑反，传六世，有州四。卢龙更三姓，传五世，至刘总入朝，六月，朱克融反，传十二世，有州九。淄青传五世而灭，有州十二。彰义传三世而灭，有州三。"

⑳《史记·项羽纪》:"地方千里,必居上游。"

㉑《淮南子》:"有苗与三危,通为一家。"

㉒《释名》:"子,孳也,相生蕃孳也。孙,逊也,逊遁在后生也。"《尔雅》:"嫁,往也。"注:"《方言》云:自家而出谓之嫁。"

㉓《释名》:"五家谓之邻,五邻为里。"《左传》:"西邻责言。"《列子》:"东里多才。"

㉔《唐书·藩镇传》:"李宝臣与薛嵩、田承嗣、李正己、梁崇义相姻嫁,急热为表里。"

㉕《礼记》:"唱和有应。"《隋书·律历志》:"宫徵旋韵,各以次从。"

㉖《后汉书·光武帝纪》:"今封诸侯四县,不合法制。"

㉗《汉书·礼乐志》:"周监于二代,礼文尤具。"

㉘《格致镜原》:"王仁裕《入洛记》:含元殿玉阶三级,其第一级,可高二丈许,每间引出一石螭头,东西鳞次而排。"

㉙《新序》:"叶公子高好龙,钩以写龙,凿以写龙,屋室雕文以写龙,于是龙闻而下之,窥头于牖,拖尾于堂。"

㉚《尔雅》:"替,废也。"又:"灭也。"

㉛《旧唐书·田悦传》:"朱滔称冀王,悦称魏王,武俊称赵王,又请李纳称齐王,筑坛于魏,告天。滔为盟主,称孤;武俊、悦、纳称寡人。以幽州为范阳府,恒州为真定府,魏州为大名府,郓州为东平府。"《唐书·藩镇传》:"滔等居室皆曰殿,妻曰妃,子为国公,下皆称臣,谓殿下。上书曰笺,所下曰令。"《家语》:"君取于臣谓之取,与于臣谓之赐。"

㉜原注:呼恬切。○按:《玉篇》:"欦,呼南切,含笑也,贪欲也。""欦,呼恬切。义同上。""歁,同上。"

㉝嵇康《琴赋》:"丹崖崄巇,青壁万寻。"

㉞张衡《西京赋》:"缭垣锦屏。"《公羊传》注:"礼,天子千雉。"

㉟《史记·张耳传》:"吾王孱王也。"注:"孟康曰:冀州谓懦弱者为孱。"

㊱《旧唐书·李宝臣传》:"宝臣与薛嵩、田承嗣、李正己、梁崇义等结

连姻娅,互为表里,意在于土地传付子孙,不禀朝旨,自补官吏,不输王赋。"

㊲《隋书·五行志》:"庙者,祖宗之神室也。"《唐会要》:"开成五年,礼仪使奏,国朝制度,太庙九室。"《汉书·元后传》:"此汉家宗庙,皆有神灵。"

㊳《周礼·校人》注:"四海,犹四方也。"《宋书·天文志》:"四方皆水,谓之四海。"《淮南子》:"阖四海之内,东西二万八千里,南北二万六千里。"《后汉书·班固传》:"天子受四海之图籍,膺万国之贡珍。"《百官志》注:"胡广曰:郡国所积聚金帛货赇,随时输送诸司农,曰委输,以供国用。"《史记·平准书》:"有财者宜输委。"《通鉴·汉纪》注:"流所聚曰委。毛晃曰:凡以物送之曰输,则音平声;指所送之物曰输,则音去声,委输之委,亦音去声。"

㊴按:自天宝十四载乙未,安禄山反,至宝历二年丙午,李同捷反,首尾共七十二年。

㊵《说文》:"赧,大赤也。"《淮南子》:"是为人也,能为社稷忍羞。"《晋书·王敦传》:"先帝含垢忍耻,容而不责。"

㊶《汉书·叙传》:"述韩彭英卢吴传第四。"《黥布传》:"诸将独患淮阴、彭越,今已死,余不足畏。"

㊷《唐书·二李传》:李靖封代国公,改卫国公;李勣封莱国公,改舒国公,徙封英。赞曰:"唐兴,其名将曰英、卫。"《魏志·王粲传》注:"《魏略》曰:观其姓名,已为鬼录。"

㊸《淮南子》:"将军受命辞而行,乃爪鬋,设明衣,凿凶门而出。"《汲冢周书》:"豺不祭兽,爪牙不良。"

㊹《诗·执竞》传:"穰穰,众也。"《汉书·周亚夫传》:"乡者霸上棘门,如儿戏耳。"

㊺段承根诗:"累圣叠曜。"

㊻《史记·冯唐传》:"上古王者之遣将也,跪而推毂曰:阃以内者,寡人制之;阃以外者,将军制之。"

㊼《汉书·赵充国传》:"时羌降者万余人,充国欲罢骑兵屯田,以待其敝。"《霍去病传》:"步兵转者数十万。"

㊽《后汉书·虞翻传》:“法禁者,俗之堤防。”

㊾《唐书·郑珣瑜传》:“军须期会为急。”《通鉴·唐纪》注:“凡行军资粮器械所须者,皆谓之军须。”

㊿《史记·李斯传》:“厚赋天下,不爱其费。”《六韬》:“圣人号兵为凶器,不得已而用之。”

(51)《汉书·曹参传》:“百姓歌之曰:萧何为法,讲若画一。曹参代之,守而弗失。”

(52)《亢仓子》:“贵目见之功,则天下之人,运货逐利而市誉矣。”《汉书·艺文志》:“随时抑扬,违离道本。”

(53)《南史·王僧绰传》:“迁尚书吏部郎,参掌大选,究识流品,任举咸尽其分。”《左传》:“狐裘龙茸。”

(54)《魏书·卫操传》:“王室多难,天网弛纲。”

(55)《晋书·傅咸传》:“人心倾动,开张浮竞。”

(56)《潜夫论》:“天之立君,盖以诛暴除害,利黎元也。”《魏志·刘表传》注:“《零陵先贤传》曰:汉道陵迟,群生憔悴。”

(57)《晋书·挚虞传》:“邈矣圣皇,参乾两离,陶化以正,取乱以奇。”《汉书·食货志》:“进业曰登,三登曰泰平。”《册府元龟》:“首举义师,奉高祖为大将,太宗之谋也。寻率兵略地慰抚,尽复其业,百姓大悦,更相贺曰:所谓以义安天下,此真吾君也,自今之后,其见大平乎!”

(58)《史记·平准书》:“江淮之间,萧然烦费矣。”

(59)《唐会要》:“德宗年号三,贞元尽二十年。”

(60)《晋书·郤诜传》:“风流日竞,谁忧之者?”陆机《文赋》:“诗缘情而绮靡。”

(61)《晋书·吕隆载记》:“通塞有时,艰泰相袭。”

(62)《唐会要》:“宪宗年号一,元和尽十五年。”《白虎通》:“天子者,爵称也。王者父天母地,为天之子也。”

(63)《六韬》:“帝尧王天下之时,宫垣屋室不垩,甍桷椽楹不斲,茅茨遍庭不翦。”

⑥《汉书·东方朔传》:"孝文皇帝集上书囊以为殿帷。"

⑥《唐书·高崇文传》:"迁长武城都知兵马使。刘闢反,宰相杜黄裳荐其才,诏检校工部尚书、左神策行营节度使,讨闢。时显功宿将,人人自谓当选,及诏出,皆大惊。"

⑥《史记·殷本纪》:"武丁夜梦得圣人,于是营求之野,得说于傅险中,举以为相。"《齐太公世家》:"西伯将出猎,卜之曰:所获霸王之辅。于是遇太公于渭之阳,载与俱归,立为师。"《旧唐书·裴度传论》:"德宗惩建中之难,姑息藩臣,贞元季年,威令衰削。章武皇帝,志摅凤愤,廷访嘉猷,始得杜邠公用高崇文诛刘闢;中得武丞相运筹训戎,赞成睿断;终得裴晋公耀武伸威,竟殄两宿盗。雄哉章武之果断也。"

⑥《元命苞》:"阴阳聚为云。"《尔雅》:"疾雷谓之霆。"按:《尔雅》作"疾雷为霆霓",此据《北堂书钞》引。

⑥《唐书·宪宗纪》:"元和十二年十月,克蔡州。十三年七月,宣武、魏博、义成、横海军讨李师道,十四年二月,师道伏诛,七月,韩弘以汴、宋、亳、颍归于有司。"

⑥《唐会要》:"穆宗年号一,长庆尽四年。"

⑦《汉书·邹阳传》:"招燕赵而总之。"《唐书·穆宗纪》:"元和十五年十月,成德军观察支使王承元以镇、赵、深、冀四州归于有司。长庆元年正月辛丑,大赦改元。二月刘总以卢龙军八州归于有司。"《魏志·凉茂传》注:"《博物记》:襁,织缕为之,广八寸,长尺二,以约小儿于背上,负之而行。"按:《论语疏》及《释文》引作"博物志","尺二"作"丈二",而无"上负"以下五字。按:《齐东野语》云:"《博物记》当是秦汉间古书,张华盖取其名而为志也。"《四库全书提要》谓《博物志》与《博物记》灼系二书。今《博物志》亦无《论语疏》所引文。

⑦《释名》:"妻,齐也。"又:"负,在背上之言也。"《吕氏春秋》:"于是乎负妻,妻携子,以入于海。"

⑦《史记·高祖纪》:"萧丞相营作未央宫,立东阙、北阙。"《后汉书·刘圣公传论》:"莫不折戈顿颡,争受职命。"

⑬《后汉书·胡广传》："国有大政，必议之于前，训谘之于故老。"储光羲诗："儿孙每更抱。"

⑭《列子》："造化之所始者谓之生。"《礼记》："远之则有望。"《释名》："望，茫也，远视茫茫也。"

⑮《后汉书·来歙传》注："《说文》曰：鲠，鱼骨也。食骨留咽中为鲠。"《论衡》："渊中之鱼，递相吞食，度自所能容，然后咽之，口不能受，哽咽不能下。"

⑯《蜀志·庞统传》："顾子可谓驽牛，能负重致远也。"《魏志·王修传》注："《魏略》曰：'力少任重，不堪而惧也。'"

⑰《周礼·幕人》注："四合象宫室曰幄。"《汉书·高帝纪》："运筹帷幄之中。"张协诗："何必操干戈，堂上有奇兵。"

⑱《史记·酷吏传》："网漏于吞舟之鱼。"《老子》："天网恢恢，疏而不漏。"《旧唐书·萧俛传》："穆宗乘章武恢复之余，即位之始，两河廓定，四鄙无虞。俛与段文昌以为时已治矣，不宜黩武，请密诏天下军镇有兵处，每年百人之中，限八人逃死，谓之销兵。帝诏天下如其策而行之，而藩籍之卒，合而为盗，伏于山林。明年朱克融、王廷凑复乱河朔，一呼而遗卒皆至。朝廷征兵诸藩，籍既不充，寻行招募乌合之徒，动为贼败，由是复失河朔。"按：百人之中限八人逃死，是为九十二人。《新书·萧俛传》作"天下镇兵十之岁限一为逃死，不补。"则存者止九十人矣。此等事例所在，一有假借，即非实事。

⑲《唐书·穆宗纪》："长庆元年七月甲辰，幽州卢龙军都知兵马使朱克融，囚其节度张弘靖以反。"《旧唐书·朱克融传》："克融少为幽州军校，事节度使刘总，总将归朝，虑其有变，籍军中素有异志者，荐之阙下，时克融亦在籍中，宰相崔植、杜元颖不知兵，且无远略，谓两河无虞，遂奏勒归镇。"《唐书·藩镇传》："幽州乱，推克融领军务，克融纵兵掠易州，寇蔚州，转寇定州。会镇州又杀田弘正，朝廷虑幽州未可复，乃拜融为卢龙节度使。"《方舆纪要》："蓟丘在旧燕城西北隅，古蓟门也。"《释名》："燕，宛也。北方沙漠平广，此地在涿鹿山南，宛宛然以为国都也。"

⑧《唐书·穆宗纪》："长庆元年七月壬戌,成德军大将王廷凑杀其节度使田弘正以反。"《藩镇传》："王廷凑害弘正,自称留后,会朱克融囚张弘靖,以幽州乱,乃合从拒王师。"《元和郡县志》："恒州真定县,滹沱河南去县一里。"

⑧《汉书·严助传》："淮南王安上书曰:臣闻天子之兵,有征而无战。"

⑧《说文》："能兽坚中,故称贤能。而强壮,称能杰也。"《礼记》："佽则安能。"《后汉书·句骊传》："诏曰:遂成等桀逆无状,当斩断菹醢,以示百姓。"

⑧《周髀算经》："日复日为一日,日复星为一岁。"《春秋繁露》："号为诸侯者,宜谨视所候奉之天子者。"《汉书·高帝纪》："汉王以故得劫五诸侯兵,东伐楚。"《唐书·穆宗纪》："长庆元年八月丙子,王廷凑寇深州。丁丑,魏博、横海、昭义、河东、义武兵讨王廷凑。"按:《藩镇传》,时魏博节度使田布,横海节度使初为乌重允,后以深冀行营节度使杜叔良代之,昭义节度使刘从谏,河东节度使裴度兼幽镇招抚使,及义武节度使陈楚,是为五诸侯也。

⑧王逸《九思》："缘天梯兮北上。"

⑧《汉书·枚乘传》："必若所欲为,难于上天;变所欲为,易于反掌。"

⑧谢朓诗:"平楚正苍然。"《元和郡县志》:怀州河内县太行陉"在县西北三十里。连山中断曰陉。《述征记》曰:太行山首始于河内,北至幽州,凡有八陉:第一曰轵关陉,第二太行陉,第三白陉,此三陉今在河内;第四滏口陉,对邺西,第五井陉,第六飞狐陉,一名望都关,第七蒲阴陉,此四陉在中山;第八军都陉,在幽州。太行陉阔三步,长四十里"。《括地志》:"太行山连亘河北诸州,凡数千里,为天下之脊。"《汉书·冯奉世传》:"秦攻上党,绝大行道。"

⑧《庄子》:"佞人之心翦翦者,又奚足以语至道。"《广雅》:"木丛生曰榛。"《方言》:"草,南楚江湘之间谓之莽。"《宋书·托跋传》:"冀廓除榛莽,以待王师。"《旧唐书·天文志》:"长庆元年七月,幽州军乱,立朱克融;镇州军乱,立王廷凑。元和末,河北三镇皆以疆土归朝廷,至是幽镇俱失,俄而

史宪诚以魏州叛，三镇复为盗据，连兵不息。"按：《旧唐书》各本"王廷凑"上无"立"字。幽镇俱失，作"幽州俱失"，今以意增改。

⑧《周礼·司关》注："关，界上之门。"《汉书·地理志》："秦地，其界自弘农故关以西。"《后汉书·杨震传》："诸儒为之语曰：关西孔子杨伯起。"《梁书·袁节传》："内揆庸素，文武无施，直是陈国贱男子耳。"

⑧《汉书·项籍传》："必欲烹乃翁，幸分我一杯羹。"

⑨《列子》："荡荡然不觉天地之有无。"

⑨李善《文选》注："《埤苍》曰：瞳瞳，欲明也。"《后汉书·郎颛传》："诚欲陛下修乾坤之德，开日月之明。"《荀子》："在天者莫明于日月。"《开元占经》："《礼纬含文嘉》曰：君道尊而制命，即日月精明。"

⑨《神仙传》："黄初平牧羊，其兄往视，但见白石，初平乃叱曰：'羊起！'于是白石皆变为羊。"

⑨左思《吴都赋》："沧溟巨壑，洪浩汗漫。"

⑨《史记·秦始皇纪》："古之帝者，地不过千里，诸侯各守其封域。"

⑨《吕氏春秋》："夏后相与有扈战于甘泽。"《墨子》："昔者有三苗大乱，天命殛之，禹亲把天之瑞令，以征有苗。"

⑨《韩诗外传》："汤以七十里，文王百里，皆兼天下，一海内。"

⑨《释名》："念，黏也，意相亲爱，心黏著不能忘也。"

⑨《汉书·扬雄传》："欲谈者宛舌而固声。"《宋书·乐志》："烈士暮年，壮心不已。"

⑨《唐书·徐有功传》："叫阍弗听，叩鼓弗闻。"

⑩《广雅》："书记曰书。"《玉篇》："声音和曰韵。"

⑩贾谊《新书》："幸行臣之计，半岁之间，休屠饭失其口矣；少假之间，休屠系颈以草，膝行顿颡，请陛下之义。"

杜秋娘诗①并序

杜秋，金陵女也②。年十五，为李锜妾③。后锜叛灭④，籍之入宫⑤，有宠于景陵⑥。穆宗即位⑦，命秋为皇子傅姆⑧，皇子壮，封漳王。郑注用事，诬丞相欲去己者，指王为根，王被罪废削⑨，秋因赐归故乡⑩。予过金陵，感其穷且老，为之赋诗⑪。

①《西溪丛语》："《新唐书·李德裕传》：德裕徙镇海军，代王璠。先是太和中，漳王养母杜仲阳归浙西，有诏在所存问，时德裕被召，乃檄留后使如诏书。璠入为尚书左丞，而漳王以罪废死，因与户部侍郎李汉，共谮德裕尝赂仲阳，导王为不轨，帝惑其言。窦革《音训》云：杜牧作杜秋诗，乃云漳王得罪后，秋始被放归本郡，疑即仲阳也。与此不同，似牧之之误。《南部新书》云：杜仲阳即杜秋也，始为李锜侍人，锜败，填宫，亦进帛书，后为漳王养母。太和中，漳王黜，放归浙西，续诏令观院安置，兼加存恤，故杜牧有杜秋诗称于时。此说与牧之合。"按：《旧书·李德裕传》云："德裕奉诏安排宫人杜仲阳于道观，与之供给。仲阳者，漳王养母。王得罪，放仲阳于润州故也。"则本牧之说也。《太平广记》："李锜之擒也，侍婢一人随之，锜夜自裂衣襟书己冤，言为张子所卖，教侍婢曰：结之于带，我死汝必入内，上必问汝，汝当以是进！及锜伏法，京城大雾三日，或闻鬼哭。宪宗又于侍婢得帛书，颇疑其冤，敕京兆府葬之。锜宗属沵居重位，颇以尊豪自奉，声色之选，冠绝于时，及败，配掖庭者，曰郑，曰杜。郑得幸于宪宗，是生宣皇帝，实为孝明皇太后；次即杜，杜名秋，建康人也。有宠于穆宗，穆宗即位，以为皇子漳王傅姆，太和中，漳王得罪，国除，诏赐秋归老故乡。或云：系帛书即杜秋也。而宫闱事秘，世莫得知。夫秋女谒也，而能以义申锜之冤，且逮事累朝，用物殚极；及被弃于家，朝饥不给，故名士闻而伤之。"按：《南部新书》所云进帛书即谓此。第牧之云：秋有宠于景陵，而《广记》则言有宠于《穆宗》，且云逮事累朝，是亦所谓宫闱事秘者与？《释名》："序，抒也，抴抒其实，宣见之也。"

②《吴志·张纮传》注："《江表传》曰：秣陵，楚武王所置，名为金陵。"至大《金陵志》："唐润州，亦曰金陵。张氏《行役记》言甘露寺在金陵山上。赵璘《因话录》言李勉初至金陵，于李锜坐上，屡赞招隐寺标致。二事皆在

润州,则唐人谓京口亦曰金陵。杜牧有金陵女秋娘诗,白居易有赐金陵将士敕书,皆京口事也。"《释名》:"女,如也,妇人外成如人也。"

③《释名》:"妾,接也,以贱见接幸也。"

④《唐书·李锜传》:"锜为浙西观察诸道盐铁转运使,德宗复镇海军,以锜为节度使,暴踞日甚,吏死不以过甚众,又逼污良家。宪宗即位,不假借方镇,故崛强者稍稍自新。锜以仆射召,数日而反状至,下诏削官爵,明日而败,送京师。"

⑤《释名》:"宫,穹也,屋见于垣上,穹隆然也。"《尔雅·释文》:"古者,贵贱同称宫,秦汉以来,惟王者所居称宫焉。"

⑥《唐会要》:"宪宗葬景陵。"《唐书·地理志》:"同州奉先景陵在县西北二十里金炽山。"按:《长安志》作"县东北一十三里金炽山"。

⑦《唐会要》:穆宗,宪宗第三子,元和十五年正月即位。

⑧《仪礼》注:"姆,妇人五十无子,出而不复嫁,能以妇道教人者,若今时乳母矣。"《诗·南山》笺:"文姜与侄娣及傅姆同处。"

⑨《唐书·十一宗诸子传》:穆宗子怀懿太子凑,长庆元年始王漳。文宗疾王守澄颛狠,谋诛之,引宰相宋申锡使为计。守澄客郑注伺知之,以告,乃谋先事杀申锡,又以王有中外望,因欲株联大臣族夷之,乃令神策虞候豆卢著上变,言宫史晏敬则、朱训与申锡昵吏王师文图不轨,训尝言上多疾,太子幼,若兄终弟及,必漳王立。申锡因以金币进王,王亦以珍服厚答。即捕训等系神策狱,谏官群伏阁极言,出狱付外杂治,注等惧事泄,乃请下诏贬王,帝未之悟,因黜凑为巢县公,时太和五年也。

⑩江淹《报袁叔明书》:"斥归故乡。"

⑪《汉书·艺文志》:"传曰:不歌而颂谓之赋。"屈原《九章》:"窃赋诗之所明。"

京江水清滑①,生女白如脂②。其间杜秋者③,不劳朱粉施④。老濞即山铸⑤,后庭千双⑥眉⑦。秋持玉斝醉⑧,与唱

《金缕衣》⑨。濞既白首叛⑩，秋亦红泪滋⑪。吴江落日渡⑫，灞岸绿杨垂⑬。联裾见天子⑭，盼⑮眄⑯独依依⑰。椒壁悬锦幕⑱，镜奁蟠蛟螭⑲。低鬟认新宠⑳，窈袅复融怡。月上白璧门㉑，桂影凉参差㉒。金阶露新重㉓，闲捻紫箫吹㉔。莓苔夹城路，南苑雁初飞㉕。红粉羽林仗㉖，独赐辟邪旗㉗。归来煮豹胎㉘，餍饫不能饴㉙。咸池升日庆㉚，铜雀分香悲㉛。雷音后车远㉜，事往落花时㉝。燕禖得皇子㉞，壮发绿緌緌㉟。画堂授傅姆㊱，天人亲捧持㊲。虎睛珠络褓㊳，金盘犀镇帷㊴。长杨射熊罴㊵，武帐弄哑咿㊶。渐抛竹马剧㊷，稍出舞鸡奇㊸。崭崭整冠佩㊹，侍宴坐瑶池㊺。眉宇俨图画㊻，神秀射朝辉㊼。一尺桐偶人，江充知自欺㊽。王幽茅土削㊾，秋放故乡归㊿。觚棱拂斗极(51)，回首尚迟迟(52)。四朝三十载(53)，似梦复疑非(54)。潼关识旧吏(55)，吏(56)发已如丝(57)。却唤吴江渡(58)，舟人那得知(59)。归来四邻改(60)，茂苑草菲菲(61)。清血洒不尽(62)，仰天知问谁(63)？寒衣一匹素(64)，夜借邻人机。我昨金陵过，闻之为歔欷(65)。自古皆一贯(66)，变化安能推(67)。夏姬灭两国，逃作巫臣姬(68)。西子下姑苏(69)，一舸逐鸱夷(70)。织室魏豹俘，作汉太平基(71)，误置代籍中，两朝尊母仪(72)。光武绍高祖，本系生唐儿(73)。珊瑚破高齐，作婢舂黄糜(74)。萧后去扬州(75)，突厥为阏氏(76)。女子固不定(77)，士林亦难期(78)。射钩后呼父(79)，钓翁王者师(80)。无国要孟子，有人毁仲尼。秦因逐客令，柄归丞相斯(81)。安知魏齐首(82)，见断箦中尸(83)。给丧蹶张辈(84)，廊庙冠峨危(85)。珥貂七叶贵(86)，何妨我(87)虏支(88)。苏武却生返(89)，邓通终死饥(90)。主张既难测(91)，翻覆亦其宜(92)。地尽有何物(93)，天外㉝复何之㉟？指何为而捉，足何为而驰？耳何为而听，目何为而窥㊱？己身不自晓，此外何思惟㊲。因倾一樽酒㊳，题作杜秋诗㊴。愁来独长咏㊵，聊可以自怡㊶。

①《宋书·武帝纪》："卢贼战败，或于京江入海。"《文选》注："山谦之《南徐州记》曰：京江，《禹贡》北江。"《太平寰宇记》："润州丹徒县京江水。"《通鉴·唐纪》注："大江径京口城北，谓之京江。"《淮南子》："夫水所以能成其至德于天下者，以其淖溺润滑也。"

②《史记·外戚世家》："生男无喜，生女无怒。"司马相如《美人赋》："时来亲臣，柔滑如脂。"

③《戊签》作"娘"。《后汉书·班固传》："错落其间。"

④《庄子》："形莫若缘，情莫若率。缘则不离，率则不劳。不离不劳，则不求文以待形，不求文以待形，固不待物。"宋玉《好色赋》："著粉则太白，施朱则太赤。"《汉武故事》："诸宫美人，皆自然美丽，不使粉白黛黑。"

⑤《史记·吴王濞传》："濞为吴王，吴有豫章郡铜山，则招致天下亡命者，益铸钱，煮海水为盐，以故无赋，国用富饶。"《楚元王世家》："窦太后曰：吴王老人也。"

⑥ 一作"蛾"。

⑦《后汉书·刘圣公传》："宫女数千，备列后庭。"费昶诗："双眉本翠色。"

⑧ 一作"饮"，一作"白玉斝"。刘峻《广绝交论》："霑玉斝之余沥。"

⑨ 原注："劝君莫惜金缕衣，劝君须惜少年时。花开堪折直须折，莫待无花空折枝。"李锜长唱此辞。○刘孝绰诗："琼筵玉笥金缕衣。"

⑩《史记·吴王濞传》："上曰：吴王即山铸钱，煮海水为盐，诱天下豪杰，白头举事，若此，其计不百全，岂发乎？"《魏志·陈思王植传》："禽息鸟视，终于白首。"

⑪《拾遗记》："薛灵芸升车就路，以玉唾壶承泪，壶则红色，及至京师，

壶中泪凝如血。"徐彦伯诗："玉盘红泪滴。"苏武诗："泪为生别滋。"

⑫《元和郡县志》："润州浙西观察理所，本春秋吴之朱方邑，北渡江，至扬州七十里。"《旧唐书·齐澣传》："润州北界隔吴江至瓜步沙尾圩汇六十里。"《隋书·孙万寿传》："吴江一浩荡。"《南史·隐逸·渔父传》："落日逍遥渚际。"

⑬《元和郡县志》："京兆府万年县灞水，在县东二十里。"《晋书·郭澄之传》："西向诵王粲诗曰：'南登霸陵岸。'"《唐书·地理志》："京城左临灞岸，右抵沣水。"《三辅黄图》："霸桥在长安东，跨水作桥，汉人送客至此桥，折柳赠别。"

⑭《南齐书·王融传》："拂衣者联裾。"《通典》："天子，天下通称。"

⑮ 普觅切。

⑯ 莫见切。

⑰《魏志·明帝纪》注："《魏略》曰：虚心西望，依依若旧。"

⑱《汉书·车千秋传》："转至未央椒房。"《三辅黄图》："椒房殿在未央宫，以椒和泥壁，取其温而芬芳也。成帝赵皇后居昭阳殿昭阳舍，兰房椒壁。"《文选·别赋》注："《典略》曰：卫夫人南子在锦帷中。"《广雅》曰："帷，幔帐也。"

⑲《后汉书·阴皇后纪》："明帝性孝爱，上陵，视太后镜奁中物，感动悲涕，令易脂泽装具。"《广雅》："有鳞曰蛟龙，无角曰螭龙。"按：今《广雅》本"螭"作"䗪"，此据《初学记》引。

⑳ 江总诗："新宠不信更参差。"

㉑《汉武故事》："玉堂内殿十二门阶陛咸以玉为之，门三层台橑首槐以璧为之，因名璧门。"

㉒ 梁元帝《乐府》："桂影含秋月。"《汉书·司马相如传》："深林巨木，崭岩参差。"

㉓《神异经》："东北大荒中有金阙高百丈，中金阶两阙，名天门。"

㉔ 原注：《晋书》："盗开凉州张骏冢，得紫玉箫。"

㉕《宋书·谢灵运传》："凌石桥之莓苔。"《释名》："城，盛也，盛受国都

也。"《旧唐书·(地理志)〔玄宗纪〕》:"南内曰兴庆宫,宫西南隅有花萼相辉、勤政务本之楼。"开元二十(六)年六月,遣范安及于长〔安〕广花萼楼,筑夹城至芙蓉苑。

㉖ 张礼《游城南记》:"芙蓉园在曲江西南,与杏园皆秦宜春下苑地。园内有池,谓之芙蓉池,唐之南苑也。"

㉗《古诗》:"娥娥红粉妆。"《唐书·百官志》:"左右羽林军,掌统北衙禁兵,督摄左右厢飞骑仪仗。"

㉘《通典》:"大驾卤簿卫马队,左右厢各二十四队,从十二旗,第一队辟邪旗。"

㉙《六韬》:"武王伐纣,得二大夫而问之,对曰:有殷君陈玉杯象箸,玉杯象箸,不盛藿菽之羹,必将熊蹯豹胎。"

㉚《野客丛书》:"沈存中《笔谈》曰:唐士人专以小诗著名,而读书灭裂,如杜牧之《杜秋娘》诗'厌饫不能饴','饴'乃'饧',非饮食也。仆观晋王荟以私粟作粥饴饥者,郗鉴甚穷,乡人共饴之。'饴'字岂不作饮食用?然考《晋书》乃音嗣,非贻字也。仆谓牧之用作'贻'字,必别有所据。及观《后汉书·许杨传》举谣歌曰:'饴我大豆亨芋魁。''饴'字无音,乃知牧之用字有所祖也。存中自不深考,安可以读书灭裂非之?"按:《汉书·刘向传》引诗曰:"饴我厘莽。"师古曰:"饴,遗也,读与贻同。"然则"饴"本有'贻'音也。

㉛《淮南子》:"日浴于咸池。"《山海经》:"汤谷上有扶桑,十日所浴,在黑齿北,居水中。有大木,九日居下枝,一日居上枝。"又:"东南海之外,甘水之间,有羲和之国,有女子名曰羲和,方日浴于甘渊。羲和者,帝俊之妻,生十日。"

㉜《魏志·武帝纪》:"建安十五年冬,作铜雀台。"陆机《吊武帝文》:"帝遗令曰:吾婢妾好故人,皆著铜雀台,汝等时时登铜雀台,望吾西陵墓田,余香可分与诸夫人,诸舍中无所为,学作履组卖也。"

㉝ 司马相如《长门赋》:"雷隐隐而响起,声象君之车音。"贾谊《惜誓》:"载玉女于后车。"

㉞《论语》注:"事已往不可复追咎。"陈后主诗:"落花同泪脸。"梁简文

帝诗:"花落无还时。"

㉟《后汉书·礼仪志》注:"《月令章句》曰:高禖所以祈子孙之祀。玄鸟感阳而至,主为孚乳蕃滋,故重其至日,因以用事。契母简狄,盖以玄鸟至日有事高禖而生契焉。"

㊱《汉书·赵皇后传》:"中宫史曹宫御幸孝成皇帝,产子,曰:'我儿男也,额上有壮发,类孝元皇帝。'"

㊲《汉书·元后传》:"甘露三年,生成帝于甲馆画堂。"《公羊传》:"不见傅母不下堂。"《释文》:"母,本又作姆。"

㊳《魏志·王粲传》注:"《魏略》曰:邯郸淳对其所知叹植之材,谓之天人。"

㊴《图经本草》:"虎睛多伪,须自获者乃真。"《隋书·宇文述传》:"云定兴先得昭训明珠络帐,私赂于述。"《史记·赵世家》:"衣以文褓。"徐广曰:"小儿被曰褓。"

㊵《洛阳伽蓝记》:"永宁寺浮屠金宝瓶下,有承露金盘三十重。"《西京杂记》:"邹阳《酒赋》:'犀璩为镇。'"《周礼·幕人》注:"在旁曰帷。"

㊶《汉书·元帝纪》:"永光五年,上幸长杨射熊馆。"

㊷《汉书·霍光传》:"太后被珠襦盛服,坐武帐中。"《尔雅》:"弄,玩也。"《东方朔传》:"伊优亚者,辞未定也。"

㊸一作"戏"。《魏志·陶谦传》注:"《吴书》曰:谦少孤,以不羁闻于县中,年十四,犹缀帛为幡,乘竹马而戏,邑中儿童随之。"

㊹《唐书·王勃传》:"沛王闻其名,召署府修撰。是时诸王斗鸡,勃戏为文檄英王鸡。"

㊺《宋书·礼志》:"车旗变于商周,冠佩革于秦汉。"按:方氏《通雅》引此句,谓"崭崭"与"蓡蓡"及"渐渐之石"声义皆通,而先引子贡《诗说》"渐渐作嶄嶄",则《诗说》乃明人伪撰,不足据。

㊻《汉书·元帝纪》:"尝侍宴,从容言。"《穆天子传》:"天子觞西王母于瑶池之上。"

㊼枚乘《七发》:"阳气见于眉宇之间。"《后汉书·马援传》:"为人明须

发,眉目如画。”

㊽ 孙绰《天台山赋序》:“天台山者,盖山岳之神秀也。”陆机诗:“扶桑升朝辉。”

㊾《汉书·江充传》:“掘蛊于太子宫,得桐木人。”师古曰:“《三辅旧事》云:充使胡巫作而薶之。”

㊿《逸周书》:“将建诸侯,凿取其方一面之土,苞以黄土,苴以白茅,以为土封。”

(51)《晋书·乐志》:“还故乡,入故里,徘徊故乡,苦身不已。”

(52)《后汉书·班固传》:“设璧门之凤阙,上觚棱而栖金雀。”《晋书·天文志》:“北极五星,在紫宫中;北斗七星,在太微北。”

(53) 王粲诗:“回首望长安。”《韩诗外传》:“孔子去鲁,迟迟乎其行也。”

(54)《旧唐书·郭子仪传》:“柱石四朝。”《尔雅》:“载,岁也。夏曰岁,商曰祀,周曰年,唐虞曰载。”

(55)《汉书·扬雄传》:“犹仿佛其若梦。”

(56)《元和郡县志》:“华州华阴县潼关在县东北三十九里,古桃林塞也。关西一里,有潼水,因以名关。”《汉书·终军传》:“军从济南当诣博士,步入关,关吏予军繻,还当以合符,军曰:大丈夫西游,终不复传还。弃繻而去。军为谒者使,行郡国,建节东出关,关吏识之曰:此使者,乃前弃繻生也。”《华阳国志》:“李骧攻犍为,获太守龚恢,恢为天水西县令,任回为吏,回问曰:‘识故吏否?’恢曰:‘识汝耳。’”《隋书·刘子翊传》:“旧者,易新之称。”

(57) 一作“毛”。

(58)《真诰》:“发者,脑之华,脑减则发素。”

(59) 江淹诗:“吴江泛丘墟。”

(60)《宋书·符瑞志》:“禹南巡狩,济江,中流有二黄龙负舟,舟人皆惧。”鲍照诗:“旁人那得知。”《世说》:“外人那得知。”

(61)《老子》:“犹兮若畏四邻。”元行恭诗:“荒邑四邻通。”

(62) 左思《吴都赋》:“佩长洲之茂苑。”

○63《北齐书·樊逊传》:"波斯洒血。"

○64《战国策》:"樊将军仰天太息流涕。"《魏书·奚康生传》:"更复访问谁?"

○65 庾信诗:"寒衣须及早。"《古乐府》:"新人工织缣,故人工织素,织缣日一匹,织素三丈余。"

○66 祢衡《鹦鹉赋》:"弃妻为之歔欷。"

○67《诗》:"自古在昔。"《宋书·顾深传》:"理定于万古之前,事征于千代之外,冲神寂鉴,一以贯之。"

○68《史记·蔡泽传》:"进退盈缩,与时变化,圣人之常道也。"

○69 一作"妻"。《汉书·文帝纪》注:"师古曰:姬者,本周之姓,贵于众国之女,所以妇人美号皆称姬,后因总谓众妾为姬。"《国语》:"陈御叔取于郑,生子南,子南之母乱陈而亡之,使子南戮于诸侯。庄王既以夏氏之室赐申公巫臣,则又畀之子反,卒于襄老,襄老获于邲,二子争之,未有成。恭王使巫臣聘于齐,以夏姬行。"按:夏姬之祸,几亡陈国,故《左传》云:"是夭子蛮,杀御叔,弑灵侯,戮夏南,出孔仪,丧陈国。"又云:"子灵之妻,杀三夫一君一子而亡一国两卿矣。"此云灭两国,所未闻也。盖夏姬事,每多异说,若《列女传》所云,夏姬盖老而复壮者,三为王后,七为夫人,公侯争之,莫不迷惑失意者,尤为无稽,则刘知几已议之;然刘引《列女传》,作"再为夫人,三为王后",故近时读者谓当以"老而复壮者三"为句,而"为王后"上当有一"一"字,似尚有可通也。《通鉴·汉纪》注:"如淳曰:逃,谓走也。"

○70《孟子》注:"西子,古之好女西施也。"《越绝书》:"阖庐起姑苏台,三年聚材,五年乃成,高见三百里。"《述异记》:"吴王夫差筑姑苏之台,三年乃成,作天池,池中造青龙舟,舟中盛陈姣乐,日与西施为水嬉。"《史记·越世家》:"越大破吴,遂栖吴王于姑苏。"

○71《梁书·江革传》:"乘台所给一舸。"《史记·货殖传》:"范蠡乘扁舟,浮于江湖,变名易姓,适齐为鸱夷子皮。"《吴越春秋》:"范蠡去越,乘舟出三江之口,入五湖之中。"《困学纪闻》:"墨子谓西施之沉,其美也,岂亦如隋之于张丽华乎？一舸逐鸱夷，特见于杜牧诗，未必然也。"《杨升庵集》："世传西施随范蠡去，不见所出，只因杜牧'一舸随鸱夷'之句而附会也。《墨子》曰：'西施之沉，其美也。'墨子去吴越之世甚近，所书得其真。《修文御览》引《吴越春秋》逸篇云：吴亡后，越浮西施于江，令随鸱夷以终。此正与《墨子》合，盖吴既灭，越沉西施于江。浮，沉也，反言耳。随鸱夷者，子胥之谮死，西施有力焉。胥死，盛以鸱夷。今沉西施，所以报子胥之忠，故云随鸱夷以终。范蠡去越，亦号鸱夷子皮，杜牧遂以子胥鸱夷为范蠡之鸱夷，乃影撰此事以堕后人于疑网也。"按：范蠡浮于江湖，后自号鸱夷子皮，或亦慨于子胥之闇于进退，至于入江而不化，故借以自号耳，不谓因此遂与西子，至今以为口实。诸书不载西施所终，惟一见于《墨子》。姚宽《西溪丛语》引《吴越春秋》云："吴亡，西子被杀。"检《吴越春秋》无此语。又引王性之云："西子自下姑苏，一舸自逐鸱夷，遂为两义，不可云范蠡将西子去也。"愚谓此特为牧之语作调人耳。若直是两义，则方言西子所终，与范蠡复奚涉耶？至罗大经云："范蠡霸越之后，脱屣富贵，扁舟五湖，可谓一尘不染矣，然犹挟西施以行，蠡非悦其色也，盖惧其复以蛊吴者而蛊越，则越不可保矣。于是挟之以行，以绝越之祸。"基是，蠡虽去越，未尝忘越也。则又一说也。

(72)《汉书·薄姬传》："汉使曹参等虏魏王豹而薄姬输织室，汉王入织室，见薄姬，有诏内后宫，生文帝。"《论衡》："汉兴，至文帝时二十余年，贾谊创议，以为天下洽和，当改正朝服色制度，定官名，兴礼乐。夫如贾生之议，文帝时已太平矣，应孔子之言，必世然后仁也。汉一代之年数已满，太平立矣。"《诗小序》："得贤则能为邦家立太平之基矣。"

(73)《汉书·窦皇后传》："吕太后出宫人以赐诸王，窦姬家在清河，愿如赵。请其主遣宦者吏，必置我籍赵之伍中。宦者忘之，误置籍代伍中。至代，代王独幸窦姬，生景帝。代王入立为帝，窦姬为皇后，景帝立，皇后为皇太后。"《武帝纪》："帝即皇帝位，尊皇太后窦后为太皇太后。"《世说》："王汝南求郝普女，既婚，有令姿淑德，生东海，遂为王氏母仪。"

(74)《后汉书·光武帝纪》："帝，高祖九世之孙也。出自景帝生长沙定王发。"《汉书·景十三王传》:"长沙定王发,母唐姬,故程姬侍者,景帝召程姬,程姬有所避,不愿进,而饰侍者唐儿使夜进,上醉不知,以为程姬而幸之,遂有身。"《左传》文十八年疏:"不能知其出生本系,枝派远近。"

(75)《北史·齐后主纪》:"游童戏者,好以两手持绳,拂地而却上,跳且唱曰:高末。高末之言,盖高氏运祚之末也。然则乱亡之数,盖有兆云。"《冯淑妃传》:"妃名小怜,后主惑之。后主至长安,及遇害,以妃赐代王达,甚嬖之。达妃为淑妃所谮,几致于死。隋文帝将赐达妃兄李询,令著布裙配舂,询母逼令自杀。"《隐居诗话》:"杜牧好用故事,仍于事中复使事,若'虞卿双璧截肪鲜'是也。亦有趁韵而撰造非事实者,若'珊瑚破高齐,作婢舂黄糜'是也。李询得珊瑚,其母令衣青衣而舂,初无'糜'字。"《后汉书·五行志》:"石上慊慊舂黄粱。"按:珊瑚自即谓冯小怜,然未见,俟再考。

(76)《隋书·地理志》:"江都郡,后周为吴州,开皇九年,改为扬州。"

(77)《隋书·萧后传》:"炀帝嗣位,立为皇后。帝每游幸,后未尝不从,及幸江都,宇文氏之乱,随军至聊城,化及败,没于窦建德。突厥处罗可汗遣使迎后于洺州,建德不敢留,遂入于虏廷。"《汉书·匈奴传》:"高祖使刘敬奉宗室女翁主为单于阏氏。"

(78)《大戴礼》:"女者,如也;子者,孳也。言如男子之教而长其义理者也。"

(79)《汉书·食货志》:"学以居位曰士。"《唐六典》:"凡习学文武者为士。"《三国·吴志·鲁肃传》:"交游士林。"

(80)《史记·齐世家》:"高国先阴召小白于莒,鲁亦发送子纠,而使管仲别将兵遮莒道,射中小白带钩。"《韩非子》:"桓公解管仲之束缚而相之,立以为仲父。"

(81)《吕氏春秋》:"望,东夷之士也,欲定一世而无其主,闻文王贤,故钓于渭以观之。"《晋书·张载传》:"周武无牧野之阵,则吕牙渭滨之钓翁也。"《史记·齐世家》:"言吕尚所以事周虽异,然要之为文武师。"《留侯世家》:"出一编书,曰:'读此,则为王者师矣。'"

(82)《史记·李斯传》:"秦王除逐客之令,复李斯官,卒用其计谋,二十余年,竟并天下,尊王为皇,以斯为丞相。"

⑧《史记·范雎传》:"秦昭王与赵王书,范君之仇魏齐,在平原君家,王使人疾持其头来。"

⑧《史记·范雎传》:"魏齐使舍人笞击雎,雎佯死,即卷以箦,守者请出弃箦中死人,魏齐醉,曰:'可矣。'"

⑧《史记·周勃世家》:"常为人吹箫给丧事。"《申屠嘉传》:"以材官蹶张,从高帝击项籍,迁为队率。"

⑧《史记·货殖传》:"贤人深谋于廊庙,论议朝廷。"刘向《九叹》:"冠浮云之峨峨。"

⑧《梁书·朱异传》:"历官自员外、常侍至侍中,四官皆珥貂。"左思诗:"金张藉旧业,七叶珥汉貂。"

⑧一作"戎"。

⑧《汉书·金日磾传》:"日磾本匈奴休屠王太子也,封秺侯,弟伦,后嗣贵显封侯。"

⑨《汉书·苏武传》:"天汉元年,以中郎持节使单于,幽置大窖中,绝不饮食,天雨雪,武卧啮雪与旃毛并咽之,乃徙北海上,使牧羊。始元六年春至京师,拜为典属国。"

⑨《汉书·邓通传》:"文帝使善相人者相通,曰:当贫饿死。及景帝立,人有告通盗出徼外铸钱,竟案,尽没入之,竟不得名一钱,寄死人家。"

⑨《庄子》:"孰主张是。"

⑨陆机诗:"休咎相乘蹑,翻覆似波澜。"《梁书·任昉传》:"循环翻覆,迅彼波澜。"按:《南史》及《文选》作:"迅若波澜。"

⑨《颜氏家训》:"地既渟浊,法应沉厚,凿土得泉,乃浮水上,积水之下,复有何物?"

⑨一作"高"。

⑨《晋书·成公绥传》:"游万物而极思,故一言于天外。"《列子》:"焉知天地之表,不有大天地者乎?"

⑨《管子》:"口为声也,耳有听也,目有视也,手有指也,足有履也。"《后

汉书·延笃传》:“耳有听受之用,目有察见之明,足有致远之劳,手有饰卫之功。”

(98)《南齐书·裴昭明传》:“一身之外,亦复何须?”《汉书·董仲舒传》:“思惟往古。”

(99) 沈约诗:“勿言一樽酒。”

(100)《释名》:“书称题,题,谛也,审谛其名号也。”

(101)《礼记·学记》疏:“但讴吟长咏,以视篇简而已。”

(102) 陶弘景诗:“止可自怡悦。”

郡斋独酌①

前年鬓生雪②,今年须带霜③。时节序鳞次④,古今同雁行⑤。甘英穷西海⑥,四万到洛阳⑦。东南我所见⑧,北可计幽荒⑨。中画一万国⑩,角角棋布方⑪。地顽压不穴⑫,天回⑬老不僵⑭。屈指百万世⑮,过如霹雳忙⑯。人生落其内⑰,何者为彭殇⑱?促束自系缚⑲,儒衣宽且长⑳。旗亭雪中过㉑,敢问当垆娘㉒。我爱李侍中㉓,摽摽七尺强㉔。白羽八札弓㉕,胜压绿檀枪㉖。风前略横阵㉗,紫髯分两傍㉘。淮西万虎士㉙,怒目不敢当㉚。功成赐宴麟德殿㉛,猿超鹘掠广毬场㉜。三千宫女侧头看㉝,相排踏碎双明珰㉞。旌竿幖幖旗燿燿㉟,意气横鞭归故乡㊱。我爱朱处士㊲,三吴当中央㊳。罢亚㊴百顷稻㊵,西风吹半黄㊶。尚可活乡里㊷,岂惟满囷仓㊸。后岭翠扑扑㊹,前溪碧泱泱㊺。雾晓起凫雁㊻,日晚下牛羊。叔舅欲饮我㊼,社瓮尔来尝㊽。伯姊子欲归㊾,彼亦有壶浆㊿。西阡下柳坞(51),东陌绕荷塘(52)。姻亲骨肉舍(53),烟火遥相望㊴。太守政如水㊵，长官贪似狼㊶。征输一云毕㊷，任尔自存亡㊸。我昔造其室㊹，羽仪鸾鹤翔。交横碧流上㊿，竹映琴书床㊼。出语无近俗㊽，尧舜禹武汤。问今天子少㊿，谁人为栋梁？我曰天子圣，晋公提纪纲㊿。联兵数十万，附海正诛沧㊿。谓言大义小不义㊿，取易卷席如探囊㊿。犀甲吴兵斗弓弩㊿，蛇矛燕骑㊿驰锋芒㊿。岂知三载凡㊿百战㊿，钩车不得望其墙㊿。答云此山外，有事同胡羌。谁将国伐叛，话与钓鱼郎㊿？溪南重回首㊿，一径出修篁㊿。尔来十三岁㊿，斯人未曾忘。往往自抚己㊿，泪下神苍茫㊿！御史诏分洛㊿，举趾何猖狂㊿。阙下谏官业㊿，拜疏无文章㊿。寻僧解忧㊿梦，乞酒缓愁肠㊿。岂为妻子计㊿，未去山林藏㊿。平生五色线㊿，愿补舜衣裳。弦歌教燕赵㊿，兰芷浴河湟㊿。腥膻一扫洒㊿，凶狠皆披攘㊿。生人但眠食㊿，寿域富农桑㊿。孤吟志在此，自亦笑荒唐㊿。江郡雨初霁㊿，刀好截秋光㊿。池边成独酌㊿，拥鼻菊枝香㊿。醺酣更唱太平曲㊿，仁圣天子寿无疆㊿！

　　① 原注：黄州作。○《唐书·地理志》："淮南道黄州齐安郡。"《宋书·袁粲传》："好饮酒，善吟讽，独酌园庭，以此自适。"

　　② 何逊诗："十年事河外，雪鬓别关中。"

　　③ 刘禹锡诗："却要霜须一两茎。"

　　④《管子》："五和时节，八举时节，七举时节，九和时节，六行时节。"张华诗："四气鳞次。"

　　⑤《汉书·司马迁传》："古今一体。"《淮南子》："昔容成氏之时，道路雁行列处。"

⑥《后汉书·西域传》:"永元六年,班超击破焉耆,于是条支、安息诸国,至于海濒,四万里外,皆重译贡献。九年,班超遣掾甘英穷临西海而还。"

⑦《汉书·地理志》:"弘农郡上雒。《禹贡》:雒水出冢领山,东北至巩入河。过郡二,行千七十里。"《穀梁传》:"水北为阳。"《后汉书·郡国志》:"河南尹,秦三川郡,高帝更名,世祖都雒阳。"《莋都夷传》:"百宿到洛。"

⑧《淮南子》:"地不满东南。"

⑨《史记·五帝纪》:"北至于幽陵。"张衡《东京赋》:"惠风广被,泽洎幽荒。"

⑩《汉书·地理志》:"黄帝方制万里,画野分州,得百里之国万区。"

⑪《关尹子》:"圣人道虽丝纷,事则棋布。"左思《吴都赋》:"屯营比栉,解署棋布。"

⑫《晋书·张协传》:"仰倾云巢,俯殚地穴。"

⑬ 一作"迥"。

⑭ 曹冏《六代论》:"语曰:百足之虫,至死不僵。"

⑮《汉书·陈汤传》:"诎指计其日。"按:诎,与"屈"同,《通鉴》作"屈指"。

⑯《宋书·乐志》:"人生世间如电过。"《尔雅》:"疾雷谓之霆。"注:"疾雷谓雷音急激者,谓之霹雳。"按:今《尔雅》及注语俱小异,此据《初学记》引。

⑰《梁书·范缜传》:"人之生,譬如一树花,同发一枝,俱开一蒂,随风而堕,有拂帘幌坠于茵席之上,有关篱墙落于溷粪之侧。坠茵席者,殿下是也,落粪溷者,下官是也。"

⑱《吕氏春秋》:"彭祖至寿也,无欲不足以劝;殇子至夭也,无欲不足以禁。"

⑲ 江总《修心赋》:"遣十缠之系缚。"

⑳《风俗通》:"儒者,区也,言其区别古今。"《后汉书·桓荣传》:"被服儒衣,温恭有蕴藉。"

㉑《史记·三代世表》:"与方士考功,会旗亭下。"

㉒《广韵》:"娘,少女之号。"《晋书·阮籍传》:邻家少妇有美色,当垆

沽酒,籍尝诣饮,醉便卧其侧。

㉓《唐六典》:"门下省侍中,正三品。"《旧唐书·李光颜传》:"迁忠武军节度使,会朝廷讨吴元济,诏光颜以本军独当一面,贼众压光颜之垒而阵,光颜乃自毁其栅之左右,出骑以突之。光颜将数骑冒坚而冲之,出入者数四,贼乃大溃。光颜连败元济之众,贼平,命中官宴光颜于居第,又御麟德殿召对,赐金带锦彩,已而进阶开府仪同三司,仍于正衙受册司徒兼侍中。"

㉔《晋书·羊祜传》:"摽长七尺二寸。"《隋书·律历志》:"十二乘辰,余不成法者,半以上为进,以下为退;退以配前为强,进以配后为弱。"

㉕《仪礼·乡射礼》:"君国中射,则皮树中,以翭旌获,白羽与朱羽糅。"

㉖《芥隐笔记》:"老杜有苔卧绿沉枪,《南史》有绿沉屏风,杜牧之有脽压绿檀枪,与'沉'宜相通。"按:《隋书》又有"绿沉甲",见《张齐传》。

㉗萧统《八月启》:"倾玉醅于风前。"《晋书·苻坚载记》:"苻融驰骑略阵。"《姚苌载记》:"望麾而进,前无横阵。"

㉘《吴志·孙权传》注:《献帝春秋》曰:张辽问吴降人:'向有紫髯将军,长上短下,便马善射,是谁?'降人答曰:'是孙会稽。'"

㉙《唐书·方镇表》:"贞元十四年,淮西申光蔡节度号彰义军节度。"《周礼·虎贲氏》注:"虎士,徒之选有勇力者。"

㉚《史记·荆轲传》:"与盖聂论剑,盖聂怒而目之。"《晋书·刘伶传》:"乃奋袂攘襟,怒目切齿。"《汉书·西域传》:"贰师军击大宛,匈奴欲遮之,贰师兵盛,不敢当。"

㉛《元子》:"功成名遂身退,天之道。"《长安志》:东内大明宫有麟德殿。

㉜《长安志》:"西内有毬场亭子。"

㉝《后汉书·后妃传》:"武元之后,世增淫费,至乃掖庭三千,增级十四。"《汉书·贡禹传》:"古者宫女不过九人。"

㉞《古艳歌》:"姮娥垂明珰。"

㉟《尔雅》注:"旄首曰旌。"注:"载旄于竿头,如今之幢,亦有旒。"又:

“有铃曰旂。”注：“悬铃于竿头，画蛟龙于旂。”

㊱《史记·晏婴传》：“意气扬扬。”《项羽纪》：“富贵不归故乡，如衣绣夜行，谁知之者？”

㊲《晋书·天文志》：“少微四星，在太微西，士大夫之位也，一名处士。”

㊳《通鉴·晋纪》注：“汉置吴郡，吴分吴郡置吴兴郡，晋又分吴兴丹阳置义兴郡，是为三吴。郦道元曰：世谓吴郡、吴兴、会稽为三吴。杜佑曰：晋宋之间，以吴郡、吴兴、丹阳为三吴。”《陈书·裴忌传》：“三吴奥壤，旧称饶沃。”《元丰九域志》：“苏州吴郡平江军节度，伪唐中吴军节度。”《韩非子》：“事在四方，要在中央。”

㊴ 原注：稻名。

㊵《词林海错》：“罢亚，稻多貌。”董斯张《吹景集》：“罢亚，一作‘穲稏’。”《汉书·王莽传》：“遂营长安城南提封百顷。”

㊶《尔雅》：“西风谓之泰风。”

㊷《旧唐书·食货志》：“百户为里，五里为乡。”《古诗》：“道逢乡里人。”

㊸《淮南子》：“季春之月，天子命有司发囷仓，助贫穷。”

㊹ 李适诗：“后岭香炉桂树秋。”

㊺《房篆金乐歌》：“前溪流碧水，后渚映青天。”

㊻ 王叡诗：“浊波洋洋兮凝晓雾。”陆厥诗：“飞鸣乱凫雁。”

㊼《礼记》：“公曰：叔舅，予女铭。”疏：“孔悝是异姓大夫，年幼，故称叔舅。”

㊽ 刘惔《酒箴》：“爰建上业，曰康曰狄，作酒于社，献之明辟。”《北史·杜弼传》：“使人入村，不敢饮社酒。”

㊾《诗》：“问我诸姑，遂及伯姊。”

㊿《说苑》：“子路为人烦苦，故予人一箪食，一壶浆。”

(51)《玉篇》：“坞，村坞也。”

(52)《玉篇》：“塘，堤塘也。”《史记索隐》：“《风俗通》曰：南北曰阡，东西曰陌，河东以东西为阡，南北为陌。”

(53)《宋书·谢弘微传》：“中外姻亲，道俗义旧，见东乡之归者，入门莫不叹息。"《汉书·五行志》:"又多兄弟亲戚骨肉之连。"《说文》:"市居曰舍。"

(54)《后汉书·张奂传》:"烟火相望。"江淹诗:"归人望烟火。"

(55)《唐书·百官志》:"武德元年,改太守曰刺史,天宝元年,改刺史曰太守。"《隋书·赵轨传》:"轨为齐州别驾,入朝,父老相送者各挥涕,曰:'公清如水,请酌一杯水奉饯。'轨受而饮之。"

(56)《史记·主父偃传》:"皆非公侯之后,非长官之吏也。"《项羽纪》:"猛如虎,狠如羊,贪如狼。"

(57)《唐书·食货志》:"德宗相杨炎作两税法,夏税无过六月,秋税无过十一月。"

(58)《汉书·龚遂传》:"存亡之机,不可不慎也。"

(59)《释文》:"室,实也,人物实满其中也。"《南史·傅昭传》:"经其户,寂若无人;披其室,其人斯在。"

(60)《魏志·管辂传》:"宜蒙阴和之应,得及羽仪之时。"汤惠休诗:"骖驾鸾鹤,往来仙灵。"

(61) 乔知之诗:"下有碧流水。"

(62)《晋书·氾腾传》:"柴门灌园,琴书自适。"庾信诗:"琴声遍屋里,书卷满床头。"

(63) 陶渊明诗:"谈谐无俗调,所说圣人篇。"

(64)《独断》:"帝尧为陶唐氏,帝舜为有虞氏,夏禹为夏后氏,汤为殷商氏,武王为周。"

(65)《唐会要》:"文宗,宝历二年十二月即位,年十八。"

(66)《晋书·温峤传》:"峤有栋梁之任,帝亲而倚之。"

(67)《旧唐书·敬宗纪》:"宝历二年二月,以山南西道节度使晋国公裴度守司空,同平章事,复知政事。"

(68)《汉书·高帝纪》:"从陈以东傅海,与齐王信。"《旧唐书·裴度传》:"沧景节度使李全略死,其子同捷窃弄兵柄,以求继袭,度请行诛伐,逾年而同捷诛。"

(69)《汉书·董仲舒传》:"武王行大义,平残贼。"

⑦《史记·秦始皇本纪》："席卷天下。"《庄子》："将为胠箧探囊发匮之盗,而为守备。"

⑦《周礼·函人》："犀甲七属。"屈原《九歌》："操吴戈兮被犀甲。"《汉书·晁错传》："平陵相远,川谷居间,仰高临下,此弓弩之地也。"

⑦ 一作"载"。

⑦《十六国春秋·前赵录》："陈安左手奋七尺大刀,右手执丈八蛇矛,近则刀矛俱发,辄害五六人。"《汉书·高帝纪》："北貉燕人,来致枭骑助汉。"

⑦ 一作"幾"。

⑦《晋书·索綝传》："大小百战,手擒贼帅李羌。"按:《唐书·帝纪》:"敬宗宝历二年四月,李同捷反,文宗太和三年四月,李同捷降,盖首尾四载,实三载也。"

⑦《礼记》："钩车,夏后氏之路也。"《诗·皇矣》传:"钩,钩梯也,所以钩引上城者。临,临车也。冲,冲车也。"

⑦《春秋繁露》："鲁君问于柳下惠曰:'我欲攻齐,如何?'柳下惠对曰:'不可。'退而有忧色曰:'吾闻之也,谋伐国者,不问仁人,此何为至于我?'"

⑦《太平御览》："刘义庆《幽明录》曰:阳羡县小吏吴龛,有主人在溪南。"刘显诗:"回首望归途。"

⑦ 顾野王《虎丘山序》："曲涧潺湲,修篁荫映。"

⑧《通鉴·晋纪》注："尔来,犹言如此以来也。"

⑧《汉书·吴王濞传》："往往而有。"邢劭诗:"抚己独怀哉。"

⑧《吴志·孙皎传》："临书摧怆,心悲泪下。"潘岳《哀永逝文》:"视天日兮苍茫。"

⑧《唐六典》:"蔡邕《独断》称汉制:天子之书一曰策书,二曰制书,三曰诏书,四曰戒敕。自魏晋以后因循,有册书诏敕,总名曰诏。皇朝因隋不改,天后天授元年,以避讳改诏为制。"《元和郡县志》:"河南府,武德四年为洛州,显庆二年置东都,天宝元年改为东京,至德元年复为东都。"《唐会要》:"旧制东都留台官元额七员,中丞一员,侍御史一员,殿中侍御史二员,监察御史三员。贞元十三年三月,以权知御史中丞崔元略为东都留台,自

后但以侍御史、殿中侍御史、监察御史共主留台之务,而三院御史,亦不尝备焉。"

⑧《左传》:"举趾高,心不固矣。"《庄子》:"猖狂不知所往。"

⑧《汉书·邹阳传》:"安有尽忠信而趋阙下者哉。"《唐书·李景伯传》:"景龙中,为谏议大夫、中书令。萧至忠曰:'真谏官也。'"

⑧ 韩愈诗:"拜疏移阁门。"屈原《九章》:"蛟龙隐其文章。"

⑧ 一作"幽"。

⑧《魏书·释老志》:"沙门或曰桑门,总谓之僧。"

⑧ 傅玄诗:"青云徘徊,为我愁肠。"

⑨《汉书·张良传》:"上虽苦,强为妻子计。"

⑨《汉书·王贡龚鲍传赞》:"山林之士,往而不能反。"

⑨《史记·张耳传》:"泄公劳苦如平生欢。《拾遗记》:因祗之国,其人善织,以五色丝内于口中,手引而结之,则成文锦。"

⑨《高士传》:"善卷者,古之贤人也。舜以天下让卷,卷曰:'今子盛为衣裳之服,以眩民目。'"《诗·绿衣传》:"上曰衣,下曰裳。"

⑨《汉书·韦贤传》:"济济邹鲁,礼义唯恭,诵习弦歌,于异他邦。"《通典》:"古冀州其在天官,昂毕则赵之分野,尾箕则燕之分野,大唐为河北道。"《后汉书·岑彭传》:"皇帝受命,平定燕赵。"《北齐书·马敬德传》:"教授于燕赵间。"

⑨《楚辞·九歌》:"浴兰汤兮沐芳。"《元和郡县志》:"鄯州湟水县。湟水名湟河,亦谓之乐都水,出青海东地乱山中,东南流至兰州,西南入黄河。"《唐书·吐蕃传赞》:"吐蕃、回鹘,号强雄,为中国患最久,赞普遂尽盗河湟,薄王畿为东境,犯京师,掠近辅,残黬华人,谋夫虓帅,圜视共计,卒不得要领。"

⑨ 一云"洒扫"。《吕氏春秋》:"水居者腥,草食者膻。"《宋书·谢灵运传》:"聚落羶腥。"《隋书·突厥传》:"亘朔野之追蹑,望天崖而一扫。"

⑨ 傅玄诗:"猛气上干云霓,仇党失守为披攘。"

⑨《南齐书·陆澄传》:"行坐眠食,手不释卷。"

⑨《汉书·礼乐志》：“驱一世之民，跻之仁寿之域。”《食货志》：“务民于农桑。”《唐六典》：“肆力耕桑者为农。”

⑩《庄子》：“荒唐之言。”

⑩《释名》：“郡，群也，人所群聚也。”《通典》：“齐安郡黄州，郡东南百二十里临江，与武昌相对，有邾城。”宋玉《高唐赋》：“遇天雨之新霁兮。”湛方生诗：“乘初霁之新景。”

⑩《庾信诗》：“秋光丽晚天。”

⑩《南齐书·孔稚珪传》：“居宅盛营山水，凭几独酌，旁无杂事。”

⑩《庾信诗》：“菊花随酒馥。”

⑩《旧唐书·音乐志》：“立部伎有太平乐。”宋之问诗：“野老不知尧舜力，酣歌一曲太平人。”

⑩《汉书·王吉传》：“考仁圣之风。”《韦玄成传》：“开赐皇帝，眉寿无疆。”

张好好诗并序

牧太和三年，佐故吏部沈公江西幕①。好好年十三，始以善歌来乐籍中②。后一岁，公移镇宣城③，复置好好于宣城籍中。后二④岁，为沈著作述师⑤，以双鬟纳之⑥。后二岁，于洛阳东城⑦，重睹好好，感旧伤怀⑧，故题诗赠之⑨。

①《唐书·本传》：“沈传师表为江西团练巡官。”《旧唐书·沈传师传》：“出为洪州刺史，江南西道观察使，转宣州刺史，宣歙池观察使，入为吏部侍郎。太和元年卒，年五十九。”《后汉书·郑康成传》：“公者仁德之正号，不必三事大夫也。”《唐会要》：“太和二年六月，中书门下奏，诸道观察等使奏请供奉官及见任郎官、御史充幕府，贞元、长庆，已有敕文。”按：《旧唐书·文宗纪》：“太和二年十月，以右丞沈传师为江西观察使。四年九月，以江西

观察使沈传师为宣、歙观察使。七年四月,以宣歙池观察使沈传师为吏部侍郎。九年四月,吏部侍郎沈传师卒。"则传师出镇、移镇、还朝及卒,年数甚明,传云太和元年卒者,字误也。

　　②《释名》:"人声曰歌,歌,柯也,所歌之言,是其质也,以声吟咏有上下,如草木之有柯叶也。"《通典》:"梁有内人王金珠,善歌吴声四曲。"《隋书·裴蕴传》:"奏括天下周齐梁陈乐家子弟,皆为乐户。"《牧竖闲谈》:"元和中,成都乐籍薛涛者,善篇章,足词辨。"

　　③《通典》:"宣城郡宣州。"

　　④ 一作"三"。

　　⑤《唐六典》:"著作局著作郎,从五品上。佐郎,从六品上。"按:沈述师,《唐书·宰相世系表》无之,余亦未见。

　　⑥ 辛延年诗:"两鬟何窈窕,一世良所无,一鬟五百万,两鬟千万余。"

　　⑦《史记·周本纪》本义:"《括地志》云:洛阳故城在洛州洛阳县东北二十六里。"

　　⑧《晋书·华廙传》:"帝后登陵云台,望见廙苜蓿园,阡陌甚整,依然感旧。"《史记·高祖纪》:"高祖乃起舞,慷慨伤怀,泣数行下。"

　　⑨《诗·女曰鸡鸣》笺:"赠,送也。"

　　君①为豫章姝②,十三才有余③。翠茁凤生尾④,丹叶莲含跗⑤。高阁倚天半⑥,章⑦江联碧虚⑧。此地试君⑨唱,特使华筵铺⑩。主公⑪顾四座⑫,始讶来踟蹰⑬。吴娃起引赞⑭,低徊映长裾⑮。双鬟可高下⑯,才过青罗襦⑰。盼盼乍垂袖⑱,一声⑲雏凤呼⑳。繁弦迸关纽㉑,塞管裂圆芦㉒。众音不能逐㉓,袅袅穿云衢㉔。主公㉕再三叹㉖,谓言天下殊㉗。赠之天马锦㉘,副以水犀梳㉙。龙沙看秋浪㉚,明月游东㉛湖㉜。自此每相见㉝,三日已为疏㉞。玉质随月满㉟,艳态逐春舒。绛唇渐轻巧㊱,云步转虚徐㊲。旌旆忽东下㊳,笙歌随舳舻㉞。霜凋谢楼树㊵，沙暖句溪蒲㊶。身外任尘土㊷，罇前极欢娱㊸。飘然集仙客㊹，讽赋欺相如㊺。聘之碧瑶佩㊻，载以紫云车㊼。洞闭㊽水声远㊾，月高蟾影孤㊿。尔来未几岁，散尽高阳徒(51)。洛城(52)重相见(53)，婥婥为当垆(54)。怪我苦何事(55)，少年垂白须(56)。朋游今在否(57)，落拓(58)更能无(59)？门馆恸哭后(60)，水云秋景初(61)，斜日(62)挂衰柳(63)，凉风生座隅(64)。洒尽满襟泪(65)，短歌聊一书(66)！

① 一作“尔”。

②《唐书·地理志》：“江南道洪州豫章郡。”《方言》：“好，赵魏燕代之间曰姝。”

③《古焦仲卿诗》：“十三能织素。”《宋书·乐志》：“十五颇有余。”

④《初学记》：“《论〔语〕摘衰圣》曰：凤尾像纬。”

⑤ 江淹《水上神女赋》：“或采丹叶，或拾翠条。”《诗》“鄂不韡韡”笺：“承华者曰鄂。不，当作‘拊’，拊，鄂足也。”《释文》：“拊，亦作‘跗’。”

⑥《后汉书·樊宏传》：“所起庐舍，皆有重堂高阁，陂渠灌注。”《新序》：“魏王将起中天台，许绾曰：臣闻天与地相去万五千里，今王因而半之，当起七千五百里之台。”《一统志》：“南昌府滕王阁，旧在新建县西章江门上，西临大江，唐显庆四年建。”

⑦ 一作“晴”。

⑧《元和郡县志》：“虔州赣县贡水西南自南康县来，章水东南自雩都县来，二水至州北合为一，通谓之赣水。”吴均诗：“飘飘上碧虚。”

⑨ 一作“尔”。

⑩ 张率《白纻歌》：“列坐华筵纷羽爵。”

⑪ 一作“人”。

⑫《蜀志·法正传》：“主公始创大业。”《通鉴》注：“主公之称，始于东都，改明公称主公，尊事之为主也。”《诗·匪风》笺：“回首曰顾。”《南齐书·

谢超宗传》："太祖谓四座曰：此客至，使人不衣自暖矣。"

⑬《古陌上桑》："五马立踟蹰。"《通雅》："《说文》：踬峙，不前也。《宋书·乐志》作'五马立跱（蹰）〔踌〕'。"

⑭ 一云"引赞起"。○《方言》："娃，美也。吴楚衡淮之间曰娃，故吴有馆娃之宫。"江淹《空青赋》："赵妃、燕后，秦娥、吴娃。"

⑮ 屈原《九章》："低徊夷犹。"《汉书·邹阳传》："则何王之门，不可曳长裾乎。"

⑯《老子》："长短相形，高下相倾。"

⑰《史记·淳于髡传》："罗襦襟解，微闻芗泽。"《搜神记》："陈节访诸神，东海君以织青襦一领遗之。"

⑱《释名》："袖，由也，手所由出入也。"

⑲ 一云"声同"。

⑳《乐府·陇西行》："凤凰鸣啾啾，一母将九雏。"

㉑ 蔡邕《琴赋》："韵宫商兮动角羽，曲引兴兮繁弦抚。"

㉒《通典》："筚篥，本名悲篥，出于外国，声悲。或云：北人吹角以惊马，一名笳管，以芦为首，竹为管。"《甘泽谣》："许云封捧笛吹《六州遍》，一叠未尽，骁然中裂。"

㉓ 元稹《连昌宫词》原注："上曰：欲遣念奴唱歌，邠二十五郎吹小管逐，看人能听否？"

㉔《晋书·郤诜等传》论："高步云衢。"

㉕ 一作"人"。

㉖《北齐书·渔阳王绍信传》："此何物小人，而主人公为起。"《古诗》："一弹再三叹。"

㉗ 一作"无"。○《宋书·乐志》："皆言夫婿殊。"辛延年诗："一世良所无。"

㉘《汉书·礼乐志》："天马来，龙之媒。"

㉙ 一云"水精珠"。○《埤雅》："犀有二角、三角者，水犀也。"

㉚《太平寰宇记》："龙沙在豫章城北一带，甚白而高峻，左右居人，时见

龙迹。"

㉛ 一作"朱"。

㉜《宋书·乐志》:"明月照高楼。"《太平寰宇记》:"洪州南昌县东湖,雷次宗《豫章记》云:州城东有大湖,北与城齐,随城回曲,至南塘,水通章江,增减与江水同。"

㉝《汉书·五行志》:"张公子,时相见。"

㉞《吴志·吕蒙传》注:"《江表传》曰:士别三日,即更刮目相待。"

㉟《拾遗记》:"蜀甘后玉质柔肌,态媚容冶,先主召入绡帐中,于户外望者,如月下聚雪。"《飞燕外传》:"万年蛤,光采若月,照人亡妍丑皆美艳。后以蛤妆五成金霞帐,帐中常若月满。"

㊱ 鲍照《芜城赋》:"蕙心纨质,玉貌绛唇。"

㊲ 张融《海赋》:"起龙涂于云步,翔螭道之神飞。"

㊳《尔雅》:"缁,广充幅,长寻,曰旒,继旐曰旆。"《梁书·杨公则传》:"江州既定,连旌东下。"

㊴ 孔稚圭《褚伯玉碑》:"子晋笙歌,驭凤于天海。"《汉书·武帝纪》:"舳舻千里,薄枞阳而出。"按:注引李斐曰:"舳,船后持柂处也。舻,船前头刺櫂处也。"而《小尔雅》则云:"船头谓之舳,尾谓之舻。"《文选·吴都赋》注引扬雄《方言》亦云:"舳,船前也,舻,船后也。"其说不同。

㊵ 一云"谢庭下"。○庾信《长孙夫人罗氏墓志铭》:"霜凋桂苑,风落芝田。"《方舆胜览》:"宁国府北楼,谢朓建。"

㊶《太平寰宇记》:"句溪一名东溪,水源从宁国县东乡溪岭承天目山脚水,合流连接,至此为句溪,流向北,至郡门外过也。"

㊷《晋书·陆机传》:"岂识乎功在身外,任出才表者哉。"《博物志》:"徐州人谓尘土为蓬块。"

㊸《宋书·乐志》:"但当饮酒为欢娱。"

㊹ 原注:著作尝任集贤校理。○《隋书·徐则传》:"卓矣仙才,飘然胜气。"《唐六典》:"开元十三年,召学士张说等宴于集仙殿,于是改名集贤殿,修书所为集贤殿书院,五品以上为学士,六品以下为直学士。其后,更置修

撰、校理，官无常员，以他官兼之。”

㊺《后汉书·边让传》：“作《章华赋》，虽多淫丽之辞，而终之以正，亦如相如之讽也。”《西京杂记》：“长安有庆虬之，亦善为赋，尝为《清思赋》，时人不之贵也，乃托以相如所作，遂大见重于世。”

㊻ 庾信《邛竹杖赋》：“得与绮绅瑶佩，出芳房于蕙庭。”

㊼《博物志》：“汉武帝好仙道，时西王母乘紫云车而至。”

㊽ 一作“户”。

㊾ 庾信《佛龛铭》：“水声幽咽，山势崆峒。”

㊿ 戴叔伦诗：“月高人未眠。”《后汉书·天文志》注：“《灵宪》曰：姮娥托身于月，是为蟾蜍。”

(51)《汉书·天文志》：“散者，不相从也。”《史记·郦生传》：“郦生瞋目按剑，叱使者曰：走，复入言沛公，吾高阳酒徒也，非儒人也。”

(52) 一作“阳”。

(53) 庾信《辛威神道碑铭》：“洛城战阵，河桥旗鼓。”

(54) 辛延年诗：“胡姬年十五，春日独当垆。”

(55)《南齐书·谢瀹传》：“君亦何事，一朝至此。”

(56)《晋书·乐志》：“少年窈窕何能贤。”《王彪之传》：“年二十，须鬓皓白，时人谓之王白须。”

(57)《后汉书·朱穆传论》：“志抑朋游之私。”《史记·张仪传》：“视我舌尚在不？”

(58) 一作“魄”。

(59)《汉书·扬雄传》：“何为官之落拓也。”

(60)《后汉书·边让传》：“夕回辇于门馆。”《晋书·谢安传》：“羊昙为安所爱重，安薨后，辍乐弥年，行不由西州路。尝因石头大醉，扶路唱乐，不觉至州门，左右白曰：此西州门，昙悲感不已，以马策扣扉，诵曹子建诗曰：‘生存华屋处，零落归山丘。’恸哭而去。”

(61)《吕氏春秋》：“水云鱼鳞。”

(62) 一作“月”。

(63) 阴铿诗:“翠柳将斜日。”谢脁诗:“衰柳尚沉沉。”

(64)《宋书·乐志》:“凉风入我室。”宋武帝诗:“火息凉风生。”《史记·贾谊传》:“止于座隅。”

(65)《释名》:“襟,禁也,交于前,所以禁御风寒也。”

(66)《宋书·乐志》:“短歌微吟不能长。”

冬至日寄小侄阿宜诗①

小侄名阿宜,未得三尺长②。头圆筋骨紧③,两脸明且光。去年学官人④,竹马绕四廊⑤。指挥群儿辈,意气何坚刚⑥。今年始读书⑦,下口三五行。随兄旦夕去⑧,敛手整衣裳⑨。去岁冬至日,拜我立我旁。祝尔愿尔贵,仍且寿命长⑩。今年我江外⑪,今日生一阳⑫。忆尔不可见,祝尔倾一觞⑬。阳德比君子⑭,初生甚微茫。排阴出九地⑮,万物随开张⑯。一似小儿学,日就复月将⑰。勤勤不自已⑱,二十能文章⑲。仕宦至公相⑳,致君作尧汤㉑。我家公相家㉒,剑佩尝丁当㉓,旧第开朱门㉔,长安城中央㉕。第中无一物㉖,万卷书满堂㉗。家集二㉘百编㉙,上下驰皇王㉚。多是抚州写㉛,今来五纪强㉜。尚可与尔读,助尔为贤良㉝。经书括根本㉞,史书阅兴亡㉟。高摘屈宋艳㊱,浓薰班马香㊲。李杜泛浩浩㊳,韩柳摩苍苍㊴。近者四君子,与古争强梁㊵。愿尔一祝后,读书日日忙。一日读十纸㊶,一月读一箱㊷。朝廷用文治㊸,大开官职场㊹。愿尔出门去㊺,取官如驱羊㊻。吾兄苦好古㊼,学问不可量㊽。昼居府中治㊾,夜归书满床㊿。后贵有金玉(51),必不为汝藏(52)。崔昭生崔芸,李兼生窟郎(53)。堆钱一百屋^㊹,破散何披猖^㊺。今虽未即死,饿冻几欲僵。参军与县尉,尘土惊劻^㊻勷^㊼。一语不中治^㊽,笞箠身满疮^㊾。官罢得丝发^㊿,好买百树桑⁵¹。税钱未输足⁵²,得米不敢尝⁵³。愿尔闻我语,欢喜入心肠⁵⁴。大明帝宫阙⁵⁵,杜曲我池塘⁵⁶。我若⁵⁷自潦倒⁵⁸,看汝争翱翔⁵⁹。总语诸小道,此诗不可忘⁷⁰。

①《吕氏春秋》:"仲冬之月,日短至。"《后汉书·律历志》:"日道发南,去极弥远,其景弥长,远长乃极,冬乃至焉。"《颜氏家训》:"兄弟之子已孤,与他人言,对孤者前呼为兄子弟子,颇为不忍。北土多呼为侄。按:经传,侄名虽通男女,并是对姑之称,晋世以来,始呼叔侄,今呼为侄,于理为胜也。"按《唐》杜氏《世系表》,牧之无亲兄,从兄弟愉之子为承照,羔之子为宗之,惊之子为裔休、述休、孺休。牧之亲弟颛,其子为无逸,而《太平广记》引《南楚新闻》,则云:"杜惊长子无逸。"考牧之作颛墓志,却云:"一男麟师,年十岁。"语各不合。岂麟师者,未及长成,而惊以己子继之与?若此之阿宜,则又不可知为何兄之子也。

②《国语》:"僬侥氏长三尺,短之至也。"

③《春秋元命苞》:"头者,神所居,上圆象天。"《吴越春秋》:"筋骨果劲,万人莫当。"

④《穆天子传》:"官人执事。"《唐六典》:"吏部司勋郎中、员外郎,掌邦国官人之勋级。"《日知录》:"南人称士人为官人,《昌黎集·王适墓志铭》:'一女怜之,必嫁官人,不以与凡子。'是唐时有官者,方得称官人也。"

⑤《后汉书·郭伋传》:"行部到西河美稷,有童儿数百,各骑竹马,道次迎拜。"《博物志》:"小儿五岁,曰鸠车之戏,七岁,曰竹马之戏。"

⑥《周书·李远传》:"幼尝与群儿为战斗之戏,指挥部分,便有军阵之法,郡守见而异之,召使更戏,群儿惧而散走,远持杖叱之,复为向势,意气雄壮,殆甚于前。"

⑦《南齐书·陆澄传》:"仆年少来无事,唯以读书为业。"《史记索隐》:

"书者,五经、六籍总名也。"

⑧《汉书·孔光传》:"不欲与帝旦夕相去。"

⑨《史记·春申君传》:"秦楚合而为一以临韩,韩必敛手。"《南齐书·王琨传》:"必夙夜早起,简阅衣裳。"

⑩《晋书·天文志》:"长沙一星在轸中,主寿命,明则主寿长,子孙昌。"

⑪《南齐书·丘巨源传》:"除武昌太守,拜竟,不乐江外行。"《通鉴·晋纪》注:"中原以江南为江外。"

⑫《史记·律书》:"日冬至,则一阴下藏,一阳上舒。"

⑬陶潜诗:"挥兹一觞,陶然自乐。"

⑭《易》:"阳一君而二民,君子之道也。"

⑮《孙子》:"善守者,藏于九地之下。"

⑯《白虎通》:"冬至日,阳气微弱,王者承天理物,故率天下静,不复行役,扶助微阳,气成万物也。"《礼记·月令》注:"《孝经说》曰:地顺受泽,谦虚开张,含泉任萌,滋物归中。"

⑰梁简文帝《劝医论》:"日就月将,方称硕学。"

⑱《汉书·王莽传》:"晨夜屑屑,寒暑懃懃。"《后汉书·崔骃传》:"子笑我之沉滞,吾亦病子之屑屑而不已也。"

⑲《后汉书·冯衍传》:"衍幼有奇才,年九岁,能诵诗,至二十而博通群书。"《桓谭传》:"谭博学多通,能文章。"《人物志》:"能属文著述,是谓文章。"

⑳《汉书·疏广传》:"仕宦至二千石。"《公羊传》:"三公者何?天子之相也。"《魏书·伊馛传》:"馛智力如此,终至公相。"按:今《汉书》本作"仕官",此据宋祁引谢本。

㉑应璩《与弟书》:"伊尹辍耕,郅恽牧羊,思致君于唐虞,济斯民于涂炭。"张载诗:"虽遇尧汤世。"

㉒《尔雅》:"牖户之间谓之扆,其内谓之家。"注:"今人称家,义出于此。"《唐书·宰相世系表》:襄阳杜氏,佑相德、顺、宪三宗,悰相武宗、懿宗。《杜佑传》:"佑封岐国公,悰封邠国公。"

㉓《文中子》:"衣裳褼如,剑佩锵如。"

㉔《风土记》:"宅亦曰第,言有甲乙之次第。"《晋书·山涛传》:"涛旧第十间,子孙不相容,帝为之立室。"《晋书·麴允传》:"南开朱门,北望青楼。"

㉕《长安志》:"万年县所领朱雀门街之东安仁门,太保致仕岐国公杜佑宅。"《庄子》:"中央者,中地也。"本集《求杭州启》:"某于京中,唯安仁旧第三十间支屋而已。"

㉖《史记·周本纪》:"此一物足以释西伯,况其多乎。"

㉗《魏书·李谧传》:"丈夫拥书万卷,何假南面百城。"《老子》:"金玉满堂,莫之能守。"

㉘一作"三"。

㉙一作"篇"。○《旧唐书·经籍志》:开元四部书,丁部为集。《梁书·王筠传》:"与诸儿书论家世集。"《唐书·艺文志》:"杜佑《通典》二百卷。"

㉚《史记集解序》:"贯穿经传,驰驱古今,上下数千载间,斯已勤矣。"《逸周书》:"静民则法曰皇,仁义所在曰王。"《旧唐书·杜佑传》:"其书大传于时,礼乐刑政之源,千载如指诸掌。"

㉛《旧唐书·地理志》:"江南道抚州,天宝元年改为临川郡。乾元元年,复曰抚州。"《杜佑传》:"充江西青苗使,转抚州刺史。"《释文》:"书曰写,到写此文也。"《汉书·河间献王传》:"从民得善书,必为好写与之,留其真。"

㉜《宋书·谢灵运传》:"日来至今,十有二载,是谓一纪,曩有前言。"《后汉书·律历志》:"余半法以上以成强。"

㉝《周礼·师氏》:"二曰友行,以尊贤良。"

㉞《魏书·李先传》:"太祖问先曰:'天下何书最善,可以益人神智?'先对曰:'唯有经书,三皇五帝治化之典,可以补王者神智。'"《史记·律书》:"六律为万事根本焉。"

㉟《唐书·艺文志》:"上古三皇五帝以来世次,国家兴灭终始,僭窃伪乱,史官备矣。"

㊱《汉书·艺文志》:"屈原赋二十五篇,宋玉赋十六篇。"《周书·庾信传论》:"摭六经百代之英华,探屈宋卿云之秘奥。"

㊲《唐书·艺文志》:"司马迁《史记》一百三十卷,班固《汉书》一百十五卷。"《晋书·陈寿等传论》:"丘明既没,班马迭兴,奋鸿笔于西京,骋直词于东观。"

㊳《唐书·艺文志》:"李白《草堂集》二十卷。杜甫集六十卷,小集六卷。"《杜甫传》:"少与李白齐名,时号李杜。"《魏书·崔光传》:"孝伯之才,浩浩如黄河东注,固今日之文宗也。"

㊴《唐书·艺文志》:"韩愈集四十卷。柳宗元集三十卷。"《文艺传》:"唐兴百年,诸儒争自名家,大历、贞元间,美才辈出,擩哜道真,涵泳圣涯,于是韩愈倡之,柳宗元、李翱、皇甫湜等和之,排逐百家,法度森严,抵轹晋魏,上轧汉周,唐之文,完然为一王法,此其极也。"《晋书·天文志》:"天了无质,仰而瞻之,高远无极,眼瞀精绝,故苍苍然也。"曹植诗:"飞飞摩苍天。"

㊵《太玄经》:"君子强梁以德,小人强梁以力。"《后汉书·苏竟传》:"强梁不能与天争。"

㊶《颜氏家训》:"梁元帝年始十二,便已好学,率意自读史书,一日二十卷。"又:"丁君十纸,不及王褒数字。"《南史·范云传》:"六岁就其姑夫袁叔明学,读《毛诗》,日诵九纸。"

㊷《晋书·郗超传》:"出一箱书付门生曰:本欲焚之,恐公年尊,必以伤愍为弊。"

㊸《礼》:"文王以文治。"

㊹《逸周书》:"成王九年,大开告用。"《周礼·太宰》:"二曰官职,以辨邦治。"

㊺《汉书·五行志》:"门为开通。"《易》:"出门交有功。"

㊻《帝王世纪》:"黄帝梦人执千钧之弩,驱羊万群,寤而叹曰:'千钧之弩,异力者也。驱羊数万群,能牧民为善者也。'于是,依占而求之,得力牧于大泽,进以为将。"《淮南子》:"避实就虚,若驱群羊。"《容斋三笔》:"《符读书城南》一章,韩文公以训其子,使之腹有诗书,致力于学,其意美矣。然所谓'一为公与相,潭潭府中居,不见公与相,起身自犁锄'等语,乃是觊觎富贵,为可议也。杜牧之《寄小侄阿宜》诗亦云:'朝廷用文治,大开官职场,愿

尔出门去,取官如驱羊。'其意与韩类也。"

㊼《汉书·礼乐志》:"魏文侯最为好古。"

㊽《汉书·董仲舒传》:"强勉学问,则闻见博而知益明。"《管子》:"道不可量,德不可数。"

㊾《蜀志·诸葛亮传》:"宫中府中,俱为一体。"《宋书·乐志》:"盈盈公府步,冉冉府中趋。"

㊿ 庾信诗:"隐士一床书。"

51《新序》:"我鄙人也,以钟石金玉为富。"

52《左传》:"季文子卒,无藏金玉,无重器备。"

53 按:崔昭、李兼父子,《新》、《旧唐书》俱无传,表亦未见。《旧·德宗纪》有岳州李兼,《权德舆传》有江西观察使李兼,当为一人。《唐会要·谥法篇》有台州刺史崔昭谥肃,赠刑部尚书李兼谥昭。又《国史补》载裴佶姑夫为朝官,有雅望,朝退叹曰:"崔昭何人? 众口称美,此必行贿者也,如此,安得不乱。"言未竟,阍者报寿州崔使君候谒,姑夫怒呵阍者,将鞭之,良久,束带强出,须臾命茶甚急,又命酒馔,又令秣马饲仆,姑曰:"何前倨而后恭也?"及入门,有得色,出怀中一纸,乃昭赠官绝千匹。据此诗云:"堆钱百屋,破散披猖",明崔昭,李兼皆厚殖财贿,而其子不能守者,是行贿之崔使君,当即此崔昭也。又按《旧纪》云:"兴元元年三月,岳州李兼,黔南元全柔,桂管卢岳,加御史大夫,岳加中丞。"考《通鉴》云:"兴元元年正月,李希烈使其将袭鄂州刺史李兼,兼大破之,上以兼为鄂岳沔都团练使。"此团练使治鄂州,知《纪》之岳州,当作"鄂州",而加中丞之岳,又未知何人。若云即卢岳,则已加御史大夫,不应又加中丞。此处多误。

54《汉书·食货志》:"富人藏钱满室,犹无厌足。"《北齐书·文襄后元氏传》:"通受诸贵礼遗,十屋皆满。"

55《北齐书·王晞传》:"人主恩私,何由可保,万一披猖,求退无地。"

56 原注:音匡。

57 原注:音穰。○《诗·终风》疏:"风而雨,土为霾,大风扬尘,土从上下也。"宋玉《九辩》:"逢此世之伥攘。"《通雅》:"劻勷,一作伥攘、遑蹙、狂勷。”

⑤《汉书·曹参传》:“参子窋谏参,参怒,笞之二百,至朝时,帝让参曰:‘与窋胡治乎?乃者,我使谏君也。’”

⑤《汉书·刑法志》:“笞者,所以教之也,其定箠令。”《旧唐书·刑法志》:“笞杖大头二分,小头一分半,其决笞者,腿分受。”《北齐书·慕容俨传》:“厍狄伏连加开府,开府参军多是衣冠士族,伏连加以捶挞。”《毕义云传》:“子孙仆隶,疮痍被体。”《能改斋漫录》:“陈正敏《遯斋闲览》言:杜子美脱身簿尉中,始与箠楚辞。韩退之判司卑官不堪说,未免箠楚尘埃间。杜牧之参军与簿尉,尘土惊勷勤,一语不中治,鞭笞身满疮。谓唐时参军、簿尉,不免受杖。鲍彪谓详考杜韩所言,捶有罪者也,牧之亦言惊见有罪者如此,非身受杖也。退之《江陵途中》云:‘栖身法曹掾,何处事卑陬,何况亲狴狱,敲搒发奸偷。’此岂身受杖者耶?然《太平广记》载李逊决包尉臀杖十下。及《旧唐书·于頔传》:‘頔为湖州刺史,改苏州,追憾湖州旧尉,封杖以计强决之。’则鲍论亦未当。”按《唐六典》:各府卫有参军事,品秩不一,最优从六品,其下者乃正九品下,若县尉则只有从八品下,正九品下,从九品下三阶,所谓尘土勷勤者也。

⑥《晋书·魏舒传》:“时欲沙汰郎官,非其才者罢之。”《魏书·广陵王羽传》:“上下是黜陟之科,故旌丝发之美。”

⑥储光羲诗:“种桑百余树。”

⑥《唐会要》:“宰相杨炎作两税法,凡百役之费,一钱之敛,度其数而赋于人,量出以制入,秋夏两征之,其田亩之税,率以大历十四年垦田之数为准,两均征之。”

⑥《南史·何思澄传》:“思澄父敬叔,齐长城令,清廉不受礼遗,忽旁门受饷,数日得米二千余斛,悉以代贫人输租。《汉书·货殖传》:任公家约,非田畜所生不衣食,公事不毕,则不得饮酒食肉。”

⑥《后汉书·董祀妻传》:“闻之常欢喜。”宋玉《神女赋》:“顺序卑,调心肠。”

⑥《唐会要》:“贞观八年十月,营永安宫,九年正月,改名大明宫。”《长安

志》:"东内大明宫,在禁苑之东南,南接京城之北面,西接宫城之东北隅。"

⑥⑥《雍录》:"杜曲在启夏门外,向西即少陵原也。"谢灵运诗:"池塘生春草。"

⑥⑦ 一作"苦"。

⑥⑧《北史·崔赡传》:"自天保以后,重吏事,谓容止醞藉者为潦倒,而赡终不改焉。"

⑥⑨《释文》:"翱,敖也,翔,佯也。"《汉书·宣帝纪》:"五色鸟以万数,飞过属县,翱翔飞舞。"

⑦⑩ 谢灵运诗:"赏心不可忘。"

李甘诗①

太和八九年②,训注极虓虎③。潜身九地底④,转上青天去⑤。四海镜清澄⑥,千官云片缕⑦。公私各闲暇⑧,追游日相伍⑨。岂知祸乱根,枝叶潜滋莽⑩。九年夏四月,天诫若言语⑪。烈风驾地震⑫,狞雷驱猛雨⑬。夜于正殿阶⑭,拔去千年树⑮。吾君不省觉⑯,二凶日威武⑰。操持北斗柄⑱,开闭天门路⑲。森森明庭士⑳,缩缩循墙鼠㉑。平生负奇㉒节㉓,一旦如奴虏㉔。指名为锢㉕党㉖,状㉗迹谁㉘告诉。喜无李杜诛㉙,敢惮髡钳苦㉚。时当秋夜㉛月,日直日庚午㉜。喧喧皆传言㉝,明辰相登注。予时与和鼎㉞,官班各持斧㉟。和鼎顾予言,我死有㊱处所㊲。当廷裂诏书㊳,退立须鼎俎㊴。君门晓日开㊵,赭案横霞布㊶。俨雅千官容㊷,勃郁吾累㊸怒。适属命鄜将㊹,昨之传者误。明日诏书下,谪斥南荒去㊺。夜登青泥坂㊻,坠车伤左股㊼。病妻尚在床,稚子初离乳㊽。幽兰思楚泽㊾,恨水啼湘渚㊿。恍恍三闾魂㊶,悠悠一千古㊷。

其冬二^㉝凶败^㉞，涣汗开汤罟^㉟。贤者须丧亡，谗人尚堆堵。
予于后四年，谏官事明主^㊱。常欲雪幽冤^㊲，于时一裨补^㊳。
拜章岂艰难^㊴，胆薄多忧惧^㊵。如何干^㊶斗气^㊷，竟作炎荒
土^㊸。题此涕滋笔^㊹，以代投湘赋^㊺。

①《唐书·李甘传》："甘字和鼎，长庆末第进士，累擢侍御史。郑注侍讲禁中，求宰相，朝廷讹言将用之，甘显倡曰：宰相代天治物者，当先德望，后文艺，注何人，欲得宰相，白麻出，我必坏之。既而麻出，乃以赵儋为鄜坊节度使，甘坐轻躁，贬封州司马，而李训内亦恶注，繇是注卒不相，甘终于贬。"按：《新书·李甘传》所载，与牧之诗合，据诗云"明日诏书下，谪斥南荒去"，是李甘之贬，赵儋授鄜坊节之次日也。《旧唐书·文宗纪》云："太和九年七月癸亥，贬侍御史李甘为封州司马。八月甲申，以左神策军大将军赵儋为鄜坊节度使。"甘传不著赵儋授节之语，《通鉴》从《旧书》亦作癸亥贬甘封州司马，究当以牧之诗为正。

②《唐会要》："文宗年号二，太和尽九年。"按：近有据唐时碑板谓文宗年号是大和，与东晋帝奕、后魏孝文及赵石勒之号太和者不同，然古书"太"字，或亦作"大"，说恐未必然也。

③《唐书·李训传》："李训始名仲言，故宰相揆族孙。质状魁梧，敏于辨论，多大言自标置。擢进士第，坐武昭狱流象州，更赦还，以母丧居东都。郑注佐昭义府，仲言慨然曰：当世操权力者皆龊龊，吾闻注好士，有中助，可与共事。因往见注，相得甚欢。注介之谒王守澄，守澄善遇之，即以注术、仲言经义，并荐于帝。仲言持诡辩，激卬可听，善钩揣人主意，又以身儒者，海内望族，既见识擢，志望不浅。始宋申锡谋诛守澄，不克死，宦尹益横，帝愈愤耻。注阴知帝指，屡建密计，引仲言协力。仲言尚缞粗，帝使衣戎服，号王山人，与注出入禁中。服除，起为四门助教，赐绯袍银鱼。时太和八年。其十月，迁《周易》博士兼翰林侍讲学士。给事中郑肃等劾仲言佥人，不宜在左右，帝不听，待遇莫与比。因改名训。明年秋七月，进翰林学士、

兵部郎中、知制诰，居中倚重，实行宰相事。训本挟奇进，及大权在己，锐意去恶，故与帝言天下事，无不如所欲。与注相朋比，务报恩复仇。素忌李德裕、宗闵之宠，乃因杨虞卿狱，指为党人。尝所恶者，悉陷党中，迁贬无阙日，中外震畏。不逾月，以礼部侍郎同中书门下平章事，赐金紫服。始注先显，训藉以进，及势相埒，赖宠争功，不两立。然方事未集，乃出注使镇凤翔，外为助援，内实猜克，待逞且杀之。"《郑注传》："郑注，绛州翼城人。世微贱，以方技游江湖间。徐州监军王守澄署巡官。守澄入总枢密，与俱至京师，既陷宋申锡，搢绅侧目。文宗暴眩，守澄荐注，召对浴堂门。是夜彗出东方，长三尺，芒耀怒急。俄进太仆卿兼御史大夫。注资贪沓，既藉权宠，专鬻官射利，险人躁夫，有所干谢，日走门。李训既附注进，于是两人权震天下。寻擢工部尚书、翰林侍讲学士。时训已在禁中，日日议论帝前，相倡和。谋锄剪中官，自谓功在晷刻。帝惑之，乘是进退士大夫，挠紊朝法，众策其必乱。"

④《后汉书·张衡传》："追慌忽于地底兮，轶无形而上浮。"

⑤《晋书·胡奋传》："奋惟一子早亡，及闻女为贵人，哭曰：'男入九地之下，女上九天之上'。"《列子》："至人者，上阙青天，下潜黄泉。"

⑥《荀子》："坐于室而见四海。"颜延之诗："天临海镜。"《淮南子》："汪然平静，寂然清澄。"

⑦《吕氏春秋》："大圣无事而千官尽能。"《素问》："地气上为云，天气下为雨。"

⑧《南齐书·顾宪之传》："既公私是乐，所以输直无怨。"《后汉书·王符传》："化国之日舒以长，故其民闲暇而力有余。"

⑨《说文》："伍，相参伍也。"

⑩ 一作"茂"。

⑪《汉书·五行志》："文帝五年十月，楚王都彭城，大风从东南来，毁市门杀人。吴在楚东南，天戒若曰：'勿与吴为恶，将败市朝。'"

⑫《后汉书·刘恺传》："遭烈风不迷，遇迅雨不惑。"

⑬《春秋元命苞》："阴阳合为雷。"《春秋说题辞》："阴阳之气，上薄

为雨。"

⑭ 一作"衙"。○《宋书·五行志》:"殿者,听政之所。"《唐六典》:"丹凤门内正殿曰含元殿。"

⑮《后汉书·寇荣传》:"连年大风折拔树木,风为号令。"注:"《前书》翼奉曰:凡风者,天之号令,所以谴告人也。"按:《汉书》不见翼奉此语。《后汉·蔡邕传》曰:"风者,天之号令,所以教人也。注引翼氏《风角》曰:风者,天之号令,所以谴告人君者。"《张奂传》曰:"风为号令,动物通气。"注亦引翼氏《风角》云云。考《隋书·经籍志》有翼奉撰《风角要候》十一卷,又有《风角鸟情》一卷,《风角杂占五音图》五卷,俱云翼氏撰,然则翼奉之语,自在其《风角》书内。《寇荣传》注云"前书"者误。《西京杂记》:"上林苑有千年长生树十株。"《旧唐书·五行志》:"太和九年四月二十六日夜大风,含元殿四鸱吻皆落,拔殿树三,坏金吾仗舍,废楼观内外城门数处,光化门西城墙坏七十七步。"

⑯《左传》:"吾亦能事吾君。"《开元占经》:"京房曰:雷或礔砺,大风甚雨,发屋折木,此皆小人处位贤人隐。又雷雨大风礔砺,此皆人君用谗言,刑杀正人,上下不和。"《汉书·五行志》:"指象昭昭,以觉圣朝,奈何不应。"

⑰《通鉴·唐纪》:"薛季昶谓张柬之、敬晖曰:二凶虽除,产、禄犹在。"《后汉书·光武纪》:"驱诸猛兽虎豹犀象之属,以助威武。"

⑱《汉书·陈万年传》:"操持掾史,郡中长吏,皆令闭门自敛,不得逾法。"《天文志》:"北斗七星,所谓旋玑玉衡,以齐七政,杓携龙角。"孟康曰:"杓,斗柄也。"《后汉书·崔骃传》:"建天枢,执斗柄。"

⑲ 屈原《九歌》:"广开兮天门。"

⑳ 潘岳《怀旧赋》:"森森以攒植。"《汉书·郊祀志》:"黄帝乃治明庭,明庭,甘泉也。"

㉑《易林》:"缩缩乱丝,举手为灾。"《左传》:"循墙而走。"

㉒ 一作"名"。

㉓《后汉书·范式传》:"对之叹息,语及平生。"《汉书·萧何曹参传赞》:"当时录录,未有奇节。"

㉔《史记·楚世家》：“左萦而右拂之，可一旦而尽也。”《货殖传》：“齐俗贱奴虏。”

㉕一作“钩”。

㉖《史记·项羽纪》：“非世所指名也。”《后汉书·桓帝纪》：“延熹九年十二月，司隶校尉李膺等二百余人，受诬为党人，并坐下狱，书名王府。永康元年六月，大赦天下，悉除党锢。”《灵帝纪》：“建宁二年十月，中常侍侯览讽奏钩党，下狱死者百余人，妻子徙边，诸附从者，锢及五属，制诏州郡，大举钩党，于是天下豪杰及儒学行义者，一切结为党人。”

㉗一作“锢”。

㉘一作“难”。

㉙《后汉书·李固杜乔传赞》：“李杜司职，朋心合力。”《杜密传》：“党事既起，免归本郡，与李膺俱坐而名相次，故时人亦称李杜焉。”

㉚《汉书·刑法志》：“当黥者髡钳为城旦舂。”

㉛一云“仲秋”。

㉜按：《旧唐书·文宗纪》太和九年七月甲辰朔，八月甲戌朔，则庚午，乃七月二十七日也。《旧纪》以赵儋为鄜坊节度系之八月甲申，与牧之诗不合。诗“秋夜月”别有作“仲秋月”者，又似当在八月，然八月无庚午，不可为据。又《旧纪》“七月甲辰朔”，“辰”字作“申”，今据《通鉴》改。

㉝《晋书·刘聪载记》：“往者以期运未至，不能无事喧喧。”

㉞原注：李甘字。

㉟《汉书·王䜣传》：“绣衣御史暴胜之使持斧逐捕盗贼。”

㊱一作“知”。

㊲《晋书·江绩传》：“江仲元行年六十，但未知获死所耳。”

㊳《唐六典》：“王言之制有七：一曰册书，二曰制书。蔡邕《独断》称：汉制，天子之书，一曰策书，二曰制书，三曰诏书，四曰戒敕。自魏晋以后，有册书总名曰诏。天后天授元年，以避讳，改诏为制。”

㊴祢衡《鹦鹉赋》：“亦何劳于鼎俎。”

㊵宋玉《九辨》：“君之门以九重。”《隋遗录》：“舞台上垂蔽日簾，簾即蒲泽国

所进，以负山蛟睫纫莲根丝，贯小珠间睫编成，虽晓日激射，而光不能透。”

㊶《说文》：“赭，赤土也。”《周礼》：“掌次张氊案。”

㊷《荀子》：“天子千官，诸侯百官。”

㊸ 一作“累”。

㊹ 原注：赵儋除鄜坊节度。○《唐书·方镇表》：“上元元年，置渭北鄜坊节度使，治坊州。大历十四年，罢渭北节度。建中四年，复置渭北节度使如上元之旧，寻罢，未几复置，徙治鄜州。”按：“儋”一作“耽”，误。

㊺《晋书·陆机传》：“辎轩骋于南荒。”《元和郡县志》：“封州，秦为南海郡之地，西北至上都，四千三百八十五里。”

㊻《元和郡县志》：“京兆府蓝田县，理城即峣柳城，俗亦谓之青泥城。桓温伐苻健，使将军薛珍击青泥城破之。即其处也。”按：《元和志》又有青泥岭在兴州长举县西北五十三里，非此青泥也。

㊼《庄子》：“醉者之坠车，虽疾不死。”《易》：“夷于左股。”

㊽《汉书·李夫人传》：“嫶妍太息，叹稚子兮。”晋《前溪歌》：“宁断娇儿乳。”

㊾ 屈原《离骚》：“结幽兰而延伫。”《史记·司马相如传》：“楚有七泽。”《屈原传》：“屈原至于江滨，被发行吟泽畔。”

㊿ 杜甫诗：“第五桥东流恨水。”《梁书·刘峻传》：“三闾沉骸于湘渚。”

(51)《楚辞》注：“屈原与楚同姓，仕于怀王，为三闾大夫。《招魂》者，宋玉之所作也。魂者，身之精也。宋玉哀屈原忠而斥弃，愁懑山泽，厥命将落，魂魄放佚，故作《招魂》，欲以复其精神，延其年寿。”

(52)《列子》：“名者实之宾，而悠悠者趋名不已。”《水经注·睢水篇》：“是用追芳昔娱，游神千古。”

(53) 一作“三”。

(54)《旧唐书·文宗纪》：“太和九年十一月，中尉仇士良率兵诛宰相王涯、贾悚、舒元舆、李训，新除太原节度王璠、郭行余、郑注、罗立言、李孝本、韩约等十余家皆族诛。时李训、郑注谋诛内官，诈言金吾仗舍石榴树有甘露，请上观之。内官先至金吾仗，见幕下伏甲，遽扶帝辇入内，故训等败，流血涂地,京师大骇,旬日稍安。"

⑤《宋书·范泰传》:"明诏爰发,已成涣汗。"《新序》:"汤见祝网者置四面,其祝曰:'从天坠者,从地出者,从四方来者,皆罗吾网。'汤曰:'噫!尽之矣。非桀其孰为此。'乃解其三面,置其一面。"

⑤《通典》:"武太后垂拱中,置补阙、拾遗二官,以掌供奉、讽谏。"《汉书·赵充国传》:"明主可为忠言。"按:据此,牧之迁左补阙,当在开成四年。

⑤《宋书·武陵王赞传》:"扫雪冤耻。"

⑤ 陆云《谏吴王启》:"将以臣能有狂夫之言,可以裨补圣德。"

⑤《独断》:"凡群臣上书于天子者有四名:一曰章,章者,需头称稽首,上书谢恩陈事诣阙通者也。"《梁书·萧子云传》:"年十二,齐建武四年,封新蒲县侯,自制拜章,便有文采。"

⑥ 一作"阻"。○《魏志·武帝纪》:"吾知绍之为人,志大而智小,色厉而胆薄。"《汉书·司马迁传》:"大臣忧惧,不知所出。"

⑥ 一作"牛"。

⑥《初学记》:"雷次宗《豫章记》:吴未亡,恒有紫气见牛斗之间,张华闻雷孔章妙达纬象,乃邀宿,屏人问。孔章曰:'斗牛之间有异气,是宝物之精,上彻于天耳。'"

⑥ 傅玄《述夏赋》:"朱鸟感于炎荒。"

⑥《释名》:"笔,述也,述事而书之也。"

⑥《诗序》:"诗有六义焉:一曰风,二曰赋。"《释名》:"敷布其义谓之赋。"《史记·屈原贾生列传》:"屈原沉汨罗后百有余年,汉有贾生,为长沙王太傅,过湘水,投书以吊屈原。"又:"贾生以适去,意不自得,及度湘水,为赋以吊屈原。"

洛中送冀处士东游①

处士有儒术②,走可挟车辀③。坛宇宽帖帖④,符彩高酋

51

酋⑤。不爱事耕稼⑥,不乐干王侯⑦。四十余年中,超超为浪游⑧。元和五六岁,客于幽魏州⑨。幽魏多壮士⑩,意气相淹留⑪。刘济愿跪履⑫,田兴请建筹⑬。处士拱两手⑭,笑之但掉头⑮。自此南走越⑯,寻山入罗浮⑰。愿学不死药⑱,粗知其来由⑲。却于童顶上,萧萧玄发抽⑳。我作八品吏㉑,洛中如系囚㉒。忽遭冀处士,豁若登高楼㉓。拂榻与之坐㉔,十日语不休㉕。论今星灿灿㉖,考古寒飕飕。治乱掘根本㉗,蔓延㉘相牵钩㉙。武事何骏壮㉚,文理何优柔㉛。颜回捧俎豆㉜,项羽横戈矛㉝。祥云绕毛发㉞,高浪开咽喉㉟。但可感鬼神㊱,安能为献酬。好入天子梦,刻像来尔求㊲。胡为去吴会㊳,欲浮沧海舟㊴。赠以蜀马箠㊵,副之胡罽裘㊶。饯酒载三斗㊷,东郊黄叶稠㊸。我感有泪下㊹,君唱高歌酬㊺。嵩山高万尺㊻,洛水流千秋㊼,往事不可问㊽,天地空悠悠㊾。四百年炎汉㊿,三十代宗周[51]。二三里遗堵[52],八九所高丘[53]。人生一世内[54],何必多悲愁。歌阕解携去[55],信非吾辈流[56]。

①《唐书·地理志》:"东都河南府河南郡本洛州,开元元年为府。"《后汉书·符融传》:"汉中晋文经、梁国黄子艾并恃其才智,炫曜上京,卧托养疾,无所通接,洛中士大夫好事者,承其声名,坐门问疾,犹不得见。"《荀子》:"古之所谓处士者,德盛者也,能静者也,修正者也,知命者也,著是者也。"《战国策》:"使东游韩魏,入其将相。"《宋书·王弘之传》:"凡祖离送别,必在有情。"

②《史记·礼书》:"今上即位,招致儒术之士。"《后汉书·荀爽传论》:"荀爽、郑玄、申屠蟠,俱以儒行为处士。"

③《左传》:"公孙阏与颖考叔争车,颖考叔挟辀以走。"

④《荀子》:"言有坛宇。"《释名》:"床前帷曰帖,言帖帖而垂也。"

⑤魏文帝《车渠椀赋》:"发符彩而扬荣。"《太玄经》:"酋酋大魁,颐水包贞。"

⑥《吕氏春秋》:"宁越,中牟之鄙人也,苦耕稼之劳,谓其友曰:'何为而可以免此苦也。'"

⑦《南齐书·褚伯玉传》:"此子灭景云栖,不事王侯。"

⑧《世说》:"王夷甫曰:我与王安丰说延陵、子房,亦超超玄箸。"《北史·王晗传》:"谁家屋当头?铺首浪游逸。"

⑨《唐书·方镇表》:"开元元年,幽州置防御大使。二年,置幽州节度诸州军管内经略镇守大使,治幽州。广德元年,置魏博等州防御使,治魏州。是年,升为节度使。"

⑩《隋书·地理志》:"冀幽之士,重气侠,好结朋党。"《汉书·贡禹传》:"处奸而得利者为壮士。"

⑪《后汉书·蔡邕传论》:"意气之感,士所不能忘也。"《战国策》:"庄辛谓楚王曰:臣请避于赵,淹留以观之。"

⑫《唐书·德宗纪》:"贞元元年九月,卢龙军节使刘怦卒,其子济,自称留后。"《汉书·张良传》:"良取履跪进,父以足受之。"

⑬《唐书·宪宗纪》:"元和七年十月,魏博军以田季安之将田兴知军事。是月,魏博节度使田兴以六州归于有司。"《后汉书·班固传》:"奉春建策。"《汉书·五行志》:"筹所以纪数。"

⑭《通鉴·魏纪》注:"不应州郡辟命,故曰处士。"《说文》:"拱,敛手也。"《汉书·五行志》注:"两手合为拱。"

⑮《庄子》:"鸿蒙拊髀雀跃,掉头曰:'吾弗知。'"

⑯《元和郡县志》:"岭南道,春秋时百越之地。"《汉书·季布传》:"此不北走胡,南走越耳。"

⑰《宋书·谢灵运传》:"寻山陟岭,必造幽峻。"《元和郡县志》:"循州博罗县罗浮山,在县西北二十八里,罗山之西有浮山,盖蓬莱之一阜,浮海而至,与罗山并体,故曰罗浮。"

⑱《汉书·郊祀志》:"自威宣燕昭使人入海求蓬莱、方丈、瀛洲,此三神

山者,其传在勃海中,去人不远,盖尝有至者,诸仙人及不死之药皆在焉。"

⑲《汉书·刑法志》:"是百王之所同也,未有知其所由来者也。"

⑳ 阮籍诗:"玄发发朱颜。"

㉑《唐六典》:"监察御史,正八品上。"

㉒《后汉书·光武纪》:"诏令中都官三辅郡国出系囚。"

㉓《隋书·天文志》:"豁若云披。"《十六国春秋·后赵录》:"登高楼以望四极。"

㉔《通鉴·汉纪》注:"榻,床也,有坐榻,有卧榻。"

㉕《后汉书·贾逵传》:"诸儒为之语曰:'问事不休贾长头。'"

㉖《颜氏家训》:"三坟五典,灿灿如列宿。"

㉗《魏志·程晓传》:"斯诚为国要道,治乱所由也。"

㉘ 原注:去声。

㉙ 李尤《德阳殿赋》:"蔓延蒙笼。"《隋书·地理志》:"南郡襄阳有牵钩之戏。"

㉚《晋书·胡奋传》:"奋性开朗,有筹略,少好武事。"

㉛《论衡》:"上天多文,而后土多理。"《后汉书·王涣传》:"任峻威风猛于涣,而文理不及之。"《文心雕龙》:"条畅以顺气,优柔以怿怀。"

㉜《汉书·东方朔传》:"颜闵为博士。"《史记·仲尼弟子传》:"颜回者,鲁人也,字子渊。"《孔子世家》:"孔子为儿嬉戏,常陈俎豆为礼容。"《方言》:"俎,几也。"《尔雅》:"木豆谓之豆。"注:"豆,礼器也。"

㉝《汉书·项籍传》:"项籍,字羽。"又:"汉有善骑射曰楼烦,楚挑战三合,楼烦辄射杀之,羽大怒,自披甲持戟载战,楼烦欲射,羽瞋目叱之,楼烦目不能视,手不能发,走还入壁,不敢复出。"《史记·礼书》:"古者之兵,戈矛弓矢而已,然而敌国不待试而诎。"《方言》:"凡戟而无刃,吴扬之间谓之戈矛,吴扬江淮南楚五湖之间谓之镩。"

㉞ 谢朓《雩祭歌》:"冻雨飞,祥云靡。"按:《南齐书·礼志》作"祥风靡",此据《百三家集》。

㉟ 徐陵诗:"时从高浪歇。"

㊱《列子》:"动天地,感鬼神。"

㊲《帝王世纪》:"高宗梦天赐贤人,胥靡之衣,蒙而来曰:'我,徒也,姓傅名说。'武丁寤而推之曰:'傅者,相也。说者,欢说也,天下岂有傅我而说民者哉?'乃使百工写其形象,求诸天下。"《魏志·管宁传》:"昔高宗刻象,营求贤哲。"

㊳《南齐书·州郡志》:"丹徒水道入通吴会。"《通鉴辨误》:"太史公谓吴为江南一都会,故后人谓吴为吴会。"

㊴《十洲记》:"沧海岛,在北海中,海四面绕岛,水皆苍色,仙人谓之沧海也。"《慎子》:"行海者,坐而至越,有舟也。"《晋书·李允传》:"乘轻舟,浮沧海,莫知所终。"

㊵《庄子》:"庄子之楚,见空髑髅,髐然有形,檄以马箠,因而问之。"

㊶《汉书·西域传》:"罽宾国,其民织罽刺文绣。"《傅子》:"房陵都尉战有功,太祖赐罽裘豹褥。"

㊷《抱朴子》:"管辂倾仰三斗,而清辩绮粲。"

㊸《书序》:"分正东郊成周。"疏:"言东郊者,郑玄云:天子之国,五十里为近郊。今河南洛阳相去则然,是言成周之道,为周之东郊也。"《易林》:"桑芳将落,陨其黄叶。"

㊹刘琨诗:"据鞍长叹息,泪下忽如泉。"

㊺陶潜诗:"采薇高歌,慨想黄虞。"

㊻《元和郡县志》:"河南府登封县嵩高山,在县北八里,山高二十里,周回一百二十里。"

㊼《元和郡县志》:"洛阳县洛水,在县西南三里;河南县洛水,在县北四里。"《论衡》:"雒阳城中之道无水,水工激之上洛中之水,日夜驰流。"

㊽《史记·自序》:"述往事,思来者。"《后汉书·刘隆传》:"颍川弘农可问,河南南阳不可问。"

㊾《庄子》:"天地者,形之大者也。"《淮南子》:"深哉眒眒,远哉悠悠。"

㊿《魏志·文帝纪》注:"《献帝传》载禅代众事,册诏曰:汉家世逾二十,年过四百。"《陈思王植传》:"受禅炎汉,君临万邦。"

○51《博物志》："周自后稷至于文武,皆都关中,号为宗周。"《魏书·韩显宗传》："周王东迁河洛,镐京犹称宗周,以存本也。"《北史·王劭传》："昔宗周卜世三十,今则倍之。"按:《隋书》作"周宗卜世三十",盖字倒误。

○52《公羊传》："五板而堵。"张载诗:"周墉无遗堵。"

○53《说文》："丘,土之高也。"《风俗通》:"丘之字,二人立,一上一下者,地四方高,中央下,象形也。"屈原《离骚》:"哀高丘之无女。"

○54《史记·留侯世家》："人生一世间,如白驹过隙,何至自苦如此乎?"

○55 王融《曲水诗序》："正歌有阕。"宋之问诗:"亲朋忽解携。"

○56《世说》："桓大司马问真长曰:'闻会稽王语奇进,尔邪?'对曰:'极进,然故是第二流中人耳。'桓曰:'第一流复是谁?'对曰:'正是我辈耳'。"

送沈处士赴苏州李中丞招以诗赠行①

山城树叶红②,下有碧溪水③。溪桥向吴路④,酒旗夸酒美⑤。下马此送君⑥,高歌为君醉⑦。念君苞材能⑧,百工在城垒⑨。空山三十年⑩,鹿裘挂窗睡⑪。自言陇西公⑫,飘然我知己⑬。举酒属吴门⑭,今朝为君起。悬弓三百斤⑮,囊书数万纸⑯,战贼即战贼,为吏即为吏。尽我所有无,惟公之指使⑰。予曰陇西公,滔滔大君子⑱。常思抡群材⑲,一为国家治。譬如匠见木⑳,碍眼皆不弃㉑。大者粗十围㉒,小者细一指,掎㉓橛㉔与栋梁㉕,施之皆有位㉖。忽然竖明堂㉗,一挥立能致㉘。予亦何为者?亦受公恩纪㉙。处士常有㉚言,残虏为犬豕。常恨两手空㉛,不得一马箠㉜。今依陇西公,如虎傅两翅㉝。公非刺史材㉞,当坐岩廊地㉟。处士魁奇姿㊱,必展平生志㊲。东吴饶风光㊳,翠巘多名寺㊴。疏烟亹亹秋㊵,独酌平生思㊶。因书问故人㊷,能忘批纸尾㊸?公或忆姓名④，为说都憔悴⑤。

① 一本无"送"字。〇《后汉书·崔骃传》："窦宪府贵重，掾属三十人，皆故刺史二千石，唯骃以处士年少擢在其间。"《唐书·地理志》："江南道苏州吴郡。"《旧唐书·文宗纪》："开成四年九月，以苏州刺史李款为江西观察使。"《李甘传》："有李款者，为侍御史，郑注邠宁入朝，款伏阁弹注，文宗不之省。及注用事，款亦被逐。开成中，累官至谏议大夫，出为苏州刺史，迁洪州刺史、江西观察使。"《唐六典》："御史台中丞，正五品。"《汉书·段会宗传》："朋友以言赠行。"按：本集有《上李中丞书》。

② 庾信诗："山城早掩扉。"

③ 房篆诗："前溪流碧水。"

④ 张谓诗："迥临村路傍溪桥。"《国语》："沿海泝淮，以绝吴路。"

⑤《韩非子》："宋人有酤酒者，为酒甚美，悬帜甚高。"《丹铅总录》："帜，谓之帘；帘，谓之酒旗。"《唐韵》'帘'字注云：酒家望子。"庾信《春赋》："入新丰而酒美。"

⑥《魏书·傅永传》："下马作露布"。

⑦ 傅毅《舞赋》："亢音高歌，为乐之方。"

⑧《后汉书·班固传》："不以才能高人。"

⑨《汉书·食货志》："作巧成器曰工。"《汉书·张苍传》："若百工天下作程品。"《唐六典》："工作贸易者为工。"《魏志·刘馥传》："高为城垒。"

⑩ 江淹诗："诵经空山坻。"

⑪《晋书·瞿硎先生传》："居宣城文脊山中，大司马桓温尝往造之，见先生披鹿裘，坐于石室。"

⑫《广韵》："李姓。《风俗通》云：李伯阳之后，出陇西、赵郡、顿丘、渤海、中山、襄城、江夏、梓潼、范阳、广汉、梁国、南阳十二望。"《宋书·乐志》："古人相呼曰公。"

⑬《周书·晋公护传》："飘然千里。"《史记·晏婴传》："君子绌于不知己而信于知己者。"

⑭ 何逊诗："踌躇惭举酒。"《艺文类聚》："《韩诗外传》曰：颜回望吴门马，见一匹练。孔子曰：马也。然则马之光景，一匹长耳，故后人号马为一匹。"按：今《韩诗外传》无此条。

⑮ 《后汉书·盖延传》："身长八尺，弯弓三百斤。"

⑯ 《后汉书·大秦国传》："常使人持囊随王车，人有言事者，即以书投囊中。"

⑰ 《战国策》："凭几据杖，眄视指使，则厮役之人至。"

⑱ 《淮南子》："夫子见禾之三变也，滔滔然曰：'狐乡丘而死，我其首禾乎？'故君子见善则痛其身焉。"《后汉书·高彪传》："不待介者而谒大君子之门。"

⑲ 《晋书·袁宏传》："莫不宗匠陶钧，而群才缉熙。"

⑳ 《孔丛子》："夫圣人之官人，犹大匠之用木也。"

㉑ 曹植诗："大匠无弃材。"

㉒ 刘勰《新论》："十围之木，不可盖以茅茨。"

㉓ 《庄子》："天地一指也。"

㉔ 原注：先结切。

㉕ 《说文》："捐，限也。"《尔雅》："宋庮谓之梁，栋谓之桴，橛谓之阒。"

㉖ 刘勰《新论》："夫柽柏之断也，大者为栋梁，小者为椽桷，直者中绳，曲者中钩，随材所施，未有可弃者，是以君子善能拔士，故无弃人，良匠善能运斤，故无弃材。"

㉗ 《白虎通》："明堂上圆下方，八牖四闼，布政之官，在国之阳。"

㉘ 《梁书·萧子显传》："见九流宾客，不与交言，但举扇一拂而已。"

㉙ 《蜀志·先主传》："权进妹(囚)〔固〕好，先主至京见权，绸缪恩纪。"

㉚ 一云"有常"。

㉛ 《汉书·晁错传》："兵不完利，与空手同。"

㉜ 《史记·陈馀传》："张耳、陈馀杖马箠，下赵数十城。"

㉝ 《魏志·张既传》："此为虎傅翼也。"

㉞ 《玉海》："黄泰《交州记》曰：刺者，言其刺举不法；史者，使也，言为天子之所使也。"《唐六典》："上州刺史从三品，中州刺史正四品上，下州刺

史正四品下。"

㉟《汉书·董仲舒传》:"虞舜之时,游于岩廊之上,垂拱无为,而天下太平。"《后汉书·虞诩传》:"君儒者,当谋谟庙堂,反在朝歌邪?"

㊱《汉书·鲍宣传》:"白首耆艾,魁垒之士。"

㊲《梁书·刘歊传》:"若从四子而游,则平生之志得矣。"

㊳《穆天子传》:"太王亶父之始作西土,封其元子吴太伯于东吴。"陈后主诗:"春日好风光。"

㊴《高士传赞》:"息意三年,风尊翠巘。"《石林燕语》:"汉以来,九卿官府皆名曰寺,鸿胪其一也。本以待四裔宾客。明帝时,摄摩腾、竺法兰自西域以白马负经至,舍于鸿胪寺。既死,尸不坏,因留寺中,后遂以为浮屠之居,即雒中白马寺也。僧居称寺,本此。"

㊵《晋书·挚虞传》:"气亹亹而愈新。"

㊶江总诗:"独酌一尊酒。"《南史·王敬则传》:"召故人饮酒说平生。"

㊷《汉书·陈遵传》:"治私书谢京师故人。"

㊸《宋书·蔡廓传》:"我不能为徐干木署纸尾也。"

㊹《后汉书·陆续传》:"皆分别姓名,无有差缪。"

㊺《淮南子》:"有荣华者,必有憔悴。"

长安送友人游湖南①

子性剧②弘和③,愚衷深褊狷。相舍嚣讟中④,吾过何由鲜⑤。楚南饶风烟⑥,湘岸苦萦宛⑦。山密夕阳多⑧,人稀芳草远⑨。青梅繁枝低⑩,斑笋新梢短⑪。莫哭葬鱼人⑫,酒醒且眠饭。

① 一云"长安送人"。○《汉书·地理志》:"秦地于《禹贡》时跨雍、梁二州,汉兴,立都长安。"《周礼·大司徒》注:"同志曰友。"《元和郡县志》:"湖

南观察使管州七，潭州、衡州、郴州、永州、连州、道州、邵州。”

② 一作“极”。

③《白虎通》：“子者，丈夫之通称也。”

④《后汉书·伏皇后纪》：“幸垂恩相舍。”《国语》：“哗嚣之美。”注：“哗嚣，犹欢哗。”

⑤《北齐书·崔瞻传》：“与赵郡李概为莫逆之友，概将东还，瞻遗之书曰：仗酒使气，我之常弊，诋诃指切，在卿尤甚。足下告归，吾于何闻过也？”

⑥《史记·苏秦传》：“楚，天下之强国也，南有洞庭苍梧。”阴铿《和登百花亭怀荆楚诗》：“风烟望似接。”

⑦《汉书·地理志》：“零陵阳海山，湘水所出，北至酃入江。过郡二，行二千五百三十里。”

⑧ 皇甫冉诗：“潮满夕阳多。”宋景文《笔记》：“莒公尝言山东曰朝阳，山西曰夕阳，指山之处耳，后人便用夕阳为斜日，误矣。予观刘琨诗：夕阳忽西流。古人亦误用久矣。”按：郭璞《江赋》云：“夔蚮翘踛于夕阳，鸳雏弄翮乎山东。”郭与刘同时，其所云“夕阳”，自一遵雅驯也。

⑨ 屈原《离骚》：“何昔日之芳草兮，今直为此萧艾也。”

⑩《物类相感志》：“青梅，小满前嫩脆，过后则易黄。”

⑪《博物志》：“舜二妃曰湘夫人，舜死，二妃啼，以涕挥竹，竹尽斑。”《尔雅》：“筍，竹萌。”

⑫《史记·屈原传》：“宁赴常流而葬乎江鱼腹中耳。”《水经注·湘水篇》：“汨水又西为屈潭，即汨罗渊也。屈原怀沙，自沉于此，故渊潭以屈为名。昔贾谊、史迁皆尝径此，弭檝江波，投吊于渊。”

皇　风①

仁圣天子神且武②，内兴文教外披攘③。以德化人汉文帝④，侧身修道周宣王⑤。迒⑥蹊巢穴尽窒塞⑦，礼乐刑政皆弛张⑧。何当提笔侍巡狩⑨，前驱白斾吊河湟⑩！

①《后汉书·班固传》："扬缉熙，宣皇风。"

②《旧唐书·武宗纪》："会昌二年四月，李德裕等上尊号曰：仁圣文武至神大孝皇帝。"《后汉书·班固传》："仁圣之事既该，帝王之道备矣。"

③《汉纪·元帝纪论》："内修文学，外耀威武。"《魏志·陈思王植传》："朱旗所拂，九土披攘。"

④《汉书·文帝纪赞》："专务以德化民。"

⑤《诗·云汉》序："宣王遇灾而惧，侧身修行。"

⑥原注：音刚。

⑦《说文》："远，兽迹也。穴，土室也。穴中曰窠，树上曰巢。"《玉篇》："蹊，径也。"张衡《西京赋》："远杜蹊塞。"《庄子》："梁丽可以冲城，而不可以窒穴。"

⑧《礼记》："礼乐刑政四达而不悖，则王道备矣。"又："一张一弛，文武之道也。"《汉书·叙传》："弛张浮沉。"

⑨《白虎通》："王者所以巡狩者何？巡者，循也。狩，牧也。为天下循行守牧民也。"

⑩《诗》："为王前驱。"又："白斾央央。"《旧唐书·宣宗纪》："朕每念河湟土疆，自天宝末，无力御奸，荏苒于是，收复无由。"《五代史·四夷附录》："安禄山之乱，肃宗悉召河西兵赴难，而吐蕃乘虚攻陷河西陇右，华人百万，皆陷于虏。文宗时，尝遣使者至西域，见甘凉瓜沙等州，城邑如故，而陷虏之人，见唐使者，夹道迎呼，啼泣曰：'皇帝犹念陷蕃人民否？'"

雪中书怀①

腊雪一尺厚②，云冻寒顽痴③。孤城大泽畔④，人疏烟火微⑤。愤悱欲谁语⑥？忧悒不能持。天子号仁圣，任贤如事师⑦，凡称曰治具⑧，小大无不施。明庭开广敞⑨，才隽受羁维⑩。如日月缅⑪升⑫，若鸾凤葳蕤⑬。人才自朽下⑭，弃去亦其宜。北虏坏亭障⑮，闻屯千里师⑯。牵连久不解⑰。他盗恐旁窥⑱。臣实有长策⑲，彼可徐鞭笞⑳。如蒙一召议㉑，食肉寝其皮㉒。斯乃庙堂事㉓，尔微非尔知㉔。向来蹑等语㉕，长作陷身机㉖。行当腊欲破㉗，酒齐㉘不可迟㉙。且想春候暖㉚，甕间倾一卮㉛。

①《大戴礼》："盛冷之气在雨水，则凝滞而为雪。"《颜氏家训》："聊书素怀。"

②《清异录》："腊雪熟麦。"《隋书·礼仪志》："腊者，接也，取新故交接。"《周书·刘璠传》："尝对雪兴感，乃作《雪赋》，其词曰：'浅则不过一寸，大则平地一尺。'"

③《易通卦验》："小寒合冻苍阳雪。"

④《后汉书·耿恭传》："耿恭以单兵固守孤城。"《周礼·职方氏》："正南曰荆州，其泽薮曰云梦。"《后汉书·质帝纪》："郡国有名山大泽，能兴云出雨者，二千石长吏各絜斋请祷。"按：牧之时为黄州刺史。

⑤ 王粲诗："四望无烟火。"

⑥《周髀算经》注："愤而悱之，然后启发。"

⑦《战国策》："帝者与师处。"《汉书·韩信传》："东乡坐，西乡对而师事之。"

⑧《史记·酷吏传》："法令者，治之具。"

⑨ 荀仲举诗："汉帝幸明庭。"

⑩《魏书·郑羲传》："高祖谓道昭曰：自比迁务虽猥，与诸才隽不废咏缀。"《魏志·陈思王传》注："《魏略》曰：植上书曰：'固当羁绊于世绳，维系于禄位。'"

⑪ 原注：公曾切。

⑫《诗》:"如月之恒,如日之升。"《释文》:"恒,本亦作'絚',弦也。"

⑬《汉书·扬雄传》:"鸾凤纷其御蕤。"《司马相如传》:"错翡翠之葳蕤。"《晋书·乐志》:"葳蕤,垂下貌也。"

⑭《汉书·杨恽传》:"材朽行秽。"曹植《封鄄城王谢表》:"才质疵下。"

⑮《释名》:"亭,停也,人所停集也。障,卫也。"《陈书·周迪传》:"于时北寇侵轶,西贼凭陵。"《汉书·匈奴传》:"障塞破坏,亭隧灭绝。"《贾捐之传》:"女子乘亭障。"

⑯《史记·傅宽传》集解:"律谓勒兵而守曰屯。"《韩安国传》:"千里而战,兵不获利。"《旧唐书·武宗纪》:"会昌二年八月,回纥乌介可汗过天德至杷头峰北,俘掠云朔北州,乃征发许、蔡、汴等六镇之师,以太原节度使刘沔为回纥南面招讨使,以张仲武为幽州卢龙节度使、检校工部尚书,封兰陵郡王,充回纥东面招讨使,皆会军于太原。"

⑰扬雄《答刘歆书》:"翁孺与雄,外家牵连之亲。"《汉书·食货志》:"匈奴绝和亲,侵扰北边,兵连而不解。"

⑱《穀梁传》:"辟中国之正道以袭利,谓之盗。"《汉书·高帝纪》:"所以守关者,备他盗也。"

⑲《通典》:"皇太子以下,率土之内,于皇帝皆称臣。"《汉书·礼乐志》:"未有建万世之长策,举明主于三代之隆者也。"

⑳《汉书·贾谊传》:"行臣之计,请必系单于之颈而制其命,伏中行说而笞其背。"《陆贾传》:"汉王起巴蜀,鞭笞天下。"

㉑《玉海》:"王方翼,高宗召议西域事。"

㉒《左传》:"譬如禽兽,臣食其肉而寝处其皮矣。"

㉓《汉书·梅福传》:"庙堂之议,非草茅所当言也。"

㉔《说苑》:"晋献公之时,东郭民有祖朝者,上书献公曰:愿请闻国家之计。公使告之曰:肉食者虑之矣,藿食者尚何与焉?祖朝曰:肉食者一旦失计于庙堂之上,若臣等藿食者,宁得无肝脑涂地于中原之野,其祸亦及臣之身,安得无与国家之计乎?"《吕氏春秋》:"简公曰:非而细人所能识也。"

㉕《礼记》:"幼者听而弗问,学不躐等也。"《盐铁论》:"大夫乃为色矜而

心不怿曰：居者不知负戴之劳，从旁议者与当局者异忧。"

㉖《魏志·袁绍传》注："《魏氏春秋》曰：'举手挂网罗，动足蹈机陷。'"

㉗《旧唐书·礼仪志》："唐以辰日腊。"

㉘ 原注：去声。

㉙《周礼·酒正》："辨五齐之名，酒人掌为五齐三酒。"《汉书·天文志》："岁始或冬至日腊，明日，人众卒岁，壹会饮食，发阳气。"

㉚ 傅玄《乐府》："穆穆三春节，天气暖且和。"江淹诗："南中气候暖。"

㉛《晋书·毕卓传》："比舍郎酿熟，卓夜至其瓮间盗饮之。"《新序》："赵厮养卒见燕王曰：'贱人希见长者，愿请一卮酒！'"

雨中作①

　　贱子本幽慵②，多为隽贤侮③。得州荒僻中④，更值连江雨⑤。一褐拥秋寒⑥，小窗侵竹坞⑦。浊醪气色严⑧，皤腹瓶罂古⑨。酣酣天地宽⑩，恍恍嵇刘伍⑪。但为适性情⑫，岂是藏鳞羽⑬。一世一万朝⑭，朝朝醉中去⑮。

① 王士禛《蜀道驿程记》："《得州荒僻中》一篇，乃牧之刺黄州作。"

② 一作"傭"。○《汉书·楼护传》："时请召宾客，邑居樽下，称贱子上寿。"

③《晋书·阮籍传》："俊贤抗足。"

④ 韩愈诗"莫欺荒僻断知闻。"

⑤ 王昌龄诗："寒雨连江夜入吴。"

⑥ 汤惠休诗："秋寒依依风过河。"

⑦《后汉书·献帝纪》注："服虔《通俗文》曰：营居曰坞。一曰庫，城也。"

⑧《说文》："醪，汁滓酒也。"按：《后汉书·寇恂传》注引《说文》作"醪

兼汁滓酒”。左思《魏都赋》:“浊醪如河。”《宋书·武帝纪》:“高祖因呼更战,气色甚猛。”

⑨《左传》:“睅其目,皤其腹。”《方言》:“瓶,自关而东赵魏之郊谓之瓮,或谓之罂。缶谓之瓿甊,其小者谓之瓶。”

⑩ 崔融诗:“遥思故园陌,桃李正酣酣。”岑参诗:“九州天地宽。”

⑪《晋书·嵇康传》:“所与神交者,惟陈留阮籍,河内山涛,豫其流者,河内向秀,沛国刘伶,籍兄子咸,瑯琊王戎,遂为竹林之游,世所谓竹林七贤也。”

⑫《宋书·羊欣传》:“游玩山水,甚得适性。”《谢灵运传》:“抱疾求闲,顺从性情。”

⑬《后汉书·陈留老父传》:“夫龙不隐鳞,凤不藏羽,网罗高悬,去将安所。”

⑭《后汉书·仲长统传》:“逍遥一世之上。”《隋书·刘昉传》:“名是一万日。”

⑮ 宋玉《高唐赋》:“朝朝暮暮。”

偶游石盎僧舍①

敬岑草浮光②,句沚水解脉③。益④郁乍怡融⑤,凝严忽颓坼⑥。梅颣暖眠酣⑦,风绪和无力⑧。凫浴涨汪汪⑨,雏娇村幂幂⑩。落日美楼台⑪,轻烟饰阡陌⑫。潋绿古津远⑬,积润苔基释。孰谓汉陵人⑭,来作江汀客⑮。载笔念无能⑯,捧筹惭所画⑰。任辔偶追闲⑱,逢幽果遭适。僧语淡如云,尘事繁堪织。今古几辈人⑲,而我何能息。

① 原注:宣州作。〇《江南通志》:“石盎寺在敬亭山旁。”《说文新附》:“僧,浮屠道人也。”《释名》:“舍,于中舍息也。”

②《通典》:"宣州宣城县有敬亭山。"《尔雅》:"山小而高,岑。"谢朓诗:"风光草际浮。"刘孝绰诗:"浮光乱粉壁。"

③ 句溪注见前《张好好》诗。《尔雅》:"小陼曰沚。"《魏书·尔朱兆传》:"河边人梦神谓己曰:'尔朱家欲渡河,用尔作澶波津令,为之缩水脉。'"

④ 一作"悒"。

⑤《魏志·文帝纪》注:"禅代众事曰:大禹必郁悒于会稽之山。"

⑥《礼记》:"天地严凝之气。"

⑦《说文》:"颣,丝节也。"

⑧《说文》:"绪,丝端也。"王融《涤除三业篇颂》:"或端风绪。"

⑨《淮南子》:"真人之所游,若熊经鸟伸,凫浴猿躩,鸱视虎顾。"《水经注·清水篇》:"凡亭陂东,樊氏故宅,庾公取其陂,故谚曰:'陂汪汪,下田良,樊子失业庾公昌。'"

⑩《后汉书·窦宪传》注:"鸟子生而啄者曰雏。"《元包经》:"否雾幂幂,霶霈霈,天地不相合,阴阳不相索。"

⑪ 梁简文帝诗:"落日芳春暮。"《史记·天官书》:"海旁蜃气,象楼台广野,气成宫阙。"

⑫《梁书·张充传》:"弱雾轻烟,乍林端而庵蔼。"《宋书·谢灵运传》:"阡陌纵横。"

⑬《论语》注:"郑康成曰:津,济渡处也。"

⑭《元和郡县志》:"京兆府万年县杜陵,在县东南二十里,汉宣帝陵也。"

⑮《宋书·谢灵运传》:"左湖右江,往渚还汀。"

⑯《隋书·孙万寿传》:"如何载笔士,翻作负戈人?"《战国策》:"孟尝君曰:'客何能?'曰:'客无能也。'"

⑰《汉书·五行志》:"筹,所以纪数。"《晋书·魏舒传》:"钟毓每与参佐射,舒尝为画筹而已。"

⑱《释名》:"辔,拂也,牵引拂戾以制马也。"

⑲《魏书·李孝伯传》:"事等功均,今古无易。"

赴京初入汴口晓景即事先寄兵部李郎中①

清淮控隋漕②，北走长安道③。樯形栉栉斜④，浪态迤迤⑤好。初旭红可染⑥，明河澹如扫⑦。泽阔鸟来迟，村饥人语早。露蔓虫丝多⑧，风蒲燕雏老⑨。秋思高萧萧⑩，客愁长裹裹⑪。因怀京洛间⑫，宦游何戚⑬草⑭。什伍持津梁⑮，颂涌争追讨。翾便⑯讵可寻，几秘安能考。小人乏馨香⑰，上下将何祷⑱？唯有君子心，显豁知幽抱⑲。

①《风俗通》："按《尔雅》：丘之绝高大者为京，谓非人力所能成，乃天地性自然也。"今京兆、京师，义取于此。《唐书·地理志》："上都初曰京城，天宝元年，曰西京，至德二载，曰中京，上元元年，复曰西京，肃宗元年，曰上都。《通典》：河南府河阴汴渠，在县南二百五十步，亦名莨荡渠，今名通济渠，首受黄河。《汉书》有荥阳漕渠，如淳曰：今砾溪口是也。隋大业元年，更令开导，名通济渠，西通河洛，南达江淮。《名胜志》：开封府祥符县，县东六里有蓼堤，梁孝王筑，隋炀帝复修筑之，改曰隋堤。志云：隋堤，一名汴堤，即汴口也。"《宋书·谢灵运传》："发汴口而游历。"《南齐书·王慈传》："即事则习行已久。"《唐六典》："兵部郎中，从五品上。"

② 何逊诗："月映清淮流。"《隋书·炀帝纪》："开通济渠自西苑引穀洛水达于河，自板渚引河通于淮。"

③ 鲍照《芜城赋》："北走紫塞雁门。"《隋书·郭衍传》："徵为开漕渠大监部，率水工凿渠，引渭水经大兴城北，东至于潼关，漕运四百余里，关内赖之，名之曰富民渠。"《晋书·五行志》："道者，四方往来，所以交通王命也。"

④《玉篇》："樯，船樯，帆柱也。"

⑤ 原注：徒何反。

⑥ 梁简文帝《招真馆碑》："旭日晨临，同迎若华之色。"

⑦《广志》曰:"天河亦曰明河。"宋之问诗:"明河可望不可亲。"王僧孺诗:"沙岸净如扫。"

⑧庾信诗:"虫丝定几重。"

⑨《尔雅》:"燕燕,乣。又:生嚸雏。"

⑩白居易诗:"引琴弹秋思。"《古歌》:"秋风萧萧愁杀人。"

⑪刘孺诗:"讵使客愁轻。"王台卿诗:"袅袅机头丝。"

⑫《后汉书·班固传》:"子徒习秦阿房之造天,而不知京洛之有制也。"

⑬一作"草"。

⑭《汉书·司马相如传》:"长卿久宦游,不遂而困。"《魏书·刘裕传》:"昱无所诛害,则忧思草草。"

⑮《汉书·晁错传》:"什伍俱前。"《宋书·礼志》:"先王所以陶铸天下,津梁万物。"《魏书·封懿传》:"吾平生不妄进举,而每荐此二公,非直为国进贤,亦为汝等将来之津梁也。"《通鉴·梁纪》注:"凡江河济渡之处,皆曰津,横绝水为桥以通往来,曰渡。"

⑯原注:去声。

⑰《国语》:"馨香不登。"

⑱《汉书·郊祀志》:"孝武皇帝,大圣通明,始建上下之祀。"

⑲《南齐书·垣崇祖传》:"世间流言,我已豁诸怀抱。"

独 酌①

长空碧杳杳②,万古一飞鸟③。生前酒伴闲④,愁醉闲多少。烟深隋家寺⑤,殷叶暗相照⑥。独佩一壶游⑦,秋毫泰山小⑧。

①《宋书·颜延之传》:"布衣蔬食,独酌郊野,当其为适,傍若无人。"

② 庾肩吾诗:"行曦上杳杳。"

③ 颜延之诗:"万古陈往还。"张协诗:"人生瀛海内,忽如鸟过目。"

④ 杜甫诗:"生前相遇且衔杯。"又:"走觅南邻爱酒伴。"

⑤《长安志》:"万年县所领朱雀门街之东靖善坊大兴善寺,尽一方之地,初曰遵善寺,隋文承周武之后,大崇释氏,以收人望。移都,先置此寺,以其本封名焉。寺殿广崇,为京城之最。"按:隋于所移都,所建寺,谅不可悉数,而大兴善寺则其最先而最大者。《酉阳杂俎》谓寺取大兴城两字,坊名一字为名,兹云以其本封名焉,知当时容有隋寺之目。牧之此云"隋家寺",而《长安长句》亦云"醉吟隋寺",其即此寺与?

⑥《左传》注:"殷音近烟,今人谓赤黑为殷色。"

⑦《晋书·刘伶传》:"尝乘鹿车,携一壶酒,使人荷锸而随之。"

⑧《庄子》:"莫大于秋毫之末,而泰山为小。"

惜　春①

春半年已除,其余强为有。即此醉残花②,便同尝腊酒③。怅望送春杯④,殷勤扫花帚⑤。谁为驻东流⑥,年年长在手⑦。

①《玉麈集》:"穆宗每宫中花开,则以重顶帐蒙蔽栏槛,置惜春御史掌之,号曰括春。"

② 庾信诗:"残花听酒须。"

③《四民月令》:"腊明日为小岁,进椒酒尊长。"

④ 谢朓诗:"停骖我怅望。"白居易诗:"一杯浊酒送残春。"

⑤《史记·乐书》:"得以接欢喜,合殷勤。"《韩诗外传》:"有殷勤之意者好丽。"徐悱诗:"落花扫更合。"

⑥《吕氏春秋》:"水泉东流,日夜不休。"

⑦《宋书·张兴世传》:"年年渐大。"《世说》:"毕茂世云:一手持蟹螯,一手持酒杯,足了一生。"

题安州浮云寺楼寄湖州张郎中①

去夏疏雨余②,同倚朱栏语③。当时楼下水④,今日到何处⑤?恨如春草多⑥,事与孤鸿去⑦。楚岸柳何穷⑧,别愁纷若絮。

①《唐书·地理志》:"淮南道安州安陆郡。江南道湖州吴兴郡。"《通典》:"尚书省,郎中二十八人,吏部、户部、兵部、刑部、各二人,余各一人,并左右司,则三十人。"按:安州,《唐旧志》亦系淮南道,《元和郡县志》则在江南道,隶鄂岳观察使。考《方镇表》云:"至德二载,置淮南节度使,领扬、楚、滁、和、寿、庐、舒、光、蕲、安、黄、申、沔十二州。"曰十二州而所列却十三州,或疑字误。表又云"兴元十五年,置安黄节度使,治安州",而淮南节度使内不云是年罢领安黄二州,是说误也。表云:"元和元年,升鄂岳观察使为武昌军节度使,增领安黄二州","五年罢武昌军节度使,置鄂岳都团练观察使"。知《元和志》之安州,自定系江南道。据《新旧志》所列,则后又当仍属淮南。故宋《太平寰宇记》亦属淮南道,而唐《方镇表》中,淮南与鄂岳又俱无安州改隶之文,则又不能详也。

② 李白诗:"落景转疏雨。"

③ 李嘉祐诗:"高阁朱栏不厌游。"

④《公羊传》:"当时而不日。"《释文》:"当,丁浪反,又如字。"

⑤《荀子》:"欲观千载,则审今日。"《古乐府》:"百川东到海。"《古歌》:"逐郎何处索。"

⑥ 谢灵运诗:"萋萋春草繁。"

⑦《隋书·卢思道传》:"迁武阳太守,非其好也。为《孤鸿赋》以寄

其情。"

⑧《通典》："安州，春秋䢵子之国，云梦之泽在焉。后楚灭䢵，封斗辛为郧公，即其地也。"庾肩吾诗："宁知临楚岸。"

过骊山作①

始皇东游出周鼎②，刘项纵观皆引颈③。削平天下实辛勤④，却为道旁穷百姓⑤。黔首不愚尔益愚⑥，千里函关囚独夫⑦。牧童火入九泉底⑧，烧作灰时犹未枯⑨。

①《唐书·地理志》："京兆府昭应，本新丰，有宫在骊山下。"《史记·周本纪》正义："《括地志》云：骊山在雍州新丰县南十里。"《秦始皇纪》："葬始皇郦山。始皇初即位，穿治郦山，及并天下，天下徒送诣七十余万人，穿三泉，下铜而致椁，宫观百官奇器珍怪徙藏满之，树草木以象山。"《正义》："《关中记》云：始皇陵在骊山，泉本北流，障使东西流。有土无石，取大石于渭南诸山。《括地志》云：秦始皇陵在雍州新丰县西南十里。"

②《史记·秦始皇纪》："自今已来，除谥法，朕为始皇帝。"又："阳和方起，皇帝东游。"又："始皇还过彭城，斋戒祷祠，欲出周鼎泗水，使千人没水求之，弗得。"

③《史记·项羽纪》："秦始皇帝游会稽，渡浙江，梁与籍俱观，籍曰：'彼可取而代也。'"《高祖纪》："高祖常繇咸阳，纵观秦始皇帝，喟然叹息曰：嗟乎！大丈夫当如此也。"《释名》："颈，俓也，俓挺而长也。"

④《史记·秦始皇纪》："皇帝躬圣，既平天下，不懈于治。"《南齐书·刘怀珍传》："以禁旅辛勤，求为闲职。"

⑤《史记·秦楚之际月表》："秦稍蚕食诸侯，百有余载，至始皇乃能并冠带之伦，以德若彼，用力若此，盖一统若斯之难也。于是，无尺土之封，堕坏名城，销锋镝，锄豪杰，维万世之安。然王迹之兴，起于闾巷，合从讨伐，

轶于三代，乡秦之禁，适足资贤者为驱除难耳。"《汉书·黄霸传》："甚苦，食于道旁，乃为乌所盗肉。"《后汉书·皇甫嵩传》："天道无亲，百姓与能。"

⑥《史记·秦始皇纪》："更名民曰黔首。"又："焚百家之言，以愚黔首。"

⑦《汉书·地理志》："弘农郡弘农，故秦函谷关。"《元和郡县志》："陕州灵宝县函谷故城，在县南十里，秦函谷关城，汉弘农县也。"《西征记》曰："函谷关城，路在谷中，深险如函，故以为名，其中劣通行路，东西四十里，绝岸壁立，岩上柏林阴荫，谷中殆不见日。关去长安四百里，日入则闭，鸡鸣则开，秦法也。东自崤山，西至潼津，通名函谷，号曰天险，所谓秦得百二也。"《史记·汉高祖纪》："秦形胜之国，带河山之险，县隔千里。"《索隐》："服虔云：谓函谷关去长安千里为悬隔。按：文以河山险固形胜，其势如隔千里。"

⑧《南史·吴苞传》："栖迟山谷，常以一壶自随。一旦谓弟子曰：吾今夕当死，壶中大钱一千，以通九泉之路，蜡烛一挺，以照七尺之尸。至夜乃亡。"

⑨《汉书·刘向传》："秦始皇帝葬于骊山之阿，其后牧儿—作童亡羊，羊入其凿，牧者持火照求羊，失火烧其臧椁。"

池州送孟迟先辈①

　　昔子来陵阳②，时当苦炎热③。我虽在金台④，头角长垂折⑤。奉披尘意惊，立语平生豁⑥。寺楼最骞轩，坐送⑦飞鸟没⑧。一罇中夜酒⑨，半破前峰月⑩。烟院松飘萧⑪，风廊竹交戞⑫。时步郭西南，缭径苔圆折。好鸟响丁丁⑬，小溪光汃汃⑭。篱落见娉婷⑮，机丝弄哑轧⑯。烟湿树姿娇，雨余山态活⑰。仲秋往历阳⑱，同上牛矶歇⑲。大江吞天去⑳，一练横坤抹㉑，千帆美满风㉒，晓日殷鲜血㉓。历阳裴太守㉔，襟韵苦超越㉕，鞞鼓画麒麟㉖，看君击狂节㉗。离袖飐应劳㉘，恨粉啼还咽㉙。明年忝谏官㉚，绿树秦川阔㉛。子提健笔来㉜，势若夸父渴㉝。九衢林马撻㉞，千门织车辙㉟。秦台破心胆㊱，黥阵惊毛发㊲。子既屈一鸣㊳，余固宜三刖㊴。慵忧长者来，病怯长街喝㊵。僧炉风雪夜㊶，相对眠一褐。暖灰重拥瓶㊷，晓粥还分钵㊸。青云马生角㊹，黄州使持节㊺。秦岭望樊川㊻，只得回头别㊼。商山四皓祠㊽，心与樗蒲说㊾。大泽蒹葭风(50)，孤城狐兔窟(51)。且复考诗书，无因见簪笏(52)。古训屹如山(53)，古风冷刮骨(54)。周鼎列瓶罂(55)，荆璧横抛掷(56)。力尽不可取(57)，忽忽狂歌发(58)。三年未为苦，两郡非不达(59)。秋浦倚吴江(60)，去楫飞青鹘(61)。溪山好画图(62)，洞壑深闺闼(63)。竹冈森羽林(64)，花坞团宫缬(65)。景物非不佳(66)，独坐如韝绁(67)。丹鹊东飞来(68)，喃喃送君札(69)。呼儿旋(70)供衫(71)，走门空踏袜(72)。手把一枝物(73)，桂花香带雪(74)。喜极至无言(75)，笑余翻不悦(76)。人生直作百岁翁(77)，亦是万古一瞬中(78)。我欲东召龙伯翁(79)，上天揭取北斗柄(80)。蓬莱顶上斡海水(81)，水尽到底看海空(82)。月于何处去(83)？日于何处来(84)？跳丸相趁走不住(85)，尧舜禹汤文武周孔皆为灰(86)。酌此(87)一杯酒(88)，与君狂且歌。离别岂足更关意(89)，衰老相随可奈何(90)。

①《唐书·地理志》："江南道池州，武德四年，以宣州之秋浦、南陵二县置。"《艺文志》："孟迟诗一卷，字迟之，会昌进士第。"《诗·采薇》笺："今薇生矣，先辈可以行也。"《国史补》："互相推敬，谓之先辈。"

②《仪礼·士冠礼》注："子，男子之美称。"《宋书·州郡志》："宣城太守广阳令，汉旧县曰陵阳，子明得仙于此县，山故以为名，晋咸康四年更名。"《方舆胜览》："陵阳山在宣城，一峰为叠嶂楼，一峰为谯楼，一峰为景德寺。"

《宣城县志》："陵阳山冈峦盘曲，为郡之镇，自敬亭而南，隐起为三峰，环绕县治，郡地四出皆卑，即阜为垣，郡治盖据此山之冈麓也。"

③ 傅咸《感凉赋序》："盛夏月困于炎热，热甚不过旬日，而复自凉。"

④《齐东野语》："王文公诗云：'功谢萧规惭汉第，恩从隗始愧燕台。'然《史记》止云为隗改筑宫而师事之，初无'台'字。而李白诗有'何人为筑黄金台'之语，吴虎臣《漫录》以此为据。按《新序》、《通鉴》亦皆云筑宫，不言台也。然李白屡用黄金台事，如'谁人更扫黄金台'，'燕昭延郭隗，遂筑黄金台'，'扫洒黄金台，招邀广平客'，'如登黄金台，遥谒紫霞仙'，'侍宴黄金台，传觞青玉案'。杜甫亦有'扬眉结义黄金台'，'黄金台贮贤俊多'。柳子厚亦云'燕有黄金台，远致望诸君'。《白氏六帖》有'燕昭王置千金于台上，以延天下士，谓之黄金台'。此语唐人相承用者甚多，不特本于白也。又按《唐文粹》有皇甫松《登郭隗台》诗。又梁任昉《述异记》：'燕昭为郭隗筑台，今在幽州燕王故城中，土人呼贤士台，亦谓招贤台。'然则必有所谓台矣。后汉孔文举《论盛孝章书》曰：'昭筑台以尊郭隗。'然皆无'黄金'字。宋鲍照《放歌行》云：'岂伊白璧赐，将起黄金台。'然则黄金台之名始见于此。李善注引王隐《晋书》：'段匹磾讨石勒，屯故燕太子丹黄金台。'又引《上谷郡图经》曰：'黄金台在易水东南十八里，昭王置千金台上，以延天下士。'且燕台事多以为昭王，而王隐以为燕丹，何也？余后见《水经注》云'固安县有金台，耆旧言昭王礼贤，广延方士，故修建下都，馆之南陲。燕昭创于前，子丹踵于后'云云，以此知王隐以为燕丹者盖始此也。"

⑤《隋书·高祖纪》："忽见头上角出，遍体鳞起。"《汉书·朱云传》："五鹿岳岳，朱云折其角。"

⑥ 白居易诗："立语花堤上。"《晋书·姚襄载记》："一面交款，便若平生。"《殷仲堪传》："每语子弟云：'人物见我受任方州，谓我豁平昔时意。'"

⑦ 一作"见"。

⑧ 阮籍诗："飞鸟相随翔。"

⑨ 陈后主《独酌谣》："春花春月正徘徊，一尊一弦当夜开。"

⑩ 鲍照诗："涂随前峰远。"张正见诗："镜似临峰月。"

⑪ 张籍诗："榆叶暗飘萧。"

⑫ 戴叔伦诗："风廊败叶鸣。"

⑬ 吴均《与朱元思书》："泉水激石，泠泠作响，好鸟相鸣，嘤嘤成韵。"

⑭ 原注：普八切。○张衡《南都赋》："矶汃轴轧。"注："《埤苍》曰：汃，大声也。"

⑮《神仙传》："葛玄当尸解，夜半，忽大风起，风止，一宅篱落树木皆败折也。"《旧唐书·音乐志》："《乌夜啼》词曰：'歌舞诸少年，娉婷无种迹。'"

⑯ 王肃妻谢氏诗："本为箔土蚕，今作机上丝。"

⑰ 庾信诗："云归带雨余。"

⑱《通典》："历阳郡和州，理历阳县。"

⑲《通典》："宣州当涂有牛渚矶，亦谓之采石。"《元和郡县志》："当涂县牛渚山，在县北三十五里，山突出江中，谓之牛渚圻，古津渡处也。"

⑳《后汉书·郡国志》："寻阳南有九江，东合为大江。"谢朓诗："大江流日夜。"梁元帝《临秋赋》："水含天而难别。"

㉑《后汉书·虞延传》："有物若一匹练，遂升上天。"《汉书·地理志》："湔氐道《禹贡》崏山在西徼外，江水所出，东南至江都入海。过郡七，行二千六百六十里。"《禹贡锥指》："江自松潘至泰州，行七千九百六十里，自泰州至海门入海，又四百里，通计得八千三百余里，二当作八，或是七，而先儒释《汉书》者，曾无一语驳正，岂近世传写之误而古本不若是与？"按：齐氏召南曰："宋本'旄牛'下，班氏自注鲜水、若水云云之外，有刘奉世曰：里数盖误'八'字。夫鲜若源出徼外，里数难以测量，疑此'八'字，当注此条之下。"

㉒《释名》："随风张幔曰帆。"晋《三洲歌》："遥见千幅帆，知是逐风流。"

㉓ 梁简文帝诗："珠帘通晓日。"

㉔《通典》："郡守，秦官，汉更名为太守，唐武德元年，改郡为州，太守为刺史。天宝元年，改州为郡，刺史为太守，自是州郡史守更相为名，其实一也。"

㉕《魏志·蒋济传》："常有超越江湖，吞吴会之志。"

㉖《吕氏春秋》："司城子罕曰：南家，工人也，为鞔者也。"《岭表录异》：

"蝘蜓大者，其皮可以鞔鼓。"孔融《与诸卿书》："郑康成多臆说，人见其名学，谓有所出也。若子所执以为郊天鼓，必当麒麟之皮也，写《孝经》本当曾子家策乎？"

㉗《后汉书·祢衡传》："曹操欲见之，衡自称狂病，不肯往，操乃召为鼓史，因大会宾客，阅试音节，为《渔阳参挝》，蹀躞而前，容态有异，声节悲壮，听者莫不慷慨。"

㉘鲍照诗："离袖安可挥。"

㉙阴铿诗："啼将粉共流。"

㉚《唐六典》："左补阙掌供奉讽谏。"按：牧之自宣州团练判官累迁左补阙。

㉛李尤《东观赋》："好绿树之成行。"《水经注·渭水篇》："秦水出大陇山秦谷，二源双导，历三泉，合成一水，而历秦川，又西南注清水。清水上下，咸谓之秦川。"

㉜徐陵《让五兵尚书表》："虽复陈琳健笔，未尽愚怀。"

㉝《山海经》："夸父与日逐，走入日，渴欲得饮，饮于河渭，河渭不足，北饮大泽，未至，道渴而死。"

㉞《尔雅》："四达谓之衢，九达谓之逵。"屈原《天问》："靡蓱九衢。"《三辅决录》："长安城面三门，四面十二门，皆通达九逵，以相经纬。"《左传》注："策，马挝。"

㉟《史记·武帝纪》："作建章宫，度为千门万户。"《陈丞相世家》："门外多有长者车辙。"

㊱萧统《五月启》："蘋叶飘风，影乱秦台之镜。"庾信《镜赋》："镜乃照胆照心。"

㊲《史记·黥布传》："布兵精甚，上望布军置阵如项籍军，上恶之。"《仓公传》："病内重，毛发而色泽，脉不衰。"

㊳《史记·滑稽传》："不蜚则已，一蜚冲天；不鸣则已，一鸣惊人。"

㊴《韩非子》："楚人和氏得玉璞楚山中，奉而献之厉王，王使玉人相之，玉人曰：'石也。'王以和为诳，而刖其左足。及厉王薨，武王即位，和又奉其

璞而献之，武王使玉人相之，又曰：'石也。'王又以和为诳，而刖其右足。武王薨，文王即位，和乃抱其璞而哭于楚山之下，三日三夜，泪尽而继之以血，王闻之，使人问其故，曰：'天下之刖者多矣，子奚哭之悲也？'和曰：'吾非悲刖也，悲夫宝玉而题之以石，贞士而名之以诳，此吾所以悲。'王乃使玉人理其璞而得宝焉，遂命之曰和氏之璧。"按：《后汉书·孔融传》"信如卞和"注引《韩子》，与此不同，《文选》卢谌诗注引亦小异，若《新序》、《琴操》及《汉书·邹阳传》注引应劭说复各异，固无论也。

⑩《唐会要》："元和、长庆中，御史中丞行李不过半坊，今乃远至两坊，谓之笼街喝道。"

⑪ 白居易诗："僧炉火气深。"《宋书·孔觊传》："其日大寒，风雪甚猛。"

⑫《后汉书·孔融传》注："《字书》曰：瓶，似缶而高。"

⑬《汉书·东方朔传》注："盂，食器也，若盎而大，今之所谓盏，盂也。"《梁书·范缜传》："废俎豆，列瓶钵。"

⑭《史记·伯夷传赞》："非附青云之士，恶能施于后世哉！"《刺客传赞》："世言荆轲，其称太子丹之命，天雨粟，马生角也。《索隐》：燕丹求归，秦王曰：乌头白，马生角，乃许耳。丹乃仰天叹，乌头即白，马亦生角。"《风俗通》及《论衡》皆有此说。仍云厩门木乌生肉足也。按：今《论衡》作"厩门木象生肉足"，而《风俗通》仍有"厨人生宆足，井上株木跳度渎"之说，其"人"字亦疑误也。

⑮《唐书·地理志》："淮南道黄州齐安郡。"《晋书·职官志》："持节都督，无定员，前汉遣使始有持节，及晋受禅，都督诸军为上，监军次之，督诸军为下。使持节为上，持节次之，假节为下。"《通鉴·汉纪》注："使持节者，奉使而持节也。魏晋以下，遂以官称。"《通典》："唐武德元年，改郡为州，改太守为刺史，加号持节，后加号为使持节诸军事，而实无节，但颁铜鱼符而已。"

⑯《长安志》："《三秦记》：长安正南秦岭，岭根水流为秦川，一名樊川，长安名胜之地。周处士韦夐、唐杜牧之、岐国杜公、奇章牛公之居皆在焉。"

⑰ 陈后主诗："回头不见望。"

⑱《通典》："商州上洛有商山，亦名地肺山，亦名楚山，四皓所隐。"《水经

注·丹水篇》:“楚水出上洛县西南楚山,昔四皓隐于楚山,即此山也。其水两源合于四皓庙东,又东迳高车岭南,翼带众流,北转入丹水,岭上有四皓庙。”

㊾《晋中兴书》:“摴蒱,老子所作,外国戏。”《晋书·慕容垂载记》:“慕容宝初在长安,与韩黄李根等因宴摴蒱,宝危坐整容,誓之曰:‘世云摴蒱有神,岂虚也哉!若富贵可期,频得三卢。’于是三掷尽卢,宝拜而受赐。”

㊿《淮南子》:“南方曰大梦,曰浩泽。”注:“梦,云梦也,浩亦大也。”《埤雅》:“幼曰蒹葭,长曰萑苇。”《汉书·李陵传》:“抵大泽葭苇中,虏从上风纵火。”

(51) 庾肩吾诗:“寒鸟归孤城。”张孟阳诗:“狐兔窟其中,芜秽不复扫。”

(52) 江总诗:“朽劣叨荣遇,簪笏奉周行。”

(53)《宋书·武帝纪》:“每弘鉴古训,思遵令图。”《史记·周本纪》:“屹如巨人之志。”《魏志·王昶传》:“得其人,重之如山。”

(54)《南齐书·王奂传》:“殷恒及父道矜,并有古风,以是见蚩于世。”《蜀志·关云长传》:“医曰:矢镞有毒,毒入于骨,当破臂作创,刮骨去毒。”

(55)《汉书·贾谊传》:“斡弃周鼎,宝康瓠兮。”

(56) 原注:苏割切。○卢谌诗:“恨无隋侯珠,以酬荆文璧。”

(57)《左传》:“力尽而敝之。”又:“公曰:‘鲁可取乎?’对曰:‘不可!’”

(58)《汉书·苏武传》:“李陵谓武曰:陵始降时,忽忽如狂。”《后汉书·申屠蟠传》:“其不遇也,则裸身大笑,被发狂歌。”

(59) 按:牧之自黄州迁池州,故云两郡。

(60)《元和郡县志》:“池州秋浦县,大江水在县北七里,秋浦水在县西八十里。”江淹《江上之山赋》:“潺湲泂溶兮,楚水而吴江。”

(61)《释名》:“船在旁拨水曰櫂,又谓之楫。”《说苑》:“鄂君子皙乘青翰之舟,越人拥楫而歌。”

(62) 诸葛亮《黄陵庙记》:“江左大山壁立,林麓峰峦如画。”

(63) 曹植《七启》:“背洞壑,对芳林。”何晏《景福殿赋》:“青琐银漏,是为闺闼。”

(64)《通典》:“汉太初元年,初置建章营骑,后更名羽林骑,言其为国羽翼,如林之盛。"

○65 梁武帝《子夜歌》:"花坞蝶双飞。"《潘氏纪闻》:"明皇《柳婕好》妹适赵氏,性巧慧,镂板为杂花,打为夹缬,代宗赏之,命宫中依样制造。"

○66 鲍照《舞鹤赋》:"景物澄廓。"

○67 《北齐书·后主纪论》:"纵撗缀之娱。"

○68 《拾遗记》:"涂修国献青鸟、丹鹊。"萧纪《鹊诗》:"今朝听声喜,家信必应归。"

○69 《北史·隋房陵王勇传》:"乃向西北奋头,喃喃细语。"《古诗》:"客从远方来,遗我一书札。"

○70 原注:去声。

○71 《释名》:"衫,芟也,芟末无袖端也。"

○72 《释名》:"袜,末也,在脚末也。"《通鉴·唐纪》注:"袜,足衣。"

○73 《说苑》:"越使诸发以一枝梅遗梁王。"

○74 《汉书·礼乐志》:"都荔遂芳,窅宨桂花。"庾信诗:"岩深桂绝香。"

○75 《晋书·阮修传》:"意有所思,率尔褰裳,不避晨夕,至或无言,但欣然相对。"

○76 《吴志·诸葛恪传》:"人情之于品物,乐极则哀生。"

○77 《晋书·段灼传》:"人生百岁,尚以为不足。"《抱朴子》:"吴大帝时,蜀中有李阿者,其居不食,累世见之,号曰百岁翁。"

○78 《梁书·任昉传》:"历万古而一遇。"《通鉴·汉纪》注:"目之视物,一出入息之顷则一瞬。"《吕氏春秋》:"夫死,其视万岁,犹一瞚也。"注:"瞚者,颍川人相视曰瞚也,一曰瞚者,谓人卧始觉也。"按:"瞚"与"瞬"同。《文选》陆机《文赋》注引作"万世犹一瞬"。《后汉书·礼仪志》刘昭注引又作:"大凡死者,其视万世,犹一瞑也。"

○79 《列子》:"龙伯之国有大人,举足不盈数步而暨五山之所,一钓而连六鳌。"《河图玉版》:"龙伯国人长三十丈,生万八千岁而死。"

○80 《后汉书·五行志》:"天水童谣曰:出吴门,望缇群,见一奄人,言欲上天,令天可上,地上安得民。"《穀梁传》:"其曰入北斗,斗有环域也。"屈原

《远游》："擎彗星以为旍兮,举斗柄以为麾。"

⑧《史记·秦始皇纪》："海中有三神山,名曰蓬莱、方丈、瀛洲。"《拾遗记》："蓬莱山亦名阳丘,亦名云来,高二万里,广七万里。"《荀子》："积水而为海。"《太玄经》："海水群飞。"

⑧《列子》："渤海之东,不知几亿万里,有大壑焉,实惟无底之谷,其下无底。"《宋书·谢灵运传》："终倒底而见壑。"《易林》："海老水干。"

⑧《魏书·侯莫陈悦传》："兄欲何处去?"

⑧《说文》："日,实也,太阳之精。月,阙也,太阴之精。"《北史·李谐传》："卿辈常言北间都无人物,此等何处来?"

⑧《大洞经》："日为跳丸。"韩愈诗："日月如跳丸。"

⑧《北齐书·和士开传》："自古帝王,尽为灰烬,尧舜桀纣,竟复何异?"

⑧一作"君"。

⑧《世说》："上汝一杯酒,令汝万寿春。"

⑧《宋书·乐志》："志与君一共离别。"

⑨《蜀志·宗预传》："预复东聘吴,孙权捉预手,涕泣而别曰:'君每衔命,结二国之好,今君年长,孤亦衰老,恐不复相见!'"《后汉书·楚王英传》："此天命也,无可奈何!"

重　送

　　手撚金仆姑①,腰悬玉辘轳②。爬③头峰北正好去④,系取可汗钳作奴⑤。六宫虽念相如赋⑥,其那防边重武夫⑦。

　　①《左传》："乘丘之役,公以金仆姑射南宫长万。"

　　②《汉书·隽不疑传》："带櫑具剑。"注:"晋灼曰:古长剑首,以玉作井辘轳形,上刻木作山形,如莲花初生未敷时;今大剑木首,其状似此。"《古乐

府》："腰下鹿卢剑，可值千万余。"

③ 原注：音琶。

④《唐书·李德裕传》："回鹘进逼振武保大栅、杷头峰以略朔州，德裕曰：杷头峰北皆大碛，利用骑，不可以步当之。"《通鉴·唐纪》注："杷头峰北临大碛，东望云中，西望振武。宋白曰：杷头峰在朔州。"按："杷头"诸书或作"把头"，或作"杷头"，当是字误。

⑤《汉书·贾谊传》："请系单于之颈而制其命。"《魏书·蠕蠕传》："可汗犹魏言皇帝也。"《唐书·突厥传》："突厥阿史那氏，盖古匈奴北部也。至吐门，遂强大，更号可汗，犹单于也。"《史记·张耳传》："贯高与客孟舒等十余人，皆自髡钳为王家奴。"

⑥《周礼·内宰》："以阴礼教六宫。"《汉书·王褒传》："太子喜褒所为《甘泉》及《洞箫颂》，令后宫贵人左右，皆诵读之。"司马相如《长门赋》："陈皇后别在长门宫，闻相如天下工为文章，奉黄金百斤为文君取酒，因于解悲愁之词，而相如为文以悟主上，皇后复得亲幸。"

⑦ 唐太宗《金镜》："理人必以文德，防边必以武威。"

题池州弄水亭①

弄水亭前溪，飐滟翠绡舞。绮席草芊芊②，紫岚峰伍伍③。螭蟠得形势④，翚飞如轩户⑤。一镜奁曲堤，万丸跳猛雨⑥。槛前燕雁栖⑦，枕上巴帆去⑧。丛筼侍修廊，密蕙媚幽圃⑨。杉树碧为幢⑩，花骈红作堵。停樽迟⑪晚月⑫，咽咽上幽渚⑬。客舟耿孤灯⑭，万里人夜语⑮。漫流胃苔槎，饥凫晒雪羽⑯。玄丝落钩⑰饵⑱，冰鳞看吞吐⑲。断霓天帔垂⑳，狂烧汉旗怒㉑。旷朗半秋晓㉒，萧瑟好风露㉓。光洁疑可揽㉔，欲以襟怀贮。幽抱吟《九歌》㉕，羁情思湘浦㉖。四时皆异状㉗，终日为良遇㉘。小山浸石棱㉔，撑舟入幽处㉚。孤歌倚桂岩㉛，晚醉眠松坞㉜。纤余带竹村㉝，蚕乡足砧杵㉞。塍泉落环佩㉟，畦苗差纂组㊱。风俗知所尚㊲，豪强耻孤侮㊳。邻丧不相春㊴，公租无诟负㊵。农时贵伏腊㊶，簪瑱事礼㊷贶㊸。乡校富华礼㊹，征行产强弩㊺。不能自勉去，但愧来何暮㊻。故园汉上林㊼，信美非吾土㊽。

①《方舆胜览》：“池州有弄水亭。”曹学佺《名胜志》：“池州府通远门外，有弄水亭，在旧桥之西，杜牧所建，取太白‘饮弄水中月’之句也。”

②邹阳《酒赋》：“绡绮为席。”《列子》：“郁郁芊芊。”

③《晋书·天文志》：“如人十十五五，皆叉手低头。”

④何晏《景福殿赋》：“如螭之蟠。”《南齐书·豫章王嶷传》：“骐骥及阙，形势甚巧。”

⑤王巾《头陀寺碑文》：“丹刻翚飞。”《论衡》：“均之土也，或基殿堂，或涂轩户。”

⑥《抱朴子》：“云厚者，雨必猛。”

⑦李白诗：“燕鸿思朔云。”

⑧《通典》：“渝州，今理巴县，古巴国。”《晋书·陆机传》：“巴汉舟师，沿江东下。”

⑨《拾遗记》：“须弥山第九层下，芝田蕙圃。”

⑩《石林燕语》：“节度旗绸以红缯，节及麾枪则绸以碧油，故谓之碧油红旆。”

⑪原注：去声。

⑫沈佺期诗：“晚月分光劣镜台。”

⑬符载《愁赋》：“蕙兰生于幽渚。”

⑭沈约诗：“孤灯暖不明。”

⑮《南齐书·竟陵王子良传》：“长江万里。”岑参诗：“孤舟万里夜。”卢

纶诗:"舟人夜语觉潮生。"

⑯ 王融《谢示扇启》:"轻逾雪羽,洁并霜文。"

⑰ 一作"钓",误。

⑱《列子》:"詹何曰:鱼见臣之钩饵,犹沉埃聚沫吞之矣。"

⑲ 丘巨源诗:"琼泽映冰鳞。"鲍照《登大雷岸与妹书》:"吞吐百川。"

⑳《括异志》:"吴跃龙梦登七层宝塔,一人星冠云帔,叱曰:'此雁塔也,汝何人?'辄登此。"

㉑《左传》:"火焚其旗。"《汉书·高帝纪》:"旗帜上赤,协于火德。"

㉒《晋书·张协传》:"天清泠而无霞,野旷朗而无尘。"

㉓《水经注·河水篇》:"风山上有穴如轮,风气萧瑟。"王融《三界内苦篇颂》:"高台起风露。"

㉔ 鲍照《芙蓉赋》:"测渌池之光洁。"《晋书·五行志》:"草生可揽结。"

㉕ 沈佺期诗:"复得散幽抱。"《楚词》:"《九歌》者,屈原之所作也。楚南郢之邑,俗信鬼而好祀,其祠必作乐鼓舞,因为作《九歌》之曲,托之以讽谏焉。"《四库全书总目》:"哀屈宋诸赋,定名《楚词》,自刘向始也。后人或谓之《骚》,故刘勰品论《楚词》,以《辨骚》标目。考史迁称屈原放逐,乃著《离骚》,盖举其最著一篇,《九歌》以下,均袭《骚》名,则非事实矣。"

㉖ 庾信诗:"羁旅故多情。"《拾遗记》:"屈原以忠见斥,隐于沅湘,被王逼逐,乃赴清泠之水,楚人思慕,谓之水仙,其神游于天河,精灵时降湘浦。"

㉗ 沈约诗:"赏逐四时移。"

㉘ 应场诗:"良遇不可值。"

㉙《尔雅》:"小山别,大山鲜。"《晋书·桓温传》:"刘惔尝称之曰:温眼如紫石棱。"杜甫诗:"湍急石棱生。"

㉚ 韩愈诗:"撑舟昆明度云锦。"杜甫诗:"幽处欲生云。"

㉛《隋书·潘徽传》:"前临竹沼,却倚桂岩。"

㉜ 萧统《答晋安王书》:"冷泉石镜,一见何必胜于传闻,松坞杏林,知之恐有逾吾〔就〕。"

㉝《汉书·司马相如传》："纡余委蛇,经营其内。"《旧唐书·食货志》："在邑居者为坊,在田野者为村。"杜甫诗:"春沙映竹村。"

㉞《唐书·食货志》："凡授田者,丁随乡所出,岁输绢二匹,绫绝二丈,布加五之一,绵三两,麻三斤。非蚕乡,则输银十四两,谓之调。"何逊诗:"砧杵鸣四邻。"

㉟《后汉书·皇后纪论》："动有环佩之响。"

㊱宋玉《招魂》："篡组绮缟结奇璜。"

㊲《汉书·地理志》："凡民函五常之性,而其刚柔缓急,声音不同,系水土之风气,故谓之风,好恶取舍,动静亡常,随君上之情欲,故谓之俗。"《匡衡传》："治天下者,审所上而已。"注:"上,谓崇尚也。"

㊳《汉书·田延年传》："为河东太守,诛钮豪强,奸邪不敢发。"

㊴《礼记》："邻有丧,春不相。"

㊵《唐书·食货志》："唐始授人以口,分世业田而取之以租庸调之法,租庸调之法坏而为两税。"

㊶《汉书·食货志》："辟土殖谷曰农。"《严助传》："毋后农时。"《杨恽传》："田家作苦,岁时伏腊。"

㊷一作"理"。

㊸《后汉书·窦武传》："清身疾恶,礼赂不通。"

㊹《左传》："郑人游于乡校。"《后汉书·西域传论》："不率华礼,莫有典书。"江淹诗:"江甸知礼富。"

㊺《后汉书·陈敬王羡传》："有强弩数千张,出屯都亭。"《旧唐书·韩滉传》："拜润州刺史,镇海军节度使,训练士卒,锻砺戈甲,称为精劲,以其亲吏卢复为宣州刺史,采石军使,增营垒,教习长兵,以佛寺铜钟铸弩牙兵器。"《王栖曜传》："李希烈既陷汴州,顿军宁陵,期袭宋州,浙西节度韩滉命栖曜将强弩数千,夜入宁陵,希烈不之知,晨朝矢及希烈坐幄,希烈惊曰:此江淮弩士入矣,遂不敢东去。"按《通鉴·汉纪》："李陵将丹阳楚人五千人,教射酒泉张掖以备寇。"注云:"丹阳,秦鄣郡地,元封二年,更名丹阳,属扬州,唐宣歙池升睦州之地,则江淮弩士有自来矣。"

⑭《后汉书·廉范传》:"迁蜀郡太守,百姓歌之曰:'廉叔度,来何暮'?"

⑭江总诗:"故园篱下菊。"《长安志》:"汉上林苑,秦旧苑也。"《汉书》曰:"武帝建元三年,起上林苑。"又曰:"武帝广开上林,周回数百里。"《三辅黄图》曰:"上林延亘四百余里。"《汉旧仪》曰:"上林苑方三百里。"《汉宫殿疏》曰:"方百四十里。"

⑭王粲《登楼赋》:"虽信美而非吾土兮,曾何足以少留。"

题宣州开元寺①

南朝谢朓楼②,东吴最深处③。亡国去如鸿④,遗寺藏烟坞⑤。楼飞九十尺,廊环四百柱。高高下下中⑥,风绕松桂树⑦。青苔照朱阁⑧,白鸟两相语⑨。溪声入僧梦,月色晖粉堵⑩。阅景无旦夕⑪,凭栏有今古⑫。留我酒一罇⑬,前山看春雨⑭。

① 原注:寺置于东晋时。○《唐书·地理志》:"江南道宣州宣城郡。"《名胜志》:"宣城县城中景德寺,晋名永安,唐名开元,兰若中之最胜者。"《唐会要》:"天授元年十月二十九日,两京及天下诸州各置大云寺一所。开元二十六年六月一日,并改为开元寺。"《通鉴》注:"开元寺今诸州间亦有之,盖唐开元中所置也。"

②《北史·序传》:"北朝自魏以还,南朝从宋以降。"《南齐书·谢朓传》:"转中书郎,出为宣城太守。"《一统志》:"北楼在宣城县治北。"《明统志》:"南齐守谢朓建,后人亦称谢公楼。"

③《北齐书·宋世良传》:"宁度东吴会稽,不历成公曲堤。"

④ 扬雄《交州牧箴》:"亡国多逸豫。"

⑤ 钱起诗:"气融烟坞晚来鸣。"

⑥《国语》："高高下下，以罢民于姑苏。"

⑦ 庾信《终南山义谷铭》："松桂危悬，风泉虚韵。"

⑧ 王枢诗："青苔覆寒井。"陆机诗："玄云拖朱阁。"

⑨ 沈约诗："白鸟映青畴。"《史记·滑稽传》："私情相语。"

⑩ 庾信诗："月光如粉白。"

⑪ 江淹诗："旦夕见梁陈。"

⑫ 庾信《贺娄公墓铭》："倏忽人世，俄然今古。"

⑬ 苏武诗："我有一尊酒。"

⑭《南齐书·乐颐传》："此藤近在前山际，高树垂下即是也。"张悛《求为诸孙置守冢人表》："春雨润木，自叶流根。"

大雨行①

　　东垠黑风驾海水②，海底卷上天中央③。三吴六月忽凄惨④，晚后点滴来苍茫⑤。铮栈雷车轴辙壮⑥，矫蹻⑦蛟龙爪尾长。神鞭鬼驭载阴帝⑧，来往喷洒何颠狂⑨。四面崩腾玉京仗⑩，万里横牙⑪羽林枪⑫。云缠风束乱⑬敲磕⑭，黄帝未胜蚩尤强⑮。百川气势苦豪俊⑯，坤关密锁愁开张⑰。大和六年亦如此，我时壮气神洋洋⑱。东楼耸首看不足，恨无羽翼高飞翔⑲。尽召邑中豪健者⑳，阔展朱盘开酒场㉑。奔觥槌鼓助声势㉒，眼底不顾纤腰娘㉓。今年㉔阗茸鬓已白㉕，奇游壮观唯深藏㉖。景物不尽人自老㉗，谁知前事堪悲伤㉘。

① 原注：开成三年宣州开元寺作。〇《吕氏春秋》："季夏之月，大雨时行。"

②《晋书·索靖传》："海水㳻隆扬其波。"

③ 郭璞诗："吞舟涌海底。"《周髀算经》："天之中央亦高四旁六万里。"

④《元和郡县志》："苏州吴郡,与吴兴、丹阳,号为三吴。"《后汉书·五行志》："初平四年六月,寒风如冬时。"庾信诗："凄惨风尘多。"《西京杂记》："冬雪必暖,夏雨必凉,何也? 曰:冬气多寒,阳气自上跻,故人得其暖而上蒸成雪矣。夏气多暖,阴气自下升,故人得其凉而上蒸成雨矣。"

⑤ 北齐《敕勒歌》："天苍苍,野茫茫。"

⑥《隋书·音乐志》："电鞭激,雷车遽。"《搜神后记》："义兴人姓周,出都,日暮,道边有新小草屋,一女子出门谓曰:'日已向暮,前村讵得至?'周便求寄宿。一更中,闻外有唤阿香声云:'官唤汝推雷车。'女乃辞去,夜遂大雷雨。"

⑦ 一作"跃"。

⑧《三齐记》："秦始皇作石桥,欲过海看日出处,有神人能驱石下海,石去不速,神辄鞭之,皆血流。"《淮南子》："女娲炼五色石以补天。"注:"女娲阴帝,佐伏羲治者也。"

⑨ 潘岳《西征赋》："挺叉来往。"《南齐书·张融传》："喷洒哕噫,流雨而扬云。"杜甫诗："无处告诉只颠狂。"

⑩《握奇经》："王陈十六,内方外圆,四面风冲,其形象天。"《魏书·释老志》："道家言,上处玉京,为神王之宗;下在紫微,为飞仙之主。"《华严经》："修罗宫中雨兵仗,摧一切诸恶敌。"

⑪ 一作"纵横"。

⑫《南史·齐竟陵王子昭胄传》："咫尺之内,便觉万里为遥。"《汉书·百官公卿表》："羽林,掌送从。"又:"取从军死事之子孙养羽林,官教以五兵,号曰羽林孤儿。"注:"师古曰:五兵谓弓、矢、殳、戈、戟也。"

⑬ 一作"势"。

⑭《艺文类聚》："顾恺之《雷电赋》:雷电赫以惊冲,山海磕其崩裂。"

⑮《史记·五帝纪》："蚩尤作乱,不用帝命,黄帝乃征师诸侯,与蚩尤战于涿鹿之野,遂擒杀蚩尤。"

⑯ 成公绥《大河赋》："览百川之弘壮兮。"《诗·瞻卬》疏："蚕室必近川者,蚕为龙精,龙是水物,故近川为之,取其气势也。"《鹖冠子》："德万人者谓之俊,德千人者谓之豪,德百人者谓之英。"《史记·郦生传》："沛公时时

问邑中贤士豪俊。"

⑰《宋书·王僧达传》:"议论开张,执意明决。"

⑱《唐书·杜正〔论〕〔伦〕传》:"诸杜所居,号杜固,世传其地有壮气。"《史记·日者传》:"于是摄衣而起,再拜而辞,行洋洋也。"

⑲蔡琰《十八拍》:"焉得羽翼兮将汝归。"屈原《九歌》:"高飞兮安翔。"

⑳《汉书·韩延寿传》:"乃历召郡中长老为乡里所信向者数十人,设酒具食,亲与相对,接以礼意。"《后汉书·桓谭传》:"后忿深前,至于灭户殄业,而俗称豪健,故虽有怯弱,犹勉而行之。"

㉑韩愈诗:"酒场舞闺姝,猎骑围边月。"

㉒《诗·有驰》笺:"君以礼乐,与之饮酒,以鼓节之。"疏:"燕礼以乐助劝,故以鼓节之。"《后汉书·李固传》:"在日月之际,声势振天下。"

㉓陆机《七征》:"矫纤腰以逐节,顿皓首以鼓盘。"《后汉书·张衡传》:"咸姣丽以蛊媚兮,增娵眼而蛾眉;舒妙婧之纤腰兮,扬杂错之袿徽。"

㉔一作"来"。

㉕《汉书·司马迁传》:"在阛茸之中。"《晋书·王献之传》:"须鬓尽白,裁余气息。"

㉖《后汉书·班固传》:"盛娱游之壮观。"

㉗王台卿诗:"景物共依迟。"《神异经》:"南荒外有火山,其中生不尽之木。"《唐书·食货志》:"凡民六十为老。"

㉘《汉书·夏侯胜传》:"上知胜素直,谓曰:先生通正言,无惩前事。"《晋书·羊祜传》:"祜乐山水,每风景必造岘山,置酒言咏,终日不倦。尝慨然叹息,顾谓从事中郎邹湛等曰:自有宇宙,便有此山,由来贤达胜士,登此远望,如我与卿者多矣,皆湮灭无闻,使人悲伤。"

自宣州赴官入京路逢裴坦判官归宣州因题赠①

敬亭山下百顷竹②,中有诗人小谢城③。城高跨楼满金碧④，下听一溪寒水声⑤。梅花落径香缭绕⑥，雪白玉珰花下行⑦。萦风酒旆挂朱阁⑧，半醉游人闻弄笙⑨。我初到此未三十，头脑钐⑩利筋骨轻⑪。画堂檀板秋拍碎⑫，一引有时联十觥。老闲腰下丈二组⑬，尘土高悬千载名⑭。重游鬓白事皆改⑮，唯见东流春水平⑯。对酒不敢起⑰，逢君还眼明⑱。云鬟看人捧⑲，波脸任他横⑳。一醉六十日㉑，古来闻阮生㉒。是非离别际㉓，始见醉中情㉔。今日送君话前事㉕，高歌引剑还一倾㉖。江湖酒伴如相问㉗，终老烟波不计程㉘！

①《唐书·裴坦传》："坦字知进，及进士第，沈传师表置宣州观察府，拜左拾遗，历中书侍郎、同中书门下平章事。"《百官志》："观察使判官一人。"按：牧之自宣州团练判官拜殿中侍御史内供奉，此诗正其时作也。

②《太平寰宇记》："宋《永初山水记》：宛陵北有敬亭山，山有神祠，即谢朓赛神赋诗之所。"庾信诗："百顷浚源开。"按：《隋书·经籍志》有《永初山川古今记》二十卷，齐都官尚书刘澄之撰。唐书《艺文志》同。《寰宇记》、《御览》引俱作宋《永初山水记》，即其书也。

③《法言》："诗人之赋丽以则。"《南齐书·谢朓传》："朓长五言诗，沈约云：二百年无此诗也。"按：钟嵘云"小谢才思富捷"，自谓惠连。此小谢则谓玄晖，盖本李白所云："中间小谢又清发"也。

④《史记·李斯传》："城高五丈而楼季不轻犯也。"刘孝威诗："玄圃栖金碧。"

⑤萧悫诗："听识水声秋。"王僧孺诗："夜风入寒水。"

⑥晋《子夜歌》："梅花落满道。"王由礼诗："早梅香野径。"

⑦《梁书·任昉传》："曾史兰熏雪白。"《释名》："穿耳珠曰珰。"王延寿《灵光殿赋》："齐玉珰与璧英。"

⑧《后汉书·孔融传》注：融与操书曰："天垂酒旗之星。"孙绰《天台山赋》："朱阁玲珑于林间。"

⑨ 庾信诗:"酒酣人半醉。"梁简文帝诗:"游人歌吹晚。"

⑩ 原注:山鉴反。

⑪《玉篇》:"脑,头脑也。"又:"钐,大镰也。"《抱朴子》:"逸民卷推黄钺,以适钐镰之持。"《晋书·桓温传》:"愿竭筋骨,宣力先锋。"

⑫《三辅黄图》:"画堂谓宫殿中彩画之堂。"《通典》:"拍板,长阔如手,重十余枚,以韦连之,击以代抃。"隋炀帝词:"檀板轻声银甲暖。"

⑬《汉书·严助传》:"陛下以方寸之印,丈二之组,镇抚方外。"

⑭《释名》:"承尘施于上,以承尘土也。"《后汉书·张衡传》:"天爵高悬,得之在命。"《晋书·谢鲲传》:"则勋侔一匡,名垂千载矣。"李白诗:"白日悬高名。"

⑮《南齐书·到㧑传》:"数宿,须鬓皆白。"

⑯《汉书·五行志》:"水以东流为顺。"

⑰ 阮籍诗:"对酒不能言。"

⑱《续齐谐记》:"世人入月旦作眼明袋。"

⑲《周礼·司尊彝》疏:"罍者,取象云雷。"

⑳ 梁元帝诗:"横波满脸万行泪。"

㉑ 左思《蜀都赋》:"一醉累月。"

㉒ 鲍照诗:"古来皆歇薄。"《晋书·阮籍传》:"文帝欲为武帝求婚于籍,籍醉六十日,不得言而止。"

㉓《列子》:"心不敢念是非,口不敢言利害。"《古诗》:"上言长相思,下言久离别。"

㉔《晋书·刑法志》:"情者,心神之使。"

㉕《汉书·贾谊传》:"臣窃迹前事。"

㉖ 傅毅《舞赋》:"亢音高歌,为乐之方。"

㉗ 孟浩然诗:"酒伴来相命,开樽共解酲。"

㉘《梁书·沈约传》:"以斯终老,于焉消日。"江总诗:"日向烟波长。"《通鉴·晋纪》注:"程,驿程也,行者以二驿为程。"

赠宣州元处士①

陵阳北郭隐②，身世两忘者③。蓬蒿三亩居④，宽于一天下⑤。樽酒对不酌⑥，默与玄相话⑦。人生自不足⑧，爱叹遭逢寡⑨。

①《后汉书·黄琼传》："先是，征聘处士，多不称望。"《名胜志》："宣城县有元处士，逸其名，杜牧诗云云，盖借子云以况之。"按：牧之又有《题元处士高亭》诗，许浑亦有《题宣州元处士幽居》诗，又有《灞上逢元处士东归》诗，又有《元处士自洛归宛陵山居见示詹事相公饯行之什因赠》诗。其赠诗注云："元君多隐庐山学《易》，常为相国师服。"即其人可知矣。又按：《唐书·宰相表》，文武宣三朝宰相，无以詹事分司东都者，惟大中二年，韦琮罢相，为太子宾客，分司东都，疑许诗詹事相公，或即韦琮与。

②《通典》：宣州泾有陵阳山。《韩诗外传》："楚庄王使使齎金百斤，聘北郭先生，先生不应聘，与妇去之。"

③ 鲍照诗："君平独寂寞，身世两相弃。"《南史·隐逸传序》："道义内足，希微两忘。"

④《三辅决录》："张仲蔚，扶风人。少与同郡魏景卿俱隐身不仕，所居蓬蒿没人也。"《淮南子》："任一人之能，不足以治三亩之宅。"

⑤《北齐书·宋世良传》："若官人皆如此用心，便是更出一天下也。"

⑥《汉书·张禹传》："卮酒相对。"

⑦《法言》："苗而不秀者，其吾家之童乌乎？九龄而与吾玄文。"《陈书·陆瑜传》："语玄析理，披文摘句。"

⑧《宋书·萧惠开传》："人生不得行胸怀，虽寿百岁，犹为夭也。"《汉书·周亚夫传》："此非不足君所乎？"

⑨ 范云诗："遭逢圣明后。"

村 行①

春半南阳西②,柔桑过③村坞④。娉娉⑤垂柳风⑥,点点回塘雨⑦。襄唱牧牛儿⑧,篱窥蒨裙女⑨。半湿解征衫,主人馈鸡黍⑩。

①《续演繁露》:"古无村名,今之村,即古之鄙野也。隋世已有村名,唐令在田野者为村,别置村正一人,则村之义著矣。"按:村,《说文》作"邨",云地名,固无鄙野之义。然《魏志·郑浑传》云:入魏郡界"村落齐整如一"即南北朝史书诗文,见"村"字甚多,不当云隋世已有村名也。

②张若虚诗:"可怜春半不还家。"《通典》:"南阳郡邓州理穰县,西至上洛郡六百四十里。"

③一作"遍"。

④《诗》:"言求柔桑。"庾信诗:"依稀映村坞。"《通鉴·晋纪》注:"城之小者曰坞。"

⑤一作"袅袅"。

⑥梁元帝诗:"垂柳复垂杨。"

⑦梁简文帝诗:"回塘绕碧莎。"

⑧《水经注·渭水篇》:"赤眉樊崇,尊右校卒史刘挟卿牧牛儿盆子为帝。"《后汉书·刘盆子传》:"盆子时年十五,犹从牧儿遨。"

⑨《世说》:"孟昶家在京口,尝见王恭乘高舆,被鹤氅裘,于时微雪,昶于篱间窥之。"《尔雅》:"茹藘茅蒐。"注:"今之蒨也,可以染绛。"

⑩《西京杂记》:"有仓卒客,无仓卒主人。"《宋书·隐逸传序》:"鸡黍宿宾,示高世之美。"

史将军二首①

长铤周都尉②,闲如秋岭云③。取蛟弧登垒④,以骈邻翼

军⑤。百战百胜价⑥，河南河北闻⑦。今遇太平日⑧，老去谁
怜君⑨？

①《史记索隐》："将军，谓命之为将以将军也，遂以将军为官名，故《尸
子》曰：十万之师，无将军则乱。"《通典》："十六卫，大将军各一人，将军总三
十人。左右羽林、左右龙武、左右神武六军，大将军各一人，将军各三人。
其余骠骑、辅国、镇军、冠军、四大将军，云麾等九将军，并为五品以上武散
官。"按《唐书》，文宗时有史孝章拜右金吾卫将军。宣宗时有史宪忠，以振
武节兼金吾大将军，改左龙武统军。《酉阳杂俎》亦载有史论作将军。此史
将军未知为谁也。

②《汉书·功臣表》："周灶以长钺都尉击项籍军。"

③ 江淹诗："云霞冠秋岭。"

④《左传》："颍考叔取郑伯之旗蝥弧以先登。"

⑤《汉书·功臣表》："许盎以骈邻从起昌邑。"师古曰："二马曰骈，骈
邻，谓并两骑为军翼也。"

⑥《汉书·韩信传》："成安君有百战百胜之计。"

⑦《唐六典》："凡天下十道：二曰河南道，凡二十八州。四曰河北道，
凡二十五州。"《梁书·陈庆之传》："河北河南，一时已定。"

⑧《汉书·天文志》："太平，日行上道。升平，日行次道。霸代，日行
下道。"

⑨ 杜甫诗："老去愿春迟。"

　　壮气盖燕赵①，耽耽魁杰人②。弯弧五百步③，长戟八十
斤④。河湟非内地⑤，安史有遗尘⑥。何日武台坐⑦，兵符授
虎臣⑧。

①《汉书·江充传》："充为人魁岸，容貌甚壮，帝望见而异之，谓左右

曰：燕赵固多奇士。"

②《魏书·陈留王虔传》："姿貌魁杰，武力绝伦。"

③《北齐书·祖珽传》："亲在戎行，弯弧纵镝。"《战国策》："天下之强弓劲弩，皆自韩出，溪子、少府、时力、距来，皆射六百步之外。"

④《魏志·典韦传》："韦好持大双戟，与长刀等，军中为之语曰：帐下壮士有典君，提一双戟八十斤。"

⑤《汉书·赵充国传》："循河湟漕谷至临羌。"《魏书·高祖纪》："巡幸淮南，如在内地。"《唐书·吐蕃传》："安禄山乱，诸将各以所镇兵讨难，边候空虚，故吐蕃得乘隙暴掠。至德初，取巂州及威武等，诸城入屯石堡。明年，取廓、霸、岷等州及河源莫门军。宝应元年，陷临洮，取秦、成、渭等州。明年，破西山合水城。明年，入大震关，取兰、河、鄯、洮等州，于是陇右地尽亡。"

⑥《唐书·玄宗纪》："天宝十四载十一月，安禄山反。"《肃宗纪》："乾元元年四月，史思明杀范阳节度副使乌承恩以反。"左思《魏都赋》："列圣之遗尘。"《册府元龟》："初，王师讨平河朔，州县风靡向化。相州薛嵩，魏州田承嗣，镇州张忠志，幽州李怀仙皆为贼守，闻诏书一切不问，趋仆固怀恩马首，乞行间自效。怀恩包藏贰心，乃表请以伪署官秩任之，嵩等遂分镇河北一道，各拥精兵数万。帝姑务安人，含弘之，实怀恩启之也。"

⑦《汉书·李陵传》："陵召见武台。"

⑧《艺文类聚》："龙鱼河图，天遣玄女下授黄帝兵信神符，制伏蚩尤。"《史记·信陵君传》："晋鄙之兵符，常在王卧内。"《汉书·赵充国传》："汉命虎臣，惟后将军。"

卷　二

华清宫三十韵①

绣岭明珠殿②，层峦下缭墙③。仰窥雕④槛影⑤，犹想赭袍光⑥。昔帝登封后⑦，中原自古强⑧。一千年际会⑨，三万里农桑⑩。几席延尧舜⑪，轩墀立⑫禹汤⑬。雷霆驰号令⑭，星斗焕文章⑮。钧筑乘时用⑯，芝兰在处芳⑰。北扉闲木索⑱，南面富循良⑲。至道思玄圃⑳，平居厌未央㉑。钩陈裹岩谷㉒，文陛压青苍㉓。歌吹千秋节㉔，楼台八月凉㉕。神仙高缥缈㉖，环佩碎丁当㉗。泉暖涵窗镜，云娇惹粉囊。嫩岚滋翠葆㉘，清渭照红妆㉙。帖泰生灵寿㉚，欢娱岁序长㉛。月闻仙曲调，霓作舞衣裳㉜。雨露偏金穴㉝，乾坤入醉乡㉞。玩兵师汉武㉟，回手倒㊱干将㊲。鲸鬣掀东海㊳，胡牙揭上阳㊴。喧呼马嵬血㊵，零落羽林枪㊶。倾国留无路㊷，还魂怨有香㊸。蜀峰横惨淡㊹，秦树远微茫㊺。鼎重山难转㊻，天扶业更昌㊼。望贤余故老㊽，花萼旧池塘㊾。往事人谁问㊿，幽襟泪独伤(51)。碧檐斜送日(52)，殷叶半雕霜。迸水倾瑶砌，疏风罅玉房(53)。尘埃羯鼓索(54)，片段荔枝筐(55)。鸟啄摧寒木(56)，蜗延蠹画梁(57)。孤烟知客恨(58)，遥起泰陵傍(59)。

①《唐书·地理志》："京兆府昭应有宫在骊山下,贞观十八年置,咸亨二年,始名温泉宫,天宝六载,更曰华清宫。"《晋书·律历志》："凡音声之体,务在和韵。"

②《雍胜略》："骊山有绣岭宫。"《长安志》："明珠殿,长生殿之南近东也。"王融诗："璧门凉月举,珠殿秋风回。"

③ 吴均诗："细雨灭层峦。"《后汉书·班固传》："缭以周墙,四百余里。"《南部新书》："骊山华清宫毁废已久,今惟存缭垣耳。朝元阁在山岭上,山腹即长生殿,又有饮酒亭,明皇吹笛楼,宫人走马楼,故基犹在缭垣之内。"

④ 一作"丹"。

⑤《洛阳伽蓝记》："景林寺丹槛炫日,绣角迎风。"

⑥《唐书·车服志》："初,隋文帝听朝之服,以赭黄文绫袍,唐高祖以赭黄袍为常服,既而天子袍衫稍用赤黄,遂禁臣民服。"

⑦《汉书·武帝纪》："元封元年,东巡海上,还登封泰山。"《通典》："大唐开元十三年十月,封祀于泰山,上御朝觐之帐殿大备陈布,文武百僚,二王后,孔子后,诸方朝集使,岳牧举贤良,咸在位。时中书令张说撰《封禅坛颂》,侍中源乾曜撰《社首坛颂》,礼部尚书苏颋撰《朝觐坛颂》,以纪圣德焉。"

⑧《魏书·礼志》："居尊据极,允应明命者,莫不以中原为正统,神州为帝宅。"《国语》："称曰自古。"

⑨《拾遗记》："丹丘千年一烧,黄河千年一清,至圣之君,以为大瑞。"《淮南子》："夫欲治之主不世出,而可与兴治之臣不万一,以万一求不世出,此所以千岁不一会也。"《后汉书·陈蕃传论》："及遭际会,协策窦武,自谓万世一遇也。"

⑩《唐书·地理志》："唐地东极海,西至焉耆,南尽林州南境,北接薛延陀界,东西九千五百一十一里,南北一万六千九百一十八里。"《唐六典》："京兆河南太原牧及都督刺史,掌清肃邦畿,劝课农桑。"

⑪《水经注·泗水篇》："钟离意为鲁相,治夫子车,身入庙,拭几席剑履。"

⑫ 一作"接"。

⑬ 庾信《贺新乐表》:"轩墀弘敞。"

⑭《淮南子》:"阴阳相薄,感而为雷,激而为霆。"《后汉书·郎𫖮传》:"雷者号令,其德生养。"

⑮《汉书·天文志》:"斗魁戴筐六星,曰文昌宫。"《晋书·天文志》:"东壁二星,主文章,天下图书之秘府也。星明,王者兴,道术行,国多君子。"

⑯《宋书·符瑞志》:"文王至于磻溪之水,吕尚钓于涯,王下趋拜曰:'望公七年,乃今见光景于斯。'尚立变名答曰:'望得玉璜,其文要曰:姬受命,昌来提,撰尔雒钤报在齐。'尚出游,见赤人自雒出,授书曰:'命曰吕,佐昌者子。'"《墨子》:"傅说居北海之洲,圜土之上,衣褐带索,庸筑于傅岩之城,武丁得而举之,立为三公。"

⑰《家语》:"芝兰生于深林,不以无人而不芳;君子修道立德,不为困穷而改节。"

⑱《后汉书·窦武传》:"黄门北寺若卢都内诸狱系囚罪轻者皆出之。"《汉书·司马迁传》:"关木索,被箠楚受辱。"

⑲《汉书·董仲舒传》:"南面而临天下,莫不以教化为大务。"《隋书·循吏传》:"易俗移风,服教从义,不资于明察,必藉于循良也。"

⑳《庄子》:"至道之精,窈窈冥冥。"《水经注·河水篇》:"昆仑山有三角,其一角正北,干星辰之辉,名曰阆风岭;其一角正西,名曰玄圃台;其一角正东,名曰昆仑宫。"

㉑《汉书·元后传》:"莽知太后妇人,厌居深宫中。"《五行志》:"未央宫,帝所居也。"《通鉴·汉纪》注:"未央宫在长安城西南隅,周回二十八里。"《元和志》曰:"东距长乐宫一里,中隔武库。"按今《元和郡县志》云:"长安县,汉长乐宫在县西北十五里,汉未央宫在县西北十四里,并在长安城中,与胡氏所引异,盖今本不全。"

㉒《晋书·天文志》:"钩陈六星,在紫宫中,钩陈。后宫也,大帝之正妃也,大帝之帝居也。"薛道衡诗:"鸾旂历岩谷。"

㉓ 刘桢《鲁都赋》:"路殿峛崺其隆崇,文陛俨其高骧。"

㉔ 庾信《步虚词》:"中天歌吹分。"《旧唐书·玄宗纪》:"开元十七年八

月癸亥,上以降诞日,宴百寮于花萼楼下,百寮表请以每年八月五日为千秋节,王公以下献镜及承露囊,天下诸州,咸令宴乐,休暇三日,仍编为令。从之。”

㉕ 萧懿诗:“楼台自相隐。”《吕氏春秋》:“仲秋之月,凉风生。”

㉖《天隐子》:“能通变曰神仙。”《三辅黄图》:“长乐宫有神仙殿。”木华《海赋》:“群仙缥缈,餐玉清涯。”

㉗《后汉书·后纪序》:“居有保阿之训,动有环佩之响。”

㉘《汉书·司马相如传》:“建翠华之旗。”注:“以翠羽为旗上葆也。”谢朓诗:“翠葆随风。”

㉙《妆台记》:“始皇宫中悉好神仙之术,乃梳神仙髻,皆红妆。”

㉚《南史·齐高帝纪》:“道庇生灵,志匡宇宙。”

㉛《后汉书·班固传》:“圣上亲万方之欢娱。”按《文选》,“亲万方”作“睹万方”。王僧达诗:“聿来岁序暄。”

㉜《唐书·礼乐志》:“河西节度使杨敬忠献《霓裳羽衣曲》十二遍。”《通鉴·唐纪》注:“玄宗时,河西节度使杨敬述献《霓裳羽衣曲》十二遍。俚俗相传,以为帝游月宫,见素娥数百,舞于广庭,帝记其曲,归制《霓裳羽衣舞》,非也。”按:《左传》“瞽为诗”疏引《周语》云:“瞽陈曲。”齐氏召南曰:“今本《国语》作‘瞽献典’。以是疏证之,则‘曲’字是。但古人言诗歌不言曲,言曲盖始于此,《诗谱》亦作‘曲’。”

㉝《申鉴》:“惠若雨露之降。”《后汉书·郭皇后纪》:“后弟况迁大鸿胪,帝数幸其第,赏赐金钱缣帛,丰盛莫比,京师号况家为金穴。”

㉞ 曹植《七启》:“同量乾坤。”《唐书·艺文志》:“皇甫松《醉乡日月》三卷。”《王绩传》:“绩著《醉乡记》,以次刘伶《酒德颂》。”

㉟《国语》:“先王耀德不观兵,观则玩,玩则无震。”《后汉书·吴汉等传论》:“斯诚雄以尚武之几,先志玩兵之日。”《汉书·万石君传》:“是时,汉方南诛两越,东击朝鲜,北逐匈奴,西伐大宛,中国多事。”《汉纪·元帝纪论》:“孝武皇帝,穷兵极武,百姓空竭,万民疲弊,当此之时,天下骚动,海内无聊,而孝文之业衰矣。”独孤及《郭知运谥议》:“玄宗循汉武故事,方锐意拓

土。"《通典》:"国家开元天宝之际,宇内谧如,边将邀宠,竞图勋伐,西陲青海之戍,东北天门之师,碛西怛逻之战,云南渡泸之役,没于异域,数十万人,向无幽寇内侮,天下四征未息,离溃之势,岂可量邪!"

㊱ 一云"首到"。

㊲《吴越春秋》:"干将,吴人,阖闾使造剑二枚,一曰干将,一曰镆邪。"《汉书·梅福传》:"倒持太阿,授楚其柄。"

㊳《古今注》:"鲸鱼者,海鱼也。大者长千里,小者数十丈,一生万子,常以五六月就岸边生子,至七八月导从其子还大海,子鼓浪成雷,喷沫为雨,水族惊畏,皆逃匿莫敢当者。"

㊴《旧唐书·安禄山传》:"天宝十四载十一月,反于范阳。十二月,禄山入东京。十五年正月,贼窃号燕国,立年圣武。"《隋书·突厥传》:"阿史那氏为君长,牙门建狼头纛。"《唐书·地理志》:"东都上阳宫,在禁苑之东,东接皇城之西南隅,上元中置,高宗常居以听政。"

㊵《长恨歌传》:"潼关不守,翠华南幸,出咸阳,道次马嵬亭,六军徘徊不进,从官郎吏请以贵妃塞天下之怒,上知不免,使牵而去之,仓黄展转,竟就绝于尺组之下。"《通典》:"金城有马嵬故城,孙景安《征涂记》云:马嵬所筑,不知何代人。姚苌时,扶风丁驸以数千人保马嵬,即此也。"《长安志》:"兴平县马嵬故城,在县西北二十三里。"杜甫诗:"血污游魂归不得。"按:丁鲋,《晋书·姚苌载记》、《通鉴·晋纪》俱作"王骥",恐《通典》字误。

㊶《盐铁论》:"譬若秋蓬,被霜遭风则零落。"《唐六典》:"左右羽林军,掌统领北衙禁兵之法令,而督摄左右厢飞骑之仪仗,以统诸曹之职。若大驾行幸,则夹驰道以为内仗。"

㊷《汉书·李夫人传》:"一顾倾人城,再顾倾人国。"

㊸《述异记》:"聚窟洲有返魂树,伐其根心,于玉釜中煮取汁,又熬之令可丸,名返生香,或名却死香,尸在地,闻气即活。"

㊹《杨太真外传》:"上曰:此去剑门,鸟啼花落,水绿山青,无非助朕悲悼妃子之由也。"

㊺ 戴暠诗:"长安树如荠。"杜甫诗:"日月低秦树。"

㊻《后汉书·献帝纪论》："传称鼎之为器，虽小而重，故神之所宝，不可夺移。"

㊼《唐书·肃宗纪》："至德二年九月癸卯，复京师，十月壬子，复东京，遣太子太师韦见素迎上皇天帝于蜀郡。十二月丙子，上皇天帝至自蜀郡。乾元元年正月戊寅，上皇天帝御宣政殿，授皇帝传国受命宝符，号曰：光天文武大圣孝感皇帝。"

㊽《旧唐书·玄宗纪》："天宝十五载六月，将谋幸蜀，自延秋门出，至咸阳望贤驿置顿，官吏骇散，无复储供。上憩于宫门之树下，有父老献麨，于是百姓献食相继。"《长安志》："咸阳县望贤宫，县东数里开远门外。"《晋书·陆机传》："故老犹存。"

㊾《唐书·让皇帝宪传》："先天后，赐宪及薛王第于胜业坊。申岐二王居安兴坊，环列宫侧。天子于宫西南置楼，其西署曰花萼相辉之楼。"

㊿《荀子》："观往事以自戒，治乱是非亦可识。"

51 江淹《为建平王聘隐逸教》："庶畅此幽襟，以旌蓬荜。"

52 沈约诗："送日隐高阁。"

53 郭璞《江赋》："濯翮疏风，鼓翅翻飙。"《汉书·礼乐志》："神之出，排玉房。"

54 《汉书·王吉传》："昼则被尘埃。"《旧唐书·音乐志》："羯鼓，正如漆桶，两手共击，以其出羯中，故曰羯鼓，亦谓之两杖鼓。"《唐书·礼乐志》："玄宗既知音律，好羯鼓，而宁王善吹横笛，达官大臣慕之，皆喜言音律，帝常称羯鼓八音之领袖，诸乐不可方也。"

55 《后汉书·和帝纪》注："《广州记》曰：荔枝树，高五六丈，大如桂树，实如鸡子，甘而多汁，似安石榴，有甜醋者，至日禺中，翕然俱赤，即可食。"《唐书·贵妃杨氏传》："妃嗜荔枝，必欲生致之，乃置传送，走数千里，味未变，已至京师。"

56 《尔雅》："鴳，鷯木。"《尔雅翼》："生山中，土人呼为山啄木。"

57 《本草纲目》："蜗身有涎，往往升高，涎枯则自死。"

58 范云诗："孤烟起新丰。"杜甫诗："於菟侵客恨。"

㊾《唐会要》:"玄宗葬泰陵。"《元和郡县志》:"京兆府奉先县,玄宗陵在县东北二十里。"

长安杂题长句六首①

　　舻棱金碧照山高②,万国珪璋捧赭袍③。舐笔和铅欺贾马④,赞功论道鄙萧曹⑤。东南楼日珠帘卷⑥,西北天宛玉厄豪⑦。四海一家无一事⑧,将军携镜泣霜毛⑨。

　　①《旧唐书·地理志》:"京师,秦之咸阳,汉之长安也。"李白诗:"苦心不得申长句。"

　　②《后汉书·班固传》:"设璧门之凤阙,上舻棱而栖金爵。"《梁书·中天竺国》传:"海中多大秦珍物,珊瑚、琥珀、金碧、珠玑、琅玕、郁金、苏合。"

　　③《左传》:"禹会诸侯于塗山,执玉帛者万国。"《礼记》:"珪璋特。"疏:"诸侯朝王以圭,朝后执璋。"《封氏闻见记》:"国家承隋氏火运,故为土德,衣服尚黄,旍帜尚赤,常服赭赤也。"

　　④《庄子》:"宋元君将画,众史皆至,舐笔和墨。"《唐书·艺文志》:《贾谊集》二卷,《司马相如集》二卷。《晋书·文苑传序》:"西都贾马,耀灵蛇于掌握。"

　　⑤《汉书·曹参传》:"萧何薨,参代何为相国。"《魏相丙吉传赞》:"高祖开基,萧曹为冠。"《叙传》:"受命之初,赞功剖符。"《周书·庾信传》:"经邦佐汉,用论道而当官。"

　　⑥《宋书·乐志》:"日出东南隅,照我秦氏楼。"《拾遗记》:"石虎于太极殿前起楼,高四十丈,结珠为帘,垂五色玉佩,铿锵和鸣。"

　　⑦原注:《诗》曰"鞗革金厄",盖小环。○《汉书·张骞传》:"天子发书《易》,曰:神马当从西北来。得乌孙马好,名曰天马。及得宛汗血马,益壮,更名乌孙马曰西极马,宛马曰天马云。"

⑧《荀子》：“四海之内若一家。”《梁书·王茂传》：“时天下无事，高祖方信仗文雅，茂心颇快快。”《淮南子》：“有一能者服一事。”《宋书·庾炳之传》：“陛下便可闲卧紫闼，无复一事也。”

⑨ 庾信诗：“将军息边务。”应璩《与夏侯孝智书》：“遭值有道之世，免致贫贱之患，援鉴自照，鬓已半白，良可惧也！”

　　晴云似絮惹低空①，紫陌微微弄袖风②。韩嫣金丸莎覆绿③，许公鞯汗杏黏红④。烟生窈窕⑤深东第⑥，轮撼流苏下北宫⑦。自笑苦无楼护智⑧，可怜铅椠竟何功⑨。

① 韩愈诗：“晴云如擘絮。”庾信诗：“秋云粉絮结。”

② 刘孝绰诗：“纡余出紫陌。”陶潜诗：“闲雨丝微微。”

③《西京杂记》：“韩嫣好弹，常以金为丸，所失者，日有十余，长安为之语曰：‘苦饥寒，逐金丸。’”

④ 原注：《北史》：“宇文述封许国公，制马鞯，于后角上缺方三寸，以露白色，时谓许公缺势。”

⑤ 一云“窈窱”。

⑥ 王延寿《鲁灵光殿赋》：“旋室婕娟以窈窕，洞房叫窱而幽邃。”《史记·司马相如传》：“位为通侯，居列东第。”

⑦《海录碎事》：“盘线绘绣之球，五彩错为之，同心而下垂者曰流苏。”《隋书·礼仪志》：“有大楼辇车，龙辀十二，加以玉饰，四毂六衡，方舆圆盖，金鸡树羽，宝铎旒苏，鸾雀立衡，六螭龙衔辄。建太常，画升龙日月，驾二十牛。又有象辇，左右金凤白鹿仙人，羽葆旒苏，金铃玉佩。初驾二象，后以六驼代之，并有游观小楼等。辇驾十五马车等，合十余乘。”《西京杂记》：“一马之饰直百金，或加以铃镊，饰以流苏。”《史记·外戚世家》：“孝惠皇后居北宫。”《正义》：“《括地志》云：北宫在雍州长安县西北十三里，与桂宫相近，在长安故城中。”《后汉书·刘盆子传》：“赤眉复入长安，止桂宫。”注：

"《长安记》曰：桂宫在未央宫北，亦曰北宫。"《汉书·东方朔传》："董君贵宠，天下莫不闻，郡国狗马、蹵鞠、剑客，辐凑董氏，常从游戏北宫，驰逐平乐，观鸡鞠之会，角狗马之足。"

⑧《汲冢周书》："技踵自笑，笑则上唇翕其目。"《汉书·楼护传》："为人短小精辨，论议常依名节，听之者皆竦。与谷永俱为五侯上客。长安号曰：'谷子云笔札，楼君卿唇舌。'言其见信用也。"

⑨《汉书·杨恽传》："为可怜之意。"《西京杂记》："扬子云常怀铅提椠，从诸计吏访殊方绝域之语。"《史记·吕不韦传》："君何功于秦？"

　　雨晴九陌铺江练①，岚嫩千峰叠海涛②。南苑草芳眠锦雉③，夹城云暖下霓旄④。少年羁络青纹玉⑤，游女花簪紫蒂桃⑥。江碧柳深人尽醉⑦，一瓢颜巷日空高⑧。

　　① 李颀诗："瞻风候雨晴。"《三辅遗事》："长安八街九陌。"谢朓诗："澄江静如练。"

　　②《抱朴子》："海涛嘘吸，随月消长。"

　　③《长安志》："朱雀街东第五街兴庆坊南内兴庆宫，开元二年置，十四年增广之，谓之南内。二十年，筑夹城入芙蓉园，自大明宫夹东罗城复道，经通化门观以达此宫，次经春明、延喜门至曲江芙蓉园。"《本草纲目》："鷩与鹇同名锦鸡，鹇文在绥，鷩文在身，大抵皆雉属也。"

　　④ 张衡《西京赋》："虹旃霓旄。"夹城注见下"洪河"首。

　　⑤《汉书·尹赏传》："杂举长安中轻薄少年恶子，无市籍商贩作务，而鲜衣凶服，被铠捍持刀兵者，悉籍记之。"《庄子》："我善治马，烧之、剔之、刻之、雒之，连之以羁馽，编之以皂栈。"《释文》："雒，谓羁雒其头也。"《云笈七签》："紫缯百尺，青纹四十尺。"张骞诗："何以报之青玉案。"

　　⑥ 嵇康《琴赋》："游女飘焉而来萃。"《西京杂记》："汉武初，修上林苑，群臣各献果，有紫文桃。"

⑦《中朝故事》："曲江池畔多柳，号曰柳衙。"《剧谈录》："曲江池入夏则菰蒲葱翠，柳阴四合，碧波红蕖，湛然可爱。"

⑧《魏志·曹植传》注："《魏略》曰：陋巷箪瓢，颜子之居也。"

束（发）〔带〕谬趋文石陛①，有章曾拜皂囊封②。期严无奈睡留癖③，势窘犹为酒泥慵④。偷钓侯家池上雨⑤，醉吟隋寺日沉钟⑥。九原可作吾谁与⑦，师友琅邪邴曼容。⑧

①《宋书·陶潜传》："郡遣督邮至县，吏白：应束带见之。"《梁书·王僧孺传》："升文石，登玉陛。"

②《后汉书·蔡邕传》注："《汉官仪》曰：凡章表皆启封，其言密事，得皂囊也。"

③ 嵇康《与山巨源书》："卧喜晚起，而当关呼之不置。"

④《文心雕龙》："思王以势窘益价。"《尔雅》注："泥少才力。"《释文》："泥，奴细反。"杜甫诗："观身向酒慵。"

⑤《晋书·食货志》："戚里侯家，自相驰骛。"《南史·陆慧晓传》："慧晓与张融并宅，其间有池，池上有二株杨柳。"

⑥ 隋寺注见卷一《独酌》。

⑦《礼记》："赵文子与叔誉观乎九原，文子曰：'死者如可作也，吾谁与归？'"

⑧《后汉书·李膺传》："性简亢，无所交接，唯以同郡荀淑、陈寔为师友。"《汉书·两龚传》："琅邪邴汉以清行征用，兄子曼容亦养志自修，为官不肯过六百石，辄自免去，其名过出于汉。"

洪河清渭天池浚①，太白终南地轴横②。祥云辉映汉宫紫③，春光绣画秦川明④。草妒佳人钿朵色⑤，风回公子玉衔声⑥。六飞南幸芙蓉苑⑦，十里飘香入夹城⑧。

①《唐六典》:"关内道:河历银、绥、延、丹、同、华六州之界。渭水出渭州,历秦、陇、岐、京兆、同、华六州,入于河。"《后汉书·班固传》:"带以洪河、泾、渭之川。"《梁书·元帝纪》:"浊河清渭,佳气犹存。"《列子》:"终发北之北,有溟海者,天池也。"

②《水经注·渭水篇》:"太一山古文以为终南,杜预以为中南也,亦曰太白山,在武功县南,去长安二百里,不知其高几何? 俗云:'武功太白,去天三百。'"《河图括地象》:"地有八柱,广十万里,有三千六百轴,互相牵制。"

③《宋书·符瑞志》:"云有五色,太平之应也。宋大明元年五月,紫气从景阳楼上层出,状如烟,回薄良久。"《后汉书·南匈奴传》:"昭君丰容靓饰,光明汉宫。"《旧唐书·宣宗纪》:"大中三年六月癸未,五色云见于京师。"

④ 张正见诗:"春光落云叶。"《长安志》:"《三秦记》曰:长安正南秦岭,岭根水流为秦川。"

⑤《淮南子》:"佳人不同体,美人不同面,而皆悦于目。"《中华古今注》:"隋帝于江都宫水晶殿令宫人戴通天百叶冠子,插瑟瑟钿朵,皆垂珠翠,披紫罗帔,把半月雉尾扇子,靸瑞鸠头履子,谓之仙飞。"

⑥《宋书·王诞传》:"霜繁广除,风回高殿。"《隋书·宇文化及传》:"好乘肥挟弹,驰骛道中,由是长安谓之轻薄公子。"《史记·货殖传》:"游闲公子,饰冠剑,连车骑,亦为富贵容也。"傅休奕《驰射马赋》:"金衔玉羁,文勒镂鞍。"

⑦《汉书·爰盎传》:"陛下骋六飞,驰不测山。"《独断》:"车驾所至谓之幸。"《两京新记》:"开元二十年,筑夹城入芙蓉园,自大明宫夹东罗城复道,经通化门观以达兴庆宫,次经春明延喜门至曲江芙蓉园,而外人不知也。"

⑧ 张正见诗:"漾色随桃水,飘香入桂舟。"《长安志图》:"夹城,玄宗以隆庆坊为兴庆宫,附外郭为复道,自大明宫潜通此宫及曲江芙蓉园。又十宅皇子,令中官押之于夹城起居西外郭庑后。宣宗于夹城南头开便门,自芙蓉园北入青龙寺,俗号新开门。杜牧之诗'六龙南幸芙蓉苑,十里飘香入夹城',谓此。"

丰貂长组金张辈^①，驷马文衣许史家^②。白鹿原头回猎骑^③，紫云楼下醉江花^④。九重树影连清汉^⑤，万寿山光学翠华^⑥。谁识大君谦让德^⑦，一豪名利斗蛙蟆^⑧。

①《埤雅》："貂亦鼠类，缛毛者也，其皮燠于狐貉。"《晋书·舆服志》："丰貂东至。"《梁书·何敬容传》："回丰貂以步文昌，耸高蝉而趋武帐。"沈炯《归魂赋》："访轵道之长组。"《汉书·张安世传》："功臣之世，惟有金氏、张氏，亲迎宠贵，比于外戚。"

②《史记·孔子世家》："选齐国中女子好者八十人，皆衣文衣而舞《康乐》，文马三十驷，以遗鲁君。"《独断》："朝侯位次九卿下，皆平冕文衣。"《汉书·王商等传赞》："自宣、元、成、哀外戚兴者，许、史、三王、丁、傅之家，皆重侯累将，穷贵极富。"《盖宽饶传》："上无许史之属，下无金张之托。"

③《元和郡县志》："万年县白鹿原，在县东二十里。"李德林诗："萧关猎骑旋。"

④《旧唐书·郑注传》："文帝命左右神策军，差人淘曲江、昆明二池，仍许公卿士大夫之家于江头立亭馆，以时遨赏。时两军造紫云楼、彩霞亭，内出楼额以赐之。"梁简文帝《采莲曲》："江花玉面两相似。"

⑤《宋书·恩倖传序》："人君南面，九重奥绝。"《梁书·王僧孺传》："况复霜销草色，风摇树影。"《南齐书·高帝纪》："秬草腾芳于郊园，景星垂晖于清汉。"杨泉《物理论》："星者，元气之英也。汉，水之精也。气发而著，精华浮上，宛转随流，名曰天河，一曰云汉。"

⑥谢朓诗："山光晚余照。"《史记·司马相如传》："建翠华之旗。"按：《唐书·武三思传》："建营兴泰宫于万寿山，请天后岁临幸。"据《地理志》云："河南府寿安县西南四十里万安山有兴泰宫，长安四年置。"则今宜阳县之万安山，当时亦名万寿山，然非此诗之万寿山也，此万寿山自在长安。牧之《和白相公》诗云'万寿南山对未央'，或南山亦有此名。俟再考。

⑦原注：圣上不受徽号。○《隋书·音乐志》："荒华胥暨，乐我大君。"

《史记·司马相如传》："上帝垂恩储祉,将以荐成,陛下谦让而弗发也。"按《唐会要》："文宗太和七年十二月,宰臣王涯等请册徽号,不许。开成二年二月,宰相郑覃等频表请,上固谦抑不允。宣宗大中三年十二月,群臣以河湟既服,请加尊号,上深执谦让,三表不许。"此云不受徽号,未知是文是宣,然六诗以"四海一家无一事"起,而以"一豪名利斗蛙蟆"结之,其为收复河湟后作与?

⑧《列子》："人人不损一豪,人人不利天下,天下治矣。"《易林》："名利所有,心悦以喜。"《汉书·五行志》："元鼎五年秋,蛙与虾蟆群斗,是岁四将军众十万,征南越,开九郡。"

河　湟①

元载相公曾借箸②,宪宗皇帝亦留神③。旋见衣冠就东市④,忽遗弓剑不西巡⑤。牧羊驱马虽戎服⑥,白发丹心尽汉臣⑦。唯有《凉州》歌舞曲⑧,流传天下乐闲人⑨。

①《唐书·吐蕃传》："湟水至漾谷,抵龙泉,与河合,故世举谓西戎地曰河湟。"《旧唐书·吐蕃传论》："幽陵盗起,乘舆播迁,戍卒咸归,河湟失守。"

②《唐书·元载传》："拜同中书门下平章事,进拜中书侍郎。大历八年,吐蕃寇邠宁,载常在西州,具知河西陇右要领,乃言于帝曰:国家西境,极于潘原,吐蕃防戍在摧沙堡,而原州界其间,草荐水甘,旧垒存焉。请徙京西军戍原州,乘间筑作,二旬可讫。徙子仪大军在泾,以为根本。分兵守石门、木峡、陇山之关,北抵于河,皆连山峻险,寇不可越。稍置鸣沙县丰安军为之羽翼,北带灵武五城,为之形势,然后举陇右之地,以至安西,是谓断西戎胫,朝廷高枕矣。因图上地形,使吏闰入原州,度水泉,计徒庸、车乘、畚锸之器悉具,而田神功沮短其议,帝由是疑不决。"王粲诗:"相公征关右。"《日知录》:"前代拜相者必封公,故称之曰相公。"《汉书·张良传》:"臣

107

请借前箸以筹之。"

③《唐书·吐蕃传》："宪宗常览天下图,见河湟旧封,赫然思经略之,未暇也。"《魏志·王肃传》注:"孙盛曰:化合神者曰皇,德合天者曰帝。"《唐六典》:"凡夷夏之通称天子曰皇帝。"《隋书·薛道衡传》:"留心政术,垂神听览。"

④《唐书·元载传》："大历十二年三月,帝遣左金吾大将军吴凑,收载下狱,下诏赐自尽。"《汉书·晁错传》:"错衣朝衣,斩东市。"

⑤《唐会要》："宪宗元和十五年正月二十七日崩,年四十三。"《水经注·河水篇》:"阳周县桥山上有黄帝冢,帝崩,惟弓剑存焉,故世称黄帝仙矣。"《魏书·李崇传》:"未遑多就,弓剑弗追。"按:《崇传》语见崇所上表,而《北齐书》及《北史·邢邵传》俱载此表,语略相同。《齐书》谓杨愔与魏收及邵所奏,《北史》谓杨愔与魏元义及邵奏,俱不去崇,斯为异也。

⑥《唐书·吐蕃传》："其兽犛牛、名马、大羊、麚、天鼠之皮可为裘,独峰驼日驰千里。"《汉书·苏武传》:"杖汉节牧羊,卧起操持,节旄尽落。"《魏书·吐谷浑传》:"诸君试驱马,令东马若还东,我当随去。"《汉书·李陵传》:"陵墨不应,孰视而自循其发曰:'吾已胡服矣。'"

⑦《汉书·苏武传》："武留匈奴凡十九岁,始以强壮出,及还,须发尽白。"《宋书·南谯王义宣传》:"丹心微款,未亮于高鉴。"《唐书·吐蕃传》:"沙州人皆胡服臣虏,每岁时祀父祖,衣中国之服,号恸而藏之。"《沈下贤集》:"自翰海以东凡五十六郡、六镇、十五军,皆唐人子孙,生为戎服奴婢者,田牧耕作,或丛居城落之间,或散处野泽之中。及霜露既降,以为岁时,必东望啼嘘,其感故国之思如此。"

⑧《唐书·地理志》："凉州武威郡。"《礼乐志》:"天宝乐曲皆以边地名,若《凉州》、《伊州》、《甘州》之类,后又诏道调法曲与蕃部新声合作。明年安禄山反,凉州、甘州皆陷吐蕃。"《旧唐书·音乐志》:"太常乐府悬散乐毕,即遣宫女于楼前缚架出眺,歌舞以娱之。"

⑨《颜氏家训》："先儒尚得临文从意,何况书写流传邪!"《北齐书·祖珽传》:"自解弹琵琶,能为新曲,招城市年少,歌舞为娱。"

许七侍御弃官东归潇洒江南颇闻自适
高秋企望题诗寄赠十韵^①

天子绣衣吏^②，东吴美退居^③。有园同庾信^④，避事学相如^⑤。兰畹晴香嫩^⑥，筠溪翠影疏^⑦。江山^⑧九秋后^⑨，风月六朝余^⑩。锦肆^⑪开诗轴^⑫，青囊结道书^⑬。霜岩红薜荔^⑭，露沼白芙蕖^⑮。睡雨高梧密^⑯，棋灯小阁虚^⑰。冻醪元亮秫^⑱，寒鲙季鹰鱼^⑲。尘意迷今古^⑳，云情识卷舒^㉑。他年雪中棹^㉒，阳羡访吾庐^㉓。

①《唐六典》："侍御史从六品下。"又："天下十道，八曰江南道，凡五十有一州。"《唐音统签》："许浑字用晦，一作仲晦，《纪事》云睦州人，误也。浑，故相圉师之后，圉师安陆人，后裔家丹阳，浑集有《下第归朱方》、《南海府罢归京口》及《京口闲居》等诗；又杜牧赠诗云'东吴美退居'皆可据。"《晋书·孔愉传》："营山阴湖南侯山下数亩地为宅，草屋数间，便弃官居之。"《后汉书·刘翊传》："翊散所握珍玩，唯余车马，自载东归。"《南史·隐逸·渔者传》："神韵潇洒，垂纶长啸。"《晋书·氾腾传》："柴门灌园，琴书自适。"沈约诗："开幌望高秋。"《魏志·卫觊传》："闻本土安宁，皆企望思归。"《荀子》："君子赠人以言。"

②《汉书·郊祀志》："王者父事天，故爵称天子。"《汉书·百官公卿表》："侍御史有绣衣直指，出讨奸猾，治大狱，武帝所制，不常置。"

③《晋书·食货志》："间者流人奔东吴。"《宋书·何尚之传》："著《退居赋》以明所守。"

④ 庾信《小园赋》："余有数亩敝庐，寂寞人外。"

⑤《汉书·严助传》："相如常称疾避事。"

⑥ 江淹《金灯草赋》:"移馥兰畹,徙色曲池。"

⑦ 陈后主诗:"低荷乱翠影。"

⑧ 一作"上"。

⑨《南齐书·南海王子罕传》:"白下地带江山。"郭璞《江赋》:"芦人渔子,摈落江山。"《太平御览》:"《阴阳五行历》曰:一时为三月,一月为一秋,三月为三秋。又一月为三秋,故三月有九秋之名也。"张衡《南都赋》:"结九秋之增伤。"

⑩《南史·褚彦回传》:"尝聚袁粲舍,初秋凉夕,风月甚美。"《初学记》:"江宁县,楚之金陵邑也。吴、晋、宋、齐、梁、陈都之。"《文献通考》:"《六朝事迹》一卷,陈氏曰:不知何人所作,记六朝故都事迹,颇为详尽。"

⑪ 一作"帙",又作"笥"。

⑫ 沈约《任昉墓铭》:"心为乐府,词同锦笥。"

⑬《晋书·郭璞传》:"有郭公者,精于卜筮,璞从之受业,公以青囊中书九卷与之,由是遂洞五行天文卜筮之术。璞门人赵载尝窃青囊书,未及读而为火所焚。"《魏志·张鲁传》:"祖父陵,客蜀,学道鹄鸣山中,造作道书。"

⑭《楚词》注:"薜荔,香草也,缘木而生。"《本草拾遗》:"薜荔,枝叶繁茂,叶长二三寸。"

⑮《尔雅》:"荷,芙蕖,其花菡萏。"《本草纲目》:"花有红、白、粉红三色。"

⑯《后汉书·马融传》:"栖凤凰于高梧。"

⑰《南史·谢庄传》:"今之所止,惟在小阁。"

⑱《梁四公记》:"高昌遣使献干蒲柳、冻酒。"《宋书·陶潜传》:"潜字渊明,或云渊明字元亮。性嗜酒,为彭泽令,公田悉令吏种秫稻。"

⑲《世说》:"张季鹰辟齐王东曹掾,在洛见秋风起,因思吴中菰菜羹、鲈鱼脍,遂命驾便归。"

⑳《庄子》:"无古无今,无始无终。"

㉑《关尹子》:"云之卷舒,禽之飞翔,皆在虚空中,所以变化不穷,圣人之道则然。"

㉒《左传》:"他年其二子来。"《世说》:"王子猷居山阴,夜大雪,开室命酌,四望皎然,因咏左思《招隐诗》,忽忆戴安道,时戴在剡,便小船就之。"

㉓原注:于义兴县近有水榭。○《元和郡县志》:"常州义兴县,本秦阳羡县。"倪瓒《荆溪图序》:"苏子瞻曰:唐杜牧之构水榭于溪旁,至今历历可考。"

李给事二首①

一章缄拜②皂囊中③,懔懔④朝廷有古风⑤。元礼去归缑⑥氏学⑦,江充来见犬台宫⑧。纷纭白昼惊千古⑨,钛锁⑩朱殷几一空⑪。曲突徙薪人不会⑫,海边今作钓鱼翁⑬。

①《唐书·李中敏传》:"元和中擢进士第,与杜牧、李甘善。沈传师观察江西,辟为判官,入为侍御史。郑注诬逐宰相宋申锡,天下以目,太和六年大旱,中敏以司门员外郎上言,请斩注以快忠臣之魂,帝不省,中敏以病告归颍阳。注诛,以司勋员外郎召,累迁给事中。仇士良以开府阶荫其子,中敏曰:'内谒者监,安得有子?'士良惭恚,由是复弃官去。"《唐六典》:"门下省给事中,正五品上。"

②一作"报"。

③刘铄诗:"一章意不尽。"皂囊注见《长安杂题》。

④一云"懔懔"。

⑤《后汉书·郎颛传》:"岂可不刚健笃实,矜矜懔懔,以守天功盛德大业乎?"《汉书·循吏传》:"廪廪庶几德让君子之遗风矣。"《后汉书·陈蕃传论》:"懔懔乎伊望之业矣。"《晋书·刘曜载记》:"二侍中恳恳有古人之风烈矣。"

⑥一作"纶"。

⑦原注:李膺退罢归缑氏,教授生徒。给事论郑注,告满归颍阳。

〇按：缑氏，《英华》作"纶氏"，彭叔夏《辨证》云："李膺本颍川人，纶氏属颍川，膺免官归颍川，教授常千人，而集误作'缑氏'。"

⑧ 原注：郑对于浴室。〇《汉书·江充传》："充召见犬台宫。"注："晋灼曰：'《黄图》：上林有犬台宫，外有走狗观也。'"《旧唐书·郑注传》："始以药术游长安权贵之门。太和八年九月，注进药方一卷，召注对浴堂门，赐锦彩。"《长安志》："东内大明宫有浴堂，内有浴堂殿。"

⑨《魏书·桓玄传》："国典朝政，纷纭淆乱。"《汉书·张汤传》："白昼入乐府，攻射官寺，缚束长吏子弟。"宋之问诗："圣德超千古。"

⑩ 一云"铁锁"。

⑪《晋书·天文志》："铁锧主诛斩。"《公羊传》："君不忍加之以铁锧，赐之以死。"《左传》："左轮朱殷。"

⑫《汉书·霍光传》："客有过主人者，见其灶直突，傍有积薪。客谓主人：'更为曲突，远徙其薪，不者且有火患。'主人默然不应。"

⑬《晋书·夏统传》："或至海边拘蠼蟥以资养。"傅玄诗："渭滨渔钓翁。"张志和诗："雪溪湾里钓鱼翁。"

晚发闷还梳，忆君秋醉余。可怜刘校尉①，曾讼石中书②。消长虽殊事③，仁贤每见如④。因看鲁褒论⑤，何处是吾庐⑥？

①《南齐书·卞彬传》："可怜可念尸著服。"

② 原注：给事因忤仇军容，弃官东归。〇《汉书·刘向传》："患苦中书宦官洪恭、石显弄权，欲白罢退之，未白而语泄。"又："天子召见向，以为中垒校尉。"

③《后汉书·杜根等传赞》："成仁丧己，同方殊事。"

④《后汉书·第五伦传》："务进仁贤，以任时政，不过数人，则风俗自化矣。"

⑤《晋书·鲁褒传》："元康之后，纲纪大坏，褒伤时之贪鄙，乃隐姓名而著《钱神论》以刺之。"

⑥《博物志》："并问此是何处。"陶潜诗："吾亦爱吾庐。"

题永崇西平王宅太尉愬院六韵①

天下无双将②，关西第一雄③。授符黄石老④，学剑白猿翁⑤。矫矫云长勇⑥，恂恂郤縠风⑦。家呼小太尉⑧，国号大梁公⑨。半夜龙骧去⑩，中原虎穴空⑪，陇山兵十万⑫，嗣子握雕弓⑬。

①《旧唐书·李晟传》："德宗至自兴元，赐永崇里第。入第之日，京兆府供酒馔，赐教坊乐具，鼓吹迎导，宰臣节将送之。改封西平郡王。贞元三年，册拜晟为太尉中书令，晟十五子，愿、愬、听最知名。"《李愬传》："始晟克复京城，市不易肆，及愬平淮蔡，复蹑其美，父子仍建大勋，虽昆仲皆领兵符，而功业不侔于愬，近代无以比伦。加以行己有常，弟兄席父勋宠，率以仆马第宅相矜，惟愬六迁大镇，所处先人旧宅一院而已。"《长安志》："朱雀街东第三街永崇坊，司徒兼中书令李晟宅。"《唐六典》："太尉正一品。"按《长安志》："朱雀街东第五街兴宁坊，有淄青节度使同中书门下平章事李愬赐第，盖愬未赐第以前，只处先人旧宅也。"

②《汉书·李广传》："李广材气，天下无双。"又："武帝即位，左右言，广名将也。"

③《雍录》："由长安东一百八十里出华州华阴县外，则唐潼关也。自潼关东二百里至陕州灵宝县，则秦函谷关也。自灵宝县三百余里出河南新安县，则汉函谷关也。"《后汉书·虞诩传》："关西出将，关东出相。"《梁书·刘孝绰传》："第一官当用第一人。"《左传》："是寡人之雄也。"

④《史记·留侯世家》："出一编书曰：读此，则为王者师矣。后十三

年,孺子见我济北谷城山下黄石即我矣。视其书,乃《太公兵法》也。"李康《运命论》:"张良受黄石之符,诵《三略》之说。"

⑤《吴越春秋》:"越有处女,将北见于王,道逢一翁,自称曰袁公,问于处女:吾闻子善剑,愿一见之!于是袁公即杖箖箊竹,竹枝上颉,桥末堕地,女即捷末,袁公则飞上树,变为白猿。"《芥隐笔记》:"杜牧之诗'授图黄石老,学剑白猿翁',盖出庾信《宇文盛墓志云》:'授图黄石,不无师表之心;学剑白猿,遂得风云之志。'"《能改斋漫录》:"《潘子真诗话》云:杜牧之题李西平宅云云,然余读李太白赠宋中丞诗云'白猿惭剑术,黄石授兵符',则太白亦尝用之矣。"

⑥《尔雅》:"番番,矫矫,勇也。"《华阳国志》:"关张勇冠三军,俱万人之敌。"

⑦《汉书·李广传赞》:"李将军恂恂如鄙人,口不能出辞。"《国语》:"公问元帅于赵衰,对曰:'郤縠可,行年五十矣,守学弥惇。'"

⑧《旧唐书·李愬传》:"元和十五年九月,以愬检校左仆射,同中书门下平章事,昭义节度使,迁魏博节度使。长庆元年,幽镇复乱,会疾作,不能治军,除太子少保,归东都。是年十月卒,赠太尉。"

⑨原注:太尉季弟司徒德亦封梁国公。○《唐书·李愬传》:"诏进检校尚书左仆射,山南东道节度使,封凉国公。"《宰相世系表》:"陇西李氏听,检校司徒凉国公。"按:愬、听先后俱封凉国公,《新》、《旧》传并同,而此大文及分注字各本并作"梁",据唐时封号,大约多依本贯,李氏出陇右,疑封"凉国"为是,"梁"字传写误。又西平王十五子,无名德者,原注"德"字,为"听"字之误无疑,第各本皆同,亦仍之。

⑩《晋书·羊祜传》:"祜以伐吴必借上流之势。"又:"吴童谣曰:'阿童复阿童,衔刀浮渡江,不畏岸上虎,但畏水中龙。'王濬小字阿童,因表濬监益州诸军,加龙骧将军。"《王濬传》:"拜龙骧将军,平吴后,勋高位重,卒谥曰武,葬柏谷山,大营茔域。"杜甫诗:"怅望龙骧茔。"按:此言愬之薨也。半夜去,暗用《庄子》"藏舟于壑,谓之固矣,然而夜半有力者负之而走"语。

⑪《魏书·萧衍传》:"中原作战斗之场,生民为鸟兽之饵。"《后汉书·

班超传》：“不入虎穴，不得虎子，当今之计，独有因夜以火攻之，可殄尽也。”按：此言西平宅愬院也。愬真虎将，宅即虎穴。愬薨则似宅空，此醒出题中"宅"、"院"字，结美其子控边宣力，世济厥勋也。又韩愈集《平淮西》在元和十二年，《旧唐书·李愬传》于十一年后漏书十二年。《新传》于愬袭蔡特注云："于时元和十一年十月己卯师起"，则又据《旧》传误文也。至入蔡之日，各书不同，具《通鉴考异》。

⑫《通典》："天水郡有大坂名曰陇坻，亦曰陇山。"《唐六典》："陇右节度使，其统有临洮、河源、白水、安人、积石、莫门、振武七军，平夷五门、富耳、蓝州、平戎、绥和五守捉使皆属焉。"《晋书·姚弋仲载记》："明公握兵十万，功高一时。"

⑬原注：今凤翔李尚书太尉长子。○《礼记·文王世子》注："上嗣君之适长子。"《荀子》："天子雕弓。"《唐书·方镇表》："贞元三年，以凤翔节度使领陇右度支营田观察使。"《唐六典》："尚书正三品。"按：《新》、《旧唐书》《李愬传》及《宰相世系表》，俱不言李愬有子。考《旧书·宣宗纪》，大中三年，有凤翔节度使李玭奏收复秦州，李商隐《樊南乙集序》，亦有"李玭得秦州"之语，牧之又有《寄唐州李玭尚书》诗"累代功勋照世光"云云，其名与西平诸孙同连玉旁，其时其地其语又皆相合，知玭当即为愬子也。

东兵长句十韵①

上党争为天下脊②，邯郸四十万秦阬③。狂童何者欲专地④，圣主无私岂玩兵⑤。玄象森罗摇北落⑥，诗人章句咏东征⑦。雄如马武皆弹剑⑧，少似终军亦请缨⑨。屈指庙堂无失策⑩，垂衣尧舜待升平⑪。羽林东下雷霆怒⑫，楚甲南来组练明⑬。即墨龙文光照曜⑭，常山蛇陈势纵横⑮。落雕都尉万人敌⑯，黑矟将军一鸟轻⑰。渐见长围云欲合⑱，可怜穷垒带犹萦⑲。凯歌应是新年唱⑳，便逐春风浩浩声㉑。

①《史记·苏秦传》："取魏之雕阴,且欲东兵。"《唐书·藩镇·泽潞传》："刘从谏卒,从子稹诣监军崔士康邀说,请如河朔故事。帝诏稹护丧还东都,稹不奉诏。诏群臣议,李德裕言,稹所恃者河朔耳,若遣大臣谕旨,出山东兵,破之必矣。诏夺稹官,敕诸军进讨。于是河阳王茂元以兵屯万善;河东刘沔守昂车关,壁榆社;魏博何弘敬栅肥乡,侵平恩;成德王元逵次临洺,略任、尧山、向城;河中陈夷行营冀城,侵冀氏。忠武王宰以本军入怀泽行营。稹大将郭谊,诱稹至北第,斩首送王宰,献京师,告庙社,帝御兴安门受之。"

②《元和郡县志》："潞州上党郡。"《释名》曰:"党,所也。在于山上,其所最高,故曰上党。"《史记·韩世家》正义:"上党从太行山西北,泽潞等州是也。"《河图括地象》:"太行,天下之脊。"

③《史记·赵世家》："敬侯元年,赵始都邯郸。孝成王四年,发兵取上党,廉颇将军军长平。七年,廉颇免而赵括代将。秦人围赵括,赵括以军降,卒四十余万皆阬之。"

④《公羊传》："有天子存,则诸侯不得专地也。"

⑤《礼记》："奉三无私以劳天下。"玩兵注见《华清宫》。

⑥《后汉书·郅恽传》："王莽时,寇贼群发,恽乃仰占玄象。"成公绥《天地赋》:"玄象成文,列宿有章。"陶弘景《长沙馆碑》:"万象森罗,不离两仪所育。"《晋书·天文志》:"北落师门一星,在羽林西南。北者,宿在北方也。落,天之藩落也。师,众也,师门,犹军门也。长安城北门曰北落门,象此也。主非常以候兵。"按《晋书·成公绥传》"玄象"作"悬象",此据《初学记》。

⑦《文心雕龙》："宅情曰章,位言曰句,章者,明也,句者,局也。局言者,联字以分疆,明章者,总义以包体。寻诗人拟喻,虽断章取义,然章句在篇,如茧之抽绪,原始要终,体必鳞次。"《诗序》:"《东山》,周公东征也。"

⑧《后汉书·吴汉等传论》："斯诚雄心尚武之机,先志玩兵之日,臧宫、马武之徒,抚鸣剑而抵掌,志驰于昆吾之北矣。"《晋书·张重华传》:"弹剑慷慨,中情蕴结。"

⑨《汉书·终军传》："南越与汉和亲,乃遣军使南越,军自请愿受长缨,

必羁南越王而致之阙下。军死时年二十余,故世谓之终童。"

⑩《汉书·陈汤传》:"诎指计其日曰:'不出五日,当有吉语闻。'"《管子》:"抱蜀不言而庙堂既修。"注:"蜀,祠器也。"《晋书·陆机传》:"谋无遗计,举不失策。"

⑪《魏志·高贵乡公纪》:"帝曰:'《系辞》云:黄帝尧舜,垂衣裳而天下治。此包羲神农之世为无衣裳,但圣人化天下,何殊异尔邪!'"《陈思王植传》:"正值陛下升平之际。"

⑫《宋书·天文志》:"泰始元年十二月己巳,太白入羽林,占曰:羽林兵动。明年,羽林兵出讨。"《通典》:"大唐龙朔二年,改左右屯营为左右羽林军。"《汉书·蒯通传》:"常山王归汉王,借兵东下。"京房《易传》:"雷者,天拒难折冲之臣也。君威福则雷杀人。"《隋书·长孙晟传》:"将军震怒,威行域外,遂与雷霆为比,一何壮哉!"

⑬《左传》:"楚子重使邓廖帅组甲三百,被练三千以侵吴。"《宋书·乐志》:"使君从南来。"

⑭《史记·田单传》:"田单以即墨距燕,收城中,得千余牛,为绛缯衣,画以五彩龙文,束兵刃于其角,而灌脂束苇于尾,烧其端,凿城数十穴,夜纵牛,壮士五千人随其后,牛尾热,怒而奔燕军,燕军夜大惊,牛尾炬火,光明炫燿,燕军视之皆龙文,所触尽死伤。"

⑮《孙子》:"善用兵者,譬如率然,率然者,常山之蛇也。击其首,则尾至,击其尾,则首至,击其中,则首尾俱至。"《晋书·桓温传》:"初,诸葛亮造八陈图于鱼复平沙之上,垒石为八行,行相去二丈,温见之,谓此常山蛇势也。"

⑯《北齐书·斛律光传》:"从世宗校猎,见一大鸟,云表飞扬,光引弓射之,正中其颈,此鸟形如车轮,旋转而下,至地,乃大雕也。邢子高见而叹曰:'此射雕手也。'当时传号落雕都督。"《蜀志·张飞传》:"魏谋臣程昱等咸称关张万人之敌也。"

⑰《魏书·于栗磾传》:"刘裕遗栗磾书,题曰'黑矟公麾下',因号黑矟将军。栗磾好持黑矟以自标,裕望而异之,故有是语。"杜甫诗:"身轻一鸟过。"

⑱《宋书·臧质传》："筑长围，一夜便合。"《北齐书·安德王延宗传》："周军围晋阳，望之如黑云四合。"

⑲《南史·褚彦回传》："可怜石头城。"《周礼·量人》注："军壁曰垒。"《后汉书·张衡传》："墨翟以紫带全城。"

⑳《周礼·乐师》："凡军大献，教凯歌，遂倡之。"《后汉书·百官志》："太史令掌天时星历，凡岁将终，奏新年历。"

㉑ 沈约诗："春风一朝至。"吴筠诗："愿逐东风去。"

过勤政楼①

千秋佳②节名空在，承露丝囊世已无③。唯有紫苔偏称④意⑤，年年因雨上金铺⑥。

①《唐会要》："开元二年七月，以兴庆里旧邸为兴庆宫。后于西南置楼，西曰花萼相辉之楼，南曰勤政务本之楼。元和十四年三月，诏修勤政楼。太和三年十月，敕修勤政楼。"

② 一作"令"。

③《唐会要》："开元十七年八月五日，丞相上请以是日为千秋节，著之甲令，布于天下，群臣以是日进万寿酒，王公戚里进金镜绶带，士庶以结丝承露囊，更相问遗。"

④ 一作"得"。

⑤《拾遗记》："紫苔覆漫，味甘而柔滑。"《宋书·始平王子鸾传》："翠屺芜兮紫苔生。"《史记·苏秦传》："高宫室，大苑囿，以明得意。"

⑥ 鲍令晖诗："月月望君归，年年不解综。"《汉书·扬雄传》："排玉户而扬金铺。"《唐书·礼乐志》："千秋节者，玄宗以八月五日生，因以其日名节，而君臣共为荒乐，当时流俗，多传其事以为胜。其后巨盗起，陷两京，自此天下用兵不息，而离宫苑囿遂以荒湮。"

题魏文贞①

蟪蛄宁与雪霜期②，贤哲难教俗士知③。可怜贞观太平后④，天且不留封德彝⑤。

① 一作"过魏文贞宅"。○《唐书·魏徵传》："贞观十七年薨，谥曰文贞。"《唐会要》："元和四年三月，上览贞观故事，嘉魏徵谏诤匡躬，诏京兆尹访其子孙及故居，则质卖更数姓，析为九家矣。上愍之，乃出内库钱一百万赎之，以赐其孙倜及善冯等，禁其质卖。"《魏公先庙碑》："葺故庙于旧宅永兴里。"《长安志》："朱雀街东永兴坊，太子太师郑国公魏徵宅。"

②《庄子》："蟪蛄不知春秋。"《魏书·楼毅传》："雪霜风雨，天地之常。"

③《蜀志·诸葛亮传》注：《襄阳记》曰：司马德操曰：'儒生俗士，岂识时务，识时务者，在乎俊杰。'"

④《唐会要》："太宗年号一，贞观尽二十三年。"《汉书·礼乐志》："稍稍制作，至太平而大备。"

⑤《唐书·魏徵传》："于是帝即位四年，岁断死二十九，几至刑措。米斗三钱。先是帝尝叹曰：'今大乱之后，其难治乎？'徵曰：'大乱之易治，譬如饥人之易食也。'帝曰：'古不云：善人为邦百年，然后胜残去杀邪！'答曰：'此不为圣哲论也。圣哲之治，其应如响，期月而可，盖不其难。'封德彝曰：'不然，三代之后，浇诡日滋，秦任法律，汉杂霸道，皆欲治不能，非能治不欲，征书生好虚论，徒乱国家，不可听！'徵曰：'五帝三王，不易民以教，行帝道而帝，行王道而王，顾所行何如尔！'德彝不能对，然心以为不可，帝纳之不疑。至是，天下大治，蛮夷君长，袭衣冠，带刀宿卫，东薄海，南逾岭，户阖不闭，行旅不赍粮，取给于道。帝谓群臣曰：'此征劝我行仁义，既效矣，惜不令封德彝见之！'"

早春阁下寓直萧九舍人亦直
内署因寄书怀四韵①

御水初消冻②,宫花尚怯寒③。千峰横紫翠④,双阙凭栏干⑤。玉漏轻风顺⑥,金茎淡日残⑦。王乔在何处⑧?清汉正骖鸾⑨。

① 王融诗:"相望早春日。"潘岳《秋兴赋序》:"寓直于散骑之省。《唐六典》:中书舍人正五品上。"《后汉书·殇帝纪》:"减太官、导官、尚方、内署诸服御珍膳靡丽难成之服。"

②《后汉书·曹节传》:"盗取御水,以作鱼钓。"注:"水入宫苑为御水。"《南齐书·陈显达传》:"此盖捧海浇萤,烈火消冻耳。"

③ 李白诗:"宫花争笑日。"

④ 刘长卿诗:"千峰秋色多。"

⑤《陈书·武帝纪》:"双阙低昂,九门寥豁。"晋《西洲曲》:"楼高望不见,尽日栏干头。"

⑥ 梁武帝诗:"玉泉漏向尽,金门光未成。"

⑦《后汉书·班固传》:"抗仙掌以承露,擢双立之金茎。"

⑧《列仙传》:"王子乔,周灵王太子晋也,好吹笙作凤鸣,游伊洛间,道士浮丘公,接以上嵩山。二十余年后,来于山上,告桓良曰:'告我家,七月七日,待我缑氏山头。'果乘白鹤驻山颠,望之不得到,举手谢时人而去。"晋《西洲曲》:"西洲在何处。"

⑨ 江总诗:"谒帝升清汉。"江淹《别赋》:"驾鹤上汉,骖鸾腾天。"

秋晚与沈十七舍人期游樊川不至①

邀侣以官解②,泛然成独游③!川光初媚日④,山色正矜秋⑤。野竹疏还密⑥，岩泉咽复流⑦，杜村连潏水⑧，晚步见垂钩⑨。

①《唐会要》："中书舍人，武德初，因隋为内史舍人，三年改为中书舍人，龙朔年改西台舍人，咸亨二年，复为中书舍人，光宅改为凤阁舍人，神龙复改中书舍人，开元元年改紫微舍人，五年，复为中书舍人。"

②《史记·淮南王安传》："召相，相至，内史以出为解。"

③《梁书·陶弘景传》："有时独游泉石，望见者以为仙人。"

④ 谢朓诗："日华川上动。"岑参诗："落日摇川光。"

⑤《史记·货殖传》作"色相矜"。

⑥ 庾肩吾诗："野竹交临浦。"谢朓《咏竹诗》："月光疏已密。"

⑦ 萧钧诗："岩泉咽不流。"

⑧《水经注·渭水篇》："沇水上承皇子陂于樊川，其地即杜之樊乡也。其水西北流径杜县之杜京西，西北流径杜伯冢南，又西北径下杜城，即杜伯国。沇水亦谓为潏水也。故吕忱曰：潏水出杜陵县。"

⑨ 李沛诗："羡鱼犹未已，临风欲垂钩。"

念昔游①

十载飘然绳检外②，樽前自献自为酬③。秋山春雨闲吟处④，倚遍江南寺寺楼⑤。

①《魏志·吴质传》注："《魏略》曰：追思昔游，犹在心目。"

②《隋书·刘焯传》："向经十载，虽衣食不继，晏如也。"《后汉书·郡国志》注："《秦川记》曰：念我行役，飘然旷野。"《论衡》："封蒙约缚简绳检署。"《韩非子》："不引绳之外，不推绳之内。"

③《周礼·梓人》："献以爵而酬以觚。"《毛诗·楚茨》笺："始主人酌宾

为献，宾既酌主人，主人又自饮酌宾曰酬。"

④ 江淹诗："金锾映秋山。"《宋书·臧质传》："即时春雨已降。"

⑤《尔雅》："江南曰扬州。"《北史·李公绪传》："江南多以僧寺停客。"

云门①寺外逢猛雨②，林黑山高雨脚长③。曾奉郊宫为近侍④，分明拟拟⑤羽林枪⑥。

① 原注：越州。

②《唐书·地理志》："江南道越州会稽郡。"《梁书·何胤传》："胤以会稽山多灵异，往游焉，居若邪山云门寺。"《水经注·浙江水篇》："山阴县南有玉笥竹林云门天柱精舍，尽泉石之好。"《抱朴子》："是犹知猛雨之霑衣，而不知云气之所作。"

③《齐民要术》："种麻，截雨脚既种者，地湿，麻生瘦。"《隋书·长孙晟传》："臣夜登城楼，望见碛北有赤气，长百余里，皆如雨足，下垂被地。"

④《宋书·礼志》："奏玉郊宫，裸珪玄時。"《汉书·王嘉传》："近侍帷幄。"许善心诗："夕拜参近侍。"按《唐书》牧之本传拜殿中侍御史内供奉，累迁左补阙，当在会昌之初。据《旧唐书·武宗纪》"会昌元年正月庚戌，有事于郊庙"，故云"曾奉郊宫为近侍"也。

⑤ 原注：先勇切。

⑥《周书·晋公护传》："如此之事，当分明记之耳。"《汉书·礼乐志》："芬树羽林，云景杳冥。"《丹阳集》："诗人比雨，如丝如膏之类甚多，至杜牧乃以羽林枪为比。《念昔游》云'分明拟拟羽林枪'，《大雨行》云'万里横牙羽林枪'，岂去国凄断之情，不能忘鸡翘豹尾中邪？"

李白题诗水西寺①，古木回岩楼阁风②。半醒半醉游三日，红白花开山③雨中。

① 原注：宣州泾县。○李白《游水西寄郑明府》诗："天宫水西寺。"《舆地纪胜》："泾县水西山，去县三里，下临赏溪，即泾溪也。林壑深邃，有南齐永明中崇庆寺，俗名水西寺。"《元和郡县志》："宣州泾县本汉旧县，因泾水以为名。"

②《西京杂记》："楼阁台榭，转相连注。"

③ 一作"烟"。

今皇帝陛下一诏征兵不日功集河湟诸郡
次第归降臣获睹圣功辄献歌咏①

　　捷书皆应睿谋期②，十万曾无一镞遗③。汉武惭夸朔方地④，宣王休道太原师⑤。威加塞外寒来早⑥，恩入河源冻合迟⑦。听取满城歌舞曲⑧，《凉州》声韵喜参差⑨！

①《独断》："天子正号曰皇帝，臣民称之曰陛下。其言曰制诏。"《史记·黥布传》："项王往击齐，征兵九江。"《册府元龟》："大中三年正月，泾原康季荣奏：吐蕃宰相论恐热以秦、原、安乐三州及石门等七关之兵民归国。六月，季荣又奏：收复原州城及石门等六关。邠宁张君绪奏：收复萧关。八月，凤翔李玭奏：收复秦州。"《南史·严植之传》："讲说有区段次第。"《晋书·乐志》："巍巍圣功。"《隋书·音乐志》："或风或雅流歌咏。"按：张君绪，《旧唐书·宣宗纪》先作张景绪，后亦作张君绪，《新书·吐蕃传》又作张钦绪。又《旧》纪是时有灵武节度使朱叔明，《新》传则云灵武节度使李钦取安乐州，亦疑只是一人也。

②《梁书·蔡道恭传》："奇谋间出，捷书日至。"

③《史记·主父偃传》："兴师十万，日费千金。"《秦始皇纪赞》："尝以十倍之地，百万之众，叩关而攻秦，秦无亡矢遗镞之费，而天下诸侯已困矣。"

④《汉书·武帝纪》："元朔二年，收河南地，置朔方五原郡。"

⑤《国语》："宣王既丧南国之师,乃料民于太原。"

⑥ 庾肩吾《为武陵王拜仪同章》："都尉春田,犹居塞外;单于冬猎,不入渔阳。"

⑦《唐书·地理志》："鄯州鄯城有河源军。"《唐会要》："河源军置在湟水东,本赵充国亭堠也。"《后汉书·王霸传》："比至河,河冰亦合。"

⑧《周礼·旄人》注："四裔之乐,皆有声歌及舞。"

⑨《通典》："《西凉乐》者,起苻氏之末,吕光、沮渠蒙逊等据有凉州,变龟兹声为之,号为秦汉伎。后魏太武既平河西,得之,谓之《西凉乐》。至魏周之际,遂谓之国伎。魏代至隋咸重之。《魏书·乐志》:虽不能测其机妙,至于声韵,颇有所得。"屈原《九歌》："吹参差兮谁思。"《唐书·礼乐志》："宣宗每宴群臣,备百戏,帝制新曲,有《葱岭西曲》,士女踏歌为队,其词言葱岭之民,乐河湟故地归唐也。"

奉和白相公圣德和平致兹休运岁终功就合咏盛明呈上三相公长句四韵①

行看腊破好年光②,万寿南山对未央③!黠戛可汗修职贡④,文思天子复河湟⑤。应须日御西巡狩⑥,不假星弧北射狼⑦。吉甫裁诗歌盛业⑧,一篇《江汉》美⑨宣王⑩。

①《唐书·宰相表》："会昌六年五月,翰林学士承旨、兵部侍郎白敏中,本官同中书门下平章事。九月,敏中为中书侍郎。大中二年六月,为门下侍郎。三年三月,敏中为尚书右仆射。"《史记·五帝纪》："高阳有圣德焉。"《淮南子》："天下安宁,政教和平。"《宋书·文帝纪》："复集休明之运,再睹太平之业。"《左传》："随于执事,以会岁终。"《晋书·王羲之传》："功就之日,便当因其众而即其实。"《汉书·班婕妤传》："当日月之盛明。"《文心雕龙》："异音相从谓之和,同声相应谓之韵。"按:《剧谈录》云:"白中书秉钧

衡，大中初，吐蕃屈强，宣宗欲致讨伐，公首奏兴师，请为统帅，率沿边蕃镇兵士数万，鼓行而前，既而大战沙漠，乘胜追奔，几及黑山之下，所获不可胜计。先是，河湟郡界在匈奴者，自此悉为内地。宣宗初览捷书云：‘我知敏中必殄凶丑。’白公凯旋，与同列宰相进诗云‘一诏皇城四海颂’云云，马相植诗‘舜德尧仁化犬戎’云云，魏相扶诗‘萧关新复旧山川’云云，崔相铉诗‘边邮万里注恩波’云云。”据此，则三相公者为马植、魏扶、崔铉也。三诗俱载《全唐诗》，铉题《为进宣宗收复河湟诗》，扶则云《奉和白敏中圣德和平致兹休运岁终功就合咏盛明呈上》，植题亦同，惟以“圣德”为“圣道”。知牧之此所制题，当即敏中原题。今《全唐诗》所载敏中诗，却题《贺收复秦原诸州诗》，知或经更易也。秦原诸州来归，《新》、《旧唐书》帝纪俱在大中三年正月，与题所云“岁终功就”者正相符合。《宰相表》：大中三年，崔铉、魏扶以四月入相，而马植已于三月罢，敏中作诗，容在四月已后，且或兼呈故相，固无不可，第敏中出为邠宁节度，招抚党项郡制置等使，自在大中五年，《新》、《旧》纪传及《宰相表》并同，都无大中二年出为统帅，战胜深入，遂收复河湟之事，观《新》、《旧》传于敏中每多不足之语，故曰：“雷同毁誉，物论罪之”。又曰：“以恩泽进，至举枯威肆行，谥之曰丑。”而康骈之录，便称其“蹈义怀仁，始终一致，流芳传素，士林美之”。至叙次战功，啧啧如不容口，过情之誉，容多不实，且或得之传闻，误谓敏中出镇为在收复秦原之先，而敏中者遂以一诏皇城之诗，得尸克敌恢复之功邪？又马植罢相，《新》纪在大中三年三月，与《表》同《旧》纪则在四月。《新》传云：“罢为天平军节度使，既行，贬常州刺史，以太子宾客分司东都。”又《旧·宣宗纪》：“会昌六年六月，以户部侍郎充诸道盐铁转运使马植本官同平章事。”而大中二年三月又云“以礼部尚书盐铁转运使马植本官同平章事”，语既复出，以《旧》纪及《新》、《旧》植传核之，植以会昌六年四月为刑部侍郎，充诸道盐铁转运使。六月，转户部侍郎，领如故，而《旧》纪则误以刑部转户部为入相也。又《新》、《旧》传俱云植以户部入相，而《新》纪、表俱作刑部，语亦不同，附识于此。

②《北堂书钞》：“《魏台访议》云：王者各以其行之盛祖，以其终腊。土始生于未，盛于戌，终于辰，故土行之君以戌祖辰腊。”《艺文类聚》：“晋博士

张亮议曰：腊，接也，祭宜在新故交接也。俗谓腊之明日为初岁，秦汉以来有贺，此皆古之遗语也。"杨炯诗："年光摇树色。"

③《南史·萧嶷传》："嶷谓上曰：古来言愿陛下寿比南山，或称万岁，此殆近貌言，如臣所怀，实愿陛下极寿百年亦足矣。"《史记·秦始皇纪》："表南山之颠以为阙。"《汉高祖纪》："未央宫成，高祖大朝诸侯群臣，置酒未央前殿，高祖奉玉卮起为太上皇寿，殿上群臣，皆呼万岁。"《正义》："《括地志》云：未央宫在雍州长安县西北十里长安故城中。"《长安志》："唐大明宫北据高原，南望爽垲，每天清日朗，南望终南山，如指诸掌。"《汉书·高帝纪》："九年冬十月，淮南王、梁王、赵王、楚王朝未央宫。"

④《唐书·回鹘传》："黠戛斯，古坚昆国也。其君曰阿热。会昌中，阿热遣注吾合素至京师，武宗大悦，班渤海使者，上以其处穷远，能修职贡，命太仆卿赵蕃临慰其国。"《艺文志》："吕述《黠戛斯朝贡图传》一卷。"

⑤《唐书·宣宗纪》："大中二年正月，群臣上尊号圣敬文思和武光孝皇帝。五年十月，沙州人张义潮以瓜、沙、伊、肃、鄯、甘、河、西、兰、岷、廓十一州归于有司。"《通鉴》："于是河湟之地，尽入于唐。"《独断》："天子外裔所称，父天母地，故称天子。"

⑥《广雅》："日御曰羲和。"

⑦《晋书·天文志》："弧九星，在狼东南，天弓也。主备盗贼，常向于狼。弧矢动移不如常者，多盗贼，蕃兵大起。狼弧张，害及北蕃，天下乖乱。"

⑧《晋书·礼志》："斯帝王之盛业，天人之至望也。"

⑨ 一作"羡"。

⑩《隋书·崔赜传》："读论惟取一篇"。《诗序》："《江汉》，尹吉甫美宣王也。"

过华清宫绝句三首①

长安回望绣成堆②，山顶千门次第开③。一骑红尘妃子笑④，无人知是荔枝来⑤。

　　①《元和郡县志》："华清宫在骊山上，开元十一年，初置温泉宫。天宝六年，改为华清。又造长生殿，名为集灵台，以祀神也。"按：《唐会要》亦云"开元十一年十月五日，置温泉宫于骊山"，盖本《元和志》，而《唐书·地理志》语则有异，见卷首"华清宫"下。《诗法源流》："绝句，截句也。如后两句对者，是截律诗前半首。前两句对者，是截律诗后半首，四句皆对者，是截中四句，四句皆不对者，是截前后四句也。故唐人称绝句为律诗。"

　　②《长安志》："隋大兴城，唐曰长安城，亦曰京师城。"《元丰九域志》："大中祥符八年，改昭应县为临潼，临潼府东五十里，有骊山。"《雍大记》："东绣岭在骊山右，西绣岭在骊山左。唐玄宗时，植林木花卉如锦绣，故以为名。"

　　③《初学记》："《释名》：山顶曰冢，亦曰巅，亦曰椒。"《后汉书·班固传》："张千门而立万户，顺阴阳以开阖。"《魏书·东阳王丕传》："今经构既有次第。"

　　④《后汉书·董祀妻传》："何惜疾足一骑，而不济垂死之命乎！"应璩《与曹长思书》："红尘蔽于几榻。"乐史《杨太真外传》："上曰：'赏名花，对妃子，焉用旧乐词！'"

　　⑤《唐国史补》："杨贵妃生于蜀，好食荔枝，南海所生，尤胜蜀者，故每岁飞驰以进，然方暑而熟，经宿则败，后人皆不知之。"《通鉴·唐纪》注："自苏轼诸人，皆云此时荔枝自涪州致之，非岭南也。"《程氏考古编》："长安回望绣成堆云云，说者非之，谓明皇以十月幸华清，涉春辄回，是荔枝熟时，未尝在骊山，然咸通中有袁郊作《甘泽谣》，载许云封所得《荔枝香》笛曲曰：天宝十四载六月一日，贵妃诞辰，驾幸骊山，命小部音声，奏乐长生殿，进新曲，未有名，会南海献荔枝，因名《荔枝香》。"《开元遗事》'帝与妃每至七月七日夜在华清宫游宴'，而白乐天亦言'七月七日长生殿'，则知杜牧之诗，乃当时传信语也。世人但见《唐史》所载，遽以传闻而疑传信，最不可也。"按：谓荔枝熟时明皇未尝在骊山，说见《遯斋闲览》。至所引《甘泽谣》以荔枝名曲，则《新书·礼乐志》已取之矣。

新丰绿树起黄埃[1]，数骑渔阳探使回[2]。《霓裳》一曲千峰上，舞破中原始下来[3]。

①《元和郡县志》："新丰故城在县东十八里，汉新丰县城也。"按《志》云："在县东，谓昭应县也。"近本《元和志》不见昭应县标首，核之当即在新丰故城条前，长安县子午关条后，此阙也。梁简文帝诗："相看引绿树。"鲍照《芜城赋》："直视千里外，惟见起黄埃。"

② 原注：帝使中使辅璆琳探禄山反否？璆琳受禄山金，言禄山不反。○按：《唐书·安禄山传》云："皇太子及宰相屡言禄山反，帝不信。十三载，来谒华清宫，明年，国忠谋授禄山同中书门下平章事，召还朝。帝使中官辅璆琳赐大柑，因察非常，禄山厚赂之，还言无它，遂不召。"《旧传》则云："杨国忠屡奏禄山必反，十二载，上使辅璆琳觇之，国忠又云，召必不至，洎召之而至。十三载正月，谒于华清宫，遂以为左仆射。"然则璆琳之遣，据《旧书》在十二载，《新书》则十四载也。《通鉴》从《新书》。

③《国语》："谋之廊庙，失之中原。"

万国笙歌醉太平[1]，倚天楼殿月分明[2]。云中乱拍禄山舞[3]，风过重峦下笑声。

①《史记·五帝纪》："万国和而鬼神山川封禅与为多焉。"《礼记》"间歌三终"疏："间，代也，谓笙歌已竟而堂上与堂下更代而作也。"《宋书·乐志》："对酒歌太平。"

② 宋玉《大言赋》："长剑耿耿倚天外。"《急就篇》："室宅庐舍楼殿堂。"《南史·王僧辨传》："五色分明，遥映江水。"

③ 屈原《九歌》："猋远举兮云中。"《韩非子》："一手独拍，虽疾无声。"《旧唐书·安禄山传》："晚年益肥壮，腹垂过膝，重三百三十斤，每行以肩膊左右抬挽其身，方能移步，至玄宗前作胡旋舞，疾如风焉。"

登乐游原①

　　长空澹澹孤鸟没②，万古销沉向此中③。看取汉家何似④业⑤？五陵无树起秋风⑥！

　　①《长安志》："万年县乐游庙，在县南八里。"《汉书》："宣帝起乐游庙，在曲江北，亦曰乐游原。"

　　②唐太宗诗："夕雾结长空。"《晋书·乐志》："水何澹澹。"《唐音戊签》："杨用修欲改为'没孤鸿'趁韵，误。"

　　③《宋书·顾觊之传》："皆理定于万古之前，事征于千代之外。"岑参诗："五陵北原上，万古青濛濛。"

　　④一作"事"。《唐音戊签》云作"事"非。按：此当作"事"。

　　⑤《史记·秦楚之际月表》："拨乱诛暴，平定海内，卒践帝祚，成于汉家。"《汉书·元帝纪》："汉家自有制度。"

　　⑥《汉书·原涉传》："长安五陵诸为气节者，皆归慕之。"注："师古曰：五陵，谓长陵、安陵、阳陵、茂陵、平陵也。"班固《西都赋》曰："南望杜霸，北眺五陵，故知霸陵、杜陵非此五陵之数也。"《魏志·文帝纪》："丧乱以来，汉氏诸陵无不发掘。"汉武帝《秋风辞》："秋风起兮白云飞。"

闻庆州赵纵使君与党项战中箭身死长句①

　　将军独乘铁骢马②，榆溪战中金仆姑③。死绥却是古来有④，骁⑤将自惊今日无⑥。青史文章争点笔⑦，朱门歌舞笑捐躯⑧。谁知我亦轻生者⑨，不得君王丈二殳⑩！

　　①《英华》作"中箭而死辄书长句"。《唐书·地理志》："关内道庆州顺

化郡。"《后汉书·寇恂传》："使君建节衔命,以临四方。"《旧唐书·党项传》："吐蕃强盛,为所逼,请内徙,始移其部落于庆州,置静边等州以处之。太和开成之际,藩镇统领无绪,或强市羊马,不酬其值,以是部落苦之,遂相率为盗,灵盐之路小梗。"按:《唐书·宰相世系表》:赵氏无名纵者,杨炯有送赵纵诗,已远。又郭令公女婿有赵纵侍郎,见《画断》,亦恐非。

②《通典》:"古之天子,寄军政于六卿,其在国,则以比长、闾胥、族师、党正、州长、乡大夫为称。其在军,则以卒伍、司马、将军为号。"《尔雅》:"阴白杂毛,骃。"注:"阴,浅黑,今之泥骢。"《后汉书·桓典传》:"拜侍御史,常乘骢马,京师畏惮,为之语曰:行行且止,避骢马御史。"王昌龄诗:"将军铁骢汗血流,深入匈奴战未休。"

③《水经注·河水篇》:"诸次之水,东径榆林塞,世又谓之榆林山,即《汉书》所谓榆溪旧塞者也。"《媧嬛记》:"鲁人有仆忽不见,旬日而返,曰:臣之姑得道,白日上升,昨降于泰山,召臣饮极欢,不觉旬日。临别,赠臣以金矢一乘,曰:此矢不必善射,宛转射人而后归筈。试之果然,因以金仆姑名之。自后鲁之良矢,皆以此名。"

④《魏志·武帝纪》:"司马法:将军死绥。"

⑤ 一作"骄",误。

⑥《后周书·贺拔胜传》:"梁武敕续曰:贺拔胜北间骁将,尔宜慎之!"

⑦《汉书·艺文志》:"《青史子》五十七篇。"注:"古史官记事也。"《梁书·江淹传》:"俱启丹册,并图青史。"《汉书·公孙弘传赞》:"文章则司马迁相如。"杜甫诗:"石阑斜点笔。"

⑧ 郭璞诗:"朱门何足荣。"《魏志·任城王澄传》:"怨苦即戎,泣当白刃,恐非歌舞之师也。"《晋书·郗鉴传》:"捐躯九原,不足以报。"《后汉书·荀爽传》:"何与斯人,追欲丧躯。"

⑨ 沈约诗:"轻生本非惜。"

⑩ 原注:时珠切。○《诗·伯兮》传:"殳,长丈二而无刃。"

送容州①中丞赴镇②

交阯同星座③,龙泉似④斗文⑤。烧香翠羽帐⑥,看舞郁金裙⑦。鹢首冲泷浪⑧，犀渠拂岭云⑨。莫教铜柱北，空⑩说马将军⑪。

① 一本有"唐"字。

②《唐书·地理志》："岭南道容州普宁郡。"《百官志》："御史台中丞正四品下。"

③《汉书·地理志》："交阯郡，武帝元鼎六年开。"《唐书·地理志》："岭南道，汉交阯、合浦等郡，韶、广、康、端、封、梧、藤、罗、雷、崖以东为星纪分。桂、柳、郁林、富、昭、蒙、龚、绣、容、白、罗而西及安南为鹑尾分。"《史记索隐》："天文有五官，官者，星官也。星座有尊卑，若人之官曹列位，故曰天官。"

④ 一作"佩"。

⑤《越绝书》："干将作剑三枚：一曰龙渊，二曰太阿，三曰工市。"吴均诗："剑抱七星文。"

⑥《后汉书·贾琮传》："交阯土多珍产，明玑、翠羽、犀、象、瑇瑁、异香、美木之属，莫不自出。"《太平御览》："《离骚》曰：'翡翠羽帐饰高堂。'"按：今《楚词》作"翡帷翠帱饰高堂"，语出《招魂》，系宋玉作，非《离骚》也。

⑦《妆楼记》："郁金，芳草也，染妇人衣最鲜明。"

⑧《淮南子》："龙舟鹢首。"《水经注·溱水篇》："武溪水南入重山，悬湍回注，崩浪震山，名之泷水。"

⑨《国语》："奉文犀之渠。"左思《吴都赋》："户有犀渠。"《晋书·地理志》："自北徂南，入越之道，必由岭峤，时有五处，故曰五岭。"陈子良诗："岭云朝合阵。"

⑩ 一作"长"。

⑪《后汉书·马援传》："拜伏波将军，击九真贼，斩获五千余人，峤南悉平。援与越人申明旧制以约束之，自后骆越奉行马将军故事。"注："《广州记》曰：援到交阯，立铜柱，为汉之极界也。"《通鉴·隋纪》："刘方击走林邑，引兵追之，过马援铜柱南，八日至其国都。"注："《新唐书》：林邑奔浪陀州，

其南大浦，有五铜柱山，形若倚盖，西重岩，东涯海，汉马援所（值）〔植〕也。杜佑曰：林邑南水步二千余里，有西屠夷，马援所树两铜柱表界处也。铜柱山周十里，形如倚盖，西跨重岩，东临大海。宋白曰：马援讨交阯，自日南南行四百余里至林邑，又南行二千余里，有西屠夷国，援至其国，铸二铜柱于象林南界，与西屠夷分境，计交州至铜柱五千里。宋杜之说，铜柱在林邑南，今此所记，则林邑在铜柱南。"按《梁书·海南诸国传》亦是铜柱在林邑南，惟云"南界水步道二百余里，有西国夷"语为不同。

夏州崔常侍自少常亚列出领麾幢十韵①

帝命诗书将，坛登礼乐卿②。三边要高枕③，万里得长城④。对客犹褒博⑤，填门已旆旌⑥。腰间五绶贵⑦，天下一家荣⑧。野水差新燕⑨，芳郊哢夏莺⑩。别风嘶玉勒⑪，残日望金茎⑫。榆塞孤烟媚⑬，银川绿草明⑭。戈矛虓虎士⑮，弓箭落雕兵⑯。魏绛言堪采⑰，陈汤事偶成⑱。若须垂竹帛，静胜是功名⑲。

①《唐书·地理志》："关内道夏州朔方郡。"《方镇表》："贞元三年，置夏州节度观察处置押蕃落使。"《百官志》："门下省左散骑常侍正三品下，掌规讽过失，侍从顾问。中书省右散骑常侍如门下省。太常寺卿正三品，少卿正四品上，掌礼乐郊庙社稷之事。节度使总军旅，颛诛杀。初授，具帑抹兵仗诣兵部辞见，观察使亦如之。辞日，赐双旌双节，行则建节，树六纛。入境，衙杖居前，旌幢居中，大将鸣珂，金钲鼓角居后，州县赍印，迎于道左。"

②《陈书·吴明彻传》："诏遣谒者萧淳风就寿阳册明彻，于城南设坛，明彻登坛拜受成礼。"《左传》："作三军，谋元帅，赵衰曰：'郤縠可！臣亟闻其言矣，说礼乐而敦《诗》、《书》。'"

③《魏志·和洽传》："三边守御，宜在备豫。"《汉书·匈奴传》："北国不

服,中国未得高枕安寝也。"

④《史记·蒙恬传》:"筑长城,起临洮,至辽东,延袤万余里。"《宋书·檀道济传》:"道济见收,脱帻投地曰:'乃复坏汝万里之长城。'"

⑤《汉书·隽不疑传》:"暴胜之请与相见,不疑褒衣博带,盛服至门上谒。"

⑥《宋书·乐志》:"众善填门至。"

⑦《史记·蔡泽传》:"结紫绶于腰。"《后汉书·舆服志》:"韨佩既废,秦乃以采组连结于璲,光明章表,转相结受,故谓之绶。"《唐书·方镇表》:"开成三年,夏州节度使领采造供军银川监牧使。大中十年,夏州节度使增领抚平党项等使。"按《旧书·宣宗纪》大中八年八月,郑助为夏州刺史,其结衔已称"夏绥银宥等州节度营田观察处置押蕃落安抚平夏党项等使",疑《新表》大中十年增领云云者误也。

⑧《汉书·高帝纪》:"定有天下以为一家。"

⑨《管子》:"食野草,饮野水。"《古乐府》:"新燕弄初调。"

⑩ 费昶诗:"芳郊拾翠人。"

⑪《文心雕龙》:"《尚书大传》有'别风淮雨',《帝王世纪》云'列风淫雨',别、列、淮、淫,字似潜移。"庾信《马射赋》:"控玉勒而摇星。"

⑫ 骆宾王《帝京篇》:"金茎承露起。"

⑬《汉书·韩安国传》:"累石为城,树榆为塞。"庾信诗:"野戍孤烟起。"

⑭《通典》:"银川郡银州。"《唐书·兵志》:"太和七年,度支盐铁使言银川水甘草丰,请诏刺史刘源市马三千,河西置银川监,以源为使。"刘孝绰《班婕妤怨》:"萋萋绿草滋。"

⑮《宋书·乐志》:"剑弩齐列,戈矛为之始。"又:"兵卒练将如虎,惟虓虎气凌青云。"

⑯《搜神记》:"李楚宾带弓箭游猎落雕。"注见前《东兵》。

⑰《汉书·王莽传》:"春秋晋悼公用魏绛之策,诸夏服从。"

⑱《汉书·陈汤传》:"天子诏曰:郅支单于背叛礼义,延寿陈汤,睹便宜,擅兴师矫制而征之,赖天地祖宗之灵,诛讨郅支单于,斩获其首,立功万

里之外，名显四海。其赦延寿汤罪弗治，诏公卿议封焉。"

⑲《尉缭子》："兵以静胜，国以专胜。"《后汉书·邓禹传》："愿明公威德加于四海，禹得效其尺寸，垂功名于竹帛耳。"

街西长句①

　　碧池新涨浴娇鸦②，分锁长安富贵家③。游骑偶同人斗酒④，名园相倚杏交花⑤。银鞦骕骦嘶宛马⑥，绣鞅璁珑走钿车⑦。一曲将军何处笛⑧？连云芳树⑨日初斜⑩。

　　①《说文》："街，四通道。"《旧唐书·地理志》："京师有东西两市，南北十四街，东西十一街，街分一百八坊，皇城之南大街曰朱雀街，街东五十四坊，万年县领之；街西五十四坊，长安县领之。"按："街东""街"字，《唐书》各本俱无，今以意增。

　　②《魏书·冯元兴传》："有草生碧池。"《埤雅》："乌一名鸦，其名自呼。"张正见诗："扶桑复浴鸦。"

　　③《后汉书·班固传》："汉之西都，在于雍州，实曰长安。"《冯衍传》："务富贵之乐耽。"《周书·乐逊传》："此来富贵之家，为意稍广。"《史记·万石君传》："徙其家长安中戚里。"

　　④ 徐陵《与王僧辨书》："鬻脂藏脯，游骑击钟。"

　　⑤《世说》："王子敬自会稽经吴，闻顾辟疆有名园，先不识主人，径往其家。"按此句说者或以杏园当之，然名园有杏，不必即名杏园。据《长安志》：曲江杏园在朱雀街东第五街之昇道坊，而此题是街西，故知非也。

　　⑥《玉篇》："鞦，车鞦也。"《淮南子》："待骕骦飞兔而驾之，则世莫乘车。"《汉书·西域传》："大宛国多善马，马汗血，言其先天马子也。"

　　⑦《说文》："鞅，颈皮也。"《左传》注："在腹曰鞅。"

　　⑧ 鲍照诗："一曲动多。"《晋书·桓伊传》："进右军将军。王徽之泊舟

青溪侧,伊于岸上过,徽之便令人谓曰：闻君善吹笛,试为我一奏,伊素闻徽之名,便下车踞胡床,为作三调,弄毕,便上车去,客主不交一言。"

⑨ 一作"草"。

⑩ 潘岳《秋兴赋》："高阁连云。"陆机诗："芳树发华颠。"萧子范诗："日斜树影长。"

春申君①

烈士思酬国士恩②,春申谁与快冤魂③？三千宾客总珠履④,欲使何人杀⑤李园⑥？

①《史记·春申君传》："春申君者,楚人也,名歇,姓黄氏。考烈王元年,以为相,封春申君。"《齐安志》："春申君相楚,受二县之封,以其地介于蕲春、申息之间,故曰春申。"

②《史记·伯夷传》："烈士徇名。"《刺客传》："智伯国士遇我,我故国士报之。"

③《晋书·卫瓘传》："仇贼不灭,冤魂永恨。"

④《史记·春申君传》："春申君客三千余人,其上客皆蹑珠履。"

⑤ 一作"报"。

⑥《战国策》："李园事春申君为舍人,进其女弟于春申君,知其有身,乃言之楚王,王召入幸之,遂生男,立为太子,以李园女弟为王后,楚王贵李园,李园用事,欲杀春申君以灭口,国人颇有知之者。朱英谓春申君曰：'楚王崩,李园必先入而杀君以灭口,君先仕臣为郎中,王崩,李园先入,臣请为君杀之！'春申君曰：'先生置之,勿复言也。'朱英恐,亡去。后十七日,考烈王崩,李园果先入,置死士于棘门之内,春申君后入,死士夹刺春申君,斩其头,投之棘门外,于是尽灭春申君之家。"

奉陵宫人①

相如死后无词客②，延寿亡来绝画工。玉颜不是黄金少③，泪滴秋山入寿宫④。

①《水经注·渭水篇》："秦名天子冢曰山，汉曰陵。"《风俗通》曰："陵者，天生自然者也，今王公坟垅称陵。"《汉书·班婕妤传》："婕妤充奉园陵。"《后汉书·祭祀志》："诸陵皆有园寝，其亲陵所宫人，随鼓漏理被枕，具盥水，陈严具。"《通鉴·唐纪》注："唐制，凡诸帝升遐，宫人无子者，悉遣诣山陵，供奉朝夕，具盥栉，治衾枕，事死如事生。"

②《西京杂记》："司马相如素有消渴疾，及悦文君之色，遂以发锢疾，乃作《美人赋》以自刺，而终不改，卒以此疾致死。"王维诗："夙世谬词客。"余见卷一《重送》。

③宋玉《神女赋》："苞温润之玉颜。"《西京杂记》："元帝后宫既多，不得常见，乃使画工图形，按图召幸之，诸宫人皆赂画工者十万，少亦不减五万，独王嫱不肯，遂不得见。匈奴入朝，求美人为阏氏，于是上按图以昭君行，及召见，貌为后宫第一。帝穷按其事，画工皆弃市。有杜陵毛延寿为人形，丑好老少，必得其真。安陵陈敞，新丰刘白、龚宽，下杜阳望、樊育亦同日弃市，京师画工，于是差稀。"

④《吕氏春秋》："齐桓公蒙衣袂而绝乎寿宫。"《后汉书·赵岐传》："先自为寿藏。"注："寿藏，谓冢圹也，称寿者，反其久远之意，犹如寿宫、寿器之类。"

读韩杜集①

杜诗韩集②愁来读③，似倩麻姑痒处搔④。天外凤凰谁得髓⑤？无人解合续弦胶⑥！

① 《隋书·经籍志》："别集之名，盖汉东京之所创也。自灵均以降，属文之士众矣。后之君子，欲观其体势而见其性灵，故别聚焉，名之为集。"余见卷一《冬至日》。

② 一作"笔"。

③ 《老学庵笔记》："南朝词人谓文为笔，故《沈约传》云：'谢玄晖善为诗，任彦昇工于笔'，约兼而有之。"又《庾肩吾传》："梁简文帝《与湘东王书》曰：'诗既若此，笔亦如之。'又曰：'谢朓、沈约之诗，任昉、陆倕之笔。'《任昉传》又有'沈诗任笔'之语。老杜诗云：'贾笔论孤愤，严诗赋几篇。'杜牧之亦云：'杜诗韩笔愁来读，似倩麻姑痒处抓。'亦袭南朝语尔。往时诸晁谓诗为诗笔，亦非也。"按《西溪丛语》亦云："称文为笔，始六朝人，牧之语实所本也。"《文心雕龙》云："今之常言，有文有笔，以为无韵者笔也，有韵者文也。夫文以足言，理兼诗书，别目两名，自近代耳。予观《宋书》称谢惠连赠杜德灵诗十余首，文行于世，而殷景仁亦曰"臣小儿时，便见世中有此文"，则当时亦兼谓诗为文也。牧之集各本，俱作"杜诗韩集"，惟《万首绝句》则作"韩笔"，观宋人每特论及此，知当时所见多是"笔"字。

④ 《神仙传》："麻姑手爪不似人形，皆似鸟爪，蔡经心言背大痒时，得此爪以爬背，当佳也。"

⑤ 《吴志·吾粲传》："应龙以屈伸为神，凤凰以嘉鸣为贵，何必隐形于天外，潜鳞于重渊哉。"

⑥ 《十洲记》："凤麟洲在西海之中，洲四面弱水绕之，鸿毛不浮，不可越也。洲上有凤麟数万，各各为群，亦多仙家，煮凤喙及麟角合煎作胶，名之为续弦胶，此胶能续弓弩已断之弦。"

春日言怀寄虢州李常侍十韵①

岸藓生红药②，岩泉涨碧塘③。地分莲岳秀④，草接鼎原芳⑤。雨派漎⑥潨⑦急，风畦芷若香⑧。织篷眠舴艋⑨，惊梦起鸳鸯⑩。论吐开冰室⑪，诗成曝锦张⑫。貂簪荆玉润⑬，丹穴凤毛光⑭。今日还珠守⑮，何年执戟郎⑯？且嫌游昼短⑰，莫问积薪场⑱！无计披清裁⑲，唯持祝寿觞⑳。愿公如卫武，百岁尚康强㉑。

①《唐书·地理志》："河南道虢州弘农郡。"常侍注见前《夏州崔常侍》。

② 谢朓诗："红药当阶翻。"

③ 周明帝诗："岩泉百丈飞。"弓嗣初诗："皎镜碧塘沙。"

④《元和郡县志》："华州东至虢州二百里，华阴县太华山在县南八里。"《华岳志》："岳顶中峰曰莲花峰。"《名山记》："华岳有三峰，直上数千仞，基广而峰峻叠秀，迄于岭表，有如削成。"

⑤《元丰九域志》："陕州，太平兴国三年，以虢州湖城县隶州，湖城有荆山铸鼎原。"

⑥ 原注：音丛。

⑦ 原注：峥江反。

⑧《楚词》注："杜蘅、芳芷，皆香草名。"又："若，杜若也。"

⑨《广韵》："织篷，竹夹箬覆舟也。"《南齐书·张敬儿传》："上与豫章王嶷三日曲水内宴，舴艋船流至御坐前。"

⑩《文心雕龙》："扬雄辍翰而惊梦。"梁元帝《鸳鸯赋》："鸳鸯相逐，俱栖俱宿。"

⑪《吕氏春秋》："天子乃献羔开冰。"注："开冰室取冰。"

⑫ 李白诗："屏风九叠云锦张。"

⑬《唐书·百官志》："散骑常侍分左右，隶门下中书省，皆金蝉珥貂。"《南齐书·王琨等传论》："内侍枢近，世为华选，加以简择少姿，簪貂冠冕。"《宋书·臧焘传》："荆玉含宝，要俟开莹。"

⑭ 原注：子弟新登甲科。○《山海经》："丹穴之山有鸟焉，其状如鹄，

五采,名曰凤凰。"《世说》:"王敬伦风姿似父,作侍中,公服从大门入,桓公望之曰:'大奴固自有凤毛。'"

⑮《后汉书·孟尝传》:"迁合浦太守,郡不产谷实,而海出珠宝。先时宰守贪秽,珠遂渐徙于交阯郡界,尝到官,革易前弊,去珠复还。"

⑯《史记·淮阴侯传》:"臣事项王,官不过郎中,位不过执戟。"《通典》:"凡郎皆主更直执戟,宿卫诸殿门。"

⑰《古诗》:"昼短苦夜长,何不秉烛游!"

⑱一作"长"。○《汉书·汲黯传》:"陛下用群臣,如积薪耳,后来者居上。"

⑲《后汉书·范滂传》:"范滂清裁,犹以利刃齿腐朽。"

⑳《晋书·潘岳传》:"寿觞举,慈颜和。"

㉑《国语》:"卫武公年数九十有五矣,犹箴儆于国曰:苟在朝者,无谓我老耄而舍我!"《魏书·李修传》:"咸阳公高允,虽年且百,而气力尚康。"《后汉书·和帝纪》:"故太尉邓彪,聪明康强,可谓老成黄耇矣。"

李侍郎于阳羡里富有泉石牧亦于阳羡粗有薄产叙旧述怀因献长句四韵①

冥鸿不下非无意②,塞马归来是偶然③。紫绶公卿今放旷④,白头郎吏尚留连⑤。终南山下抛泉洞⑥,阳羡溪中买钓船⑦。欲与明公操履杖⑧,愿闻休去是何年?

①《通典》:"尚书省侍郎九人,吏部、户部、兵部各二人,余各一人。"《唐书·地理志》:"江南道常州义兴,武德七年,析置阳羡县,八年省。"刘勰《新论》:"被丽弦歌,取媚泉石。"《名胜志》:"倪瓒《荆溪图序》曰:唐杜牧之构水榭于溪旁,至今历历可考。"《一统志》:"水榭在荆溪县北,唐杜牧尝寓此,有诗。"又:"杜桥在宜兴城东门外,一名上桥,俗呼虾蟆桥,相传为杜牧水榭故

址。"沈佺期诗:"上京无薄产。"

②《扬子》:"飞鸿冥冥,弋人何篡焉?"《史记·陈丞相世家》:"王陵本无意从高帝。"

③《淮南子》:"塞上之人有善术者,马无故亡而入北,人皆吊之,其父曰:'此何遽不为福乎!'居数月,其马将北骏马而归。"《后汉书·刘昆传》:"帝问:'行何德政而致是事?'昆对曰:'偶然耳'。"

④《旧唐书·舆服志》:"诸佩绶者皆双绶:一品绿缤绶,二品、三品紫绶,四品青绶,五品黑绶。"《魏书·五行志》:"公卿皆以虚澹为美,不亲政事。"《晋书·桓石秀传》:"性放旷,常弋钓林泽,不以荣爵婴心。"

⑤《汉书·文帝纪》:"冯唐白首,屈于郎署。"《晋书·羊祜传》:"乞留前恩,使臣得速还屯,不尔留连,必于外虞有阙。"

⑥《元和郡县志》:"京兆府万年县终南山,在县南五十里。"《太平御览》:"关中记曰:终南太一,左右三十里内,名福地。"庾信《乌石兰氏墓志铭》:"回帐山门,移灯泉洞。"

⑦庾信诗:"无妨坐钓船。"

⑧《晋书·郗超传》:"明公都有虑不?"《礼记》:"谋于长者,则操几杖以从之。"

赠李处士长句四韵①

玉函怪牒锁灵篆②,紫洞香风吹碧桃③。老翁四目④牙爪利⑤,掷火万里精神高⑥。霭霭祥云随步武⑦,累累秋冢叹蓬蒿⑧。三山朝去应非久⑨,姹女当窗绣⑩羽袍⑪。

①《汉书·李寻传》:"翼张舒布,烛临四海,少微处士,为比为辅。"

②《拾遗记》:"浮提之国,献神通善书二人,佐老子撰《道德经》,写以玉牒,编以金绳,贮以玉函。"《后汉书·方术传》:"神经怪牒,玉策金绳,关局

于明灵之府,封縢于瑶坛之上者,靡得而窥也。"《晋书·文苑传》:"温洛祯图,绿字符其丕业;苑山灵篆,金简成其帝载。"

③ 王勃《游庙山赋》:"见丹房之晚晦,知紫洞之宵寒。"《尹喜内传》:"老子西游,省太真之母,共食碧桃于紫洞。"

④ 一作"百"。

⑤《云笈七签》:"天篷咒绿齿苍舌四目老翁。"《荀子》:"蟆无牙爪之利。"

⑥《度人经》:"掷火万里,流铃八冲。"《庄子》:"精神生于道。"

⑦ 庾信《郑常神道碑》:"祥云入境,行雨随轩。"《魏志·臧洪传》:"相去步武之间耳。"

⑧《续搜神记》:"何不学仙去,空伴冢累累。"《汉书·贾山传》:"使其后世,曾不得蓬颗蔽冢而托葬焉。"注:"蓬颗,言块上生蓬者。"《古今注》:"《蒿里》,丧歌也。言人死魂魄归乎蒿里。故曰:'蒿里谁家地,聚敛魂魄无贤愚,鬼伯一何相催促,人命不得少踟蹰。'"《史记·封禅书》:"嘉谷不生而蓬蒿藜莠茂。"

⑨《史记·封禅书》:"蓬莱、方丈、瀛洲,此三神山者,其传在渤海中,去人不远。"

⑩《英华》作"织"。

⑪《丹沙诀》:"河上姹女,得火则飞。"《史记·封禅书》:"使使衣羽衣,夜立白茅上,五利将军亦衣羽衣,夜立白茅上。"《真人三君传》:"太丈文人,著流霞羽袍,芙蓉之冠。"

送国棋王逢①

玉子纹楸一路饶②,最宜檐雨竹萧萧③。赢形暗去春泉长④,拔⑤势横来野火烧⑥。守道还如周伏柱⑦,鏖兵不羡霍嫖姚⑧。得年⑨七十更万日,与子⑩期于局上销⑪。

①《酉阳杂俎》："一行本不解弈棋,因会燕公宅,观王积薪一局,遂与之敌,笑谓燕公曰:'此但争先耳,若念贫道四句乘除语,则人人为国棋。'"

②《杜阳杂编》："大中中,日本国王子来朝。王子善围棋,出楸玉局,冷暖玉棋子,楸玉状类楸木,琢之为局,棋光洁可鉴。"《北梦琐言》:"翰林待诏滑能,棋品甚高,少逢敌手,有张小子年仅十四,来谒觅棋,请饶一路。"《后汉书·张霸传》注:"饶,犹益也。"

③ 刘孝先诗:"竹风声若雨。"顾则心诗:"萧萧丛竹映。"

④《魏志·曹爽传》:"李胜诣宣王,宣王称疾困笃,示以羸形,胜不能觉,谓之信然。"萧统《与何胤书》:"志与秋天竞高,理与春泉争溢。"

⑤ 一作"猛"。

⑥ 应玚《弈势》:"或饰遁伪旋,卓轹轷列,羸师延敌,一乘虚绝,归不得合,两见擒灭,淮阴之谟,拔旐之势也。"《高士传》:"焦先常结草为庐于河之湄,后野火烧其庐。"

⑦ 伏柱一云"柱史"。《魏志·崔琰传》:"琰常荐钜鹿杨训,虽才好不足,而清贞守道。"《北史·自序》:"李氏,周时裔孙曰耳,字伯阳,为柱下史。"王康琚诗:"老聃伏柱史。"《史记·老子传》:"老子修道德,其学以自隐无名为务。"按《索隐》云:"《张汤传》老子为柱下史。"今《史记》及《汉书·张汤传》并无其文,未详。

⑧《汉书·霍去病传》:"再从大将军,大将军受诏予壮士为嫖姚校。"又:"上曰:票骑将军合短兵鏖皋兰下。"庾信诗:"寒衣须及早,将寄霍嫖姚。"

⑨ 一云"浮生"。

⑩ 一作"尔"。

⑪《懒真子》:"七十更万日者,牧之是时年四十二三,得至七十,犹有万日。"

重送绝句

绝艺如君天下少①,闲人似我世间无②。别后竹窗风雪夜③，一灯明暗覆吴图④。

①《唐书·选举志》："军谋将略，翘关拔山，绝艺奇伎，莫不兼取。"

② 白居易诗："天下闲人白侍郎。"

③ 庾信《延陵季子遇徐君赞》："人非别后。"韦应物诗："梦远竹窗幽。"《古诗》："前日风雪中。"

④ 杨衡诗："一灯荧荧照虚壁。"《魏志·王粲传》："观人围棋，局坏，粲为覆之，不误一道。"按：覆吴图未详。或云：用晋杜预表请伐吴，帝与张华围棋，预表适至，张华推枰敛手事。存参。

少年行①

连环羁玉声光碎②，绿锦蔽泥虬卷高③。春风细雨走马去④，珠落⑤璀璀白罽袍⑥。

①《乐府古题要解》："乐府杂题，皆不知所起，如《少年行》，近吴均辈多拟此等。"

②《战国策》："秦昭王遣使者遗君王后玉连环。"按："声"字疑"星"字之误，然各本皆是"声"字。

③《晋书·王济传》："济尝乘一马，著连干障泥，前有水，终不肯渡，济云：此必是惜鄣泥，使人解去，便渡。"梁简文帝诗："未垂青鞘尾，犹挂锦鄣泥。"《杜阳杂编》："代宗命御马九花虬以赐郭子仪，马额高九尺，毛拳如鳞，真虬龙也。"

④《拾遗记》："清风细雨杂香来。"《汉书·张敞传》："时罢朝会过，走马章台街。"

⑤ 一作"络"。

⑥《唐书·南蛮传》："有望蛮者，妇人青布为衫裳，联贯珂贝珠络之髻，

垂于后。"《十六国春秋·后赵录》:"其御廐有豹头文廯,鹿子廯,花廯,或青绨,或白绨,或黄绨,或绿绨,或紫绨,或蜀绿。"

奉①和门下相公送西川相公兼领
相印出镇全蜀诗十八韵②

盛业冠伊唐③,台阶翊戴光④。无私天雨露⑤,有截舜衣裳⑥。蜀辍新衡镜⑦,池留旧凤凰⑧。同心真石友⑨,写恨蔑⑩河梁⑪。虎骑摇风(柳)〔旆〕⑫,貂冠韵水苍⑬。彤弓随武库⑭,金印逐文房⑮。栈压嘉陵咽⑯,峰横剑阁长⑰。前驱二星去⑱,开险五丁忙⑲。回首峥嵘尽⑳,连天草树芳㉑。丹心悬魏阙㉒,往事怆甘棠㉓。治化轻诸葛㉔,威声慑夜郎㉕。君平教说卦㉖,犬㉗子召升堂。塞接西山㉘雪㉙,桥维万里樯㉚。夺霞㉛红锦烂㉜,扑地酒垆香㉝。忝逐三千客㉞,曾依数仞墙㉟。滞顽堪白屋㊱,攀附亦周㊲行㊳。肉㊴管伶伦曲㊵,《箫韶》清庙章㊶。唱高知和寡㊷,小子斐然狂㊸。

① 一作"春"。

②《唐六典》:"门下省侍中二人,黄门侍郎一人。"《唐书·宰相表》:"开成五年九月,淮南节度副大使李德裕为门下侍郎,同中书门下平章事。"《方镇表》:"至德二载,更剑南节度号西川节度使,兼成都尹。"《元和郡县志》:"成都府,《禹贡》梁州之域,古蜀国也。"《唐书·宰相表》:"开成四年七月,太常卿崔郸同中书门下平章事。十一月,郸为中书侍郎。会昌元年十一月,郸检校吏部尚书,同平章事,剑南西川节度使。"按:开成二年十月,李固言以宰相出镇西川,大中元年八月,李回亦以宰相出镇西川。据此诗云"盛业冠伊唐,台阶翊戴光",当为武宗以弟继兄初立时事,郸尝副杜元颖西川

节度府,故有往事甘棠之语,且郸以中书侍郎出镇,亦合所云"池留旧凤凰"者,又崔郸为崔郾之弟,牧之于郾下及第,又与"曾依数仞墙"之语为合。至此时为门下侍郎者,李德裕及陈夷行二人,据《旧唐书》郸传云"会昌初,李德裕用事,与郸弟兄素善"云云,兹诗有"石友""河梁"等语,知门下相公之为德裕无疑也。又《旧书·文宗纪》开成四年七月己云以太常卿崔郸本官同中书门下平章事,《武宗纪》开成五年二月又云太常卿崔郸、户部尚书判度支崔珙并本官同中书门下平章事,而会昌元年又不著郸罢相出镇语,俱误也。

③《宋书·徐羡之传》:"克隆先构干蛊之盛业。"《魏志·高堂隆传》:"昔在伊唐,世值阳九厄遭之会。"

④《后汉书·郎𫖮传》:"三公上应台阶,下同元首。"《晋书·阎鼎传》:"与抚军长史王毗、司马傅逊怀翼戴秦王之计。"

⑤《礼记》:"天无私覆。"又:"风雨霜露,无非教也。"

⑥《诗》:"海外有截。"《吕氏春秋》:"舜欲服海外而不成,既足以帝矣。"《太平御览》:"《谯子法训》曰:唐虞之衣裳文法,禹稷之沟洫耕稼,人至今被之。"

⑦卢照邻《五悲》:"童子尚知其不可,矧衡镜与蓍龟。"

⑧《晋书·荀勖传》:"以勖守尚书令,勖久在中书,专管机事,及失之,甚惆怅!或有贺者,勖曰:'夺我凤凰池,诸君贺我邪!'"

⑨《说文》:"同志为友。"《晋书·潘岳传》:"投分寄石友。"

⑩ 一作"梦"。

⑪ 李陵《与苏武诗》:"携手上河梁,游子暮何之?"

⑫《魏志·武帝纪》:"马超等数挑战,公与克日会战,先以轻兵挑之,乃纵虎骑夹击,大破之。"《左传》:"晋中军风于泽,亡大旆之左旃。"

⑬ 江淹《为骠骑三让扬州表》:"貂冠紫绶,宠霭霞炤。"《旧唐书·舆服志》:"二品以下,五品以上,佩水苍玉。"

⑭《诗序》:"彤弓,天子锡有功诸侯也。"《晋书·天文志》:"西方奎十六星,天之武库也。"张衡《西京赋》:"武库禁兵,设在兰锜。"

⑮《汉书·百官公卿表》:"相国、丞相,皆秦官,金印紫绶。"《周书·柳

庆传》:"相公柄民轨物,君职典文房。"

⑯《水经注·沔水篇》:"褒水出衙岭山,东南径大石门,历于栈道下谷,俗谓千梁无柱也。"《漾水篇》:"西汉水又南入嘉陵道而为嘉陵水。"

⑰《水经注·漾水篇》:"小剑去大剑三十里,连山绝险,飞阁通衢,故谓之剑阁也。"

⑱《魏志·陈思王植传》:"前驱举燧。"《后汉书·李郃传》:"使者二人,当到益部,投郃候舍,郃因仰观,问曰:'二君发京师时,宁知朝廷遣二使邪?'问何以知之?郃指星示云:'有二使星向益州分野,故知之耳。'"

⑲《水经注·沔水篇》:"秦惠王欲伐蜀,而不知道,作五石牛,以金置尾下,言能屎金。蜀王负力,令五丁引之成道,秦使张仪、司马错寻路灭蜀,因名石牛道。"

⑳刘显诗:"回首望归涂。"屈原《远游》:"下峥嵘而无地兮,上寥廓而无天。"

㉑梁武帝诗:"草树非一香,花叶百种色。"

㉒阮籍诗:"丹心失恩泽。"《庄子》:"身在江海之上,心居魏阙之下。"

㉓《晋书·慕容德载记》:"皆留心贤哲,每怀往事。"《说苑》:"召公述职,当蚕桑之时,不入邑中,舍于甘棠之下而听断焉,陕间之人,皆得其所,是故后世思而歌咏之。"

㉔《蜀志·诸葛亮传》:"理民之干,优于将略。"

㉕《文心雕龙》:"震雷始于曜电,出师先乎威声。"《史记·西南夷传》:"西南夷君长以什数,夜郎最大,夜郎侯始倚南越,南越已灭,会还诛反者,夜郎遂入朝。"

㉖《汉书·王贡龚鲍传》:"蜀有严君平,卜筮于成都市,以为卜筮者贱业,而可以惠众人,有邪恶非正之问,则依蓍龟为言利害。"

㉗一作"夫",又作"天",又作"大",皆误。

㉘《汉书·司马相如传》:"少时名犬子。"《法言》:"如孔氏之门用赋也,则贾谊升堂,相如入室矣。"

㉙一作"川"。

㉚《旧唐书·李德裕传》："岷山连岭而西,不知其极,北望陇山,积雪如玉,东望成都,若在井底。"

㉛《华阳国志》："蜀郡州治西南两江有七桥,南渡流曰万里桥。"《元和郡县志》："成都县万里桥架大江水,在县南八里,蜀使费祎聘吴,诸葛亮祖之,祎叹曰:万里之路,始于此桥。因以为名。"

㉜一作"江"。

㉝《华阳国志》："锦江,织锦濯其中则鲜明,濯它江则不好。"骆宾王诗:"濯锦江中霞似锦。"

㉞鲍照《芜城赋》："廛闬扑地。"《汉书·司马相如传》："相如之临邛,尽卖车骑买酒舍,令文君当垆"。

㉟《史记·信陵君传》："致食客三千人。"

㊱蔡邕《郭泰碑文》："宫墙重仞,允得其门。"

㊲一作"首"。《汉书·萧望之传》："恐非周公躬吐握之礼,致白屋之意。"

㊳一作"同"。

㊴《法言》："攀龙鳞,附凤翼。"

㊵一作"笛"。

㊶《晋书·孟嘉传》："桓温问听妓丝不如竹,竹不如肉,何谓也?嘉曰:渐近使之然。"《汉书·律历志》："黄帝使伶伦自大夏之西,昆仑之阴,取竹之解谷生其窍厚均者,断两节间而吹之,以为黄钟之音。"

㊷《汉书·扬雄传》："过清庙之䜣䜣。"又:"发《箫韶》,咏《九成》,则莫有和也。"

㊸《通典》："按张华《博物志》云:《白雪》,是天帝使素女鼓五弦琴曲名,以其调高,人和遂寡。"

㊹裴松之《上三国志注表》："既谢淮南食时之敏,又微狂简斐然之作。"

朱　坡①

下杜乡园古②,泉声绕舍啼③。静思长惨切,薄宦与乖暐④。北阙千门外⑤，南山午谷西⑥。倚川红叶岭⑦，连寺绿杨堤⑧。迥野翘霜鹤⑨，澄潭舞锦鸡⑩。涛惊堆万岫⑪，舸急转千溪。眉点萱芽嫩⑫，风条柳幄迷⑬。岸藤梢虺尾⑭，沙渚印麕蹄⑮。火燎湘桃坞，波光碧绣畦。日痕缫⑯翠巘⑰，陂影堕晴霓⑱。蜗壁斓斑藓⑲，银筵豆蔻泥⑳。洞云生片段㉑，苔径缭高低㉒。偃蹇松公老㉓，森严竹陈齐㉔。小莲娃欲语㉕，幽笋稚相携㉖。汉馆留余趾㉗，周台接故蹊㉘。蟠蛟冈隐隐㉙，班雉草萋萋㉚。树老萝纤组，岩深石启闺。侵窗紫桂茂㉛，拂面翠禽栖㉜。有计冠终挂㉝，无才笔漫提㉞。自尘何太甚，休笑触藩羝㉟。

①《唐书·杜佑传》：朱坡樊川，颇治亭观林苑，凿山股泉，与宾客置酒为乐，子弟皆奉朝请，贵盛为一时冠。

②《汉书·宣帝纪》："尤乐杜鄠之间，率常在下杜。"《长安志》："汉宣帝以杜东原上为初陵，置县曰杜陵，而改杜县为下杜城。"《史记·秦本纪》正义："《括地志》云：下杜故城在雍州长安县东南九里。"孟浩然诗："书此寄乡园。"

③ 王维诗："泉声咽危石。"《水经注·渭水篇》："沈水西北径下杜城。"

④《宋书·陶潜传》："潜弱年薄宦，不洁去就之迹。"

⑤《长安志》："《关中记》曰：未央宫东有苍龙阙，北有玄武阙，所谓北阙也。《元和郡县志》："长安县建章宫在县西二十里长安故城西。太初元年，作建章宫，为千门万户。"

⑥《汉书·王莽传》："通子午道，从杜陵直绝南山，经汉中。"注："师古曰：今京城直南山，有谷通梁汉道，名子午谷。南北相当，则北山者是子，南山者是午，共为子午道。"

⑦《酉阳杂俎》："史生游华山，有一红叶大如掌，随流而下。"

⑧ 王融诗："淇上绿杨稀。"

⑨ 鲍照诗："渺渺负霜鹤。"

⑩ 虞骞诗："澂潭写度鸟。"《禽经》："腹有彩文曰锦鸡。"《异苑》："山鸡爱其毛，映水则舞。"

⑪ 江总诗："八月涛水秋风惊。"

⑫《本草图经》："萱草俗名鹿葱，五月采花，八月采根，今人多采其嫩苗及花跗作菹食。"

⑬ 范云诗："风条振风响。"《周礼·幕人》注："四合象宫室曰幄。"

⑭《山海经》："宪翼之水，其中多玄龟，其状如龟，而鸟首虺尾。"

⑮ 谢灵运诗："遨游碧沙渚。"

⑯ 原注：胡官切。

⑰《楚辞九歌注》："絚，急张弦也。"田游岩诗："徘徊承翠巘。"

⑱《初学记》："《春秋元命苞》曰：虹蜺者，阴阳之精，雄曰虹，雌曰蜺。"宋之问诗："丹壑饮晴霓。"

⑲《埤雅》："南方积雨蜗涎，书画屋壁，悉成银迹。"

⑳ 左思《吴都赋》："草则藿蒳豆蔻。"

㉑《释名》："断，段也，分为异段也。"

㉒ 梁简文帝《晚春赋》："亦苔生而径危。"

㉓ 刘安《招隐士》："偃蹇连蜷兮枝相缭。"《吴志·孙皓传》注：《吴书》曰：丁固为尚书，梦松树生腹上，谓人曰：'松字，十八公也，后十八岁，吾其为公乎？'"

㉔《汉书·地理志》："鄠杜竹林，南山檀柘，号称陆海。"

㉕ 隋炀帝《望江南词》："闲纵目，鱼跃小莲东。"《说文》："吴楚之间，谓好曰娃。"李白诗："荷花娇欲语。"萧统《五月启》："莲花泛水，艳如越女之花。"

㉖《西溪丛语》："杜牧之诗云：'小莲娃欲语，幽笋稚相携。'言笋如稚子，与杜甫'竹根稚子无人见'同意。"

㉗《元和郡县志》："京兆府万年县御宿川，在县南三十七里，汉为离宫

别馆禁籞,人不得往来观游止宿其中,故曰御宿。"

㉘《雍录》:"灵台遗址,至贞观尚在,故《括地志》曰:辟雍、灵沼,今悉无复处,惟灵台孤立,高二丈,周回一百二十步。"

㉙《水经注·漯水篇》:"雁门山,其山重峦叠巘,霞举云高,连山隐隐,东出辽塞。"

㉚《晋书·乐志》:"汉时有短箫铙歌之乐,其曲有《雉子斑》。"谢灵运诗:"萋萋春草生。"

㉛《拾遗记》:"闇河之北,紫桂成林,群仙饵焉。"

㉜《晋书·郭璞传》:"攀骊龙之髯,抚翠禽之毛。"

㉝《南史·萧际素传》:"求为诸暨令,到县十余日,挂衣冠于县门而去。"

㉞《文心雕龙》:"庾以笔才逾亲,温以文思益厚。"

㉟郭璞诗:"进则保龙见,退则触藩羝。"

早春寄岳州李使君李善棋爱酒情地闲雅①

城高倚峭巘②,地胜足楼台③。朔漠暖鸿去④,潇湘春水来⑤。萦盈几多思⑥,掩抑若为裁⑦。返照三声角⑧,寒香一树梅⑨。乌林芳草远⑩,赤壁健帆开⑪。往事空遗恨⑫,东流岂不回⑬。分符颍川政⑭,吊屈洛阳才⑮。拂匣调珠柱,磨铅勘玉杯⑯。棋翻小窟⑰势⑱,垆拨冻醪醅⑲。此兴予非薄⑳,何时得奉陪㉑?

① 虞世基诗:"青丘发早春。"《唐书·地理志》:"江南道岳州巴陵郡。"《晋书·桓伊传》:"谢安抚其须曰:使君于此不凡。"《哀帝纪》:"义望情地,莫与为比。"《张载传》:"载性闲雅,博学有文章。"

②《元和郡县志》:"岳州巴陵巴陵县,本汉下隽县之巴丘地也。昔羿屠

巴蛇于洞庭,其骨若陵,故曰巴陵。"

③《汉书·天文志》:"海旁蜃气象楼台。"

④《北边备对》:"漠者,沙碛广莫,望之漠漠然也。汉以后,史家变称为碛。碛,沙积也,其义一也。"成公绥《鸿雁赋》:"有沙漠之绝渚。"又:"乐和气之纯暖。"

⑤《元和郡县志》:"巴陵城对三江口,岷江为西江,澧江为中江,湖湘江为南江。"《一统志》:"潇湘虽自古并称,然《汉志》、《水经》,俱无潇水之名,唐柳宗元《愚溪诗序》:'始称谪潇水上,然不详其源流。'宋祝穆始称潇水出九疑山,今细考之,唯道州北出潇山者为潇水,其下流皆营水故道也。至祝穆所谓出九疑山者,乃《水经注》之泠水,北合都溪以入营者也。又零陵蒋本厚《山水志》云:'潇水一支出江华,一支出永明,一支出濂溪,唯出濂溪者犹为近之,出江华者乃以沱水为潇水,出永明者以掩水为潇水,盖后人以营水所经,统谓之潇水,而遂不知有营水矣。'"《吴志·孙权传》注:"吴历曰:'春水方生,公宜速去!'"

⑥谢惠连《雪赋》:"未萦盈于帷席。"

⑦顾野王《筝赋》:"始掩抑于纨扇。"

⑧《宋书·武帝纪》:"三光返照。"《北堂书钞》:"《七道》云:长角三唱,武士星布。"

⑨《埤雅》:"梅花优于香。"戴叔伦诗:"老圃寒香别有秋。"王褒《僮约》:"三丈一树,八尺成行。"

⑩《水经注·江水篇》:"江水左经上乌林南,村居地名也。"又:"东径乌黎口,江浦也。即中乌林矣。"又:"东径下乌林南,吴黄盖败魏武于乌林,即是处也。"宋玉《高唐赋》:"芳草罗生。"

⑪《水经注·江水篇》:"江水右径赤壁山北,昔周瑜与黄盖诈魏武大军处也。"《通鉴·汉纪》注:"《武昌志》曰:赤壁山在今嘉鱼县对江北之乌林。"《通典》:"岳州理巴陵县,有巴丘湖。《检地志》云:巴丘湖中有曹田洲,即曹公为孙权所败烧船处,在今县南四十里。"又云:"今鄂州蒲圻县有赤壁山,即曹公败处。按《三国志》:刘琮屯襄阳,刘备屯樊,琮降曹公,备遂南走,曹

公恐备先据江陵,将精骑急追,及于当阳之长坂,备与数十骑走,斜趋汉津,济沔至夏口,曹公进军江陵,得刘琮水军船步数十万,自江陵征备,至巴丘,遂至赤壁,孙权遣周瑜水军数万,与备并力逆之,曹公泊江北岸,瑜部将黄盖诈降,战舰数千艘,因风放火,曹公大败,从华容道步归,退保南郡。瑜等复败之。而《汉阳郡图经》云:赤壁亦名乌林,在郡西北二百二十里,在汉川县西八十里,跨汉南北,此大误也。曹公既从江陵水军沿流已至巴丘,则今巴陵郡赤壁只在巴陵郡之下,军败方还南郡,刘备周瑜水军追蹑,并是大江之中,与汉川西殊为乖角。今据《检地志》为是,当在巴陵江夏二郡界,其《汉阳郡图经》及流俗悉皆讹谬。所以备录《国志》以为证据尔。"按:以上皆杜氏说。牧之于寄岳州诗,举乌林赤壁,正用乃祖说,而于《齐安晚秋》,又以赤壁争雄为言,则仍是俗说。又按范致明《岳阳风土记》云:"杜佑谓巴丘湖中有曹洲,即曹公败处云云。今县西但有曹公渡,考之地理,与周瑜、曹操相遇处绝不相干。"

⑫《后汉书·冯异传》:"往事所以知今。"《王常传》:"死无遗恨。"

⑬ 晋《子夜歌》:"不见东流水,何时复西归?"

⑭《汉书·文帝纪》:"初与郡守为铜虎符,竹使符。"注:"师古曰:与郡守为符者,谓各分其半,右留京师,左以与之。"《黄霸传》:"为颍川太守,得吏民心,治为天下第一。"

⑮ 颜延之诗:"吊屈汀洲浦。"潘岳《西征赋》:"贾生洛阳之才子。"

⑯《汉书·董仲舒传》:"仲舒说《春秋》事《玉杯》、《繁露》之属,复数十篇。"庾信《小园赋》:"琴号珠柱,书名《玉杯》。"

⑰ 一作"局"。

⑱ 按:各本俱作"小窟",惟《骈字类编》小字门引作"小局",当据善本。

⑲ 原注:《诗》云:"为此春酒,以介眉寿。"注云:冻醪。《诗·七月》传:"春酒,冻醪也。"

⑳《晋书·庾亮传》:"亮在武昌,诸佐吏殷浩之徒,秋夜共登南楼,俄而不觉亮至,诸人将起避之,亮曰:'诸君少住,老子于此处,兴复不浅!'便据胡床,与浩等谈咏竟坐"。

㉑《魏志·王粲传》注:"《魏略》曰:动见观瞻,何时易邪?恐永不复得为昔日游也。"沈约《为皇太子谢赐雉启》:"任惟守器,事隔陪奉。"

送王侍御赴夏口座主幕①

君为珠履三千客②,我是青衿七十徒③。礼数全④优知隗始⑤,讨论常见念回愚。黄鹤楼前春水阔⑥,一杯还忆故人无⑦?

①《演繁露》:"唐世节度观察等使辟置官属,许理年转入台官至侍御史止,其御史中丞,须有军功乃得转入。以上皆名宪衔,所带宪衔者,得按本道州县。"《元和郡县志》:"鄂州,《禹贡》荆州之域,春秋时谓之夏汭,汉为沙羡之东境,自后汉末谓之夏口。"《旧唐书·敬宗纪》:"宝历二年十月,以中书舍人崔郾为礼部侍郎。"《文宗纪》:"太和五年八月,以陕虢观察使崔郾为岳鄂安黄观察使。"《崔郾传》:"转礼部侍郎,东都试举人,凡两岁掌贡士,出为陕州观察使,居二年,迁岳鄂安黄等州观察使。"按:牧之有浙西观察使崔公行状,又平卢军节度巡官李府君墓铭曰:"牧太和元年举进士及第,乡贡上都,有司试于东都。"其时崔郾正为礼部侍郎也。《国史补》:"进士俱捷,谓之同年,有司谓之座主。"《晋书·郗超传》:"郗生可谓入幕之宾矣。"

②《晋书·舆服志》:"蹑珠履于春申之第。"《论衡》:"齐之孟尝,魏之信陵,赵之平原,楚之春申,待客下士,招会四方,各三千人。"

③《诗·青衿》传:"青衿,学子之所服。"《吕氏春秋》:"孔子周流海内,委赞为弟子者三千人,达徒七十人。"

④ 一作"今"。

⑤《梁书·王茂传》:"宜增礼数,式昭盛烈。"《史记·燕世家》:"郭隗曰:王必欲致士,先从隗始。"

⑥《太平寰宇记》:"《荆州记》:江夏郡城西临江有黄鹤矶。"又:"黄鹤

楼在县西二百八十步。"

⑦ 谢朓诗:"况乃故人杯。"沈约诗:"故人不可忆。"

自 贻

杜陵萧次君,迁少去官频①。寂寞怜吾道②,依稀似古人③。饰心无彩缋④,到⑤骨是风尘⑥。自嫌如匹素,刀尺不由身⑦!

①《汉书·萧望之传》:"望之东海兰陵人也,徙杜陵。子育,字次君,为人严猛尚威,居官数免乃迁。"

②《汉书·扬雄传》:"惟寂惟寞,守德之宅。"《史记·孔子世家》:"吾道非邪! 吾何为于此?"

③《宋书·王景文传》:"正是依稀于理言可行而为之耳。"《晋书·苻坚载记》:"庶克念前王,仿佛古人矣。"

④《法言》:"吾未见好斧藻其德,若斧藻其楶者欤!"

⑤ 一作"刿"。

⑥《晋书·虞喜传》:"处静味道,无风尘之志。"

⑦《晋书·李含传》:"乞朝廷以时博议,无令腾得妄弄刀尺。"

自 遣

四十已云老,况逢忧窘余①。且抽持板手②,却展小年书③。嗜酒狂嫌阮④,知非晚笑蘧⑤。闻流宁叹吒⑥,待俗不亲疏。遇事知裁翦⑦,操心识卷舒⑧。还称二千石⑨。于我意何如⑩?

①白居易诗:"四十未为老,忧伤早衰恶。"

②《隋书·礼仪志》:"笏,晋宋以来,谓之手板。"《魏志·杜畿传》注:"《魏略》曰:于仪当各持版。"《晋书·舆服志》:"手版即古笏矣。"按《周礼·司书》疏云:"注言簿书者,古有简策以记事,若在君前,以笏记事。后代用簿,簿今手版,故云吏当持簿,簿则簿书也。则手版与笏异。"

③《庄子》:"小年不及大年。"

④《汉书·盖宽饶传》:"无多酌我,我乃酒狂。"《晋书·阮籍传》:"籍任性不羁,嗜酒能啸,当其得意,忽忘形骸,时人多谓之痴。"

⑤《淮南子》:"蘧伯玉行年五十,而知四十九年之非。"

⑥《礼记》:"闻流言而不信。"

⑦《南史·梁武帝纪》:"敕公家织官纹锦饰,并断仙人鸟兽之形,以为亵衣,裁翦有乖仁恕。"

⑧《淮南子》:"盈缩卷舒,与时变化。"李白《饯寻桃花源序》:"卷舒天地之心。"

⑨《汉书·百官公卿表》:"郡守掌治其郡,秩二千石。"《唐六典》:"自汉魏以来,或为牧,或为刺史,皆管郡。"

⑩《汉书·晁错传》:"于公意何如?"

题桐叶①

去年桐落故溪上,把叶②因③题归燕诗④。江楼今日送归燕⑤,正是去年题叶时。叶落燕归真⑥可惜⑦,东流玄发且无期⑧。笑筵歌席反惆怅⑨,朗⑩月清风见⑪别离⑫。庄叟彭殇同在梦⑬,陶潜身世两相遗⑭。一丸五色成虚语⑮,石烂松薪更莫⑯疑⑰!哆哆不劳文似锦⑱,进趋何必利如锥⑲。钱神任尔知无敌⑳,酒圣于吾亦庶几㉑。江畔秋光蟾阁镜㉒,槛前山翠茂陵眉㉓。虀香㉔轻泛数枝菊㉕,檐影斜侵半局棋。休指宦游论巧拙㉖，只将愚直祷神祇㉗。三吴烟水平生念㉘，宁向闲人道所之㉙。

①《魏书·彭城王勰传》："高祖宴侍臣于清徽堂，日晏，移于流化池芳林之下，高祖曰：觞情始畅，流景将颓，竟不尽适，恋恋余光，故重引卿等。因仰观桐叶之茂曰：其桐其椅，其实离离，恺悌君子，莫不令仪。今林下诸贤，足敷歌咏。遂令黄门侍郎崔光读暮春群臣应诏诗。"

② 一作"笔"。

③ 一作"偶"。

④《宋书·乐志》："群燕辞归鹄南翔。"

⑤ 谢灵运诗："系缆临江楼。"

⑥ 一作"今"。

⑦《魏书·世祖纪》："李司徒可惜！"

⑧ 何逊诗："复如东流水，未有西归日。"谢惠连诗："各勉玄发欢。"

⑨《后汉书·冯衍传》："情惆怅而增伤。"

⑩ 一作"明"。

⑪ 一作"怆"。

⑫《周书·王褒传》："清风朗月，俱寄相思。"《宋书·乐志》："使君生别离。"

⑬ 杜甫诗："安排用庄叟。"《庄子》："莫寿乎殇子，而彭祖为夭。"又："丘也与女皆梦也，予谓女梦亦梦也。"

⑭《晋书·陶潜传》："世与我而相遗。"

⑮ 一作"席"。○《宋书·乐志》："与我一丸药，光曜有五色。"《汉书·邹阳传》："臣常以为然，徒虚语耳。"

⑯ 一作"不"。

⑰ 庾信《东宫玉帐山铭》："煮石初烂，烧丹欲成。"郑氏允端诗："石烂与海枯，行人归故乡。"《古诗》："古墓犁为田，松柏摧为薪。"

⑱ 原注：尺也反。○《诗·巷伯》传："贝锦，锦文也。哆，大貌。侈之

言是必有因也。"

⑲《唐书·朱敬则传》："故曰：刻薄可施于进趋。"《晋书·祖纳传》："汝颖之士利如锥，幽冀之士钝如槌。"

⑳《晋书·惠帝纪》："高平王沈作《释时论》。南阳鲁褒作《钱神论》，庐江杜嵩作《任子春秋》，皆疾时之作也。"《管子》："存乎聚财，而财无敌。"

㉑《魏志·徐邈传》："醉客谓清者为圣人，浊者为贤人。"《后汉书·班彪传》："意亦庶几矣。"

㉒《述异记》："瓜步在吴中，吴人卖瓜于江畔，用以名焉。"张若虚诗："江畔何人初见月？江月何年初照人？"颜延之诗："月榭迎秋光。"《洞冥记》："望蟾阁十二丈，上有金镜，广四尺。元封中，有祇国献此镜，照魑魅不获隐形。"按：《太平御览》引此，"金镜"上有"青"字。"元封中有祇国"作"元光年中祇"，盖误。"魑魅"下作"百鬼不能隐形"。昭明太子《锦带书》："皎洁轻冰，对蟾光而写镜。"

㉓《史记·司马相如传》："相如既病免，家居茂陵。"《西京杂记》："卓文君姣好，眉色如望远山。"

㉔一作"芳"。

㉕《西京杂记》："饮菊花酒，令人长寿。菊花舒时，并采茎叶，杂黍米酿之，至来年九月九日始熟，故谓之菊花酒。"张正见诗："菊泛金枝下。"

㉖《史记·司马相如传》："长卿久宦游。"《晋书·潘岳传》："司马安四至九卿，良史书之，题以巧宦之目，巧诚有之，拙亦宜然。"

㉗《北齐书·孟业传》："禀性愚直，唯知自修，无它长也。"张衡《髑髅赋》："我欲告之以五岳，祷之于神祇。"

㉘《吴郡志》："三吴之说，世未有定论，《十道四番志》以吴郡及丹阳、吴兴为三吴，又以义兴、吴兴及吴为三吴。《郡国志》谓吴、吴兴、义兴为三吴。又云：丹阳亦曰三吴。《元和郡国图志》：吴郡与吴兴、丹阳为三吴。郦元《水经注》云：三吴，吴郡、吴兴、会稽其一焉。今当以《十道四番志》及《郡国志》别说为正。"李白诗："从君老烟水。"谢灵运诗："平生协幽期。"

㉙《晋书·孟陋传》："时或弋钓，孤兴独归，虽家人亦不知其所之也。"

沈下贤[1]

斯人清唱何人和[2]？草径苔芜不可寻[3]。一夕小敷山下梦[4]，水如环佩月如襟[5]。

①《晁氏读书志》："《沈亚之集》八卷。亚之字下贤，长安人。元和十年进士。累进殿中丞，御史内供奉，贬南康尉，后终郢州掾。"按：沈下贤有《别权武文》曰："余吴兴人，生于汧陇之阳。"又《与李给事书》云"昔年亚之以进士入贡至京师，又明年东归"云云，合之牧之及李长吉诗，其为吴兴人，无可疑者。晁氏误以为长安人。陈振孙《书录解题》亦云："吴兴者，著郡望，其实长安人。"陈氏吴兴人，而言若此，尤可怪也。下贤历官为栎阳尉及福建等州都团练副使，俱见本集。其集《唐书·艺文志》作九卷，《书录解题》作十二卷《宋·艺文志》同。《文献通考》又作十卷。今《四库书》著录十二卷。

②《晋书·庾阐传》："张高弦怨，声激柱落，清唱未和，而桑濮代作。"陆机《文赋》："含清唱而靡应。"

③《宋书·孔淳之传》："茅屋蓬户，庭草芜径，惟床上有数卷书。"刘孝威诗："丹庭斜草径，素壁点苔钱。"

④ 屈原《九章》："魂一夕而九逝。"《吴兴掌故集》："敷山，乌程西南二十里，在福山东。福山俗名小敷山，唐人沈下贤居此。"

⑤《说苑》："左带羽玉具剑，右带环佩，左光照右，右光照左。"

李和鼎[1]

鵩鸟飞来庚子直[2]，谪去日蚀辛卯年[3]。由来枉死贤才事[4]，消长相持势自然[5]。

①《旧唐书·李甘传》:"甘字和鼎。"

②《汉书·贾谊传》:"有鵩飞入谊舍,鵩似鸮,不祥鸟也。谊既以谪居长沙,长沙卑湿,自伤悼,以为寿不得长,乃为赋曰:庚子日斜,鵩集余舍。"

③《诗话总龟》:"牧之作李和鼎诗云云,盖言郑注事也。和鼎论注不可为相,旋致贬谪,故牧之作诗痛之如此。议者谓辛卯年在宪宗之时,而文宗时无辛卯,岂牧之误乎?余谓牧之所云,非谓实庚子、辛卯也,鵩集于舍,班固书庚子之日,日有食之。诗人有辛卯之咏,借是以明李甘之冤尔。"

④《北齐书·苏琼传》:"尔辈若不遇我,好参军几致枉死!"《诗·关雎》序:"思贤才而无伤善之心焉。"

⑤《后汉书·党锢传赞》:"兰茞无并,消长相倾。"《周书·乐逊传》:"譬犹棋劫相持,争行先后。"《后汉书·赵咨传》:"天地之长期,自然之至数。"

赠沈学士张歌人①

拖袖事当年,郎教唱客前②。断时轻裂玉,收处远缲烟;孤直缒云定③,光明滴水圆④。泥⑤情迟急管⑥,流恨咽长弦⑦。吴苑春风起⑧,河桥酒旆悬⑨,凭君更一醉⑩,家在杜陵边⑪。

①《旧唐书·裴垍传》:"垍奏,集贤御书院请准《六典》,登朝官五品已上为学士,六品已下为直学士,自非登朝官,不问品秩,并为校理,其余名目一切勒停。"按:《文献通考》云:"唐之所谓翰林学士,只取文学之人,随其官之崇卑入院者,皆为学士,未尝有一定之品秩也。其孤远新进者,或起自初阶,或元无出身,至试令草麻制,甚者或试以诗赋,如试进士之法,其人皆呼学士。"又《梦溪笔谈》云:"集贤院记开元故事,校书官许称学士,今三馆职事,皆称学士,用开元故事也。"唐人于士人称谓,多所假借。《六典》吏部尚书侍郎下注云:"或有名学士,考为等第。"则所称学士,亦如《礼传》所称学

士大夫,不定是有官人也。或云:此沈学士即述师,张即好好,未审然否。

②《通鉴·晋纪》注:"今世俗多呼其主为郎。"

③《北齐书·库狄干传》:"子士文,性孤直,虽邻里至亲,莫与通狎。"《列子》:"秦青抚节悲歌,声振林木,响遏行云。"

④《后汉书·冯衍传》:"光明风化之情。"《吕强传》:"《尸子》曰:杆方则水方,杆圆则水圆。"

⑤原注:去声。

⑥《杨升庵集》:"俗谓柔言索物曰泥,乃计切,谚所谓软缠也。"鲍照《白纻歌》:"催弦急管为君舞。"

⑦蔡琰《十八拍》:"七拍流恨兮恶居于此。"

⑧《汉书·枚乘传》:"修治上林,杂以离宫,积聚玩好,圈守禽兽,不如长洲之苑。"注:"服虔曰:吴苑。"宗懔诗:"昨暝春风起。"

⑨《晋书·杜预传》:"请建河桥于富平津。"《元和郡县志》:"同州朝邑县河桥,本秦后子奔晋,造舟于河,通秦晋之道。今属河西县。"梁简文帝诗:"春堤杨柳拂河桥。"窦叔向诗:"愁见河桥酒幔青。"《搜采异闻录》:"今都城与郡县酒务及凡鬻酒之肆,皆揭大帘于外,以青白布数幅为之征者,随其高卑大小,村店或挂瓶瓢帚秆,唐人多咏于诗,然其制盖自古已然矣。《韩非子》云:'宋人有酤酒者,斗斞甚平,遇客甚谨,为酒甚美,悬帜甚高,而酒不售,遂至于酸。'所谓悬帜者,此也。"

⑩《晋书·陆纳传》:"方守远郡,欲与公一醉,以展下情。"

⑪《元和郡县志》:"京兆府万年县杜陵,在县东南二十里。"

忆游朱坡四韵①

秋草樊川路②,斜阳覆盎门③。猎逢韩嫣骑④,树识馆陶园⑤。带雨经荷沼,盘烟下竹村。如今归不得,自戴望天盆⑥。

①《雍大记》："朱坡在陕城南四十里，与华严寺相近，瞰南山之胜。故少保杜公池亭在焉。"

②孙楚诗："晨风飘歧路，零雨被秋草。"《元和郡县志》："万年县樊川，一名后宽川，在县南三十五里，本杜陵之樊乡，汉高祖赐樊哙食邑于此。"

③《汉书·刘屈氂传》："太子军败，南奔覆盎城门，得出。"注："长安城南出东头第一门曰覆盎城门，一号杜门。"

④《汉书·韩嫣传》："江都王入朝，从上猎上林中，天子先使嫣乘副车从数十百骑驰视兽，江都王望见，以为天子，辟从者伏谒道旁。"

⑤《汉书·东方朔传》："帝姑馆陶公主近幸董偃。爰叔与偃善，谓偃曰：'顾成庙远无宿宫，又有荻竹藉田，足下何不白主献长门园，此上所欲也。'"

⑥《汉书·司马迁传》："仆以为戴盆何以望天。"

朱坡绝句三首

故国池塘倚御渠①，江城三诏换鱼书②。贾生辞赋恨流落③，只向长沙住岁余④。

①《后汉书·冯衍传》："望秦晋之故国。"孙万寿诗："池塘尚所思。"《水经注·渭水篇》："故渠东出城，分为二渠，即《汉书》所谓王渠者也。苏林曰：王渠，官渠也，犹今御沟矣。晋灼曰：渠，名也，在城东覆盎门外，一水径杨桥下，即青门桥也。"

②《元和郡县志》："黄州，大江水经州南一百二十八里。池州秋浦县，大江水在县北七里。睦州，浙江在州南十里。又有东阳江，自婺州界来，至州南注浙江。"《礼记》："三诏皆不同位。"《唐六典》："铜鱼符所以起军旅，易守长。大事兼敕书，新授都督、刺史及改替、追唤别使者，皆须得敕书。"《唐

会要》:"贞元三年十月,敕刺史停务则降鱼书。"《演繁露》:"唐世左鱼之外,
又有敕牒将之,故兼名鱼书。"按:牧之自黄州迁池州,继又迁睦州,三州皆
临江,故云"江城三诏换鱼书"也。

　　③《汉书·艺文志》:"《贾谊赋》七篇。"《司马相如传》:"会景帝不好辞
赋。"《霍去病传》:"诸宿将军,留落不耦。"《孔平仲杂抄》:"留落,今世俗作
'流落'。"

　　④ 原注:文帝岁余思贾生。○《汉书·地理志》"长沙国秦郡,高帝五
年为国,属荆州"。按《史记·贾生传》云"贾生为长沙王太傅三年,有鸮飞
入贾生舍"云云,又云"后岁余,贾生征见",《汉书》略同。是二传所云"岁
余",乃据作《鹏鸟赋》后言之,而谊之住长沙,实已四岁有余也。

　　烟深苔巷唱樵儿,花落寒轻倦客归①。藤岸竹洲相掩
映,满池春雨鸊鹈飞②。

　　① 庾信《春赋》:"影来池里,花落衫中。"刘孝绰诗:"轻寒朝夕殊。"陆机
诗:"余本倦游客。"

　　②《尔雅》:"(鸊)〔鹈〕,鷿鷉。"《方言》:"野凫其小而好没水中者,南楚之
外,谓之鸊鹈。"

　　乳肥春洞生鹅管①,沼避回岩势犬牙②。自笑卷怀头角
缩,归盘烟磴恰如蜗③!

　　①《本草经》:"石钟乳上品。"《名医别录》:"石钟乳第一出始兴,而江陵
及东境名山石洞亦皆有,惟通中轻薄如鹅翎管者为善。"

　　②《汉书·文帝纪》:"地犬牙相制。"

　　③《蜀本草》:"蜗牛生池泽草树间,似小螺,头有黑角,行则头出,惊则
首尾俱缩在壳中。"

出宫人二首①

闲吹玉殿昭华管②,醉折梨园缥蒂花③。十年一梦归人世④,绛缕犹封系臂纱⑤。

①《旧唐书·文宗纪》:"开成三年六月,出宫人四百八十,送两街寺观安置。"按:《会要》及《旧书·郑覃传》云:"文宗以旱,出宫人刘好奴等五百余人,送两街寺观,任归亲戚。"语稍不同。又《敬宗纪》长庆四年二月、《文宗纪》宝历二年十二月,并有放宫人事,亦见《会要》。《通鉴》于大中元年二月,有因旱放宫女之文,当别有据。此诗不知作于何时,亦正不必当放宫人时作也。

②《梁书·朱异传》:"升紫霄之丹地,排玉殿之金扉。"《西京杂记》:"咸阳宫有玉笛,长二尺二寸,二十六孔,吹之则见车马山林隐辚相次,吹息亦不复见。铭曰'昭华之管'。"

③《唐会要》:"太和四年八月,幸梨园会昌殿观新乐。九年八月,幸梨园含光殿大合乐。"《长安志》:"唐梨园在通化门外正北,禁苑南。"《西京杂记》:"初修上林苑,群臣远方各献名果异树,有缥蒂梨。"按:《唐六典》云:"京城东面三门:中曰春明,北曰通化,南曰延兴。"又曰:"皇城在京城之中,宫城在皇城之北,禁苑在大内宫城之北。"梨园既在禁苑南,即不容在通化门正北也。《雍录》曰:"梨园在光化门北,光化门者,禁苑南面西头第一门,在芳林景曜门之西,中宗令学士自芳林门入,集于梨园,分朋拔河,则梨园在太极宫西禁苑之内矣。"今据《长安志》,亦云:"禁苑南面三门:中曰景曜门,东曰芳林门,西曰光化门。"其云梨园在禁苑南者,亦谓在禁苑内之南,而通化则断为光化之误也。

④《宋书·王微传》:"寻念平生,裁十年中耳。"《隋遗录》:"或歌吹齐鼓,方就一梦。"《梁书·何点传》:"点虽不入城府,而遨游人世。"

⑤《晋书·胡贵嫔传》："帝简良家子女以充内职,自择其美者,以绛纱系臂。"按此首又见王建《宫词》,"十年"作"千年"。

　　平阳拊背穿驰道①,铜雀分香下璧门②。几向缀珠深殿里③,妒抛羞态卧黄昏④。

　　①《史记·外戚世家》："卫皇后字子夫,出平阳侯邑,平阳主奏子夫奉送入宫,子夫上车,平阳主拊其背曰:行矣,强饭,勉之! 即贵,无相忘。"《滑稽传》："有诏得令乳母乘车行驰道中。"

　　②《史记·孝武纪》："作建章宫,其南有玉堂璧门大鸟之属。"余见卷一《杜秋》。

　　③《长安志》:"《三秦记》曰:未央宫渐台西有桂宫,宫内有明光殿,皆金玉珠玑为帘薄,缀明月珠,金阶玉阶,昼夜光明。"

　　④ 屈原《离骚》:"曰黄昏以为期兮。"

长安秋望①

　　楼倚霜树外②,镜天无一毫③。南山与秋色④,气势两相高⑤。

　　①《通典》:"京兆府雍州,理长安、万年二县。"

　　② 吴迈远诗:"檐隐千霜树。"

　　③ 颜延之《庭诰文》:"照若镜天,肃若窥渊。"谢偃《影赋》:"细故则一毫必具。"

　　④ 王褒诗:"关山夜月明,秋色照孤城。"

　　⑤《论衡》:"动作巧便,气势勇桀。"

独 酌[①]

窗外正风雪[②]，拥炉开酒缸[③]。何如钓船雨[④]？篷底睡秋江[⑤]。

① 江淹《自序传》："素秋澂景，则独酌虚室。"

② 一作"霜"。○綦毋潜诗："窗外无人秋鸟飞。"刘勰《新论》："寒荒之地，风雪之所积。"

③《法书要录》："江东云缸面，犹河北称瓮头，谓初熟酒也。"

④ 岑参诗："芦花映钓船。"

⑤ 卢思道诗："秋江见底清。"

醉 眠[①]

秋醪雨中熟，寒斋落叶中[②]。幽人本多睡[③]，更酌一樽空[④]。

①《宋书·朱百年传》："与同县孔凯友善，尝寒时就凯宿，衣悉袷布，饮酒醉眠，凯以卧具覆之。"

② 陆机诗："寒风习习落叶归。"

③ 陶潜诗："幽人在丘。"

④ 江总诗："独酌一樽酒。"

不饮赠酒

细算人生事[①]，彭殇共一筹[②]。与愁争底事[③]，要尔作戈矛④。

①《汉书·班婕妤传》："惟人生兮一世,忽一过兮若浮。"

②《吕氏春秋》："其视为彭祖也,与为殇子同。"《风土记》："臾妪儿童为藏钩之戏,一藏为一筹,三筹为一部。"

③《匡谬正俗》："俗谓何物为底,此本言何等物,其后遂省,直云等物耳。等字本音都在反,又转音丁奚反。应璩诗:'用等称才学,往往见叹誉。'言其用何等才学见叹誉而为官乎?去'何'而直言等,其来已久,今人乃作'底'字,非也。"

④《后汉书·孔融传》："流矢雨集,戈矛内接。"按:韩偓诗"酒冲愁阵出奇兵"当本此。

昔事文皇帝三十二韵①

昔事文皇帝,叨官在谏垣②。奏章为得地③,齕齿负明恩④。金虎知难动⑤,毛厘亦耻言⑥。撩⑦头虽欲吐⑧,到口却成吞⑨。照胆常悬镜⑩,窥天自戴盆⑪。周钟既窊槷⑫,鼾陈亦瘢痕⑬。凤阙觚棱影⑭,仙盘晓日暾⑮。雨晴⑯文石滑,风暖戟衣翻⑱。每虑号无告,长忧骇不存⑲。随行⑳唯蹦踬㉑,出语但寒暄㉒。宫省咽喉任㉓,戈矛羽卫屯㉔。光尘皆影附㉕,车马定西奔㉖。亿万持衡价㉗,锱铢挟契论。堆时过北斗㉙,积处满西园㉚。接椌隋河溢㉛,连蹄蜀栈刓㉜。漉空沧海水㉝,搜尽卓王孙㉞。斗巧猴雕刺㉟,夸趋索挂跟㊱。狐威假白额㊲,枭啸得黄昏㊳。馥馥芝兰圃㊴,森森枳棘藩㊵。吠声嗾国猘㊶,公议怯膺门㊷。窜逐诸丞相㊸,苍茫远帝阍㊹。一名为吉士㊺,谁免吊湘魂㊻?间世英明主㊼,中兴道德尊㊽。

昆冈怜积火㊽，河汉注清源㊾。川口堤防决㊿，阴车鬼怪掀㊼。
重云开朗照㊽，九地雪幽冤㊾。我实刚肠者㊿，形甘短㊼褐
髡㊽。曾经触虿尾㊾，犹得凭熊轩㊿。杜若芳洲翠㊽，严光钓
濑喧㊼。溪山侵越角，封壤尽吴根㊾。客恨萦春细，乡愁压
思繇。祝尧千万寿，再拜揖余罇㊾。

①《唐会要》："文宗元圣昭献孝皇帝，宝历二年十二月即位。"按：此诗
牧之在睦州时作，盖为李中敏等发也。《旧唐书·李中敏传》谓："中敏刚褊
敢言，与进士杜牧、李甘相善，文章趣向，大率相类。"《新》传语略同。中敏
因旱上言郑注之奸，而李甘以沮注入相，卒于贬所。又有李款、高元裕等，
俱以取怒李训、郑注，为所斥逐。训、注既诛而中敏等先后进用，故为追数
往事，以庆目前之遭。诗首言同为谏官，每怀嫉恶之心，继极言训、注之恶，
有言者俱得罪以去，既遇英主昭雪，而己则仍滞外郡，语固引分自慰，意实
久抑求伸。本传所云困踬不自振，颇怏怏不平者，不其然与？又按：葛常之
《韵语阳秋》云："唐太和末，阉尹恣横，天子以拥虚器为耻，而元和逆党未
讨，帝欲夷绝其类，李训谓在位操权者皆碌碌，独郑注可共事，遂同心以谋。
已而杀陈弘志于青泥驿，相继王守澄、杨承和、韦元素、王践言皆不保首领，
又斫崔潭峻之棺而鞭其尸，翦除逆党几尽，亦可谓壮矣！意欲诛宦者，乃可
复河湟归河朔诸镇，天子向之。郑注虽招权纳贿，然出节度陇右，欲因王守
澄之葬，乘群臣临送，以镇兵悉诛之，谋亦未必不善。会李训先五日举事，
遂成甘露之祸，世以成败论人物，故训、注不得为忠，至李德裕谓不可与徒
隶齿，亦太甚矣！按《唐史》，李甘与李中敏皆尝论郑注不可为相，故甘有封
州之谪，而中敏有颍阳之归。杜牧之赠甘诗云：'太和八九年，训注极虓虎，
吾君不省觉，二凶日威武。喧喧皆传言，明辰相登注，和鼎顾予云，我死有
处所。明日诏书下，谪斥南荒去。'又有赠中敏诗云：'元礼去从缑氏学，江
充来见犬台宫。曲突徙薪人不会，海边今作钓鱼翁。'盖深痛二公之言不
行，而训、注得恣其谋也。盖当是时，仇士良窃国柄，势焰熏灼，士大夫于议

论之间，不敢以训、注为是，以贾杀身之祸，故牧之之诗如此。於乎！东汉之季，柄在宦官，陈蕃之徒，以忠勇之姿，谋殄其党，而事亦不遂。史载其名，殆如日星。而训、注以当时士大夫畏慑士良辈，遂加以奸凶之目，而史亦以为乱人，万世之下，无以自白，其深可痛息哉！家藏《甘露野史》三卷及《乙卯记》一卷，二书之说，特相矛盾。《甘露野史》言：上令训等诛宦官等，事觉，反为所擒。而《乙卯记》乃谓训等有逆谋。盖甘露之言，出于朝廷公论，而《乙卯记》附会士良之私情也。《乙卯记》后，有朱实跋尾数百言，以《乙卯》所记为非是，其说与《野史》同，余故表而出之。"以上皆葛氏语。嘉定王光禄鸣盛亦云："李愬目郑注为奇士，其实训、注皆奇士，特奇功不成耳。训本因注进，反媚功先发，是其罪也。天不祚唐，俾王叔文一不成，训、注再不成，乃致于不可救，而训、注固未可深责。传中诋讥之词，安知非沿当日史官曲笔。千载而下，读史者于训、注但当惜之，不当复恶之。余谓训、注诚可惜！然葛氏以比陈蕃，似亦太过！孔文仲曰：'李训义不顾难，忠不避死，而惜其情锐而气狭，志大而谋浅，则可以何进例之耳。'传语或多沿史官曲笔，若牧之素号刚直有奇节，又自负经纬才略，不应变乱黑白而屡致诋斥也。岂亦有一时恩怨之故，而未能廓然一出于大公者与？范蔚宗之论窦武、何进曰：'事败阉竖，身死功隤，为世所悲，岂智不足而权有余乎？'吾于训、注亦云。"

②《唐书·本传》："拜殿中侍御史，内供奉，累迁左补阙。"《百官志》："补阙掌供奉讽谏。"刘桢诗："隔此西掖垣。"权德舆文："从容谏垣。"

③《独断》："凡群臣上书于天子者有四名：一曰章，二曰奏，三曰表，四曰驳议。"《隋书·长宁王俨传》："此即皇太孙，何乃生不得地？"

④《史记·灌夫传》："魏其必内愧杜门，龁舌自杀。"谢庄《月赋》："昧道懵学，孤奉明恩。"

⑤ 张衡《东京赋》："始于宫邻，卒于金虎。"

⑥《汉书·文三王传》："毛厘过失，亡不暴陈。"按《说文》："犛，里之切。""氂，莫交切。"据《周礼·乐师》释文："氂，旧音毛，刘音来，沈音狸，或音茅，字或作斄，或作犛，皆同。"

⑦ 一作"掩"。

⑧《庄子》："料虎头，编虎须，几不免虎口哉！"

⑨《后汉书·曹节传》："杜口吞声，莫敢有言。"《宋书·孝武王皇后传》："吞言咽理，无敢论诉。"杜甫诗："声出已复吞。"

⑩《西京杂记》："咸阳宫有方镜，人照之见肠胃五脏，女子有邪心，则胆张心动。"

⑪《汉书·东方朔传》："以筦窥天。"《后汉书·第五伦传》："戴盆望天，事不两施。"

⑫ 原注：胡化切。○《汉书·五行志》："周景王将铸无射钟，泠州鸠曰：天子省风以作乐，小者不窕，大者不槬，今钟槬矣，王心弗忍，其能久乎？"

⑬《汉书·黥布传》："上望布军置陈如项籍军。"《后汉书·赵壹传》："所好则钻皮出其毛羽，所恶则洗垢出其瘢痕。"

⑭ 注见《长安杂题》。

⑮《三辅黄图》："建章宫有神明台，上有承露盘，有铜仙人舒掌捧铜盘玉杯，以承云表之露。"张九龄诗："晓日东田去。"屈原《九歌》："暾将出兮东方。"

⑯ 一作"余"。

⑰《晋书·石季龙载记》："太武殿基高二丈八尺，以文石绨之。"

⑱ 郭璞诗："风暖将为灾。"《唐会要》："贞元五年十二月十九日，中书门下奏准带职事三品已上，并许列戟。"《汉书·匈奴传》："棨戟十。"注："棨戟，有衣之戟也。"

⑲《汉书·司马相如传》："骇不存之地。"

⑳ 原注：户郎反。

㉑《礼记》："父之齿随行。"《后汉书·蔡邕传》："天高地厚，蹐而蹐之。"

㉒《申鉴》："寒暄虚盈消息，必得其中。"《晋书·王献之传》："尝与兄徽之、操之俱诣谢安，二兄多言俗事，献之寒温而已。"

㉓《后汉书·梁皇后纪》："御辇幸宣德殿，见宫省官属及诸梁兄弟。"

《李固传》:"斗为天喉舌,尚书亦为陛下喉舌。"注:"《春秋合诚图》曰:天理在斗中,司三公也,如人喉在咽,以理舌耳。"

㉔《史记·礼书》:"古者之兵,戈矛弓矢而已。"《旧唐书·宦者传》:"贞元元和,分羽林卫为左右神策军使卫从,令宦者主之。"

㉕《吴志·陆逊传》:"延慕光尘,思禀良规。"《汉书·叙传》:"猋飞景附,煜霅其间者,盖不可胜载。"

㉖《晋书·傅咸传》:"经过尊门,冠盖车马,填塞街衢。"《旧唐书·李训传》:"训愈承恩顾,每别殿奏对,它宰相莫不顺成其言,黄门禁军,迎拜戢敛。训本以纤达,门庭趋附之士,率皆狂怪阴异之流。"

㉗《礼记·内则》疏:"算法,亿之数有大小二法:其小数以十为等,十万为亿,十亿为兆也。其大数以万为等,万至万是万万,为亿。"《汉书·律历志》:"衡所以任权而均物平轻重也。"

㉘《礼记·儒行》疏:"算法十黍为絫,十絫为铢,二十四铢为两,八两为锱。"《周礼·小宰》注:"凡簿书之最目,狱讼之要辞,皆曰契。"《后汉书·崔实传》:"实从兄烈,灵帝时,开鸿都门,榜卖官爵,公卿州郡下至黄绶各有差,其富者则先入钱,贫者到官而后倍输。烈因傅母入钱五百万,得为司徒,及拜日,帝顾谓亲幸者曰:'悔不小靳,可至千万。'"

㉙《旧唐书·尉迟敬德传》:"太宗曰:公之素心,郁如山岳,积金至斗,知公情不可移。"《通鉴》注:"斗谓北斗。唐人诗曰'身后堆金柱北斗',盖时人常语也。"

㉚《后汉书·张让传》:"灵帝造万金堂于西园,引司农金钱缯帛,仞积其中。"

㉛《方言》:"楫谓之桡,或谓之櫂。"《文献通考》:"开封府有通济渠,隋炀帝开,引黄河水以通江淮漕运。"

㉜《史记·货殖传》:"陆地牧马二百蹄。"又:"巴蜀沃野四塞,栈道千里,无所不通。"

㉝《礼记》:"母漉陂池。"《蜀志·郤正传》:"乐沧海之广深。"

㉞《汉书·食货志》:"以赵过为搜粟都尉。"《司马相如传》:"临邛多富

人，卓王孙僮客八百人。”

㉟《韩非子》：“卫人有能以棘刺之端为母猴。”

㊱张衡《西京赋》：“非都卢之轻趫，孰能超而究升？”又：“突倒投而跟絓，譬陨绝而复联。”

㊲《战国策》：“虎求百兽而食之，得狐。狐曰：‘子无敢食我也。天帝使我长百兽，吾为子先行，子随吾后，观百兽见我而敢不走乎！’虎遂与之行，兽见之皆走，虎不知兽之畏己而走也，以为畏狐也。”《晋书·周处传》：“南山白额猛兽，长桥下蛟，并子为三。”

㊳《埤雅》：“鸮所鸣，其民有祸。《草木疏》曰：恶声之鸟也。贾公彦曰：鸮、鵩二鸟，夜为恶鸣者也。”《本草拾遗》：“鸮，即枭也，一名鵩。”《左传》注：“黄昏为隶。”《旧唐书·郑注传》：“王守澄知枢密，当长庆、宝历之际，国政多专于守澄，生昼伏夜动，交通赂遗，初则谗邪奸巧之徒，附之以图进取，数年之后，达僚权臣，争凑其门。”

㊴《家语》：“芝兰生于深林，不以无人而不芳。”《广异记》：“仙都有芝圃，悉种灵芝。”曹植《闲居赋》：“仰归云以载奔，过蕙兰之长圃。”

㊵《后汉书·黄琼传》：“立足枳棘之林。”《韩非子》：“树枳棘者成而刺人。”张衡《西京赋》：“楷枳落，突棘藩。”

㊶《潜夫论》：“一犬吠形，百犬吠声。”《左传》：“公嗾夫獒焉。”又：“国狗之瘈，无不噬也。”

㊷《唐顺宗实录》：“韦执谊为王叔文所引用，初不敢负叔文，迫于公议，时时有异同。”《后汉书·李膺传》：“时朝廷日乱，纲纪穨弛，膺独持风裁，以声名自高，士被其容接者，名为登龙门。”

㊸《汉书·百官公卿表》：“丞相，秦官。”《唐书·百官志》：“宰相之职，自汉以来，位号不同，而唐世宰相，名尤不正，自高宗以后，为宰相者，必加同中书门下三品，虽品高者亦然，惟三公、三师、中书令则否。”

㊹庾信诗：“苍茫雪貌愁。”屈原《离骚》：“吾令帝阍开关兮，倚阊阖而望予。”

㊺《新序》：“事君日益，官职日益，此所谓吉士也。”

㊻《汉书·贾谊传》:“谊既以適去,意不自得,及渡湘水,为赋以吊屈原。”杜甫诗:“遥怜湘水魂。”《旧唐书·郑注传》:“李训既附注以进,二人相洽,讲贯太平之术,以为朝夕可致升平。天子益惑其说,是时训、注之权,赫于天下。既得行其志,生平恩仇,丝毫必报。因虞卿之狱,挟忌李宗闵、李德裕,心所恶者,目为二人之党。朝士相继斥逐,班列为之一空。”

㊼《汉书·礼乐志》:“欲治之主不世出。”

㊽《诗·烝民》序:“任贤使能,周室中兴。”李德裕《仁圣文武至神大孝皇帝真容赞》:“唐运中兴,天授大君。”《礼》:“一道德以同俗。”

㊾《梁书·武帝纪》:“昆冈已燎,玉石同焚。”《云笈七签》:“阴符云:积火可以焚五毒。”

㊿《河图括地象》:“河精上为天汉。”《庄子》:“犹河汉而无极也。”张衡《思玄赋》:“旦余沐于清源兮,晞余发于朝阳。”

(51)《国语》:“防民之口,甚于防川。”

(52)《易》“载鬼一车”注:“见鬼盈车,吁可怪也。”《后汉书·栾巴传》:“迁豫章太守,郡土多山川鬼怪。”

(53) 束皙诗:“黮黮重云。”《云笈七签》:“三光朗照。”

(54)《后汉书·皇甫嵩传》:“不足者,陷于九地之下。”崔湜诗:“天道何期平,幽冤终见明。”

(55)《南史·周弘正传》:“诽谐似优,刚肠似直。”

(56) 一作“裋”。

(57)《史记·秦始皇纪赞》:“寒者利裋褐。”注:徐广曰:“一作‘短’。”《索隐》曰:“裋,一音竖,盖谓褐布竖裁,为劳役之衣,短而且狭,故谓之短褐,亦曰竖褐。”《说文》:“髡,剃发也。”

(58)《左传》:“其父死于路,已为虿尾。”

(59)《后汉书·舆服志》:“公列侯,安车朱班轮,倚鹿较,伏熊轼。”张说诗:“熊轩各外临。”

(60) 屈原《九歌》:“采芳洲兮杜若。”

(61)《后汉书·严光传》:“光耕于富春山,后人名其钓处为严陵濑焉。”

㉒《元和郡县志》："睦州,《禹贡》扬州之域,春秋时迭入吴越。"《梁书·沈约传》："路萦吴而款越。"

㉓《庄子》："尧观乎华,华封人曰:请祝圣人,使圣人寿。"《通典》："王公称某官臣某等稽首言,臣等不胜大庆,谨上千万岁寿,俯伏兴再拜,群臣客使等上下俱再拜,侍中承制称:敬举公等之觞。"杜审言诗:"尧尊遍下臣。"

道一大尹存之学士庭美学士简于圣明
自致霄汉皆与舍弟昔年还往牧支
离穷悴窃于一麾书美歌诗兼自言
志因成长句四韵呈上三君子①

九金神鼎重丘山②,五玉诸侯杂佩环③。星座通霄狼鬣暗④,戍楼吹笛⑤虎牙闲⑥。斗间紫气龙埋狱⑦,天上洪炉帝铸颜⑧。若念西河⑨旧交友⑩,鱼符应许出函关⑪!

①《唐六典》："京兆尹,从六品。"《左传》："六卿三族,降听政,因大尹以达。"《唐书·百官志》："太宗时,名儒学士时时召以草制,然未有名号。乾封以后,始号北门学士。玄宗选文学之士,号翰林供奉,与集贤院学士分掌制诏书敕。开元二十六年,改翰林供奉为学士,别置学士院,专掌内命。宪宗时,又置学士承旨。唐之学士,弘文、集贤,分隶中书、门下省,而翰林学士独无所属。"《宋书·乐志》："六合宁,承圣明。"《史记·范雎传》："不意君能自致于青云之上。"《后汉书·仲长统传》："如是则可以凌霄汉,出宇宙之外矣。"《魏志·钟繇传》注:"《魏略》曰:是以令舍弟子建因荀仲茂转言鄙旨。"《王粲传》："昔年疾疫。"《宋书·徐湛之传》："制使还往。"《庄子》："支离其形者,犹足全其天年,况支离其德者乎。"《魏书·高谦之传》："今百姓穷

173

悴，甚于曩日。”《古今注》：“麾，所以指麾，武王右执白旄以麾是也。乘舆以黄，诸公以朱，刺史二千石以纁。”《宋书·乐志》：“歌以言志，戚戚欲何念？”按《新唐书·马植传》：“植字存之，下云植初兼集贤殿大学士，不云为学士。”《旧书》植传无字，并不言兼大学士也。《新》、《旧书·毕諴传》：“諴字存之”，《旧传》云：“宣宗即位，为户部员外郎，历职方郎中。期年，为翰林学士。”此存之学士，当是毕諴。《旧书·宣宗纪》：“大中二年八月，中书舍人充翰林学士毕諴为刑部侍郎。”《新》传云：“諴入翰林为学士，党项扰河西，宣宗尝召访边事，諴援质古今，条破羌状甚悉。帝悦曰：‘吾将择能帅者，孰谓颇牧在吾禁署。卿为朕行乎？’即拜刑部侍郎，出为邠宁节度，河西供军安抚使。”是毕諴居学士，即在大中元二年间。据本集《上宰相启》，求杭州在三年闰十一月。启云“前任刺史七年，自去年八月，特蒙奖擢，授以名曹郎官”云云，则毕諴自学士出镇，正牧之除官归京之时，不应便以弟病之故，遽希出守也。道一、庭美，亦不知为何人？统俟再考。又按《旧书·毕諴传》云：“为翰林学士，中书舍人，迁刑部侍郎。自大中末，党项羌叛，屡扰河西。懿宗召学士对边事云云，即用諴为邠宁节度，河西供军安抚等使。”其下即纪“移镇泽潞，充昭义节度使。二年，改河东节度使”等语，似毕諴出镇，已在懿宗时。考《旧·宣宗纪》，毕諴自大中二年为刑部侍郎，后于十年十月云“以邠宁庆节度使毕諴为昭义节度使”，十一年十二月云：“以昭义节度使毕諴为太原尹，北都留守，河东节度使。”《懿宗纪》大中十三年十月云“以河中节度使毕諴为宣武节度使”，所历悉与《新传》合，知《旧传》误也。《旧·懿宗纪》以“河东”为“河中”，则又字误。又《新传》云：“懿宗立，迁宣武节度使，召为户部尚书，判度支。未几以礼部尚书同中书门下平章事。”《宰相表》毕諴入相，在咸通元年十月，《旧》传于懿宗二年“改河东节度使”下云：“期年，诸部革心，就加检校尚书左仆射，移授宣武军节度使。其年入为户部尚书，领度支。月余，改礼部尚书同平章事。”而《懿宗纪》咸通二年九月云“以前兵部侍郎判度支毕諴为工部尚书同平章事”，其时其官，俱参错不合。又《旧传》云“在相位三年”，此“三年”当连上为句，而其下即云：“十月，以疾固辞位，诏守兵部尚书以同平章事出镇河中。十二月二十三日卒于镇。"且承前二年为文，又似纪咸通之三年者。考《宰相表》：诚罢为兵部尚书在咸通四年四月，当亦《旧》传误也。

②《汉书·郊祀志》："公卿大夫，皆议尊宝鼎。有司言：闻昔泰帝兴神鼎一，黄帝作宝鼎三，禹收九牧之金铸九鼎。"庾肩吾诗："休明鼎尚重。"《韩诗外传》："圆居则若丘山之不可移也。"

③《书》："修五礼五玉。"传："五等诸侯执其玉。"《唐会要》："贞观十一年六月，诏曰：今之刺史，古之诸侯，虽立名不同，所监统一也。"《唐六典》："佩，一品山元玉，五品已上水苍玉。"《子华子》："出则有鸾和，动则有佩环。"按：《后汉书·祭祀志》"修五礼"下注引孔安国曰："公、侯、伯、子、男朝聘之礼，与《书传》云修吉、凶、宾、军、嘉之礼语不同。"

④《晋书·天文志》："狼一星在东井东南。狼为野将，主侵掠，色有常，不欲动也。"《宣帝纪》："有长星色白有芒鬣，自襄平城西南流于东北，坠于梁水。"

⑤一作"角"。

⑥阴铿诗："戍楼困嵾险。"《通典》："横笛，小吹篪也。"《后汉书·盖延传》："光武即位，以延为虎牙将军。"

⑦《晋书·张华传》："初，吴之未平也，斗牛之间常有紫气。及吴平之后，紫气愈明，华闻雷焕妙达纬象，乃要共寻天文，因登楼仰观，焕曰：'仆察之久矣，宝剑之精，彻于天耳。'华曰：'在何郡？'焕曰：'在豫章丰城。'即补焕为丰城令。焕到县，掘狱屋基，入地四丈余，得双剑：一曰龙泉，一曰太阿。其夕，斗牛间气不复见焉。焕遣送一剑与华，留一自佩。华诛，失剑所在。焕卒，子华持剑行经延平津，剑忽于腰间跃出堕水，使人没水取之，但见两龙各长数丈，蟠萦有文章，光彩照水，波浪惊沸，于是失剑。"

⑧《晋书·贾后传》："问此何处，云是天上。"《庄子》："以天地为大炉，以造化为大冶。"《后汉书·何进传》："此犹鼓洪炉，燎毛发耳。"《法言》："人可铸钦？曰：孔子铸颜渊矣。"

⑨一作"湖"。

⑩《梁书·陈伯之传》："廉公之思赵将，吴子之泣西河，人之情也。"《张

弘策传》:"交友故旧,随才荐拔,搢绅皆趋焉。"

⑪《唐六典》:"随身鱼符,所以明贵贱,应征召,都督、刺史、大都督府长史、司马、诸都护、副都护,并给随身鱼符。"《后汉书·郭丹传》:"从师长安,买符入函谷关,乃慨然叹曰:丹不乘使者车,终不出关。"《通鉴地理通释》:"古函谷关在陕州灵宝县函谷,故城在县南十里,东自崤山,西至潼津,通名函谷,号曰天险,所谓秦得百二也。"

杏 园①

夜来微雨洗芳尘②,公子骅骝步贴匀③。莫怪杏园颠顿去④,满城多少插花人⑤。

①《旧唐书·宣宗纪》:"大中元年三月敕,自今进士放榜后,杏园任依旧宴集,有司不得禁制。武宗好巡游曲江亭,禁人宴集故也。"《松窗杂录》:"曲江池本秦时隑洲,唐开元中,疏凿为胜境,南即紫云楼、芙蓉苑,西即杏园、慈恩寺。花卉环周,烟水明媚,都人游赏,盛于中和、上巳节。"

② 陈后主诗:"金鞍排夜来。"王褒《突厥寺碑》:"香随微雨,自洒风尘。"《拾遗记》:"石虎起楼四十丈,春杂宝异香为屑,使数百人于楼上吹散之,名曰芳尘。"陆云《喜霁诗》:"起芳尘于沉泥。"

③《史记·货殖传》:"游闲公子,饰冠剑,连车骑,亦为富贵容也。"《秦本纪》:"造父以善御幸于周穆王,得骥温骊骅骝耳之驷。"《南齐书·鱼复侯子响传》:"数在园池中,帖骑驰走竹树下,身无亏伤。"

④《后汉书·冯衍传》:"怜众美之颠顿。"

⑤ 梁简文帝《答新渝侯书》:"九梁插花,步摇为古。"

春晚题韦家亭子①

拥鼻侵襟花草香②,高台春去恨茫茫③。蔫红半落平池晚，曲渚飘成锦一张④。

①《雍录》："吕《图》：韦曲，在明德门外，韦后家在此，盖皇子陂之西
也。所谓城南韦杜，去天尺五者也。"
②《周书·萧大圜传》："果园在后，开窗以临花草。"
③ 闻人蒨诗："高台动春色。"江总诗："春去春来在须臾。"阮籍诗："旷
野莽茫茫。"
④ 何逊诗："送别临曲渚。"《北史·隋·汉王谅传》："并州谣言：'一张
纸，两张纸。'"

过田家宅①

　安邑南门外，谁家板筑高②？奉诚园里地③，墙缺见
蓬蒿④。

①《魏志·夏侯尚传》："王经母谓经曰：汝田家子，今仕至二千石，物
大过不祥，可以止矣。"
② 鲍照《芜城赋》："板筑雉堞之殷，井干烽橹之勤，格高五岳，袤广
三坟。"
③《长安志》："朱雀街东第四街南安邑坊，奉诚园，司徒兼侍中马燧宅，
在安邑里。燧子少府监畅，以赀甲天下。贞元末，神策中尉申志廉讽使纳
田产，遂献旧第为奉诚园。"按：《旧唐书·马燧传》亦作"申志廉"，《新》传作
"杨志廉"。
④《战国策》："王后之门，必生蓬蒿。"

见宋拾遗题名处感而成诗①

窜逐穷荒与死期②，饿唯蒿藿病无医③。怜君更抱重泉

恨④,不见崇山谪去时⑤。

①《唐六典》:"门下省左拾遗,中书省右拾遗,从七品上。"《唐书·选举志》:"举人既及第,有曲江会题名席。"按:宋拾遗不知何名。《唐书·陈夷行传》有"右拾遗宋祁",当文宗时论郭薳不可为坊州,而薳果以赃败,然祁不闻有窜谪事。《剧谈录》云:"宋祁补阙,有盛名于世,同列于中书候见宰相,时李朱崖方秉钧轴,威震朝野,未见间,伫立闲谈,互有谐谑。丞相遽出,宋以手板障面而笑犹未已,朱崖目之。回谓左右曰:'宋补阙笑某何事?'未旬日,出为河清县令。岁余,遂终所任。"似即此人。然官是补阙,非拾遗。又河清近在东都,与此云"窜逐穷荒"亦不合,俟再考。

② 李华《圣禅寺碑》:"越穷荒,逾毒水。"《大戴礼》:"化穷数尽谓之死。"《战国策》:"骄奢不与死亡期而死亡至。"

③《尔雅》:"繁之丑秋为薨。"《仪礼·公食大夫礼》注:"藿,豆叶也。"《韩诗外传》:"孔子困于陈蔡之间,七日不食,藜羹不糁,弟子有饿色。"又:"士褐衣缊著,未尝完也。粝藿之食,未尝饱也。"《魏志·华陀传》:"广陵太守陈登得病,陀作汤服之便愈。陀曰:'此病后三期当发,遇良医乃可济救。'依期果发动,时陀不在,如言而死。"《唐书·姚勖传》:"李德裕为令狐绹等谮逐,居海上,家无资,病无汤剂。"

④《陈书·鲁广达传》:"黄泉虽抱恨。"江淹诗:"美人归重泉。"

⑤《通典》:"澧州澧阳有崇山,即放驩兜之所。"

雪晴访赵嘏街西所居三韵①

命②代风骚将③,谁登李杜坛④? 少陵鲸海动⑤,翰⑥苑鹤天寒⑦。今日访君还有意⑧,二条冰雪独来⑨看⑩。

①《晋书·陶侃传》:"积雪始晴。"《唐书·艺文志》:"嘏《渭南集》三卷,

又编年诗二卷。字承祐，大中渭南尉。"《长安志》："朱雀门街东西广百步，万年、长安二县以此街为界，万年领街东五十四坊及东市，长安领街西五十四坊及西市。"

②　一作"今"。

③　《魏志·武帝纪》："天下将乱，非命世之才，不能济也。"《宋书·谢灵运传论》："自汉至魏，文体三变，莫不同祖风骚。"《开元天宝遗事》："明皇常谓侍臣曰：'张九龄文章，自有唐名公皆弗如，此人真文场之元帅也。'"

④　庾信《普屯威神道碑》："大将登坛，无待东归之策。"

⑤　《通典》："京兆府万年县有少陵原。"《雍录》："少陵原在长安县南四十里。宣帝陵在杜陵县，许后葬杜陵南园，谓之少陵，杜甫家焉，自称杜陵老，亦曰少陵也。"杜甫诗："或看翡翠兰苕上，未掣鲸鱼碧海中。"

⑥　一作"秦"。

⑦　骆宾王诗："张曹翰苑纵横起。"《唐书·李白传》："玄宗召见金銮殿，诏供奉翰林。"裴敬《翰林学士李公墓碑》："为诗格高旨远，若在天上物外，神仙会集，云行鹤驾，想见飘然之状。"

⑧　《史记·苏秦传》："今乃有意西面而事秦。"

⑨　一云"借今"。

⑩　《开元天宝遗事》："冬至日大雪，至午雪霁，有晴色，因寒所结檐溜皆为冰条，妃子使侍儿敲下二条看玩。"

将赴吴兴登乐游原一绝①

清时有味是无能②，闲爱孤云静爱僧③。欲把一麾江海去④，乐游原上望昭陵⑤。

①　《通典》："吴兴郡湖州，今理乌程县。"《长安志》："朱雀街第四街南昇平坊东北隅，汉乐游庙，汉宣帝所立，因乐游苑为名，在高原上，余址尚存，

其地居京城之最高,四望宽敞,京城之内,俯视诸掌。"

② 李陵《答苏武书》:"策名清时。"《史记·冯唐传赞》:"冯公之论将率有味哉。"《文子》:"法度有常,下及无能。"

③ 陶潜诗:"万族皆有托,孤云独无依。"

④《韩诗外传》:"不得处于大国,而处江海之陂。"《野客丛书》:"《笔谈》曰:今人守郡,谓之建麾,盖用颜延年诗'一麾乃出守'事,此误也。延年谓一麾者,乃指麾之麾,非旌麾之麾也。自杜牧之有'拟把一麾江海去'始谬用一麾,自此遂为故事,此沈存中所言也。仆因考唐人诗,如杜子美、柳子厚、许用晦、独孤及、刘梦得、陆龟蒙等,皆用一麾事,独牧之谓'把一麾'为露圭角,似失延年之意,若如张说诗'湘滨拥出麾',如此而言,初亦何害?《缃素杂记》谓:牧之意则善矣,言'拟把'则谬也。自谓一麾于理无碍,但不可以此言赠人。宋景文公诗曰'使麾请得印垂腰',又曰'一封通奏领州麾'。是真得延年之意,未尝谬用也。仆谓黄朝英妄为之说耳。牧之之误,正坐以指麾之麾为旌麾之麾,景文之误亦然。朝英乃取宋斥杜,谓牧之不当言'拟把',而景文自用为宜。然则牧之'拟把一麾江海去',岂不自用,景文'使麾请得印垂腰',独非旌麾邪?朝英又谓一麾事但不可以赠人。仆谓以景文诗使麾、州麾字语人,又何不可?所谓贬辞者,麾去云尔,既是旌麾,何贬之有?朝英又谓景文用一麾事,真得延年之意,则是延年以一麾为旌麾之麾,初非指麾之麾也。其言翻覆,无一合理,甚可笑也!《笔谈》谓今人守郡为建麾,谓用颜诗事,自牧之始。仆谓此说亦未为是。观《三国志》'拥麾守郡',《文选》'建麾作牧',此语在牧之前久矣,谓'把一麾'之误自牧之始则可,谓'建麾'之误则不可。"

⑤《元和郡县志》:"京兆府醴泉县太宗昭陵,在县东北二十五里九嵕山。《唐书·魏徵传》:帝即苑中作层观,以望昭陵。"《续演繁露》:"宁戚《饭牛歌》曰:生不逢尧与舜禅。则太斥言矣。杜牧曰'清时有味'云云,一麾而出,独望昭陵,此意婉矣。"

卷　三

洛阳长句二首①

　　草色人心相与闲②，是非名利有无间③。桥横落照虹堪画④，树锁千门鸟自还⑤。芝盖不来云杳杳⑥，仙舟何处水潺潺⑦。君王谦让泥金事⑧，苍翠空高万岁山⑨。

　　①《通典》："河南府洛州，理河南、洛阳二县，周、汉、魏、晋、后魏、隋至于我唐，并为帝都，今号为东京，后改号东都。"按：《瀛奎律髓》谓此诗有望幸之意。《唐会要》载宝历二年二月，将幸东都，敕检修东都已来旧行宫，会裴度自兴元入相，因别对，奏云"国家建立都邑，盖备巡幸，自艰难已来，此事遂绝。今东都宫阙营垒廨宇悉已荒废"云云，知方氏所云良然。

　　②谢朓《海陵王昭文墓铭》："风摇草色，日照松光。"孙绰《天台山赋》："游览既周，体静心闲。"

　　③《汉书·司马相如传》："览于有无。"

　　④《旧唐书·地理志》："虹梁跨谷，行幸往来。"王褒诗："飞桥类饮虹。"梁简文帝诗："落照度空窗。"

　　⑤《洛阳伽蓝记》："伊洛之间，门巷修整，闾阖填列，青槐荫陌，绿柳垂庭。"韦应物诗："还栖碧树锁千门。"《晋书·陶潜传》："鸟倦飞而知还。"

　　⑥张衡《西京赋》："芝盖九葩。"班彪《北征赋》："飞云雾之杳杳。"

　　⑦《后汉书·郭泰传》："独与李膺同舟而济，众宾望之，以为神仙焉。"江总诗："仙舟李膺棹。"《宋书·乐志》："弱水潺潺。"

⑧《通典》："大唐贞观十一年，左仆射房玄龄等议封禅制，玉牒、玉检、玉册。又议金匮形制，如今之表函，缠以金绳，封以金泥，印以受命玺。"《晋书·武帝纪》："群臣以天下一统，屡请封禅，帝谦让弗许。"

⑨《汉书·武帝纪》："亲登嵩高，御史乘属及庙旁吏卒，咸闻呼万岁者三。"注："应劭曰：嵩高县有上中下万岁里。"《通典》："武太后天册万岁二年腊月甲申，登封于嵩岳，改元为万岁登封。丁亥，禅于少室山。"谢朓诗："苍翠望寒山。"

天汉东穿白玉京①，日华浮动翠光生②。桥边游女佩环委③，波底上阳金碧明④。月锁名园孤鹤唳⑤，川酣秋梦凿龙声⑥。连昌绣岭行宫在⑦，玉辇何时父老迎⑧。

①《河图括地象》："河精上为天汉。"《唐书·天文志》："自析木纪天汉而南曰大火，得明堂升气，天市之都在焉。"《地理志》："东都前直伊阙，后据邙山，左瀍右涧，洛水贯其中，以象河汉。"《星经》："天上有白玉京、黄金阙。"《唐六典》："东都上阳宫次北东上曰玉京门。"

②《汉书·礼乐志》："日华燿以宣明。"谢朓诗："日华川上动。"

③ 李益诗："洛水桥边雁影疏。"《唐六典》："天下造舟之梁四，洛一；石柱之梁四，洛三。"曹植《洛神赋》："容与乎阳林，流眄乎洛川，睹一丽人，于岩之畔。"又："愿诚素之先达兮，解玉佩以要之。"又："从南湘之二妃，携汉滨之游女。"《礼记》："主佩垂则臣佩委。"

④ 鲍照《游思赋》："波茫茫兮无底。"《唐六典》："东都上阳宫在皇城之西，南临洛水，西拒谷水，其西则有西上阳宫，两宫夹谷水虹桥以通往来。"《洛阳伽蓝记》："丹素发彩，金碧垂辉。"按《尔雅》："大波为澜，小波为沦，直波为径。"此"波"字直用《说文》"水涌流"之义。或以洛出为波当之，非也。

⑤《洛阳名园记》："洛阳园池有嘉猷、会节、恭安、溪园等，皆隋唐官园。"《禽经》："鹤以洁唳。"

⑥ 李白诗："还山秋梦长。"庾信诗："南宫应凿龙。"宋之问《龙门应制诗》："天子乘春幸凿龙。"按《水经注》："伊水北入伊阙，昔大禹疏以通水，两山相对，望之若阙，伊水历其间，故谓之伊阙。"傅毅《反都赋》曰："因龙门以畅化，开伊阙以达聪也。"《唐书·宋之问传》："武后游洛南龙门，诏从臣赋诗，左史东方虬诗成，后赐锦袍，之问俄顷献，后览之嗟赏，更夺袍以赐之问，即所谓《龙门应制诗》矣。"龙门经大禹所凿，当时容有凿龙之目，故韦应物诗亦云"凿山导伊流"也。庾诗之凿龙，连南宫言之，亦即此凿龙，盖汉之南宫在洛阳也。说者乃引《三秦记》所谓"凿龙首山为城"者当之，误矣。

⑦《唐书·地理志》："河南府寿安西二十九里有连昌宫，陕州硖石有绣岭宫。"《名胜志》："绣岭宫在城西南朱家原上。"左思《吴都赋》："梁岷有陟方之馆，行宫之基。"

⑧《晋书·潘岳传》："天子乃御玉辇。"《汉书·高帝纪》："悉召故人父老子弟佐酒。"

洛中监察病假满送韦楚老拾遗归朝①

洛桥风暖细翻衣②，春引仙官去玉墀③。独鹤初冲太虚日④，九牛新落一毛时⑤。行开教化期君是⑥，卧病神祇祷我知⑦。十载丈夫堪耻处⑧，朱云犹掉直言旗⑨。

①《水经注·洛水篇》："《孝经援神契》曰：八方之广，周洛为中，谓之洛邑。"《后汉书·董卓传》："是时洛中贵戚，室第相望。"《唐书·百官志》："东都留台监察御史三人。"《唐会要》："令式：职事官假满百日，即令停解。"《旧唐书·职官志》："门下省左拾遗，中书省右拾遗，从八品上。"宋之问诗："许靖愿归朝。"按：本集有《哭亡友韦寿朋诗》，一作《哭韦楚老拾遗》，盖寿朋其名而楚老字也。

②《大业杂记》："东都城南临洛水，有天津浮桥。"《宋会要》："《唐洛阳

图》端门前旧有四桥,曰谷水、曰黄道,在天津浮桥之北。曰重津,在南,并为疏导洛水。"刘孝绰诗:"洛桥分曲渚。"鲍照《园葵赋》:"风暖凌开。"庾信诗:"风晚细吹衣。"

③《真灵位业图》:"玉清境元始天尊为主,自九宫以上,上清以下,高真仙官皆得朝宴焉。"鲍照诗:"璇闺玉墀上椒阁。"《唐书·倪若水传》:"出为汴州刺史,时天下久平,朝廷尊荣,人皆重内任。班景倩自扬州采访使入为大理少卿,过州,若水饯于郊,顾左右曰:'班公此行若登仙,吾恨不得为驺仆。'"

④《晋书·陶侃传》:"二客化为双鹤,冲天而去。"宋玉《小言赋》:"超于太虚之故。"

⑤《汉书·司马迁传》:"若九年亡一毛,与蝼蚁何异。"

⑥《汉书·黄霸传》:"宣明教化,通达幽隐,使狱亡冤刑,邑亡盗贼,君之职也。"《增韵》:"凡以道业诲人谓之教,躬行于上,风动于下谓之化。"

⑦《宋书·乐志》:"备礼飨神祇,为君求福先。"《魏书·高祖纪》:"有神祇之所,悉可祷祈。"《风俗通》:"仲尼不许子路之祷,而消息之节平。"

⑧《论衡》:"人形一丈,正形也。名男子为丈夫。"《左传》:"我浅之为丈夫也。"

⑨《汉书·朱云传》:"云上书求见,公卿在前,云曰:'今朝廷大臣,皆尸位素餐,愿赐上方斩马剑,断佞臣一人,以厉其余。'上问谁也。曰:'安昌侯张禹。'上大怒曰:'小臣居下讪上,朝辱师傅,罪死不赦。'御史将云下,云攀殿槛,槛折,云呼曰:'臣得下从龙逄、比干游于地下足矣,未知圣朝何如耳。'御史遂将云去。于是左将军辛庆忌免冠解印绶,叩头殿下曰:'此臣素著狂直之名于世,使其言是,不可诛;其言非,固宜容之。臣敢以死争。'庆忌叩头流血,上意解,然后得已。及后当治殿槛,上曰:'勿易,因而辑之,以旌直臣。'"

东都送郑处诲校书归上都①

悠悠渠水清②,雨霁洛阳城③。槿堕初开艳④,蝉闻第一声⑤。故人容易去⑥，白发等闲生⑦。此别无多语⑧，期君晦盛名⑨。

① 贾子《新书》："古者，天子地方千里，中之而为都。"《唐书·肃宗纪》："宝应元年建卯月，以京兆府为上都，河南府为东都。"《旧唐书·职官志》："秘书省校书郎，正九品上。"《郑馀庆传》："馀庆子瀚，瀚子处海，太和八年登进士第，释褐秘府，累迁刑部侍郎，检校刑部尚书，宣武军节度使。处海方雅好古，为校书郎，特撰次《明皇杂录》三篇行于世。"按：处海历官，《新》传与《旧》传略同，《宰相世系表》则云吏部侍郎，与传不合。又《新》传馀庆子名瀚，不作瀚，云瀚本名涵，避文宗名改焉。《旧》传亦云瀚本名涵，而《世系表》作瀚本名淳，则又似避宪宗嫌名者，语多舛互。

② 江淹诗："悠悠清川水。"《风俗通》："渠者，水所居也。"《大业杂记》："出端门百步，有黄道渠。过洛二百步，又疏洛水为重津渠。"《唐六典》："禁院在皇都之西，北拒北邙，西至孝水，南带洛水。支渠、谷、洛三水，会于其间。"

③ 宋玉《高唐赋》："风止雨霁。"张正见诗："雨霁水还清。"《唐六典》："东都城左成皋，右函谷，前伊阙，后邙山。"

④ 《埤雅·释草》曰："椴，木槿，櫬。木槿五月始花，《月令》'木槿荣'是也。华如葵，朝生夕陨，一名舜，盖瞬之义取之此。《诗》曰'颜如舜华'，又曰'颜如舜英'。颜如舜华，言不可与久也；颜如舜英，则愈不可与久矣。盖荣而不实者谓之英也。"

⑤ 吴均诗："蝉声不可闻。"

⑥ 古诗："故人从此去。"《晋书·羊祜传》："委质事人，复何容易。"

⑦ 吴质《答魏太子笺》："白发生鬓。"梁简文帝诗："离忧等闲别。"

⑧ 《汉书·杨恽传》："愿勉旃，无多谈。"

⑨ 《唐书·郑馀庆传》："瀚子处海、从谠尤知名。"《后汉书·黄琼传》："盛名之下，其实难副。"《魏志·杜袭传》："袭避乱荆州，刘表待以宾礼，同郡繁钦数见奇于表，袭喻之曰：'吾所以与子俱来者，徒欲龙蟠幽薮，待时凤翔，岂谓刘牧当为拨乱之主而规长者委身哉！子若见能不已，非吾徒也。'"

故洛阳城有感①

一片宫②墙当道危③，行人为汝④去迟迟⑤！罼圭苑里秋风后⑥，平乐馆前斜日时⑦。锢⑧党岂能留汉鼎⑨，清谈空解识⑩胡儿⑪。千烧万战坤灵死⑫，惨惨终年鸟雀悲⑬！

①《元和郡县志》："周成王定鼎于郏鄏，使召公先相宅，乃卜涧水东瀍水西，是为东都，今苑内故王城是也。又卜瀍水东，召公往营之，是为成周，今河南府东故城是也。"《旧唐书·地理志》："周自赧王以后，及东汉魏文晋武皆都于今故洛城。"《魏书·于栗磾传》："洛阳虽历代所都，久为边裔，城关萧条，野无烟火。"《宋书·乐志》："瞻彼洛城郭，微子为哀伤。"《晋书·宣帝纪》："帝叹息怅然有感。"按：周之王城即郏鄏，在汉为河南县，平王东迁后居之；下都即成周，在汉为洛阳县，敬王避子朝之难，始居之。至赧王，复还王城旧都。而自东汉以后，凡都洛者，俱在汉之洛阳，洛阳与河南二城，东西相去四十里。隋营新都，正在二城之中，又移两县俱入都城，而自汉已来之洛阳，始有故城之目焉。

② 一作"官"。

③ 庾信《至仁山铭》："瑞云一片。"《晋书·段灼传》："仁孝著乎宫墙。"《史记·高祖纪》："化为蛇当道。"《隋书·元谐传》："公无党援，譬如水间一堵墙，大危矣。"

④ 一作"尔"。

⑤ 李陵诗："行人难久留。"《关尹子》："人之善琴者，有思心，则声迟迟然。"

⑥ 一作"起"。○《后汉书·灵帝纪》："光和三年，作罼圭灵昆苑。"注："罼圭苑有二：东罼圭苑周一千五百步，中有鱼梁台；西罼圭苑周三千三百步。并在洛阳宣平门外。"《宋书·乐志》："秋风萧瑟天气凉。"

⑦《后汉书·灵帝纪》："中平五年十月，帝自称无上将军，燿兵于平乐

馆。"注:"平乐馆在洛阳城西。"梁简文帝诗:"斜日晚骎骎。"

⑧　一作"钩"。

⑨《后汉书·党锢传》:"太学诸生三万余人,并与李膺、陈蕃、王畅更相褒重,河内张成弟子牢修,上书诬告膺等交结诸郡生徒,共为部党,疑乱风俗。于是天子震怒,班下郡国,逮捕党人。明年,尚书霍谞,城门校尉窦武,并表为请,帝意稍解,乃皆放归田里,禁锢终身,而党人之名,犹书王府。自是正直放废,邪枉炽结。其后黄巾遂盛,朝野崩离,纪纲文章荡然矣。"《宦者传》:"魏武因之,遂移龟鼎。"《汉书》:"汉得汾阴宝鼎,群臣上贺得周鼎,吾丘寿王曰:'天祚有德而宝鼎自出,此天之所以与汉,是汉鼎非周鼎也。'"按:上《太平御览》所引,与今《汉书·吾丘寿王传》语少异。

⑩　一作"识笑"。

⑪《晋书·王衍传》:"出补元城令,终日清谈,而县务亦理。"《石勒载记》:"勒行贩洛阳,倚啸上东门,王衍见而异之,顾谓左右曰:'向者胡雏,吾观其声视有奇志,恐将为天下之患。'"按《唐书·张九龄传》云:"安禄山初以范阳偏校入奏,气骄蹇,九龄谓裴光庭曰:乱幽州者,必胡雏也。及讨奚契丹败,张守珪执如京师,九龄曰:狼子野心有逆相,宜即事诛之,以绝后患。帝曰:卿无以王衍知石勒而害忠良。卒不用。"此似兼用其事。下文"千烧万战",固通指东汉以后之洛阳言之,而实有感于安史之再破东都也。

⑫《吴志·孙坚传》:"董卓徙都,西入关,焚烧雒邑。"注:"《江表传》曰:旧京空虚,数百里中无烟火,坚前入城,恫怅流涕。"《文献通考》:"自东汉、魏、晋宅于洛阳,永嘉以后,战争不息,元魏徙居,才过三纪,逮乎二魏,爰及齐周,河洛汝颍,迭为攻守。"《北齐书·神武纪》:"洛阳久经丧乱,王气衰尽。"扬雄《司空箴》:"普彼坤灵,俾天作则。"

⑬　孔融诗:"百姓惨惨心悲。"刘庭芝诗:"惟有黄昏鸟雀悲。"

扬州三首①

炀帝雷塘土②,迷藏有旧楼③。谁家唱《水调》④?　明月满扬州⑤。骏马宜闲出⑥，千金好暗投⑦。喧阗醉年少⑧，半脱紫茸裘⑨。

①《唐书·地理志》："淮南道扬州广陵郡。"

②《隋书·炀帝纪》："大业十二年幸江都。义宁二年，上崩于温室，葬吴公台下。大唐平江南之后，改葬雷塘。"《唐书·地理志》："扬州江都东十一里，有雷塘。"《通鉴·隋纪》注："雷塘，汉所谓雷陂也，在今扬州城北平冈上。"《汉书·张释之传》："假令愚民取长陵一抔土。"

③《致虚杂俎》："明皇与玉真恒于皎月之下，以锦帕裹目，在方丈之间，互相捉戏，谓之捉迷藏。"《大业拾遗记》："帝色荒愈炽，乃建迷楼，择下俚稚女居之。"《南部烟花记》："迷楼经岁而成，幽房曲室，互相连属，帝喜曰：使真仙游其中，亦当自迷也。"

④原注：炀帝凿汴渠成，自造《水调》。○周南诗："青楼谁家女。"《乐苑》："《水调》，商调曲。旧说隋炀帝幸江都所制。曲成奏之，王令言闻而谓其弟子曰：但有去声，而无回韵，帝不返矣！后竟如其言。"《开河记》："帝以河水经卞，乃赐卞字加水，令自上源而西，至河阴，通连古河道，决下口，注水入汴渠，诏江淮诸州造大船，时舳舻相继，连接千里，自大梁至江淮，联绵不绝。"

⑤阮籍诗："明月耀清辉。"隋炀帝《望江南曲》："湖上月，偏照列仙家。"徐凝诗："天下三分明月夜，二分无赖属扬州。"

⑥《战国策》："吕不韦说阳泉君曰：君之骏马盈外廏，美人充后庭。"

⑦吴筠诗："千金买相逐。"《史记·庄子传》："千金重利。"《邹阳传》："明月之珠，夜光之璧，以闇投人于道路。"骆宾王《萤火赋》："如夜光之暗投。"

⑧《古狭邪行》："不知何年少，夹毂问君家。"

⑨郭璞《江赋》："擢紫茸。"《左传》："狐裘龙茸。"

秋风放萤苑①，春草斗鸡台②。金络擎雕去③，鸾环拾翠来④。蜀船红锦重⑤，越橐水沉堆⑥。处处皆华表⑦，淮王奈却回⑧。

① 屈原《九歌》："嫋嫋兮秋风。"《一统志》："扬州府隋苑，在江都县北七里。"《旧志》："放萤苑即隋苑，一名上林苑。"按：《隋书·炀帝纪》："大业十二年五月，于景华宫征求萤火，得数斛，夜出游山，放之，光遍岩谷。"至七月幸江都宫。是放萤事在东都，不在江都也。《旧》志因牧之诗求其地以实之，要未可据。按《大业杂志》："景华宫在东都建国门西南十二里。"

② 刘安《招隐士》："春草生兮萋萋。"《大业拾遗记》："炀帝尝游吴公宅鸡台，恍惚间与陈后主相遇，尚唤帝为殿下。"《江南通志》："斗鸡台，今失所在。"按：《一统志》引《拾遗记》作斗鸡台云，当即是吴公台也。

③《南史·狼牙修国传》："以金绳为络带。"吴均诗："珠绳金络纨。"《埤雅》："雕，似鹰而大。"

④《异物志》："翠鸟形如鸾，翡赤而翠青，其羽可以为饰。"曹植《洛神赋》："或拾翠羽。"江总诗："数钱拾翠争佳丽。"

⑤《吴志·孙皓传》："蜀船皆小，今得二万兵，乘大船战，自足击之。"《水经注·江水篇》："蜀郡移星桥南岸道西城，故锦官也。言锦工织锦，则濯之江流，而锦至鲜明，遂命之为锦里也。"《唐书·地理志》："成都府蜀郡土贡锦，蜀州土贡锦。"

⑥《汉书·陆贾传》："出所使越中橐，卖千金，分其子。"《梁书·林邑国传》："沉木者，土人斫断之，积岁朽烂，而心节独在，置水中则沉，故名曰沉香。"《唐书·地理志》："骧州土贡沉香。"

⑦《魏书·刘昶传》："遍循故居，处处陨涕，左右亦莫不辛酸。"《搜神后记》："丁令威本辽东，学道于灵虚山，后化鹤归，集城门华表柱，时有少年欲射之，鹤乃飞，徘徊空中，言曰：'有鸟有鸟丁令威，去家千年今始归，城郭如故人民非，何不学仙冢累累。'"

⑧《风俗通》：“俗说淮南王安白日升天。”谨按：《汉书》淮南王安，招募方技怪迂之人，述神仙黄白之事，财殚力屈，无能成获，乃谋叛逆。上使宗正以符节治王，安自杀，太子诸所与谋皆取夷，国除，为九江郡。亲伏白刃，与众弃之，安在其能神仙乎！

　　街垂千步柳①，霞映两重城②。天碧台阁丽③，风凉歌管清④。纤腰间长袖⑤，玉佩杂繁缨⑥。栧轴诚为壮⑦，豪华不可名⑧。自是荒淫罪⑨。何妨作帝京⑩。

　　①《隋书·食货志》：“自板渚引河达于淮海，谓之御河，河畔筑御道，树以柳。”炀帝《望江南曲》：“湖上柳，烟里不胜垂。”《述异记》：“南海山出千步香，佩之香闻于千步也。”

　　②《唐阙史》：“扬州，胜地也，重城向夕，倡楼之上，尝有绛纱灯万数，辉罗耀列空中，九重三十步阶，珠翠填咽。”

　　③《说苑》：“宫室台连属增累，珠玉重宝，积集成山。”《宋书·徐湛之传》：“广陵城旧有高楼，湛之更加修整。”

　　④鲍照诗：“歌管为谁清。”

　　⑤张衡《观舞赋》：“搦纤腰以互折。”《韩非子》：“长袖善舞。”

　　⑥《诗》：“琼瑰玉佩。”《左传》：“请曲县繁缨以朝。”

　　⑦鲍照《芜城赋》：“栧以槽渠，轴以昆冈。”

　　⑧《南史·鲍泉传》：“为通直侍郎，尝乘高幰车，从数十左右，伞盖、服玩甚精，道逢国子祭酒王承，承遣访之，泉从者答曰：鲍通直。承怪焉。遣逼车问鲍通直复是何许人，而得如此。都下少年遂为口舌，见尚豪华人，相戏曰：鲍通直复是何许人？而得如此。以为笑谑。”

　　⑨《隋书·炀帝纪论》：“荒淫无度，法令滋章。”

　　⑩《后汉书·梁鸿传》：“顾览帝京兮，噫！”《隋书·五行志》：“炀帝幸江都，盗贼蜂起，道路隔绝，帝惧，遂无还心。帝复梦二竖子歌曰：‘住亦死，去

亦死,未若乘船度江水。'由是筑居丹阳,将居焉,功未就而帝被弑。"

润州二首①

　　向②吴亭东千里秋③,放歌曾作昔年游④。青苔寺里无马迹⑤,绿水桥边多酒楼⑥。大抵南朝皆旷达⑦,可怜东晋最风流⑧。月明更想桓伊在⑨,一笛闻吹《出塞》愁⑩。

①《唐书·地理志》:"江南道润州丹阳郡。"

②一作"句"。

③《孔氏杂记》:"向吴亭在润州官舍,杜牧之《润州》诗'向吴亭东千里秋',陆龟蒙诗'秋来懒上向吴亭'。今刻牧之集者,改为句吴亭,失之矣。"《一统志》:"向吴亭在丹阳县治南。"《吴越春秋》:"要离曰:臣国东千里之人。"

④《乐府解题》:"古词曰'将进酒,乘大白',大略以放歌为言。"《魏志·王粲传》注:"《魏略》曰:每念昔日南皮之游,诚不可忘。"

⑤张协诗:"青苔依空墙。"《左传》:"将必有车辙马迹焉。"

⑥张华诗:"俯临渌水流。"李白诗:"溧阳酒楼三月春。"

⑦《汉书·贾谊传》注:"大抵,犹言大略也。"《旧唐书·音乐志》:"宋梁之间,南朝文物,号为最盛。"《晋书·裴頠传》:"奉身散其廉操,谓之旷达。"

⑧晋《子夜歌》:"子夜最可怜。"《元经》:"东晋元帝大兴元年正月,帝即位。传曰:西祚已尽,东晋首新。"《晋书·王濛传》:"与沛国刘惔齐名,时人以惔方荀奉倩,濛比袁曜卿,凡称风流者,举濛、惔为宗焉。简文帝之为会稽王也,尝与孙绰商略诸风流人,绰曰:刘惔清蔚简令,王濛温润恬和,桓温高爽迈出,谢尚清易令达,而濛性和畅,能言理,辞简而有会。"《南齐书·王俭传》:"江左风流宰相,惟有谢安,盖自比也。"

⑨庾信《荡子赋》:"关山惟月明。"

⑩《世说》:"王子猷出都,旧闻桓子野善吹笛,遇桓于岸上,王便令人与相闻云:闻君善吹笛,试为我一奏!桓素闻王名,即下车踞胡床,为作三调,弄毕,上车去。"《晋书·刘隗传》:"子畴,曾避乱坞壁,贾胡百数欲害之,畴无惧色,援箛而吹之,为《出塞》《入塞》之声,以动其游客之思,于是群胡皆垂泣而去之。"梁乐府:"下马吹横笛,愁杀行客儿。"

　　谢朓诗中佳丽地①,夫差传里水犀军②。城高铁瓮横强弩③,柳暗朱楼多梦云④。画角爱飘江北去⑤,钓歌长向月中闻⑥。扬州尘土试回首⑦,不惜千金借与君⑧。

　　① 谢朓诗:"江南佳丽地,金陵帝王州。"

　　②《国语》:"今夫差衣犀之甲者亿有三千。"

　　③ 原注:润州城,孙权筑,号为铁瓮。○《演繁露》:"润州城古号铁瓮,人但知其取喻以坚而已,然瓮形深狭,取以喻城,似为非类。乾道辛卯,予过润,蔡子平置燕于江亭,亭据郡治前山绝顶,而顾子城雉堞缘冈,弯环四合,其中州治诸廨在焉,圆深之形,正如卓瓮,予始知喻以为瓮者,指子城也。"《汉书·伍被传》:"强弩临江而守。"《隋书·地理志》:"京口东通吴会,南接江湖,西连都邑,亦一都会也。其人本并习战,号为天下精兵。"《通鉴·唐纪》:"李希烈围宁陵,韩滉遣其将王栖曜以强弩数千,夜入宁陵城。明日,从城上射希烈,及其坐幄。希烈惊曰:宣润弩手至矣!遂解围去。"

　　④《岁华记丽》:"柳暗花明,燕来莺老。"谢朓诗:"迢递起朱楼。"宋玉《高唐赋》:"先王尝游高唐,梦见一妇人曰:妾巫山之女也,在巫山之阳,高丘之阻,旦为朝云,暮为行雨,朝朝暮暮,阳台之下。故为立庙,号曰朝云。"

　　⑤ 陈旸《乐书》:"角本应胡笳之声,通长鸣、中鸣,凡有三部。魏武帝北征乌丸,越沙漠,军士闻之,靡不动乡关之思,于是武帝半减之为中鸣,其声尤更悲切。盖其制并五采衣幡,掌画蛟龙,五采脚,故律书乐图以为长鸣,一曲三声,并马上严警用之。"《弦管记》:"角有双角,即今画角,后用之横

吹，有大横吹部，小横吹部。"张正见诗："风前喷画角。"《太平寰宇记》："润州北渡江至扬州六十三里。"

⑥《世说》："刘道真少时尝渔钓草泽，善歌啸，闻者莫不留连。"王勃诗："津叟钓歌还。"

⑦《太平寰宇记》："润州，晋平吴，为毗陵、丹阳二郡地，兼置扬州。宋置南徐州而扬州如故。齐、梁以后并因之。至陈六代，常以此地为重镇。隋废南徐州，置润州。大业九年，扬州移理江都。"《宋书·颜峻传》："数岁之间，悉为尘土。"《南史·谢晦传》："晦咏王粲诗曰：'南登霸陵岸，回首望长安。'"

⑧ 王僧孺诗："千金访繁华。"江淹诗："君王礼英贤，不恡千金璧。"

题扬州禅智寺①

雨过一蝉噪②，飘萧松桂秋③。青苔满阶砌④，白鸟故迟留⑤。暮霭生深树，斜阳下小楼。谁知竹西路⑥，歌吹是扬州⑦。

①《旧唐书·王播传》："扬州城内官河水浅，遇旱即滞漕船，乃奏自城南阊门西七里港开河，向东屈曲，取禅智寺桥通旧官河。"《通鉴·唐纪》注："宋白曰：禅智寺在扬州城东，寺前有桥，跨旧官河。"

②《种树书》："栽竹无时，雨过便移。"《庄子》："睹一蝉，方得美荫，而忘其身。"王籍诗："蝉噪林逾静。"

③ 元稹诗："飘萧帘外竹。"孔稚珪《北山移文》："诱我松桂。"

④ 鲍照诗："坐视青苔满。"刘峻《金华山栖志》："激湍回于阶砌。"

⑤《西京杂记》："白鸟朱冠，鼓翼池干。"

⑥《舆地纪胜》："扬州竹西亭在北门外五里。"《名胜志》："《宝祐志》云：竹西亭在禅智寺前河北岸，取杜牧诗语也。"

⑦ 鲍照《芜城赋》："歌吹沸天。"隋炀帝诗："借问扬州在何处？淮南江北海西头。"

西江怀古①

上吞巴汉控潇湘②，怒似连山净③镜光④。魏帝缝囊真戏剧⑤，苻坚投箠更荒唐⑥。千秋钓舸⑦歌明月⑧，万里沙鸥弄夕阳⑨。范蠡清尘何寂寞⑩，好风唯属往来商⑪。

① 《庄子》："我且南游吴越之王，激西江之水而迎子。"《魏书·常景传》："景经涉山水，怅然怀古。"按杜甫诗云："南纪连铜柱，西江接锦城。"又云："西江原下蜀，北斗故临秦。"注家以为楚人指蜀江为西江，以从西而下也。

② 《水经·江水篇》："大江东北至巴郡江州县东，强水、涪水、汉水、白水、宕渠水五水合，南流注之。"注："巴水出晋昌郡宣汉县巴岭山，西南流，历巴中，迳巴郡故城南，李严所筑大城北，西南入江。"又《经》："又东至长沙下隽县北，湘水从南来注之。"又《湘水篇》注："舜二妃，神游洞庭之渊，出入潇湘之浦。潇者，水清深也。"《湘中记》曰："湘川清照五六丈，下见底石如摴蒱矣。五色鲜明，白沙如霜雪，赤崖如朝霞，是纳潇湘之名矣。"郭璞《江赋》："聿经始于洺沫，拢万川乎巴梁，总括汉泗，兼包淮湘，并吞沅澧，汲引沮漳。"

③ 一作"静"。

④ 木华《海赋》："波如连山。"庾信诗："池如明镜光。"

⑤ 《吴志·步骘传》注："《吴录》云：骘表言曰：北降人王潜等说，北多作布囊，欲以盛沙塞江，以大向荆州。权曰：此曹衰弱，必不敢来。后有吕范、诸葛恪为说骘所言，云每读步骘表，辄失笑，此江与开辟俱生，宁有可以沙囊塞理也。"《通鉴·唐纪》注："剧，戏也，今俗谓戏为则剧。"《旧唐书·宣

宗纪》："文宗武宗幸十六宅宴集，强诱其言，以为戏剧。"

⑥《晋书·苻坚载记》："以吾之众旅，投鞭于江，足断其流。"荒唐注见卷一《郡斋独酌》。

⑦ 一作"艇"。

⑧ 李陵诗："三载为千秋。"

⑨《世说》："江山辽落，居然有万里之势。"庾信诗："夕阳含水气。"

⑩《史记·越世家》："范蠡浮海出齐，变姓名，自谓鸱夷子皮。齐人闻其贤，以为相，乃间行以去，止于陶，以为此天下之中，交易有无之路通，为生可以致富矣。于是自谓陶朱公，复约要父子耕畜，废居转物，逐什一之利。居无何，则致赀累巨万。"《梁书·傅昭传》："清尘谁能嗣？"《宋书·礼志》："自兹以来，千载寂漠。"按：《晋书·戴逵传》作"千载绝尘"。

⑪ 刘遵诗："衣轻任好风。"《太平御览》："盛弘之《荆州记》曰：宫亭湖庙神甚灵，涂旅经过，无不祈祷，能使湖中分风而帆南北。"《左传》："行李之往来。"《汉书·食货志》："通财鬻货曰商。"《唐六典》："屠沽兴贩者为商。"

江南怀古①

车书混一业无穷②，井邑山川今古同③。戊辰年向金陵过④，惆怅闲吟忆庾公⑤。

①《元经》："宋哲奔江南。"注："永嘉以后，中国士族文物，大半奔江南。"《宋书·武帝纪》："以纾怀古之情。"

②《周书·庾信传》："混一车书，无救平阳之祸。"《宋书·武帝纪》："流风垂祚，晖烈无穷。"

③《易》："改邑不改井。"《宋书·袁豹传》："山川之形，抑非曩日。"《左传》："今犹古也。"

④《甲子会纪》："戊辰，唐宣宗大中二年。"《旧唐书·地理志》："上元，

楚金陵邑。"

　　⑤《越绝书》:"其心惆怅,如有所失。"《周书·庾信传》:"信虽位望通显,常有乡关之思,乃作《哀江南赋》以致其意,其辞曰:'粤以戊辰之年,建亥之月,大盗移国,金陵瓦解。'"

江南春绝句①

　　千②里莺啼绿映红③,水村山郭酒旗风④。南朝四百八十寺⑤,多少楼台烟雨中⑥。

　　① 江淹诗:"二月江南春。"

　　② 一作"十"。

　　③ 宋玉《招魂》:"目极千里兮伤春心。"梁简文帝诗:"莺啼春欲驶。"《宋书·谢灵运传》:"竹缘浦以被绿,石照涧而映红。"

　　④《晋书·天文志》:"轩辕下角南三星曰酒旗,酒官之旗也。"

　　⑤《北史·自序》:"北朝自魏以还,南朝从宋以降。"《六朝事迹》:"南朝建都之地,不过建康、京口、豫章、江陵、武昌数处。"

　　⑥《尔雅》:"四方而高曰台,陕而修曲曰楼。"陆倕《石阙铭》:"俯临烟雨。"《珊瑚钩诗话》:"杜牧诗:'南朝四百八十寺,多少楼台烟雨中。'帝王所都而四百八十寺,当时已为多,诗人侈其楼阁台殿焉。"

将赴宣州留题扬州禅智寺①

　　故里溪头松柏双②,来时尽日倚松窗③。杜陵隋苑已绝国④,秋晚南游更渡江⑤。

①《旧唐书·地理志》："江南道宣州，在京师东南三千五百五十一里。"《太平寰宇记》："扬州江都县蜀冈，今枕禅智寺，即隋之故宫。"

②颜延之诗："去国还故里。"《梁书·张充传》："松柏森阴，相缭于涧曲。"

③白居易诗："松窗未卧时。"

④《太平寰宇记》："雍州万年县杜陵，汉县，在今县东十五里。《汉志》注云：古杜伯国也。"又："扬州江都县十宫，在县五里长阜县内，并隋炀帝立也。"《旧唐书·地理志》："扬州在京师东南二千七百五十里。"江淹《别赋》："况秦吴兮绝国。"

⑤江淹诗："萧条晚秋景。"《史记·仲尼弟子列传》："澹台灭明南游至江。"《元丰九域志》："扬州南至江四十五里。"

题宣州开元寺水阁阁下宛溪夹溪居人①

六朝文物草连空②，天澹云开今古同③。鸟去鸟来山色里④，人歌人哭水声中⑤。深秋帘幕千家雨⑥，落日楼台一笛风⑦。惆怅无因见⑧范蠡⑨，参差烟树五湖东⑩。

①《通鉴·唐纪》注："宣州东溪，在宣城东，今谓之宛溪。"《一统志》："宛溪源出县东南峄山，流绕城东为宛溪，受石子涧诸水，至县东北里许与句溪合。"

②《小学绀珠》："六朝：吴、东晋、宋、齐、梁、陈。"《元经》："王凝问书陈亡而具五国，何也？子曰：衣冠文物之旧，不欲其先亡也，故具晋、宋、齐、梁、陈以归其国也。"《中说》："六代之季，仁义尽矣。"

③《宋书·武帝纪》："事由情奖，古今所同。"

④薛道衡诗："愿作王母三青鸟，飞去飞来传消息。"王维诗："山色有无中。"

⑤《列子》:"众人且歌,众人且哭。"《白虎通》:"歌哭不同声。"《拾遗记》:"日南之南,有淫泉之浦,其水激石之声,似人之歌笑。"

⑥《霍小玉传》:"闲庭邃宇,垂幕甚华。"《说苑》:"令吏致千家之县于晏子。"

⑦ 刘显诗:"落日悬秋浦。"傅缉诗:"楼台宛转曲皆通。"马融《长笛赋》:"微风纤妙。"

⑧ 一作"逢"。

⑨《南史·王彧传》:"袁粲惆怅良久曰:恨眼中不见此人。"

⑩ 梁武帝诗:"草树无参差。"《吴越春秋》:"范蠡乘扁舟,出三江,入五湖,人莫知其所适。"《通鉴·晋纪》注:"虞翻曰:太湖有五湖:滆湖、洮湖、射湖、贵湖及太湖为五湖,并太湖之小支,俱连太湖,故太湖兼得五湖之名。韦昭曰:胥湖、蠡湖、洮湖、滆湖就太湖而五。郦善长谓:长塘湖、射湖、贵湖、滆湖与太湖而五。《吴中志》谓:贡湖、游湖、胥湖、梅梁湖、金鼎湖为五也。"按:《晋纪》"长塘湖"注云:"长塘湖在晋陵延陵县,杜佑曰:在润州金坛县。《风土记》:阳羡县有洮湖,别名长塘湖。"据此,则郦记与虞说初不异也。

宣州送裴坦判官往舒州时牧欲赴官归京①

日暖泥融雪半消②,行人③芳草马声骄④。九华山路云遮寺⑤,清⑥弋江村柳拂桥⑦。君意如鸿高的的⑧,我心悬旆正摇摇⑨。同来不得同归去,故国逢春一⑩寂寥⑪。

①《唐书·地理志》:"淮南道舒州同安郡。"余见卷一《自宣州赴官》。

② 杜甫诗:"泥融飞燕子。"又:"楼雪融城湿。"《荀子》:"《诗》曰:雨雪瀌瀌,宴然聿消。"

③ 一作"人行"。

④ 李陵诗:"行人怀往路。"张衡《西京赋》:"芳草如积。"《左传》:"有班马之声。"庾信诗:"汗血马全骄。"

⑤ 一作"岫"。○《太平寰宇记》:"池州青阳县九华山,在县南二十里,旧名九子山,李白以有九峰如莲花削成,改为九华山。"《通鉴·后唐纪》:"宋齐丘入九华山,止于应天寺,吴王下诏征之,更名寺曰征贤寺。"《名胜志》:"九子寺在碧云峰顶。"

⑥ 一作"青"。

⑦《元和郡县志》:"宣州宣城县青弋水,州西九十九里。"《方舆纪要》:"宁国府宣城县青弋江,府西六十里,源出泾县及池州府之石埭县。又太平县及府西南境诸川皆汇入焉。"《一统志》:"青弋江渡在南陵县东三十里。"

⑧《淮南子》:"的的者获。"

⑨《史记·苏秦传》:"心摇摇然如悬旌,而无所终薄。"《隋书·孙万寿传》:"悬旌不堪摇。"

⑩ 一作"正"。

⑪《南齐书·刘善明传》:"衣绣故国。"费昶诗:"逢春心勿移。"《隋书·孙万寿传》:"寻思久寂寥。"

句溪夏日送卢霈秀才归王屋山将欲赴举①

野店正纷泊②,茧蚕初引丝③。行人碧溪渡④,系马绿杨枝⑤。苒苒迹始去⑥,悠悠心所期⑦。秋山念君别,惆怅桂花时⑧。

①《方舆胜览》:"句溪在宣城东五里。"《唐六典》:"凡诸州每岁贡人,其类有六:一曰秀才,二曰明经,三曰进士,四曰明法,五曰书,六曰算。"《元和郡县志》:"河南府王屋县王屋山,在县北十五里,周回一百三十里,高三十里。《禹贡》'底柱析城至于王屋'是也。"《唐会要》:"举人于礼部纳状后,五

人自相保,如有不在就试之限,容情自相隐蔽,有人纠举,其同举并三年不得赴举。"按:本集有《卢霈墓志铭》。

②《古今注》:"店,所以置货鬻之物也。"杜甫诗:"野店山桥送马蹄。"左思《蜀都赋》:"羽林纷泊。"

③《韩诗外传》:"茧之性为丝,弗得女功,燔以沸汤,抽其统理,不成为丝。"《玉清经》:"取类引丝,使不断绝。"

④《唐书·百官志》:"凡行人车马出入据过所以往来之节。"何逊诗:"碧溪水色阔,摇艇烦舟子。"

⑤ 刘琨诗:"系马长松下。"庾肩吾诗:"绿杨垂长溪。"

⑥《晋书·天文志》:"今日出于东,冉冉转上。"按《说文》无"苒"字,苒苒即冉冉也。

⑦《后汉书·章帝纪》:"中心悠悠,将何以寄?"

⑧《高僧传》:"谢安书曰:今触事惆怅,惟迟君来,以晤言消之。"张正见诗:"山中桂花晚。"

自宣城赴官上京①

萧洒江湖十过秋②,酒杯无日不迟留③。谢公城畔溪惊梦④,苏小门前柳拂头⑤。千里云山何处好⑥?几人襟韵一生休⑦?尘冠挂却知闲事⑧,终把蹉跎访旧游⑨。

①《唐书·地理志》:"上都初曰京城,天宝元年曰西京,肃宗元年曰上都。"班固《幽通赋》:"有羽仪于上京。"

②《南史·隐逸·渔父传》:"神韵萧洒,垂纶长啸。"《北齐书·颜之推传》:"每结思于江湖。"

③ 一作"封侯"。○《梁书·何点传》:"司徒竟陵王子良,遗点嵇叔夜酒杯,徐景山酒鎗。"韩愈赋:"容尽日以迟留。"

④《方舆胜览》："谢公亭在宣城县北二里,即谢朓送范云赴零陵之地。"《元丰九域志》："宣城有句溪水。"梁简文帝《答湘东王书》："法雷惊梦。"

⑤《乐府广题》："苏小小,钱塘名娼也,南齐时人。"白居易诗："柳色春藏苏小家。"梁简文帝诗："垂柳拂行人。"

⑥　王融诗："江山千里长。"江淹《为萧太傅谢侍中敦劝表》："臣不能遵烟洲而谢支伯,迎云山而揖许由。"

⑦《吴志·孙权传》注:"《吴书》曰:吴如大夫者几人?"《南齐书·王僧虔传》："为可作世中学取过一生耳。"

⑧《后汉书·逢萌传》："解冠挂东都城门。"卢纶诗："爱捉狂夫问闲事。"

⑨《晋书·东海王越传》："皆由诸侯蹉跎。"《宋书·乐志》："愿言桑梓思旧游。"

春末题池州弄水亭①

使君四十四②,两佩左铜鱼③。为吏非循吏④,论书读底书⑤? 晚花红艳静⑥,高树绿阴初⑦。亭宇清无比⑧,溪山画不如⑨。嘉宾能啸咏⑩,宫妓巧妆梳⑪。逐日愁皆碎⑫,随时醉有余⑬。偃须求五鼎⑭,陶只爱吾庐⑮。趣向⑯人皆异⑰,贤豪莫笑渠⑱。

① 宋玉《好色赋》："向春之末,迎夏之阳。"《旧唐书·地理志》："江南道池州,隋宣城郡之秋浦县,武德四年,置池州。"《一统志》："弄水亭在贵池县南通远门外,唐杜牧建,取李白'饮弄水中月'之句为名。"

②《晋书·戴洋传》："使君年四十七。"《李密传》："臣密今年四十有四。"

③《唐六典》："随身鱼符之制,左二右一,太子以玉,亲王以金,庶官以铜,佩以为饰,刻姓名者,弃官而纳焉,不刻者,传而佩之。"

④《史记·自序》："奉法循理之吏，不伐功矜能，百姓无称，亦无过行。作《循吏列传》。"

⑤《淮南子》："君之所读者，何书也？"《戊签》作"为吏非为吏，读书底读书"。

⑥ 梁简文帝诗："晚花栏下照。"

⑦《宋书·乐志》："鸡鸣高树颠。"

⑧ 韦应物诗："亭宇丽朝景。"

⑨《卧游录》："溪山窈窕而幽深。"

⑩ 谢万《春游赋》："远啸良俦，近命嘉宾。"《晋书·周颛传》："王导甚重之，尝于导坐，慨然啸咏。"

⑪《西京赋》薛综注："洪厓，三皇时伎人，娼家托始之。"《瑯嬛记》："魏宫庭有一绿蛇，每日甄后梳妆，则盘结一髻形于后前，后因效而为髻，每日不同，号灵蛇髻。"

⑫ 白居易诗："且算欢娱逐日来。"《汉书·扬雄传》："逢之则碎。"

⑬《宋书·谢灵运传》："夏凉寒燠，随时取适。"

⑭《汉书·主父偃传》："大丈夫生不五鼎食，死则五鼎烹耳。"

⑮ 注见卷二《李给事》。

⑯《方舆胜览》作"尚"。

⑰《汉书·韩延寿传》："吏民敬畏趋乡之。"注："趋，读曰趣；乡，读曰向。"

⑱《史记·游侠列传》："此岂非人之所谓贤豪间者耶？"任渊《黄山谷诗注》："渠，犹昔人言伊，盖梁陈以来言语。庾信诗有'无事教渠更相失'之句。老杜忆弟诗亦云'吟诗正忆渠'。"按《通鉴·晋纪》："桓温疾笃，弟仲问温以谢安、王坦之所任，温曰：渠等不为汝所处分。"胡氏注曰："吴俗谓他人为'渠侬'，今《晋书》只作'伊等'，然可知谓伊为渠，梁陈以前，当已有之。"

登池州九峰楼①寄张祜②

百感衷③来不自由④，角声孤起夕阳楼⑤。碧山终日思无尽⑥，芳草何年恨即休⑦？睫在眼前长不见⑧，道非身外更⑨何求⑩？谁人得似张公子⑪，千首诗轻万户侯⑫。

①《鼓吹》作"九华楼"。

②《一〔通〕〔统〕志》："池州九华楼有二：一在贵池县九华门上，唐建；一在青阳县东南二里，唐杜牧有九华楼寄张祜诗。"《唐书·艺文志》："《张祜诗》一卷，字承吉，为处士，大中中卒。"《云溪友议》："尚书白舍人初到钱塘，令访牡丹花，独开元寺僧近于京师得此花，植于庭，他处未之有也。会稽徐凝自富春来，未识白公，先题诗曰：'惟有数苞红萼在，含芳只待舍人来。'白寻到寺看花，乃命徐生同醉而归。时张祜榜舟而至，甚若疏诞，二生各希首荐，中舍曰：二君胜负，在于一战。遂试《长剑倚天外赋》、《余霞散成绮诗》，试讫解送，以凝为先，祜其次耳。祜曰：'虞韶九成，非瑞马之空音；荆玉三投，贮良工之必鉴。且鸿钟韵击，瓦缶雷鸣，荣辱纠纷，复何定分！'祜遂行歌而返，凝亦鼓枻而归。自是二生终身偃仰，不随乡试矣。先是，李补阙林宗、杜殿中牧与白公辇下较文，具言元白韵体舛杂，而为清苦者见嗤，因兹有恨。后杜舍人守秋浦，与张生为诗酒之交，亦知钱唐之岁，自有是非之论，怀不平之色。为诗二首以高之曰：'谁人得似张公子？千首诗轻万户侯。'又曰：'如何故国三千里，虚唱新词满六宫。'"按：本集《处州刺史李君墓志》云："为池州刺史，城东南隅树九峰楼，见数十里。"《名胜志》引《元和志》云："子城东门楼曰九华，即唐九峰楼也。"与牧之语合，第今《元和志》无此文，且亦断非李吉甫语耳。《方舆胜览》："池州有九华楼，云即子城东门楼。"又有九峰楼，引牧之诗，则为不合。

③ 一作"中"，又作"哀"。

④ 江淹《别赋》："百感凄恻。"《宋书·乐志》："忧从中来。"《后汉书·五行志》："百事自由，初不恤录也。"《隋书·房陵王勇传》："一事以上，不得自由。"

⑤《通典》："角，书记所不载，或出羌中，以惊中国马。"马融又云"出吴越"。《晋书·王羲之传》："王述每闻角声，谓羲之当候己。"《魏书·李顺

传》:"信夕阳而怀惊。"

⑥ 江淹诗:"游豫碧山隅。"

⑦ 屈原《九章》:"惜吾不及古之人兮,吾谁与玩此芳草?"

⑧《史记·越世家》:"齐使者曰:吾不贵用其智之如自见豪毛而不见其睫也。"

⑨ 一作"欲"。

⑩《管子》:"身外事谨,则听其名。"《孟子》注:"爵禄须知己,知己者在外,非身所专,是以云求无益于得也,求在外者也。"

⑪《汉书·五行志》:"张公子,谓富平侯也。"

⑫《西京杂记》:"或问扬雄为赋,曰:'读赋千首,乃能为之。'"《汉书·张良传》:"封万户,位列侯,此布衣之极,于良足矣。"陆龟蒙《和张祜丹阳故居诗序》:"承吉短章大篇,为才子之最,贤俊之士及高位重名者,多与之游。或荐之于天子,书奏不下,亦受辟诸侯府,性狷介不容物,辄自劾去。以曲阿地古澹,有南朝之遗风,遂筑室种树而家焉。"

齐安郡晚秋①

柳岸风来影渐疏②,使君家似野人居③。云容水态还堪赏④,啸志歌怀亦自如。雨暗残灯棋欲散,酒醒孤枕雁来初⑤。可怜赤壁争雄渡⑥,唯有蓑翁坐钓鱼⑦。

①《通典》:"齐安郡黄州,理黄冈县。"《南史·刘之遴传》:"晚秋暑促,机事罕暇。"按:《梁书》刘传作"晚冬暑促"。

② 庾信《小园赋》:"桐间露落,柳下风来。"

③《晋书·郭翻传》:"庾翼以其船小,欲引就大船,翻曰:使君不以鄙浅而辱临之,此固野人之舟也。翼俯屈入其船中,终日而去。"

④ 吴防诗:"云容杂浪起,楚水漫吴流。"

⑤ 鲍照诗：“夜分就孤枕。”

⑥ 晋《东飞伯劳歌》：“空留可怜谁与同。”《蜀志·先主传》：“先主遣诸葛亮自结于孙权，权遣周瑜、程普等水军数万，与先主并力与曹公战于赤壁，大破之。”《苕溪渔隐丛话》：“东坡云：黄州西山麓，斗入江中，石色如丹，传云曹公败处，所谓赤壁者。或曰：非也。曹公败归，由华容路，今赤壁少西对岸即华容镇，庶几是也。然岳州复有华容县，竟不知孰是。《江夏辨疑云》：周瑜败曹公于赤壁，三尺之童子，能道其事，然江汉之间，指赤壁者三焉：一在汉水之侧，竟陵之东；一在齐安郡之步下；一在江夏西南二百里许。予谓郡之西南者，正曹公所败之地也。”按《三国志·周瑜传》曰：刘备进住夏口，孙权遣瑜等与备并力逆曹公，遇于赤壁。夫操自江陵而下，瑜由夏口往而逆战，则赤壁明非竟陵之东与齐安之步下者也。比见诗人所赋赤壁，多指在齐安，盖齐安与武昌相对，竟以孙氏居武昌而为曹公所攻，即战于此者耶？是信习俗之过也。

⑦《庄子》：“就薮泽处闲旷钓鱼，闲处无为而已矣。”

九日齐山登高①

江涵秋影雁初飞②，与客携壶上翠微③。尘世难逢开口笑④，菊花须插满头归⑤。但将酩酊酬佳节⑥，不用登临恨⑦落晖⑧。古往今来只如此⑨，牛山何必独⑩沾衣⑪。

①《续齐谐记》：“桓景随费长房游学累年，长房谓曰：九月九日，汝家中当有灾，宜急去，令家人各作绛囊，盛茱萸以系臂，登高饮菊花酒，此祸可除。今世人九日登高饮酒，妇人带茱萸囊，盖始于此。《太平寰宇记》：池州贵池县齐山，在县东南六里。《四库全书总目》：“齐山有十余峰，以其正相齐等，故曰齐山；或曰：唐刺史齐映有善政，尝好游，因而得名。宋李壁曰：《唐书》载齐映为江西观察使，不言其作池州，池州郡牧题名有齐照，当是以

此得名也。"

②《元和郡县志》："黄州南至大江一百步。"

③《尔雅》："山未及上曰翠微。"按《尔雅》注云："近上旁陂。"《初学记》引旧注云"一说山气青缥色曰翠微",与《尔雅》义殊,此馀姚邵氏《尔雅正义》说也。唐贞观中营太和宫于终南山之上,改为翠微宫。杨亿则曰："翠微宫在骊山绝顶。"俱异《雅》义。

④《庄子》："上寿百岁,中寿八十,下寿六十,除病瘦死丧忧患,其中开口而笑者,一月之中,不过四五日而已矣。"

⑤ 崔实《月令》："九月九日,可采菊花。"《续神仙传》："许碏插花满头,把花作舞,上酒家楼醉歌。"

⑥《晋书·山简传》："童儿歌曰:山公出何许? 往至高阳池,日夕倒载归,酩酊无所知。"谢瞻《九日戏马台》诗："圣心眷佳节。"按:《文选》作"嘉节",今从《岁华纪丽》引。

⑦ 一作"怨",又一作"叹"。

⑧ 宋玉《九辩》："登山临水送将归。"萧子良《行宅诗序》："名都胜景,极尽登临。"陆机诗："大蹇嗟落晖。"

⑨ 潘岳《西征赋》："古往今来,邈矣悠哉!"鲍照诗："古来共如此,非君独抚膺。"

⑩ 一作"泪"。

⑪《元和郡县志》："青州临淄县牛山,在县南二十五里。"《韩诗外传》："齐景公游于牛山之上,而北望齐曰:美哉国乎! 使古而无死者,则寡人将去此而何之? 俯而泣沾襟。孔融诗:俯仰内伤心,不觉泪沾衣。"

池州春送前进士蒯希逸①

芳草复芳草②,断肠复③断肠④,自然堪下泪,何必更残阳⑤。楚岸千万里⑥,燕鸿三两行⑦。有家归不⑧得,况举别君觞。

① 《国史补》："得第谓之前进士。"《全唐诗》："蒯希逸，字大隐，会昌三年登第。"

② 《后汉书·郦炎传》："哀哉二芳草，不值太山阿。"

③ 一作"还"。

④ 蔡文姬《胡笳歌》："雁飞高兮邈难寻，空断肠兮思愔愔。"

⑤ 韦应物诗："重云始成夕，忽霁尚残阳。"

⑥ 《通典》："宣州，春秋时属吴，后属楚。池州与宣州同。"庾肩吾诗："宁知临楚岸，非复望长安。"

⑦ 李白诗："燕鸿思朔云。"

⑧ 一作"未"。

齐安郡中偶题二首

两竿落日溪桥上①，半缕轻烟柳影中②。多少绿荷相倚恨，一时回首背西风③。

① 庾信《小园赋》："三竿两竿之竹。"《宋书·谢灵运传》："望新晴于落日。"

② 何逊诗："轻烟淡柳色。"

③ 《史记·司马相如传》："回首面内。"《梁书·张充传》："每至西风，何尝不眷。"

秋声无不搅离心①，梦泽蒹葭楚雨深②，自滴阶前大梧叶③，干君何事动哀吟④？

① 庾信《谯国公夫人墓志铭》:"树树秋声。"诗:"祇搅我心。"

②《史记·司马相如传》:"楚有七泽,尝见其一,名曰云梦,其卑湿则生藏莨蒹葭。"屈原《九章》:"山峻高以蔽日兮,下幽晦以多雨。"杜甫诗:"楚雨石苔滋。"

③《本草纲目》:"梧桐皮白,叶似青桐。"《吕氏春秋》:"援梧叶以为珪。"

④《世说》:"桓南郡被召,船泊荻渚,王大已小醉,往看桓,桓为设酒,频语左右令温酒来,桓乃流涕呜咽,王便欲去,桓以手巾掩泪,因谓王曰:'犯我家讳,何预卿事?'"《魏志·管辂传》:"过毌丘俭墓下,倚树哀吟,情神不乐。"

齐安郡后池绝句

菱透浮萍绿锦池①,夏莺千啭弄蔷薇②。尽日无人看微雨③,鸳鸯相对浴红衣④。

① 魏文帝诗:"泛泛绿池,中有浮萍。"

②《蜀本草》:"蔷花有百叶,八出六出,或赤或白。"《太平寰宇记》:"江陵县竹林堂,多种蔷薇,多有品汇。"

③《史记·高祖纪》:"今足下尽日止攻。"《范雎传》:"宫中虚无人。"《晋书·潘岳传》:"微雨新晴。"

④《古今注》:"鸳鸯,水鸟,雌雄未尝相离,故曰匹鸟。"《本草纲目》:"鸳鸯,杏黄色,有文采,红头翠鬣。"宋子侯诗:"花花自相对。"

题齐安城楼①

鸣轧江楼角一声②,微阳潋潋落寒汀③。不用凭栏苦回首④,故乡七十五长亭⑤。

①《墨子》:"偏城三十步,置坐侯,楼出堞四尺,百步一木楼,楼前面九尺,高七尺,二百步一大楼,去城中二丈五尺。"《后汉书·邓禹传》:"光武舍城楼上,披舆地图。"

②《通鉴·梁纪》注:"徐广《车服仪制》曰:角,前代书记所不载,或云:本出羌人,以惊中国之马。杜佑曰:大角即后魏簸逻回是也。"

③潘岳《秋兴赋》:"何微阳之短晷。"

④《隋书·孙万寿传》:"回首望孤城。"

⑤《宋书·乐志》:"懔懔思归恋故乡。"《周书·庾信传》:"十里五里,长亭短亭。"《唐书·百官志》:"凡三十里有驿。"《通典》:"齐安郡去西京二千二百二十五里。"

池州李使君殁后十一日处州新命
始到后见归妓感而成诗①

缙云新命诏初②行,才③是孤魂寿器④成⑤。黄壤不知新雨露⑥,粉书空换旧铭旌⑦。巨卿哭处云空断⑧,阿鹜归来月正明⑨。多少四年遗爱事⑩,乡闾生子李为名⑪。

①《英华》云:"哭李员外。"《宋书·刘粹传》:"使君亡来几日。"《唐书·地理志》:"江南道处州缙云郡。"《诗·无衣》笺:"晋旧有之,非新命之服。"按:本集有《处州刺史李君墓志铭》。

②一作"书"。

③一作"政"。

④一云"受气"。

⑤《汉书·贡禹传》:"孤魂不归。"《后汉书·匽皇后纪》:"敛以东园画梓寿器。"

⑥《后汉书·赵咨传》:"将终,告其故吏,使薄敛素棺,借以黄壤,欲令

速朽，早归后土。"《韩诗外传》："夫霜雪雨露，杀生万物者也。"

⑦《后汉书·阴瑜妻传》："以粉书扉上曰：尸还阴氏。"《通典》："铭旌以绛，广充幅，三品以上，长九尺，五品以上，长八尺，六品以下七尺，皆书某官封姓君之枢。"按：《唐六典》作"某官封姓名之枢"。

⑧《后汉书·范式传》："式字巨卿，与汝南张劭为友，劭字元伯，后元伯卒，式梦见元伯呼曰：'巨卿，吾以某日死。'式怅然觉寤，驰往赴之，丧已发引，既至圹，将窆而枢不肯进，乃见有素车白马，号哭而来，其母望之曰：'是必范巨卿也。'"

⑨《魏志·朱建平传》："初，荀攸、钟繇相与亲善，攸先亡子幼，繇经纪其门户，欲嫁其妾，与人书曰：吾与公达曾共使朱建平相，建平曰：荀君虽少，然当以后事付钟君。'吾时啁之曰：惟当嫁卿阿鹜耳。何当戏言道验。今欲嫁阿鹜，使得善处也。'"刘勰《新论》："睇秋月明而知孀妇思。"

⑩《后汉书·周嘉传》："迁零陵太守，视事七年卒，零陵颂其遗爱。"

⑪《逸周书》："以国为邑，以邑为乡，以乡为间。"《后汉书·任延传》："为九真太守，骆越之民，无嫁娶礼法，延移书属县，使皆以年齿相配，其贫无礼聘，令长吏以下各省奉禄以赈助之，同时相娶者二千余人，其产子者始知种姓，咸曰：使我有是子者，任君也。多名子为任。延视事四年，征诣洛阳，九真吏人，生为立祠。"

见刘秀才与池州妓别①

远风南浦万重波②，未似生离别恨多③。楚管能吹柳花怨④，吴姬争唱《竹枝歌》⑤。金钗横处绿云堕⑥，玉筯凝时红粉和⑦。待得枚皋相见日⑧，自应妆镜笑蹉跎⑨。

①《风俗通》："孙卿有秀才，年十五，始来游学。"按：《史记·孟荀列传》及刘向校《孙卿书叙》俱作"年五十，始来游学"。

②　陶潜诗:"平畴交远风。"屈原《九歌》:"送美人兮南浦,波滔滔兮来迎,鱼鳞鳞兮媵予。"刘绘诗:"出没万重山。"

③　屈原《九歌》:"悲莫悲兮生别离。"宋玉《九辩》:"重无怨而生离兮。"

④　《汉书·律历志》:"竹曰管。"注:"孟康曰:汉章帝时,零陵文学奚景于冷道舜祠下得白玉琯,古以玉作,不但竹也。"《梁书·王神念传》:"杨华,武都仇池人,容貌雄伟,魏胡太后逼通之,华惧及祸,乃率其部曲来降。胡太后追思之,为作《杨白华歌辞》,使宫人昼夜连臂蹋足歌之,辞甚凄惋。"上官仪诗:"笛怨柳花前。"

⑤　李白诗:"吴姬越艳楚王妃。"杜甫诗:"《竹枝》歌未好。"原注:"《竹枝》,巴渝之遗音也,惟峡人善唱。"《苕溪渔隐丛话》:"刘梦得《竹枝歌》云:'杨柳青青江水平,闻郎江上唱歌声,东边日出西边雨,道是无情也有情。'余尝舟行苕霅,夜闻舟人唱吴歌,歌中有此后两句,余皆杂以俚语,岂非梦得之歌,自巴渝流传至此乎?"

⑥　《拾遗记》:"石崇刻玉为倒龙之势,铸金钗象凤皇之冠。"鲍照诗:"垂彩绿云中。"《古今注》:"堕马髻,今无作者,倭堕髻一名,堕马之余形也。"

⑦　刘孝威诗:"谁怜双玉箸,流面复流襟。"江总诗:"何怪啼多红粉落。"

⑧　《汉书·枚乘传》:"乘辇子皋。乘在梁时,取皋母为小妻,乘之东归也,皋母不肯随,乘怒,分皋数千钱,留与母居。"《吴越春秋》:"父子之爱,恩从中出,徼幸得见,以自济达。"

⑨　《太平御览》:"秦嘉《与妇徐淑书》曰:'顷得此镜,既明且好,形貌文藻,世所希有,意甚爱之,故以相与,明镜可以鉴形。'淑答书曰:'今君征未旋,镜将何施行? 明镜鉴形,当待君至。'"《晋书·周处传》:"欲自修而年已蹉跎,恐将无及!"

池州废林泉寺①

废寺碧溪上,颓垣倚乱峰②。看栖归树鸟,犹想故山钟。

石路寻僧去③,此生应不逢。

①《一统志》:"太平罗汉寺,在贵池县内西街,唐林泉寺地也。宋太平兴国初改建,唐杜牧有《废林泉寺》诗。"

②《宋武帝》诗:"拱木秀颓垣。"

③《洛阳伽蓝记》:"崎岖石路,似瓮而通。"

忆齐安郡

半生睡足处①,云梦泽南州②。一夜风欺竹③,连江雨送秋④。格卑常泊泊⑤,力学强悠悠⑥。终掉尘中手⑦,潇湘钓漫流⑧。

①《周书·李远传》:"平生念望,不过一郡守耳。"白居易诗:"睡足日高时。"

②《元和郡县志》:"安州安陆县云梦泽,在县南五十里。"《元丰九域志》:"黄州西北至本州界二百四十里,自界首至安州一百六十里。"

③ 江淹《哀千里赋》:"心一夜而九摧。"

④ 鲍照诗:"雁还风送秋。"

⑤ 木华《海赋》:"崩云屑雨,浤浤汩汩。"

⑥《荀子》:"真积力久,则入学至乎没而后止也。"《晋书·赵至传》:"悠悠三千,路难涉矣。"

⑦ 白居易诗:"山中犹校胜尘中。"

⑧《淮南子》:"弋钓潇湘。"按:今《淮南子·原道训》作"钓射鹔鹴",此据《山海经·中山经》注引。

池州清溪①

弄溪终日到黄昏②,照数秋来白发根③。何物赖君千遍洗④? 笔头尘土渐无痕⑤。

①《元丰九域志》:"池州贵池县有清溪镇。"
②《淮南子》:"日至于虞渊,是谓黄昏。"
③ 潘岳《秋兴赋》:"余春秋三十有二,始见二毛。"
④《晋书·王衍传》:"何物老妪? 生宁馨儿。"
⑤《隋唐嘉话》:"虞监学书,所弃笔头至盈瓮。"《开元占经》:"李淳风曰:风势和缓,不扬尘土。"

游池州林泉寺金碧洞①

袖拂霜林下石棱②,潺湲声断满溪冰③。携茶腊月游金碧④,合有文章病茂陵⑤。

①《名胜志》:"池州府金碧洞,在城中之废林泉寺,宋时为太平寺,今废,徙建于景德寺右。"
②《拾遗记》:"汉明帝时,恒山献巨桃,巨桃霜下结花,隆暑方熟。帝使植于霜林园,园皆植寒果。"杜甫诗:"湍减石棱生。"
③ 屈原《九歌》:观流水兮潺湲。
④《唐书·历志》:"永昌元年十一月,改元载初,用周元,以十二月为腊月。"
⑤《汉书·儒林传》:"文章尔雅。"《司马相如传》:"相如既病免,家居茂陵。"

即事黄州作①

因思上党三年战②，闲咏周公《七月》诗③。竹帛未闻书
死节④，丹青空见画灵旗⑤。萧条井邑如鱼尾⑥，早晚干戈识
虎皮⑦。莫笑一麾东下计⑧，满江秋浪碧参差⑨。

① 庾信《进赤雀表》："即事所观，同符合契。"《元和郡县志》："黄州本春
秋时邾国之地，后又为黄国之境，战国时属楚，萧齐时置齐安郡，隋罢郡，置
黄州。"按：《后汉书·郡国志》："江夏郡邾。"注引《地道志》曰："楚灭邾，徙
其君此城。"《史记索隐》引《太康地理志》云："楚灭邾，迁其人于江南，因名
县。"《水经注·江水篇》曰："江水东迳邾县故城南，楚宣王灭邾，徙居于此，
故曰邾也。"《元和志》及《通典》俱云"黄州，春秋时邾国之地"，盖误由《括地
志》云："故邾城在黄州黄冈县东南二十里，本春秋时邾国。邾子曹姓。狭
居，至鲁隐公徙蕲。"见《史记正义·项羽纪》引，不知春秋时邾地，不得在
此。隐公世亦无邾徙蕲事也。又《史记·楚世家》正义亦引《括地志》云：
"故邾国在黄州黄冈县东南百二十一里。"两引不同，未知孰是。

②《史记·郦食其传》："援上党之兵。"《唐书·武宗纪》："会昌三年四
月，昭义军节度使刘从谏卒，其子稹，自称留后。五月，成德军节度使王元
达为北面招讨泽潞使，魏博节度使何弘敬为东面招讨泽潞使，及河中节度
使陈夷行，河阳节度使王茂元、刘沔，以讨刘稹。四年八月，昭义军将郭谊
杀刘稹以降。"按：《唐纪》"刘沔"上当有"河东节度使"五字，今本误脱。

③《诗序》："《七月》，陈王业也。周公遭变，故陈后稷先公风化之所由，
致王业之艰难也。"

④《墨子》："以其所行，书于竹帛，传遗后子孙。"《汉书·郅都传》："已
背亲而出身，固当奉职死节官下，终不顾妻子矣。"

⑤《汉书·苏武传》："功显于汉室，虽古竹帛所载，丹青所画，何以过子

卿?"《礼乐志》:"招摇灵旗。"注:"画招摇于旗以征伐,故称灵旗。"

⑥《唐书·地理志》:"光武投戈之岁,在雕耗之辰,郡国萧条,并省者八。"《周书·萧詧传》:"寂寥井邑,荒凉原野。"《左传》:"如鱼窥尾。"

⑦《晋书·刘毅传》:"器有大小,达有早晚。"《史记·乐书》:"倒载干戈,苞之以虎皮。"

⑧《周书·文帝纪》:"知欲渐就东下,良不可言。"余见卷二《将赴吴兴》。

⑨《太平寰宇记》:"黄州南至鄂州武昌,则隔大江对岸。"《汉书·叙传》:"洞参差其纷错兮。"《埤雅》:"三相参为参,两相差为差。"

赠李秀才是上公孙子①

骨清年少眼如冰②,凤羽参差五色层③。天上麒麟时一下,人间不独有徐陵④。

①《史记·贾生传》:"吴廷尉为河南守,闻其秀才,召至门下。"《左传》:"封为上公。"《唐六典》:"封爵凡有九等,三曰国公,从一品。"按:唐贞元、元和以后,李氏有抱玉、愬、听三人,俱封凉国公,此秀才未知何属,然疑是西平王家子孙,以集中多及此一家也。

②《搜神记》:"蒋子文嗜酒好色,挑挞无度,自谓己骨清,死当为神。"《南史·王融传》:"遇沈昭略未相识,昭略屡顾盼,谓主人曰:是何年少?"

③孙绰《庾亮碑》:"凤羽笼于华樊。"《后汉书·律历志》:"参差齐之,多少均之。"

④《陈书·徐陵传》:"母臧氏,尝梦五色云化而为凤,集左肩上,已而诞陵。时宝志上人者,世称其有道,陵年数岁,家人携以候之,宝志手摩其顶曰:'天上石麒麟也。'"

寄李起居四韵①

楚女梅簪白雪姿②,前溪碧水冻醪时③。云鬟心凸④知难捧⑤,凤管簧寒不受吹⑥。南国剑眸能盼盻⑦,侍臣香袖爱傲垂⑧。自怜穷律穷途客⑨,正劫孤灯一局棋⑩。

① 《唐书·百官志》:"门下省起居郎二人,中书省起居舍人二人,从六品上。"按:李起居当是郢,郢有《和湖州杜员外冬至日白𬞟洲见忆》诗,可证也。李诗见后《湖南正初》。

② 宋玉《好色赋》:"天下之佳人,莫若楚国;楚国之丽者,莫若臣里;臣里之美者,莫若东家之子。东家之子,眉如翠羽,肌如白雪,然此女登墙窥臣三年,至今未许。"梁简文帝《梅花赋》:"乍离雪而披银。"

③ 《太平寰宇记》:"湖州武康县前溪,在县西一百步,前溪者,古永安县前之溪,今德清县有后溪也。"《北堂书钞》:"王粲《七释》:'冻醪玄酎,醴白腐清。'"

④ 一作"亚"。

⑤ 庾信《马射赋》:"飞云画罍。"《广韵》:"凸,凸出貌。"《丹铅录》:"土窪曰凹,土高曰凸,古象形字。"

⑥ 谢朓《七夕赋》:"乱凤管之凄锵。"《风俗通》:"《世本》:'女娲作簧。簧,笙中簧也。'"《诗》云:"吹笙鼓簧。"

⑦ 庾信诗:"南国美人去。"傅毅《舞赋》:"盻般鼓则腾清眸。"韩愈诗:"艳姬蹋筵舞,清眸刺剑戟。"

⑧ 《晋书·天文志》:"太子北一星曰从官,侍臣也。"钱起诗:"花光来去传香袖。"《诗·宾之初筵》传:"傲傲,舞不能自正也。"杜甫诗:"户外昭容紫袖垂。"

⑨ 《宋书·乐志》:"感彼风人,惆怅自怜。"刘向《别录》:"邹衍在燕,有

谷寒,不生五谷,邹子吹律而温至生黍也。"唐太宗诗:"寒随穷律变。"《魏志·王粲传》注:"《魏氏春秋》曰:阮籍时率意独驾,不由径路,车所穷,辄恸哭而反。"鲍照诗:"穷途悔短计。"

⑩《水经注·渠水篇》:"阮简为开封令,县侧有劫贼,外白其急数,简方围棋长啸,吏云:劫急。简曰:局上有劫,亦甚急。"《通鉴·晋纪》注:"棋劫者,攻其右而敌手应之,则击其左取之,谓之劫。"《南齐书·陆慧晓传》:"褚思庄巧于斗棋,太祖使与王抗交赌,自食时至日暮,一局始竟。"

题池州贵池亭①

势比凌歊宋武台②,分明百里远帆开③。蜀江雪浪西江满④,强半春寒⑤去却来⑥。

①《一统志》:"池州望江亭在贵池县南齐山,一名贵池亭。《九华山录》:贵池亭,俗呼望江亭,以其见大江可望淮南也。亦见九华诸峰。"

②《太平寰宇记》:"太平州当涂县黄山,在县西北五里,上有宋凌歊台,周回五里一百步,高四十丈。"《入蜀记》:"游黄山,登凌歊台,台正如凤凰、雨花之类,特因山颠名之,宋高祖所营,面势虚旷,高出氛埃之表。南望青龙山九井诸峰,如在几席。"

③《南齐书·薛渊传》:"闻道摽分明来。"《祖冲之传》:"造千里船,于新亭江试之,日行百余里。"刘孝威诗:"聊望高帆开。"

④ 一作"起"。《元丰九域志》:"峡州夷陵有蜀江。"《名胜志》:"《岳阳志》云:荆江五六月间,其水暴涨,则逆泛洞庭潇湘,清流为之改色。南至青草,旬日乃复。亦谓之西水。其水极冷,皆云岷峨雪消所致,岳人谓之翻流水。"

⑤ 一作"风"。

⑥《汉书·成帝纪》:"阳朔二年春寒。"张说诗:"且喜年华去复来。"

兰　溪①

　　兰溪春尽碧泱泱②，映水兰花雨发香③。楚国大夫憔悴日④，应寻此路去潇湘⑤。

　　① 原注：在蕲州西。○《水经注·江水篇》："江水又东右得兰溪水，口并江浦也。"《唐书·地理志》："蕲州蕲水本浠水，武德四年，更名兰溪。天宝元年，又更名。"《太平寰宇记》："蕲水县兰溪水，源出箬竹山，其侧多兰，唐武德初，县指此为名。"《能改斋漫录》："杜牧之守黄州，作此诗，黄承兰溪下流故耳。"按：浠水，《宋书·州郡志》作"希水"，希、浠同也。《旧唐志》作"沛"，盖字误。又兰溪更名蕲水，《元和志》作"天宝六年"，当亦字误。

　　②《诗》："维水泱泱。"《古今诗话》："兰溪自黄州麻城出，东南流入大江，水极清冷。杜牧之诗'兰溪春尽水泱泱'是也。"

　　③《本草集解》："兰有数种：兰草、泽兰生水旁。山兰，即兰草之生山中者。兰花亦生山中，与山兰迥别。兰花生近处者，叶如麦门冬而春花，生福建者，叶如营茅而秋花。黄山谷所谓一干一花为兰，一干数花为蕙者，盖因不识兰草、蕙草，遂以兰花强生分别也。"《水经注·资水篇》："都梁县西有小山，山上有淳水，既清且浅，其中悉生兰草，绿叶紫茎，芳风藻川，兰馨远馥。"

　　④《史记·屈原传》："屈原至于江滨，披发行吟泽畔，颜色憔悴，形容枯槁。渔父见而问之曰：'子非三闾大夫欤？'"

　　⑤《史记·屈原传》："浩浩沅湘兮，分流汩兮，修路幽拂兮，道远忽兮。"《诗话总龟》引《零陵总记》："潇水在永州西三十步，自道州营道县九疑山中，亦名营水。湘水在永州北十里，出自桂林阳海山中，经灵渠北流至零陵北，与潇水合。二水皆清泚一色，高秋八九月，虽丈余可以见底。自零陵合流，谓之潇湘，经衡阳，抵长沙，入洞庭。"

睦州四韵①

州在钓台边②,溪山实可怜③。有家皆掩映④,无处不潺湲⑤。好树鸣幽鸟⑥,晴楼⑦入野烟⑧。残春杜陵客⑨,中酒落花前⑩。

① 《唐书·地理志》:"江南道睦州新安郡。"

② 《元和郡县志》:"睦州桐庐县,严子陵钓台在县西三十里浙江北。"

③ 《太平御览》:"《杂记事》曰:桐庐县青山绿波,连霄亘壑。昔征士散骑常侍戴渤游此,自言山水之致极也。晋《子夜歌》:何处不可怜。"

④ 薛道衡《宴喜赋》:"掩映玲珑。"

⑤ 顾野王《虎丘山序》:"曲涧潺湲,修篁荫映。"

⑥ 韩愈诗:"窗前两好树。"

⑦ 一作"峦"。

⑧ 张旭诗:"隐隐飞桥隔野烟。"

⑨ 李嘉祐诗:"山水暗残春。"《汉书·宣帝纪》:"元康元年,以杜东原上为初陵,更名杜县为杜陵。"

⑩ 《汉书·樊哙传》:"项羽既飨军士,中酒。"注:师古曰:"饮酒之中也,不醉不醒,故谓之中。"《日知录》:"中酒,谓酒半也。《吕氏春秋》谓之中饮。凡事之半曰中。《左传》昭公二十八年'中置',谓馈之半也。《史记·河渠书》:中作而觉。谓工之半也。《吕氏春秋》:中关而止。谓关弓弦正半而止也。中酒,犹今人言半席。师古解以不醉不醒,故谓之中,失之矣。"《司马相如传》:"酒中乐酣。"师古曰:"酒中,饮酒中之半也。"一人注书,前后不同。左思《吴都赋》:"鄱阳暴虐,中酒而作。"庾信诗:"落花承舞席。"

秋晚早发新定①

解印书千轴②，重阳酒百缸③。凉风满红树④，晓月下秋江⑤。岩壑会归去⑥，尘埃终不降⑦。悬缨未敢濯⑧，严濑碧淙淙⑨。

①《元和郡县志》："睦州新定，西北至上都三千七百一十五里。"

②《史记·张耳陈馀传》："陈馀脱解印绶，推予张耳。"梁简文帝《劝医论》："日处百方，月为千轴。"

③魏文帝《与钟繇书》："岁往月来，忽逢九月九日。九为阳数，而日月并应，俗嘉其名，以为宜于长久，故以享宴高会。"《唐会要》："寒食、上巳、端午、重阳，或以因人崇尚，亦播风俗。"

④孙绰诗："疏林积凉风。"

⑤吴均诗："晓月山头下。"《通鉴·梁纪》注："建德县为睦州治所，东阳江新安江合于州城南十里。"

⑥《宋书·隐逸传赞》："岩壑闲远，水石清华。"

⑦《史记·屈原传》："以浮游尘埃之外。"

⑧陶弘景《解官表》："恒思悬缨象阙，孤耕垅下。"

⑨《太平寰宇记》："桐庐县桐溪，一名紫溪，水木泉石相映，自桐溪至於潜，有九十六濑，第二即严陵濑也。"《玉篇》："淙，水声也。"

除官归京睦州雨霁①

秋半吴天霁②，清凝万里光③。水声侵笑语④，岚翠扑衣裳⑤，远树疑罗帐⑥，孤云认粉囊。溪山侵两越⑦，时节到重阳⑧。顾我能甘贱⑨,无由得自强⑩。误曾公触尾⑪,不敢夜循墙⑫。岂意笼飞鸟⑬,还为锦帐郎⑭。网今开傅燮⑮,书旧识黄香⑯。姹女真虚语⑰,饥儿欲一行⑱。浅深须揭厉⑲,休更学张纲⑳。

①《汉书·田蚡传》注,"凡言除者,除去旧官,就新官。"《韩非子》:"雨霁日出,视之晏阴之间。"本集《自撰墓铭》:"守黄、池、睦三州,迁司勋员外郎。"

② 杜甫诗:"百年秋已半,九日意兼悲。"李白诗:"朔雪落吴天。"宋玉《高唐赋》:"遇天雨之新霁兮。"

③《南史·齐武帝诸子传》:"咫尺之内,便觉万里为遥。"

④ 王维诗:"林下水声喧语笑。"《吴志·孙策传》:"策为人美姿颜,好笑语。"

⑤ 戎昱诗:"每到夕阳岚翠近。"《申鉴》:"衣裳服者,不昧于尘涂爱也。"

⑥ 无名氏《秋歌》:"秋风入窗里,罗帐起飘扬。"

⑦《通典》:"睦州春秋时属吴,后属越。"徐陵《侯安都德政碑》:"山移两越。"

⑧《齐民月令》:"重阳之日,必登高眺远,以畅秋志。"

⑨《诗·正月》笺:"顾,犹视也,念也。"吴均《神仙可学论》:"潇洒荜门,乐贫甘贱。"

⑩《史记·屈原传》:"惩违改忿兮,抑心而自强。"

⑪《庄子》:"其智憯于蚖蝎之尾。"

⑫ 陆云诗:"循墙虔恭。"

⑬《鹖冠子》:"笼中之鸟,空笼不出。"

⑭《后汉书·钟离意传》注:"蔡质《汉官仪》曰:尚书郎入直台中,官供新青缣白绫被,或锦被,帷帐画,通中枕,旃蓐,冬夏随时改易。"

⑮《后汉书·傅燮传》:"赵忠惮其名,不敢害,权贵亦多疾之,是以不得

221

留,出为汉阳太守。"

⑯ 原注:曾在史馆四年。○《后汉书·黄香传》:"初除郎中,肃宗诏香诣东观读所未尝见书。"

⑰《后汉书·五行志》:"河间姹女工数钱。"刘勰《新论》:"虚传说者,即似定真,野丈人谓之田父,河上姹女谓之妇人。"

⑱《魏书·裴叔业传》:"高阳王雍谓粲曰:相爱举动,可更为一行。"

⑲《后汉书·张衡传》:"深厉浅揭,随时为义。"

⑳《后汉书·张纲传》:"常感激慨然叹曰:秽恶满朝,不能奋身出命,扫国家之难,虽生,吾不愿也。"《旧唐书·李纲传》:"初名瑗,字子玉,读《后汉书·张纲传》,慕而改之。"

夜泊桐庐先寄苏台卢郎中①

水槛桐庐馆②,归舟系石根③。笛吹孤戍月④,犬吠隔溪村⑤。十载违清裁⑥,幽怀未一论⑦。苏台菊花节⑧,何处与开樽⑨?

① 《元和郡县志》:"睦州桐庐县,西南至州一百五里。"《越绝书》:"阖庐起姑苏台,三年聚材,五年乃成,高见三百里。"《史记索隐》:"姑苏台在吴县西三十里。"《通典》:"尚书省有左右司郎中,诸曹诸司郎中,总三十人。"

② 杜甫诗:"新添水槛供垂钓。"《通典》:"唐三十里置一驿,其非通涂大路,则曰馆。"

③ 庾信诗:"横琴坐石根。"

④ 杜甫诗:"日色隐孤戍。"

⑤《潜夫论》:"一犬吠形,百犬吠声。"

⑥ 一作"义"。○《晋书·王洽传》:"敬和清裁贵令。"

⑦ 韩愈诗:"幽怀不能写。"

⑧ 钟会《新菊赋》："於惟季秋,九月九日,顺阳应节,爰钟福灵。"

⑨《北齐书·李绘传》："高相今在何处?"《西京杂记》："贾佩兰说:在宫内时,九月九日,佩茱萸,食蓬饵,饮菊花酒。"

新转南曹未叙朝散初秋暑退
出守吴兴书此篇以自见志①

捧诏汀洲去②,全家羽翼飞③。喜抛新锦帐④,荣借旧朱衣⑤。且免材为累⑥,何妨拙有机⑦。宋株聊自守⑧,鲁酒怕旁围⑨。清尚宁无素⑩,光阴亦未晞⑪。一杯宽幕席⑫,五字弄珠玑⑬。越浦黄甘嫩⑭,吴溪紫蟹肥⑮。平生江海志⑯,佩得左鱼归⑰。

①《唐会要》:"吏部员外郎一员,判南曹。"《六典》:"文吏叙阶,从五品下曰朝散大夫。"曹植诗:"初秋凉气发。"《晋书·潘岳传》:"凉秋暑退。"《宋书·谢灵运传》:"出守既不得志,遂肆意游遨。"《元和郡县志》:"湖州,吴归命侯置吴兴郡。"《中说》:"君子赋之,以见其志。"

②《唐六典》:"汉制:天子之书,一曰策书,二曰制书,三曰诏书,四曰戒敕。自魏晋以后,因循有册书诏敕,总名曰诏,皇朝因隋不改。"《周书·庾信传》:"就汀洲之杜若。"

③《汉书·张良传》:"鸿鹄高飞,一举千里,羽翼以就,横绝四海。"

④ 锦帐,见前《除官归京》。

⑤《唐会要》:"旧制,凡授都督刺史,阶未及五品者,并听著绯佩鱼,离任则停之。开元八年二月二十八日,敕都督刺史品卑者,借绯及鱼袋,永为常式。"《南齐书·吕安国传》:"当为朱衣官也。"

⑥《庄子》:"材与不材之间,似之而非也,故未免乎累。"

⑦《庄子》:"大巧若拙。"又:"有机械者,必有机事;有机事者,必有机心。"

⑧《韩非子》:"宋人有耕田者,田中有株,兔走触株而死,因释其耒而守株,冀复得兔。"

⑨《庄子》:"鲁酒薄而邯郸围。"

⑩《蜀志·杨戏传》:"尚书清尚,敕行整身。"

⑪江淹诗:"容易光阴度。"

⑫《晋书·刘伶传》:"幕天席地,纵意所如,止则操卮执觚,动则挈榼提壶。"

⑬《南史·陆厥传》:"五字之中,音韵悉异;两句之内,角徵不同。"《晋书·夏侯湛传》:"咳唾成珠玉。"《盐铁论》:"没深源,求珠玑。"

⑭《宋书·张畅传》:"知更须黄甘,诚非所寄。"《风土记》:"甘橘之属,滋味甜美,特异者也。有黄有赪者。"《吕氏春秋》:"果之美者,江浦之橘。"

⑮左思《吴都赋》:"乌贼拥剑。"注:"拥剑,蟹属也。"

⑯《后汉书·逸民传论》:"观其甘心畎亩之中,憔悴江海之上,岂必亲鱼鸟,乐林草哉!亦曰性分所至而已。"陶潜《归去来辞序》:"怅然慷慨,深愧平生之志。"

⑰《野客丛书》:"唐故事,以左鱼给郡守,以右鱼留郡库,每郡守之官,以左鱼合郡库之右鱼,以此为信。自周显德间废,而此制不可复。唐之鱼符,即古者铜虎符之意也。按:古之符节,左以与郡守,右以留京师,非谓留郡库也。谓郡守往回,以所授之左符,合京师之右符,以防其伪。其或遣使调发于郡国,则请内库之右符,以合郡国之左符。如魏公子无忌入王卧内,窃虎符以召晋鄙之军,救平原之难是也。大略如此。然观唐制,谓符宝郎掌国之符节,藏其左而班其右。《环济要略》:铜虎符,竹使符,中分留其左半,以右半付之,则知古之符,藏其右而班其左;后之符,藏其左而班其右,此为不同。今刑统出左符以合右符,是亦左者在内,右者在外也。说者谓请内库之左符,以合郡国之右符耳。"

题白蘋洲[①]

山鸟飞红带[②]，亭薇拆紫花[③]，溪光初透彻[④]，秋色正清华[⑤]。静处知生乐[⑥]，喧中见死夸。无多珪组累[⑦]，终不负烟霞[⑧]。

① 白居易《白蘋洲五亭记》：“湖州城东南二百步，抵霅溪连汀洲，一名白蘋，梁吴兴守柳恽于此赋诗云：汀洲采白蘋，因以为名也。”

②《禽经》：“带鸟性仁。”注：“练鹊之类。”《湖州府志》：“鸟之属有拖白练，拖赤练，嗷练，皆练鹊也。”

③《群芳谱》：“紫薇花攒枝杪，若剪轻縠，盛开时，烂熳如火。”

④ 按《一统志》云：“湖州府溪光亭在归安县治前，宋开禧初，县令郑昭先建，取苏轼诗‘溪光自古无人画’为名。今据此诗，知苏氏实本牧之也。”

⑤ 虞茂诗：“昆明池水秋色明。”《宋书·隐逸传赞》：“岩壑闲远，水石清华。”

⑥《淮南子》：“始吾未生之时，焉知生之乐也。”

⑦ 东方朔诗：“目尽无多。”《晋书·张轨传论》：“绾累叶之珪组。”

⑧《魏书·贾彝传》：“吾不负汝。”《梁书·张充传》：“独浪烟霞，高卧风月。”

题茶山[①]

山实东吴秀[②]，茶称瑞草魁[③]。剖符虽俗吏[④]，修贡亦仙才[⑤]。溪尽停蛮棹，旗张卓翠苔。柳村穿窈窕[⑥]，松涧度喧豗[⑦]。等级云峰峻[⑧]，宽平洞府开[⑨]。拂天闻笑语[⑩]，特地见

楼台⑪。泉嫩黄金涌⑫，牙香紫璧裁。拜章期沃日⑬，轻骑疾
奔雷⑭。舞袖岚侵涧⑮，歌声谷答回⑯。磬音藏叶鸟⑰，雪艳
照潭梅⑱。好是全家到，兼为奉诏来⑲。树阴香作帐⑳，花径
落成堆㉑，景物残三月㉒，登临怆一杯㉓。重游难自克㉔，俯首
入尘埃㉕。

① 原注：在宜兴。○《茶经》："浙西以湖州上，常州次。湖州生长城县
顾渚山中；常州生义兴县君山悬脚岭下。"《西清诗话》："唐茶品虽多，惟湖
州紫笋入贡。紫笋生顾渚，在湖常二郡之间。当采茶时，两郡守毕至，最为
盛会。唐杜牧诗所谓'溪尽停蛮棹，旗张卓翠苔'，刘禹锡'何处人间似仙
境，春山携妓采茶时'，皆以此。"

② 《魏书·司马叡传》："王敦以沈充为大都督，护东吴诸军。"

③ 《茶经》："茶者，南方之嘉木也。"徐摛诗："名因瑞草传。"《一统志》：
"旧志：顾渚山在县西北四十七里，周十二里，西达宜兴，旁有两山对峡，号
明月峡，石壁峭立，涧水中流，茶生其间，尤为异品。"

④ 《后汉书·张酺传》："猥当剖符典郡，班（故）〔政〕千里。"《魏志·华歆
传》注："《江表传》曰：'歆曰：吾虽刘刺史所置用，犹是剖符吏也。'"《汉
书·贾谊传》："俗吏之所务，在于刀笔筐箧。"

⑤ 《唐书·地理志》："湖州吴兴郡，土贡紫笋茶。"《后汉书·班固传》：
"岳修贡兮川效珍。"《汉武内传》："刘彻好道，然形慢神秽，虽当语之以至
道，殆恐非仙才也。"

⑥ 《吴兴备志》："《长兴志》：柳村在水口镇东，多植柳。杜牧诗：'柳村
穿窈窕，桃涧度喧豗。'又曰：'春风最窈窕，日暮柳村西。'唐时修贡橛舟
处。"《史记·司马相如传》："互折窈窕以右转兮。"

⑦ 李白诗："飞泉瀑流争喧豗。"

⑧ 沈约《神不灭论》："等级参差，千累万沓。"江淹诗："平明登云峰，杳
与庐霍绝。"

⑨《左传》疏："李巡云：土地宽博而平正，名之曰原。"隋炀帝诗："洞庭凝玄液。"冯为宾《岕茶笺》："环长兴境，产茶者，曰罗嶰，曰白岩，曰乌瞻，曰青东，曰顾渚，曰篠浦，不可指数，独罗嶰最胜。环嶰十里而远，为嶰者亦不可指数。嶰而曰岕，两山之介也，罗氏居之。在小秦王庙后，所以称庙后罗岕也。洞山之岕，南面阳光朝旭夕晖，云滃露浡，所以味迥别也。"

⑩ 王粲《三辅论》："建拂天之旌。"应玚《神女赋》："时调声以笑语。"

⑪ 杜甫诗："特地引红妆。"《三齐略记》："海上蜃气，时结楼台，名海市。"

⑫ 原注：山有金沙泉，修贡出，罢贡即绝。○《唐书·地理志》："湖州土贡金沙泉。"《太平寰宇记》："金沙泉，按《郡国志》云：即每岁造茶之所也。"

⑬《晋书·蔡谟传》："不胜仰感圣恩，谨遣拜章。"《梁书·张缵传》："荡云沃日。"

⑭ 郭璞诗："迅驾乘奔雷。"

⑮ 萧统诗："舞袖写风枝。"

⑯ 梁武帝《净业赋》："若空谷之应声。"

⑰《述异记》："顾渚山有报春鸟，春至则鸣。"谢朓诗："好鸟叶间鸣。"磬音未详。

⑱ 梁简文帝诗："绝讶梅花晚，争来雪里窥。"

⑲《魏书·叔孙俊传》："每奉诏宣外，必告示殷勤。"

⑳ 庾信诗："树阴逢歇马。"

㉑ 张正见诗："落远香风急，飞多花径深。"

㉒ 陆云诗："景物台晖。"《茶经》："凡采茶在二月、三月、四月之间。"

㉓《宋书·王敬弘传》："林涧环周，备登临之美。"《世说》："张季鹰纵情不拘，或谓之曰：'卿乃纵适一时，独不为身后名邪？'答曰：'使我有身后名，不如即时一杯酒。'"

㉔ 白居易诗："江南风月会重游。"《左传》："不能自克。"

㉕《史记·秦始皇纪赞》："俯首系颈，委命下吏。"刘勰《新论》："珠莹则尘埃不能附，性明则情欲不能染也。"

茶山下作

春风最窈窕①,日晚②柳村西③。娇云光占岫,健水鸣分溪④。燎岩野花远⑤,戛瑟幽鸟啼⑥。把酒坐芳草⑦,亦有佳人携⑧。

①《宋书·谢灵运传》:"含和理之窈窕。"

② 一作"晓"。

③ 庾信《春赋》:"三日曲水向河津,日晚河边多解神。"梁简文帝诗:"春风本自寄,杨柳最相宜。"

④《尔雅》:"水注川曰溪。"钱起诗:"去水咽分溪。"

⑤ 褚亮诗:"野花开更落。"

⑥ 江淹《四时赋》:"轸琴情动,戛瑟涕流。"《顾渚茶山记》:"顾渚山中,有鸟如鸜鹆而色苍,每至正月二月,作声曰:春起也。三月四月曰:春去也。采茶人呼为唤春鸟。"

⑦《说苑》:"齐景公问晏子曰:'寡人自以坐地,二三子皆坐地,吾子独搴草而坐之,何也?'"孙绰《兰亭集后序》:"乃借芳草,鉴清流。"

⑧《汉书·李夫人传》:"北方有佳人。"《苕溪渔隐丛话》:"唐时,顾渚、义兴皆贡茶,又邻壤相接,白乐(山)〔天〕守姑苏,闻贾常州、崔湖州茶山境会,相羡欢宴,因寄诗云:'遥闻境会茶山夜,珠翠歌钟俱绕身。盘下中分两州界,灯前各作一家春。青娥递舞应争妙,紫笋齐尝各斗新。自叹花时北窗下,蒲黄酒对病眠人。'"

入茶山下题水口草市绝句①

倚溪侵岭多高树②,夸酒书旗有小楼③。惊起鸳鸯岂无恨④，一双飞去却回头⑤。

①《元丰九域志》："湖州长兴，四安、水口二镇。"《方舆胜览》："茶山在长兴县西，产紫笋茶。顾渚在长兴西北，即水口镇，唐置贡茶院于此。"按本集有上李太尉《论江贼书》云："凡江淮草市，尽近水际，富商大户，多居其间。"考《南齐书·鄱阳王宝夤传》有草市尉，《南部新书》亦云蜀西川人言梓州者，乃我东门之草市也。盖水次津口，货物所凑，犹扬子所谓一闤之市也。《通鉴》后晋天福二年："魏州范延光遣兵度河焚草市。"注云："时天下兵争，凡民居在城外，率居草屋以成市里，以其价廉功省，猝遇兵火，不至甚伤财以害其生也。"亦义得兼通也。

② 江洪诗："轻云杂高树。"

③《太平寰宇记》："湖州长兴县箬溪在县南五十步，一名顾渚口。箬溪者，顾野王《舆地志》云：夹溪悉生前箬，南岸曰上箬，北岸曰下箬。二箬村名，村人取箬下水酿酒，美胜于云阳，俗称箬下酒。韦昭《吴录》云：乌程箬下酒有名。山谦之《吴兴记》云：上箬、下箬村，并出美酒。张协《七命》云：'酒则荆南乌程'即此酒也。"《魏书·张渊传》："酒旗建醇醪之旌。"张衡《西京赋》："旗亭五重。"注："旗亭，市楼也。"《蜀志·周群传》："于庭中作小楼。"

④《宋书·符瑞志》："鹭立而鸳鸯思。"

⑤ 梁元帝《鸳鸯赋》："双飞兮不息。"费昶诗："双去双归常比翅。"简文帝诗："回头双鬓斜。"

春日茶山病不饮酒因呈宾客①

笙歌登画船②，十日清明前③。山秀白云腻④，溪光红粉鲜⑤。欲开未开花，半阴半晴天⑥。谁知病太守⑦，犹得作茶仙⑧。

①《后汉书·窦融传》："诸郡太守,各有宾客。"

② 江淹《丽色赋》："笙歌畹右,琴舞池东。"梁元帝《牛渚矶碑》："画船向浦,锦缆牵矶。"

③《南齐书·礼志》："三月三日,清明之节。"《淮南子》："春分加十五日,则清明风至。"按:《太平御览》引《易纬》曰:"立夏清明风至。"又引《春秋考异邮》曰:"距冬至一百三十五日,清明风至。"注亦云"立夏之候"。俱与《淮南》异,《淮南》所云,则正距冬至一百六日也。

④ 谢灵运诗:"岩高白云屯。"

⑤ 庾信诗:"村桃拂红粉。"

⑥《茶经》："茶之牙者,发于丛薄之上,有三枝、四枝、五枝者,选其中枝颖拔者采焉。其日有雨不采,晴有云不采。"

⑦《史记·汲黯传》："拜淮阳太守,诏召见,黯为上泣曰:'臣常有狗马病,力不能任郡事。'"

⑧ 刘琨《与兄子演书》："吾体中愦闷,常仰真茶。"

不饮赠官妓

　　芳草正得意①,汀洲日欲西②。无端千树柳③,更拂一条溪④。几朵梅堪折⑤,何人手好携⑥?谁怜佳丽地⑦,春恨却悽悽⑧。

①《后汉书·班固传》："茂树荫蔚,芳草被堤。"《庄子》："得意而忘言。"

② 柳恽诗:"汀洲采白蘋,日暮江南春。"

③《史记·司马相如传》："视之无端。"《货殖传》："安邑千树枣,燕秦千树栗,蜀汉江陵千树橘,常山已南、河济之间千树萩。"

④《庄子》："胡不直使彼以死生为一条。"

⑤《荆州记》："折梅逢驿使。"

⑥ 阮籍诗："携手等欢爱。"

⑦《南齐书·乐志》："江南佳丽地。"梁简文帝诗："佳丽尽关情。"

⑧《关尹子》："人之善瑟者,有悲心,则声悽悽然。"

早春赠军事薛判官①

雪后新正半,春来四刻长②。晴梅朱粉艳③,嫩水碧罗光④。弦管开双调⑤,花钿坐两行⑥。唯君莫惜醉,认取少年场⑦。

①《旧唐书·职官志》："至德后,中原置节度使,又大郡要害之地置防御使,以治军事,刺史兼之。上元后,改防御使为团练守捉使,又与团练兼置,各有副使判官。"

②《唐六典》："挈壶正,司辰,掌知漏刻。孔壶为漏,浮箭为刻,昼夜共百刻。春秋分,昼夜各五十刻,秋分已后,减昼溢夜,九日加一刻;春分已后,减夜溢昼,九日减一刻。"《陈书·沈洙传》："比之古漏,则上多昔四刻。"《汉书·董仲舒传》："犹长日加益而人不知也。"按:此本《大戴礼》,彼云:"与君子游,如长日加益而不自知也。"卢辨注云:"如日之长,虽日加益而不自知也。"师古注《汉书》乃云:"长言身形之修短自幼及壮也。"非矣。

③《宋书·王敬弘传》："常使二老婢戴五条五辫,着青纹袴襦,饰以朱粉。"

④《旧唐书·五行志》："蜀川献单丝碧罗笼裙,镂金为花鸟,细如丝发,鸟子大如黍米,眼鼻嘴甲俱成,明目者方见之。"

⑤《汉书·律历志》："竹曰管,丝曰弦。"《唐书·礼乐志》："越调、大食调、高大食调、双调、小食调、歇指调、林钟商,为七商。"

⑥ 沈约《丽人赋》："陆离羽佩,杂错花钿。"《北齐书·崔暹传》："讲义两行得中郎。"

⑦ 庾信诗："结客少年场，春风满路香。"

代吴兴妓春初寄薛军事

雾冷侵红粉①，春阴扑翠钿②。自悲临晓镜③，谁与惜流年④？柳暗霏微雨⑤，花愁黯淡天。金钗有几只⑥，抽当酒家钱⑦。

① 梁元帝诗："汗轻红粉湿。"
② 梁简文帝诗："春阴江上来。"晋《杂曲歌辞》："门中露翠钿。"
③ 谢朓诗："清镜悲晓发。"
④ 王筠诗："握髓驻流年。"
⑤《岁华纪丽》："日和而柳暗花明。"
⑥《宋书·明帝纪》："以皇后六宫以下杂衣千领，金钗千枚，班赐北征将士。"
⑦《汉书·栾布传》："穷困卖庸于齐，为酒家保。"《隋书·独孤陀传》："尝从家中索酒，其妻曰：'无钱可酤。'"刘采春诗："金钗当卜钱。"

八月十二日得替后移居霅溪馆因题长句四韵①

万家相庆喜秋成②，处处楼台歌板声③。千岁鹤归犹有恨④，一年人住岂无情⑤。夜凉溪馆留僧话⑥，风定苏潭看月生⑦。景物登临闲始见⑧，愿为闲客此闲行。

①《匡谬正俗》："新故交代，谓之为替。"《唐会要》："大中五年九月，中书门下奏：望令应刺史得替已除官者，即敕到后交割了，便赴任。如未除官

者,敕到后与知州官分明交割仓库及诸色事,便离本任。"《太平寰宇记》:
"湖州乌程县雪溪馆。雪溪在县东南一里,凡四水合为一溪,自浮玉山曰苕
溪,自铜岘山曰前溪,自天目山曰馀不溪,自德清县前北流至州南兴国寺曰
雪溪馆,东北流四十里合太湖。"

②《史记·高祖功臣侯年表》:"大侯不过万家。"《宋书·谢庄传》:"里
颂涂歌,室家相庆。"《庄子》:"正得秋而万宝成。"

③《北齐书·胡长仁传》:"私游密席,处处追寻。"元稹诗:"鼍画楼台青
黛山。"《通典》:"拍板长阔如手,重十余枚,以韦连之,击以代抃。"《论衡》:
"弦歌鼓舞,比屋而有。"

④《洞仙传》:"丁令威,辽东人,随师学仙,暂归,化为白鹤,集华表柱
头,言曰:'我是丁令威,去家千载今来归,城郭如旧人民非。'"

⑤《后汉书·襄楷传》:"浮屠不三宿桑下,不欲久生恩爱。"按:本集上
宰相求湖州第二启、第三启俱云:"去岁闰十一月十四日长启乞守钱塘。"第
三启下云:"今年七月,湖州月满,敢再干尊重。"据大中三年有闰十一月,则求
得湖州,正在四年。前题有云"初秋暑退出守吴兴",知即在七月,至五年八月,
恰得一年,故曰"一年人住岂无情"。又《龚辂墓志》:葬辂于吴兴下山,在大中五
年五月,而小说纪寻春较迟事,谓牧之于大中三年至湖州,则误矣。

⑥ 白居易诗:"能来夜话否? 池畔欲秋凉。"

⑦《陈书·谢贞传》:"风定花犹落,乃追步惠连矣。"《太平寰宇记》:"乌
程县苏公潭,从贵泾东流三百五十步,至骆驼桥下,曰苏公潭,此水深不可
测。唐开元初,许国公苏瓌子颋为乌程尉,误坠此溪水间,后为代宗朝相,
许国公。"按:《唐书·宰相世系表》苏颋相玄宗,《寰宇记》云相代宗,误也。

⑧ 颜延之诗:"景物乾元。"《晋书·阮籍传》:"或登临山水,竟日忘归。"

初冬夜饮

淮阳多病偶求欢①,客袖侵霜与烛盘②。砌下梨花一堆

雪③，明年谁此凭阑干④？

① 《汉书·汲黯传》："迁为东海太守，黯多病，卧阁内不出。"又："召拜黯为淮阳太守，黯伏谢不受印绶，诏数强予，然后奉诏。召上殿，黯泣曰：'臣常有狗马之心，今病，力不能任郡事。'"《易林》："酒为欢伯，除忧来乐。"

② 庾信《对烛赋》："还却灯檠下烛盘。"

③ 吴筠雪诗："凝阶似花积。"萧子显诗："洛阳梨花落如雪。"

④ 《韵会》："阑版间曰阑干。"《名义考》："阶际木勾栏曰栏杆，亦作阑干，盖阑干以横斜为义，勾栏木纵横为之，故曰阑干，以木为之，故字从木。"

栽　竹

本因遮日种，却似为溪移。历历羽林影①，疏疏烟露姿②。萧骚寒雨夜，敲劫③晚风时④。故国何年到⑤？尘冠挂一枝⑥。

① 《晋书·刘寔传》："历历相次，不可得而乱也。"《太平御览》："《汉官仪》曰：羽林者，言其为国羽翼，如林之盛也。"

② 《韩诗外传》："孔子曰：由疏疏者何也？"王筠《约法师碑》："须枕烟露，擎持光景。"

③ 原注：客八反。

④ 陈子昂诗："晚风吹画角。"

⑤ 颜延之诗："故国多乔木。"

⑥ 《南齐书·杜京产传》："泰始之朝，挂冠辞世。"

梅

轻盈照溪①水，掩敛下瑶台②。妒雪聊相比，欺春不逐来。

偶同佳客见③，似为冻醪开④。若在秦楼畔，堪为弄玉媒⑤。

① 一作"野"。

② 屈原《离骚》："望瑶台之偃蹇兮，见有娀之佚女。"

③ 何逊诗："日暮留嘉客，相看爱此时。"

④ 《酒经》："抱甕冬醪。"

⑤ 《列仙传》："箫史者，秦穆公时人，善吹箫作鸾凤之响。穆公女弄玉妻焉，日与楼上吹箫作凤鸣，凤来止其屋，为作凤台。"

山石榴①

似火山榴映小山②，繁中能薄艳中闲。一朵佳人玉钗上③，只疑烧却翠云鬟④。

① 《初学记》："周景式《庐山记》曰：香炉峰头有大磐石，可坐数百人，垂生山石榴，三月中作花，色似石榴而小，淡红敷紫萼，炜晔可爱。"

② 梁元帝《石榴诗》："燃灯疑夜火。"庾信诗："山花焰火然。"萧统《七月启》："桂吐花于小山之上。"

③ 元稹诗："一朵红酥旋欲融。"《宋书·乐志》："爱之遗谁赠佳人。"《洞冥记》："元鼎元年，起招仙阁于甘泉宫，西有青鸟赤头，道路而下，以迎神女。神女留玉钗以赠帝，帝以赐赵婕好。"梁简文帝诗："鬟边插石榴。"

④ 李白诗："绿鬓双云鬟。"

柳长句①

日落水流西复东②，春光不尽柳何穷③。巫娥庙里低含

235

雨④，宋玉宅⑤前斜带风⑥。莫将⑦榆荚共争翠⑧，深感杏⑨花相映红⑩。灞上汉南千万树⑪，几人游宦别离中⑫？

①《管子》："五沃之土宜柳。"

②《晋书·束皙传》："岂能登海湄而仰东流之水，临虞泉而招西归之日。"《逸周书》："天道尚右，日月西移；地道尚左，水道东流。"

③ 梁元帝诗："徒望春光新。"

④《水经注·江水篇》："巫山帝女，宋玉所谓天帝之季女，名曰瑶姬，未行而亡，封于巫山之阳，精魂为草，实为灵芝，所谓巫山之女，高唐之阻，旦为行云，暮为行雨，朝朝暮暮，阳台之下。且早视之，果如其言，故为立庙，号朝云焉。"《方言》："娥，好也，秦晋之间，美貌谓之娥。"

⑤ 一作"门"。

⑥《渚宫故事》："宋玉旧宅在江陵城北三里。"《周书·庾信传》："诛茅宋玉之宅，穿径临江之府。"宋玉《风赋》："楚襄王游于兰台之宫，宋玉、景差侍，有风飒然而至。"

⑦ 一云"不嫌"。

⑧《艺文类聚》："《说文》曰：榆，白枌也。榆有刺荚为芜荑。"《氾胜之书》："三月榆荚舒。"

⑨ 一云"与桃"。

⑩《四民月令》："三月昏，参星夕，杏花盛，桑叶白。"

⑪《水经注·渭水篇》："渭水东过霸陵县北，霸水从西北流注之。霸者，水上地名也。"《长安志》："霸陵在通化门东二十里，秦襄王葬于其坂，谓之霸上。"《雍录》："汉世凡东出函潼，必自灞陵始，故赠行者于此折柳为别也。"庾信《枯树赋》："桓大司马闻而叹曰：昔年移柳，依依汉南。今看摇落，悽怆江潭。树犹如此，人何以堪！"

⑫《颜氏家训》："宇宙之下，凡识几人，凡见几事？"《后汉书·王符传》："世务游宦，当涂者更相荐引。"《阴皇后纪》："因将兵征伐，遂各别离。"《古折杨柳曲》："曲成攀折处，惟言久别离。"

隋堤柳

夹岸垂杨三百里①，只应图画最相宜②。自嫌流落西归疾③，不见东风二月时④。

①《大业杂记》："发淮南兵夫十余万，开邗沟，自山阳至扬子入江，三百余里，水面阔四十步，两岸为大道，种榆柳。"

② 王延寿《灵光殿赋》："图画天地，品类群生。"

③《唐书·崔玄（晖）〔暐〕传》："流落变迁。"《孔平仲杂钞》："《霍去病传》：诸宿将常留落不耦，今世俗多作流落。"王融诗："如何将暮天，复值西归日。"

④ 范云诗："东风柳线长。"《大戴礼》："正月柳稊，二月时有见稊始收。"晋《童谣》："二月尽，三月初，华生裹藩柳叶舒。"

柳绝句

数树新开翠影齐，倚风情态被春迷①。依依故国樊川恨②，半掩村桥半拂溪。

① 宋《读曲歌》："柳树得春风，一低复一昂。"

②《魏书·李顺传》："希仁弟骞，为《释情赋》曰：散迟迟于丽日，发依依于弱柳。"《魏志·明帝纪》注："《魏略》曰：虚心西望，依依若旧。"《梁书·陈伯之传》："见故国之旗鼓，感生平于畴日，抚弦登陴，岂不怆恨？"《旧唐书·杜佑传》："佑城南樊川有佳林亭，卉木幽邃，佑常与公卿宴集其间，广陈妓乐，诸子咸居朝列，当时贵盛，莫之与比。"

独 柳

含烟一株柳①,拂地摇风久②。佳人不忍折③,怅望回纤手④。

①《炀帝开河记》:"诏民间有柳一株,赏一缣,百姓竞献之。"

② 梁元帝诗:"长条垂拂地。"

③ 屈原《九歌》:"闻佳人兮召予。"

④ 谢朓诗:"停骖我怅望。"《古诗》:"纤纤出素手。"

早 雁

金河秋半虏弦开①,云外②惊飞四散哀③。仙掌月明孤影过④,长门灯暗数⑤声来⑥。须知胡骑纷纷在⑦,岂逐春风一一回⑧。莫厌⑨潇湘少人处⑩,水多菰米岸莓苔⑪。

①《唐书·地理志》:"单于大都护府。县一。金河。"《汉书·晁错传》注:"苏林曰:秋气至,弓弩可用,北寇常以为候而出军。"

② 一作"上"。

③ 张衡《天象赋》:"动则飞跃于云外。"应玚诗:"朝雁鸣云中,音响一何哀。"

④《三辅故事》:"建章宫承露盘上有仙人掌承露,和玉屑饮之。"陈后主《夜亭度雁赋》:"月共水明。"

⑤ 一作"几"。

⑥《汉书·陈皇后传》:"上使有司赐皇后策,上玺绶,罢退居长门宫。"

萧子范《听雁诗》:"灯光暖欲微。"

　⑦ 一作"虽随胡马翩翩去。""虽"又一作"未"。

　⑧《淮南子》:"雁从风而飞。"《方舆胜览》:"回雁峰在衡阳之南,雁至此不过,遇春而回。"

　⑨ 一作"好是"。

　⑩《山海经》:"洞庭之山,帝之二女居之,是常游于江渊澧沅之风,交潇湘之渊,是在九江之间,出入必以飘风暴雨。"《逸周书》:"白露之日鸿雁来,鸿雁不来,远人背畔。"

　⑪《西京杂记》:"苽之有米者,长安人谓为雕胡。"《宋书·谢灵运传》:"凌石桥之莓苔。"

鸂　鶒

　芝茎抽绀趾②,清唼掷金梭③。日翅闲张锦④,风池去胃罗。静眠依翠荇,暖戏折高荷⑤。山阴岂无尔⑥,茧字换群鹅⑦。

　①《尔雅》:"鶒,鸂鶒。"注:"似凫,脚高,毛冠。"

　② 挚虞《鸂鶒赋》:"青不专绀,缥不擅赤。"

　③ 乔潭《素丝赋》:"度金梭而转明。"

　④ 梁简文帝《鸂鶒赋》:"似金沙之符采,同锦质之报章。"

　⑤ 庾信诗:"高荷没钓船。"

　⑥《晋书·地理志》:"扬州会稽郡山阴。"

　⑦《法书要录》:"王羲之书《兰亭记》,用蚕茧纸、鼠须笔。"《晋书·王羲之传》:"山阴有一道士养好鹅,羲之往观,意甚悦,因求市之。道士云:'为写《道德经》,当举群相赠耳。'羲之欣然写毕,笼鹅而归。"

鹦　鹉①

华堂日渐高②，雕槛系红绦③。故国陇山树④，美人金剪刀⑤。避笼交翠尾⑥，觱嘴静新毛⑦。不念三缄事⑧，世途皆尔曹⑨。

① 《埤雅》："鹦鹉，人舌能言，青羽赤喙。"

② 成公绥《蜘蛛赋》："南连大庑，北接华堂。"

③ 祢衡《鹦鹉赋》："顺桃槛以俯仰。"曹植《鹦鹉赋》："身挂滞于重缲。"

④ 《元和郡县志》："陇州汧源县陇山，在县西六十二里。华亭县小陇山，在县西四十里。"《晋书·张华传》："苍鹰鸷而受绁，鹦鹉慧而入笼，恋钟岱之林野，慕陇坻之高松。"

⑤ 《尔雅》注："南方人呼翦刀谓剂刀。"《万毕术》："乾罩一名鹦鹉，断舌可使言语。"桓玄《鹦鹉赋》："翦羽翮以应用。"

⑥ 左九嫔《鹦鹉赋》："色则丹喙翠尾，绿翼紫颈。"王粲《鹦鹉赋》："就隅角而敛翼。"

⑦ 卢谌《鹦鹉赋》："挥绿翰以运影，启丹觜以振响。"

⑧ 《家语》："孔子观于周庙，有金人三，缄其口而铭其背曰：古之慎言人也。"《淮南子》："鹦鹉能言而不可使长是，何则？得其所言而不可得其所以言。"傅玄《鹦鹉赋》："发言辄应，若响追声。"

⑨ 《魏志·何晏传》注："孙盛曰：委身世涂，否泰荣辱，制之由时。"《世说》："殷仲堪每语子弟曰：贫者士之常，焉得登枝而捐其本，尔曹其存之！"

鹤

清音迎晚月①，愁思立寒蒲②。丹顶西施颊③，霜毛四皓

须④。碧云行止躁⑤，白鹭性灵粗⑥。终日无群伴，溪边吊
影孤⑦。

① 沈约《闻夜鹤诗》："俯首弄清音。"鲍照《舞鹤赋》："晓月将落。"

② 湛方生《吊鹤文》："独中宵而增思。"

③《本草纲目》："鹤丹顶、赤目、赤颊、青脚。"《孟子》疏："《史记》：西
施，越之美女，每入市，人愿见者，先输金钱一文。"

④ 鲍照《舞鹤赋》："叠霜毛而弄影。"《高士传》："四皓者，皆河内轵人
也。"《汉书·张良传》："四人年皆八十余，须眉皓白，衣冠甚伟。"

⑤ 江淹《赤虹赋》："白日无际，碧云卷半。"班彪《北征赋》："行止屈伸，
与时息兮。"

⑥ 枚乘《七发》："若白鹭之下翔。"陶弘景《答赵英才书》："任性灵而直
往，保无用以得闲。"

⑦ 曹植《白鹤赋》："怅离群而独处。"梁简文帝《独鹤诗》："江上念
离群。"

鸦

扰扰复翩翩①，黄昏飏冷烟②。毛欺皇后发③，声感楚姬
弦④。蔓垒盘风下，霜林接翅眠⑤。只如西旅样⑥，头白岂
无缘⑦。

① 一云"翻翻"。《庄子》："胶胶乎，扰扰乎。"吴筠诗："呜呜城上乌，翩
翩尾毕逋。"

②《太玄经》："黄昏于飞内其羽。"

③《后汉书·马皇后纪》注："《东观记》曰：后发美，为四起大髻，但以

发成尚有余,绕髻三匝。"《古诗》:"鸦鬓青雏色。"

④《旧唐书·音乐志》:"《乌夜啼》,宋临川王义庆所作也。元嘉十七年,徙彭城王义康于豫章,义庆时为江州,至镇,相见而哭,为帝所怪,征还宅,大惧。妓妾夜闻乌啼声,扣斋阁云:'明日应有赦。'其年更为南兖州刺史,作此歌。"李义府《咏乌》诗:"琴中伴夜啼。"

⑤《法书要录》:"羊欣师资大令,撼若严霜之林。"

⑥按:《书》有"西旅"语,与此无涉。《易》正义曰:"旅者,客寓之名,羁旅之称,失其本居而寄他方,谓之为旅。"牧之方以燕丹自寓,故以西旅为言。

⑦《博物志》:"燕太子丹质于秦,不得意,欲归,秦王不听,谬言曰:'令乌头白,马生角,乃可。'丹仰而叹,乌即头白;俯而嗟,马生角。秦王不得已而遣之。"

鹭 鸶

雪衣雪发青玉觜①,群捕鱼儿溪影中②。惊飞远映碧山去,一树梨花落晚风。

①《诗》:"麻衣如雪。"

②《埤雅》:"鹭步于浅水,好自低昂,色雪白,头上有丝毵毵然,高尺七八寸,善翻捕鱼。"《禽经》曰:"水禽之味多长,若鹭之类是也。"

村舍燕①

汉宫一百四十五②,多下珠帘闭琐窗③?何处营巢夏将半④,茅檐烟里语双双⑤。

①《北齐·后主纪》："于华林园立贫穷村舍。"

②张衡《西京赋》："郡国宫馆百四十五。"

③《汉武故事》："帝起神屋堂，以白珠为帘，瑇瑁为柙。"《后汉书·梁冀传》："窗牖皆有绮疏青琐。"

④晋《子夜歌》："何处结同心？"《名医别录》："越燕多在堂室中梁上作巢，胡燕多在檐下作巢。"

⑤《北史·孝行传论》："或出茅檐之下，非奖劝所得。"晋《子夜歌》："春感双双燕。"李白诗："秋燕别主人，双双语前檐。"

归　燕

画堂歌舞喧喧地①，社去社来人不看②。长是江楼使君伴③，黄昏犹待倚阑干④。

①《三辅黄图》："未央宫有画堂甲观非常室。"《后汉书·卢植传》："马融外戚豪家，多列女倡歌舞于前。"《晋书·刘聪载记》："以期运未至，不能无事喧喧。"

②《左传》注："燕以春分来，秋分去。"《文昌杂录》："燕以春社来，秋社去，谓之社燕。"

③杜甫诗："日日江楼坐翠微。"《后汉书·郭伋传》："闻使君到，喜，故来奉迎。"

④司马相如《长门赋》："日黄昏而望绝兮。"李白诗："沉香亭北倚阑干。"

伤　猿①

独折南园一朵梅②，重寻幽坎已生苔。无端晚吹惊高树③，似袅长枝欲下来。

①《抱朴子》："猿寿五百岁，则变为玃。"

②《后汉书·百官志》："本注曰：南园在雒水南。"庾信诗："赖有南园菊。"元稹诗："一朵梨花压象床。"

③ 王勃《与蜀城父老书》："轻蝉送夏，惊晚吹于风园；旅雁乘秋，动宵吟于露渚。"陆机诗："鸡鸣高树颠。"

还俗老僧①

雪发不长寸，秋寒力更微②。独寻一径叶③，犹挈衲残衣④。日暮千峰里⑤，不知何处归⑥。

①《魏书·释老志》："太和十年冬，有司奏依旨简遣，其请州还俗者，僧尼合一千三百二十七人。"《唐会要》："会昌五年八月，制天下拆寺四千六百余所，还俗僧尼二十六万余人，收充两税户。"

② 薛道衡《宴喜赋》："秋深气寒。"

③ 杜甫诗："一径野花落。"

④《南齐书·张欣泰传》："下直辄游园池，著鹿皮冠，衲衣，锡杖，挟素琴。"

⑤《史记·伍子胥传》："吾日暮途穷。"

⑥ 刘长卿诗："衡岳千峰乱，禅房何处寻？"

斫 竹

寺废竹色死，宦家宁尔留。霜根渐随斧，风玉尚敲秋①。

江南苦吟客②，何处送悠悠③？

①《开元天宝遗事》："岐王宫中，于竹林内悬碎玉片，每夜闻相触之声，即知有风，名占风铎。"

②《宋书·谢灵运传》："感江南之哀叹。"

③ 江淹诗："西州在何处？"屈原《九章》："白日出之悠悠。"

将赴湖州留题亭菊

陶菊手自种①，楚兰心有期②。遥知渡江日③，正是撷芳时④。

① 昭明太子《陶潜传》："尝九月九日出宅边菊丛中坐，久之满手把菊。"

② 谢灵运诗："楚老惜兰芳。"任昉诗："中道遇心期。"

③《家语》："楚王渡江得萍实。"

④ 汉武帝《秋风辞》："兰有秀兮菊有芳。"

折　菊

篱东菊径深①，折得自孤吟。雨中衣半湿，拥鼻自知心②。

①《晋书·陶潜传》："三径就荒，松菊犹存。"陶潜诗："采菊东篱下。"

②《晋书·谢安传》："安本能为洛下书生咏，有鼻疾，故其音浊，名流爱其咏而弗能及，或手掩鼻以敩之。"

云

尽日看云首不回①，无心都大是无才②。可怜光彩一片玉③，万里晴④天何处来⑤？

①《后汉书·桓荣传》："尽日乃罢。"杜甫诗："忆弟看云白日眠。"庾信《高凤赞》："专心不回。"

②《宋书·陶潜传》："云无心以出岫。"《魏志·管辂传》注："《别传》曰：皆由无才，不由无书也。"

③ 晋《双行缠曲》："独我知可怜。"曹植诗："顾盼遗光采。"《晋书·郤诜传》："犹桂林之一枝，昆山之片玉。"

④ 一作"青"。

⑤《后汉书·窦融传》："明见万里之外。"梁简文帝诗："云穿天半晴。"吴筠诗："春从何处来？"

醉后题僧院

离心忽忽复悽悽①，雨晦倾瓶取醉泥②。可羡高僧共心语，一如携稚往东西。

① 宋玉《高唐赋》："悠悠忽忽，怊怅自失。"《尔雅》："哀哀悽悽，怀报德也。"

②《后汉书·周泽传》注："《汉官仪》云：一日不斋醉如泥。"

题禅院

舣①船一棹百分空②，十岁③青春不负公④。今日鬓丝禅榻畔，茶烟轻⑤飏落花风⑥。

①　一作"航"。

②　《晋书·毕卓传》："尝谓人曰：得酒满数百斛船，四时甘味置两头，右手持杯，左手持蟹螯，拍浮酒船，便足了一生矣。"《大业拾遗记》："作小舸子，木人长二尺许，乘船行酒，每一船一人擎酒杯，一人捧酒钵，一人撑船，二人荡桨，绕曲水池，随岸而行，每到坐客处，即停住，擎酒木人于船头伸手，酒客取酒，饮讫还杯，木人受杯，回向捧酒钵人，取杓斟酒满杯，船依式自行。"

③　一云"千载"。

④　《宋书·乐志》："去行逾十载，贱妾常独栖。"屈原《大招》："青春受谢。"《晋书·周颉传》："使王旅奔败，以此负公。"《隋书·郑译传》："我不负公，此何意也？"

⑤　一作"悠"。

⑥　一作"中"。○刘禹锡诗："客至茶烟起。"梁武帝诗："含桃落花日。"

哭李给事中敏

阳陵郭门外①，陂陁丈五②坟③。九泉如结友④，兹地好埋君⑤。

①　《白虎通》："葬于城郭外，何死生别处，终始异居。"

② 一云"五丈"。

③《汉书·司马相如传》:"登陂阤之长坂。"《通鉴·汉纪》注:"平曰墓,封曰冢,高曰坟。"

④《世说》:"庾道季云:'廉颇、蔺相如虽千载上,使人懔懔,恒如有生气;曹蜍、李志虽现在,厌厌如九泉下人。'"《新序》:"晋平公过九原而叹曰:'嗟乎!此地之蕴吾良臣多矣!使死者起也,吾将谁与归乎?'叔向对曰:'其赵武耳。'"

⑤ 原注:"朱云葬阳陵郭外。"○《汉书·朱云传》:"云年七十余,终于家,遗言:以身服敛,棺周于身,土周于椁,为丈五坟,葬平陵东郭外。"按:《元和郡县志》:"咸阳县汉阳陵,景帝陵也,在县东四十里。平陵,昭帝陵也,在县西北二十里。"与《长安志》所载方向里数多不合。《朱云传》明云"葬平陵东郭外",而此云阳陵,未详。

黄州竹径①

竹浊②蟠小径,屈折斗蛇来③。三年得归去,知绕几千回?

① 一本题下有"门"字,误。《三辅决录》:"蒋诩竹下开三径。"
② 一作"冈"。
③《汉书·武帝纪》:"太始四年,赵蛇从郭外入邑,与邑中蛇群斗孝文庙下。"

题(爱敬)〔敬爱〕寺楼①

暮景千山雪,春寒百尺楼②。独登还独下,谁会我悠悠③？

①《唐会要》："东京敬爱寺怀仁坊，显庆二年，孝敬在东宫为高宗武太后立，以敬爱为名。天授二年，改为佛授记寺，其后又改为敬爱寺。"按：隋有敬爱寺，有孙尚之画在洛阳。见《公私画史》。

②《晋书·乐志》："百尺楼高与天连。"

③《淮南子》："吾日悠悠惭于影。"

送刘秀才归江陵①

彩服鲜华觐渚宫②，鲈鱼新熟别江东③。刘郎浦夜侵船月④，宋玉亭前⑤弄⑥袖风⑦。落落精神终有立⑧，飘飘才思杳无穷⑨。谁人世上为金口⑩？借取明时一荐雄⑪。

①《唐摭言》："武德四年四月十一日，敕诸州学士及白丁，有明经及秀才、俊士，明于理体，为乡曲所称者，委本县考试，州长重覆，取上等人，每年十月，随物入贡。五年十月，诸州共贡明经一百四十三人，秀才六人，俊士三十九人，进士三十人。吏部奏付考功员外郎考试，秀才一人，俊士十四人，所试并通，敕放选，与理入官。其下第人，各赐绢五匹充归粮，各勤修业。"《通典》："江陵郡荆州，理江陵县。"

②《魏志·夏侯玄传》："无兼采之服。"《列女传》："老莱子孝养二亲，行年七十，婴儿自娱，著五色采衣，尝取浆上堂，跌仆，因卧地为小儿啼。"《陈书·陆琼传》："车马衣服，不尚鲜华。"《水经注·江水篇》："江水东迳江陵县故城南，今城，楚船官地也。春秋之渚宫矣。"《通典》："楚渚宫故城，在今江陵县东。"

③《晋书·张翰传》："翰有清才而纵任不羁，时人号为江东步兵，为大司马东曹掾，因见秋风起，乃思吴中菰菜莼羹鲈鱼脍，遂命驾而归。"

④《通鉴·后唐纪》注:"江陵府石首县沙步有刘郎浦,蜀先主纳吴女处也。"

⑤ 一作"春"。

⑥ 一作"满"。

⑦《水经注·沔水篇》:"宜城城南有宋玉宅,玉邑人,隽才辩给,善属文而识音也。"

⑧《后汉书·耿弇传》:"常以为落落难合,有志者事竟成也。"《晋书·温峤传》:"每曰:钱世仪精神满腹。"

⑨《汉书·司马相如传》:"飘飘有凌云气,游天地之间意。"《魏书·常景传》:"有才思,雅好文章。"庾信《谢赵王启》:"落落辞高,飘飘意远。"

⑩《法言》:"如将复驾其所说,则莫若使诸儒金口而木舌。"

⑪《魏志·陈思王植传》:"志欲自效于明时。"《汉书·扬雄传》:"孝成帝时,客有荐雄文似相如者。"

见吴秀才与池妓别因成绝句①

红烛短时羌笛怨②,清歌咽处蜀弦高③。万里分飞两行泪④,满江寒雨正萧骚⑤。

①《唐书·杜正伦传》:"隋世重举秀才,天下不十人,而正伦一门三秀才,皆高第,为世歆羡。"

②《开元天宝遗事》:"杨国忠子弟,每至上元夜,各有千炬红烛,围于左右。"《风俗通》:"笛长二尺四寸,七孔,其后又有羌笛。"梁元帝赋:"闻羌笛之哀怨。"

③ 陶潜诗:"清歌唱高音。"《古今乐录》:"张永《元嘉技录》有《四弦》一曲,《蜀国四弦》是也。"

④ 庾信诗:"共此无期别,俱知万里情。"又《周赵公墓铭》:"陇水分飞。"

《说苑》："回曰：'今者有哭者，其音甚悲，非独哭死，又哭生离者何？'子曰：'何以知？'曰：'完山之鸟。'孔子曰：'何如？'曰：'完山之鸟，生四子，羽翼已成，乃离四海，为是往而不复返也。'"刘缓诗："徒教两行泪，俱浮妆上红。"

⑤阮籍《东平赋》："寒雨沦而下降。"李贺诗："萧骚浪白云差池。"

湖南正初招李郢秀才①

行乐及时时已晚②，对酒当歌歌不成③。千里暮山重叠翠④，一溪寒水浅深清⑤。高人以饮为忙事⑥，浮世除诗尽强名⑦。看著白蘋牙欲吐⑧，雪舟相访胜闲行⑨。

①《元和郡县志》："潭州，湖南观察使理所。刘和妻王氏《正朝》诗：太簇应玄律，青阳兆正初。《通典》：初，秀才科第最高，试方略策五条，有上上、上中、上下、中上，凡四等。贞观中，有举而不第者，坐其州长，由是废绝。"《唐书·艺文志》："李郢诗一卷，字楚望，大中进士第，侍御史。《九国志》：李郢，长安人，唐末，避乱岭表。"按：《唐书·宗室世系·蔡王房》：郢，颍州录事参军，当别为一人。又按：李郢有《和湖州杜员外冬日白蘋洲见忆》诗云："白蘋亭上一阳生，谢朓新裁锦绣成。千嶂雪消溪影录，几家梅绽海波清。已知鸥鸟长来狎，可许汀洲独有名？多愧龙门重招引，即抛田舍棹舟行。"与牧之此诗用韵并同，惟李题云冬至，而此云新正，然两诗语意相直，兼杜用白蘋，亦是湖州故事，知此题"湖南"当是湖州之误，因各本皆同，故仍之。

②《宋书·乐志》："夫为乐，为乐当及时，何能坐愁怫郁，当复来兹。"

③《宋书·乐志》："对酒当歌，人生几何？"

④《宋书·谢灵运传》："伫千里而感远。"王勃《滕王阁序》："烟光凝而暮山紫。"沈约诗："山嶂远重叠。"

⑤《水经注·涟水篇》："控引众流，合成一溪。"庾信诗："寒水细澄沙。"

《沈隐侯集》:"新安江水至清,浅深见底。"

⑥《晋书·邵续传》:"此真高人矣!"《史记·陈轸传》:"陈轸见犀首曰:'公何好饮也?'犀首曰:'无事也。'曰:'吾请令公餍事可乎?'"

⑦ 阮籍《大人先生传》:"逍遥浮世与道成。"《老子》:"吾不知其名,强名曰道。"

⑧《尔雅》:"苹,莼,其大者蘋。"《说文系传》:"薲,大萍也,俗作蘋。"《尔雅翼》:"蘋,五月有花,白色,故谓之白蘋。"《逸周书》:"谷雨之日,萍始生。"

⑨《世说》:"王子猷居山阴,夜大雪,因起仿偟,忽忆戴安道,时戴在剡,即便夜乘小船就之。"

赠朱(灵道)〔道灵〕

刘根丹篆三千字①,郭璞青囊两卷书②。牛渚矶南谢山北③,白云深处有岩居④。

① 《后汉书·刘根传》:"根隐居嵩山中,好事者自远而至,就根学道。"《神仙传》:"府掾王珍,每见根书符了,有所呼名,似人来取,或数闻推问,有人对答,及闻鞭挞之声而不见其形。"《隋书·潘徽传》:"采标绿错,华垂丹篆。"《书断》:"程邈系云阳狱中,覃思十年,益大小篆方圆而为隶书三千字,奏之。"

② 注见卷二《许七侍御》。

③《元和郡县志》:"宣州当涂县牛渚山,在县北三十五里,山突出江中,谓之牛渚圻。"《太平寰宇记》:"当涂县谢公山,在县东三十五里,齐宣城太守谢朓筑室及池于山南,其宅堵址见存。"

④《南齐书·褚伯玉传》:"褚先生从白云游旧矣。"张正见诗:"鹫岭白云深。"《史记·蔡泽传》:"退而岩居川观。"

屏风绝句①

屏风周昉画纤腰②，岁久丹青色半销③。斜倚玉窗鸾发女④，拂尘犹自妒娇娆⑤。

①《释名》："屏风，言可以屏障风也。"《周礼·司几筵》注："斧谓之黼，其制如屏风然。"

②《释名》："画，绘也，以五色绘物象也。"《画断》："周昉穷丹青之妙，画子女为古今之冠。"《后汉书·宋弘传》："常宴见，御坐新屏风图画列女，帝数顾视之，弘正容言曰：未见好德如好色者。帝即为彻之。"

③《抱朴子》："岁久则劳矣。"《隋书·突厥传》："大义公主书屏风为诗曰：富贵今何在？空自写丹青。"《文心雕龙》："丹青初炳而后渝，文章岁久而弥光。"

④王延寿《灵光殿赋》："玉女窥窗而下视。"梁简文帝诗："何时玉窗里，夜夜更缝衣？"

⑤《宋书·乐志》："袍以光躯巾拂尘。"按：宋子侯有《董娇娆诗》。

哭韩绰①

平明送葬上都门②，绋翣交横逐去魂③。归来冷笑悲身事④，唤妇呼儿索酒盆⑤。

①按：韩绰，《唐书·宰相世系表》无之。本集有《寄扬州韩绰判官》诗。

②《汉书·张良传》："后五日平明，与我期此。"《礼记》："送葬不避涂

潦。《长安志》:"唐天宝元年,以京城为西京京兆府,至德二载曰中京,元年建丑月停京名,寻曰上都。京城南面三门:中正曰明德门,东曰启夏门,西曰安化门;东面三门:北曰通化门,中曰春明门,南曰延兴门;西南三门:北曰开远门,中曰金光门,南曰延平门;北面一门,曰光化门。"

③《礼记》:"助葬必执绋。"又:"饰棺,士画翣二。"

④《史记·孟尝君传》:"长铗归来乎。"《北史·崔瞻传》:"何容读国士议文,直此冷笑。"鲍照《游息赋》:"抚身事而识苦,念亲爱而知乐。"

⑤《晋书·刘伶传》:"天生刘伶,以酒为名,一饮一斛,五斗解酲,妇儿之言,慎不可听!"《阮咸传》:"诸阮皆饮酒,咸至宗人间共集,不复用杯觞斟酌,以大盆盛酒,圆坐相向,大酌更饮。"

新定途中①

无端偶效张文纪②,下杜乡关别五秋③。重过江南更千里④,万山深处一孤舟⑤。

①《通典》:"新定郡睦州,理建德县。"《释名》:"涂,度也,人所由得通度也。"

②曹植诗:"无端获罪尤。"《后汉书·张纲传》:"纲字文纪,奏大将军冀、河南尹不疑无君之心十五事,冀乃讽尚书以纲为广陵太守,因欲以事中之。"《唐世说新语》:"李纲,初名瑗,字子玉,读《后汉书》,慕张纲为人,因改名纲,字文纪。"

③《水经注·渭水篇》:"覆盎门南,有下杜城,应劭曰:故杜陵之下部落也,故曰下杜门。"

④谢灵运诗:"江南倦历览。"《南齐书·丘灵鞠传》:"江南地方数千里,士子风流,皆出此中。"《商子》:"飞蓬遇飘风而行千里。"《元丰九域志》:"池州南至本州界二百八十里,自界首至歙州三百五里,歙州东南至本州界一

百一十里，自界首至睦州二百六十里。"

⑤ 蔡邕《汉津赋》："遇万山以左回。"景定《新定续志》方逢辰序："严于浙右为望郡，而介于万山之窟。"王昌龄诗："深处不可挹。"刘眘虚诗："沧溟千万里，日夜一孤舟。"

题新定八松院小石

雨滴珠玑碎①，苔生紫翠重②。故关何日到③？且看小山峰④。

①《陈书·虞寄传》："梁大同中，尝骤雨，殿前往往有杂色宝珠。"

②《初学记》："《广志》曰：空室无人行，则生苔藓，或青或紫。"

③《元和郡县志》："秦函谷关在汉弘农县，即今灵宝县西南十一里故关是也。汉武帝元鼎三年，杨仆为楼船将军，本宜阳人，耻居关外，上疏请以家僮七百人徙关于新安，武帝从之，即今新安县东一里函谷故关是也。"

④《初学记》："郭缘生《述征记》及《华山记》云：山上有三峰直上，晴霁可睹。"

卷　四

往年随故府吴兴公夜泊芜湖口今赴官西去
再宿芜湖感旧伤怀因成十六韵[①]

南指陵阳路[②]，东流似昔年[③]。重恩山未答[④]，双鬓雪飘然[⑤]。
数仞惭投迹[⑥]，群公愧拍肩[⑦]。驽骀蒙锦绣[⑧]，尘土浴潺湲[⑨]。
郭隗黄金峻[⑩]，虞卿白璧鲜[⑪]。貔貅环玉帐[⑫]，鹦鹉破蛮笺[⑬]。
极浦沉碑会[⑭]，秋花落帽筵[⑮]。旌旃明迥野[⑯]，冠佩照神仙[⑰]。
筹画言何补[⑱]，优容道实全[⑲]。讴谣人扑地[⑳]，鸡犬树连天[㉑]。
紫凤超如电[㉒]，青襟散似烟[㉓]。苍生未经济[㉔]，坟草已芊縣[㉕]。
往事唯沙月[㉖]，孤灯但客船[㉗]。岘山云影畔[㉘]，棠叶水声前[㉙]。
故国还归去[㉚]，浮生亦可怜[㉛]。高歌一曲泪[㉜]，明日夕阳边[㉝]。

①《周书·王褒传》："其故府臣僚，皆楚人也。"《旧唐书·沈传师传》："传师，吴人。"《宋书·自序》："沈因国为氏，戎字威卿，汉光武封为海昏县侯，辞不受，因避地居会稽乌程县之余不乡，遂世家焉。顺帝永建九年，分会稽为吴郡，复为吴郡人。吴孙皓宝鼎二年，分吴郡为吴兴郡，复为郡人。"《元和郡县志》："宣州当涂县，芜湖水在县西南八十里。"傅亮《谒五陵表》："感旧永怀，痛心在目。"《史记·高祖纪》："忼慨伤怀，泣数行下。"按：分会稽为吴郡，在汉顺帝永建四年。分吴、丹阳为吴兴郡，在吴孙皓宝鼎元年，《宋书》一作九年，一作二年。《南史》又作永建元年，分会稽为吴郡。而分吴郡为吴兴，亦作宝鼎二年。并误。

②《吴志·孙权传》注："《江表传》曰：旌麾南指，刘琮束手。"《水经

注·沔水篇》：“旋溪水出陵阳山下，径陵阳县西为旋溪水。”

③ 陆贾《新语》：“四渎东流而百川无西。”

④《魏书·李崇传》：“吾受国重恩，忝守藩岳。”鲍照诗：“恩厚德深委如山”。

⑤ 宋《读曲歌》：“双鬓如浮云。”张正见诗：“鬓似雪飘蓬。”《拾遗记》：“列侍者飘然自凉。”

⑥ 刘孝绰《安成王碑》：“波澜莫际，墙仞难窥。”《汉书·扬雄传》：“欲行者拟足而投迹。”

⑦《诗》：“群公先正。”郭璞诗：“左挹浮丘袖，右拍洪崖肩。”

⑧《后汉书·蔡邕传》：“骋弩骀于修路。”《史记·滑稽传》：“楚庄王有所爱马，衣以文绣，置之华屋之下。”

⑨ 沈约诗：“愿以潺湲水，霑君缨上尘。”

⑩《史记·乐毅传》：“燕昭王屈身下士，先礼郭隗，以招贤者。”《太平御览》：“《史记》曰：燕昭王置千金于台上，以延天下士，谓之黄金台。”按：今《史记》无此文。

⑪《史记·虞卿传》：“说赵孝成王，一见，赐黄金百镒，白璧一双。”

⑫《史记·五帝纪》：“轩辕教熊罴貔貅䝙虎，以与炎帝战于版泉之野。”《抱朴子》：“兵在太乙玉帐之中，不可攻也。”

⑬《后汉书·祢衡传》：“黄祖子射为章陵太守，大会宾客，人有献鹦鹉者，射举卮于衡曰：愿先生赋之！以娱嘉宾。衡揽笔而作，文无加点，辞采甚丽。”《天中记》：“唐中国纸未备，故唐人诗中多用蛮笺字。高丽岁贡蛮笺，书卷多用为衬。”

⑭ 屈原《九歌》：“望涔阳兮极浦。”《晋书·杜预传》：“预刻石为二碑，纪其勋绩，一沉万山之下，一立岘山之上，曰：‘焉知此后不为陵谷乎！’”《初学记》：“碑，悲也，所以上往事也。”按：此《通鉴》卷一百七十九注所引，检《初学记》未见。

⑮《尔雅》“鞠治蘠”注：“今之秋华菊。”《晋书·孟嘉传》：“为桓温参军，九月九日，温宴龙山，僚佐毕集，时有风至，吹嘉帽堕落，嘉不之觉，温命孙

盛作文嘲嘉,嘉即答之。"

⑯《汉书·韩延寿传》:"设斧钺旌旗,习射御之事。"

⑰《宋书·礼志》:"冠佩革于秦汉。"《乐志》:"神仙金止玉亭。"

⑱《魏志·邓艾传》:"筹画有方,忠勇奋发。"

⑲《晋书·傅玄传》:"虽不尽施行,而常见优容。"《皇甫谧传》:"立乎损益之外,游乎形骸之表,则我道全矣。"

⑳ 徐陵《欧阳頠德政碑》:"物变讴谣,风移笙管。"王勃《滕王阁序》:"闾阎扑地。"

㉑《晋书·食货志》:"鸡犬之声,阡陌相属。"《后汉书·光武帝纪》:"旌帜蔽野,埃尘连天。"

㉒《古禽经》:"紫凤谓之鹭。"江总诗:"盛时不再得,光景驰如电。"按:此当谓吴兴公倏已去世,如琴高乘赤鲤,苏耽化白鹤之比,或别有紫凤事,未见。

㉓ 袁粲诗:"老夫亦何寄,之子照青襟。"陆机诗:"我静如镜,民动如烟。"

㉔《晋书·殷浩传》:"深源不起,当如苍生何?"又:"足下沉识淹长,思综通练,起而明之,足以经济。"

㉕《晋书·慕容德载纪》:"荒草稢坟,气消烟灭。"《宋书·谢灵运传》:"长洲芊緜。"

㉖《魏志·王昶传》:"览往事之成败。"

㉗ 谢惠连诗:"孤灯暖幽幔。"张九龄诗:"余花满客船。"

㉘《元和郡县志》:"襄州襄阳县岘山,在县东南九里,山东临汉水,古今大路。羊祜镇襄阳,与邹润甫共登此山,后人立碑,谓之堕泪碑。"

㉙《韩诗外传》:"召伯就蒸庶于阡陌陇亩之间,其后诗人见召伯之所,休息树下,美而歌之,《诗》曰:'蔽芾甘棠,勿翦勿伐。'此之谓也。"《陶潜别传》:"渊明尝闻田水声,倚杖久听。"

㉚ 刘长卿诗:"故国云帆万里归。"

㉛《汉书·贾谊传》:"其生也若浮。"《企喻歌》:"男儿可怜虫,出门怀死

忧。"杜甫诗："寒花亦可怜。"

㉜《晋书·潘岳传》："抗音高歌。"鲍照诗："一曲动情多。"

㉝潘岳《京陵王氏女哀辞》："仆马回眷，旐旆旋飞，夕阳失映，晴鸟忘归。"

怀钟陵旧游四首①

一谒征南最少年②，虞卿双璧截肪鲜③。歌谣千里春长暖④，丝管高台月正圆⑤。玉帐军筹罗俊彦⑥，绛帷环佩立神仙⑦。陆公余德机云在⑧，如我酬恩合执鞭⑨。

①《元和郡县志》："江南西道洪州南昌县，汉置。隋改豫章县。宝应元年六月改钟陵县，十二月改为南昌县。"《梁书·刘孝绰传》："虽无纪行之作，颇有怀旧之篇。"

②《南齐书·礼志》："况位隔君臣，而返以一谒兼敬。"《宋书·百官志》："征南将军一人，汉建武中岑彭居之。"《乐志》："少年窈窕何能贤。"按：《通典》谓征南将军，汉光武建武二年置，以冯异为之，亦以岑彭为大将军。然岑彭为征南大将军，纪传多有之，纪于建武三年正月云"以偏将军冯异为征西大将军"，即冯传亦不言曾为征南也。《晋书》羊祜为征南大将军，杜预赠征南大将军，此皆征南之最著者。

③《史记·范雎传》："虞卿蹑屩担簦，一见赵王，赐白璧一双，黄金百镒。"魏文帝《与钟大理书》："窃见玉书称美玉，白如截肪，黑譬纯漆。"

④《韩诗章句》："有章曲曰歌，无章曲曰谣。"《宋书·良吏传序》："凡百户之乡，有市之邑，歌谣舞蹈，触处成群。"《魏书·羊敦传》："仁覃千里，化洽一邦。"《庄子》："煖然似春。"

⑤鲍照诗："丝管感暮情。"虞羲《秋月诗》："影丽高台端。"陶潜诗："亭亭月将圆。"

⑥《北齐书·颜之推传》："转绛宫之玉帐。"骆宾王诗："金坛分上将,玉帐引璚才。"《淮南子》："凡用兵者,必先自庙战,主孰贤? 将孰能? 故运筹于庙堂之上,而决胜于千里之外矣。"《晋书·顾荣传》："顾冲怀纳下,广延俊彦。"

⑦ 刘向《九叹》："张绛帷以襜襜兮。"《史记·孔子世家》："卫灵公夫人南子在绤帷中,孔子入公门,北面稽首,夫人自帷中再拜,环佩玉声璆然。《陈书·张贵妃传论》:宫中远望,飘若神仙。"

⑧《吴志·陆逊传》："世江东大族,逊子抗,抗子晏、景、玄、机、云。"注:"机字士衡,云字士龙。《机云别传》曰:晋太康末,俱入洛,后并历显位。"按:《旧唐书·沈传师传》云:传师太和元年卒,子枢、询,皆登进士第。询历清显,中书舍人,翰林学士,礼部侍郎,故牧之以二陆为比,而谓先德足以裕后也。然《机云别传》又谓:陆抗之克步阐,诛及婴孩,识道者尤之曰:后世必受其殃。及机之诛,三族无遗,而沈询于咸通中为昭义节度使,为奴归秦所杀,亦举家遇害,则牧之此言,乃似先为之谶者,亦可异也。又:沈询为传师子,《新》《旧》传并同。《北梦琐言》以询为侍郎亚之之子,亚之官亦不至侍郎,董斯张谓其一事两误。《琐言》云:"其昆弟二人,一人忘其名,乘舸泛河,为惊湍激船漂死。"亦足见沈氏之不幸矣。又询被害,《新》《旧》传俱云奴通询侍儿,惧诛为乱。《琐言》则谓询以下淫致祸。《新》传谓传师治家不威严,闺门自化,询似不宜有此,岂家法之衰,即贤者亦复不免,或亦《琐言》传闻之误邪?

⑨《史记·管晏传》："假令晏子而在,余虽为之执鞭,所忻慕焉。"

滕阁中春绮席开①,《柘枝》蛮鼓殷晴雷②。垂楼万幕青云合③,破浪千帆阵马来④。未掘双龙牛斗气⑤,高悬一榻栋梁才⑥。连巴控越知何有⑦? 珠翠沉檀处处堆⑧。

①《唐书·滕王元婴传》："贞观十三年,封为金州刺史,迁洪州都

督。"《王勃传》:"勃道出钟陵,都督大宴滕王阁。"《方舆胜览》:"隆兴府滕王阁,在郡城西,滕王元婴所建。"《六韬》:"妇女坐以文绮之席,衣以绫纨之衣。"

② 郭茂倩《乐府诗集》:"《乐府杂录》曰:'健舞曲有《柘枝》,软舞曲有《屈柘》。'《乐苑》曰:'羽调有《柘枝曲》,商调有《屈柘枝》。'此舞因曲为名,用二女童,帽施金铃,抃转有声,其来也,于二莲花中藏,花拆而后见。一说曰:《柘枝》本拓拔舞,讹为'柘枝'。"《唐书·南蛮传》:"韦皋作《南诏奉圣乐》,分四部:龟兹之羯鼓、揩鼓、腰鼓、鸡娄鼓。"《诗》:"殷其雷。"《汉书·五行志》:"秦二世元年,天无云而雷。"

③《西京杂记》:"成帝设云帐、云幄、云幕,世谓三云殿。"江淹《宣列乐歌》:"青幕云舒,丹殿霞起。"

④《宋书·宗悫传》:"愿乘长风,破万里浪。"《隋书·周罗睺传》:"罗睺执笔制诗,还如上马入陈,不在人后。"孙绰《望海赋》:"商客齐畅,潮流往还,各资顺势,双帆同悬,倏如骓骦背驰,挚如交集轻轩。"

⑤《拾遗记》:"吴王召剑工铸剑,一雌一雄,号干将、莫邪,王深宝之。后以石匣埋藏。及晋之中兴,夜有紫气冲牛斗,张华使雷焕为丰城县令,掘而得之,华与焕各宝其一,后华遇害,失剑所在,焕子佩其一剑,过延平津,剑鸣,飞入水,及入水寻之,但见双龙缠屈于潭下,目光如电,遂不敢前取矣。"

⑥《后汉书·徐稺传》:"稺字孺子,豫章南昌人,时陈蕃为太守,在郡不接宾客,惟稺来,特设一榻,去则悬之。"《汉书·序传》:"窾枑之材,不荷栋梁之任。"

⑦ 封敖《滕王阁记》:"作吴楚荆蜀之把握。"王勃《滕王阁序》:"控蛮荆而引瓯越。"

⑧《汉书·地理志》:"粤地近海,多犀象、毒冒、珠玑、银铜、果布之凑,中国往商贾者,多取富焉。"《南粤传》:"因使者献翠鸟千,生翠四十双。"《梁书·林邑国传》:"其国出玭瑰、贝齿、吉贝、沉木香。"《盘盘国传》:"大通元年,遣使献沉檀等香数十种。"

十顷平湖堤柳合①，岸秋兰芷绿纤纤②，一声明月采莲女③，四面朱楼卷画帘④。白鹭烟分光的的⑤，微涟风定翠湉湉⑥。斜晖更落西山影⑦，千步虹桥气象兼⑧。

①《水经注·赣水篇》："豫章郡东大湖十里二百二十六步，北与城齐，南缘回折至南塘，本通章江，增减与江水同。汉永元中，太守张躬筑塘以通南路，兼遏此水，冬夏不增减，水至清深。宋景平元年，太守蔡君西起堤开塘，为水门，水盛旱则闭之，内多则泄之。"《宋书·谢灵运传》："涨涨平湖。"陈高骊定法师诗：平湖四望通。"

② 屈原《九歌》："沅有芷兮澧有兰。"

③《北史·魏孝武本纪》："或咏鲍照乐府曰：'朱门九重门九阖，愿逐明月入君怀。'"《三辅黄图》："《庙记》曰：建章宫北池名曰太液，周回十顷，有采莲女，鸣鹤之舟。"《梁书·羊侃传》："自造采莲棹歌两曲，甚有新致。"

④《史记·封禅书》："有一殿四面无壁。"庾信诗："春窗四面开。"《后汉书·冯衍传》："伏朱楼而四望兮。"江淹诗："卷帘天自高。"

⑤ 徐陵《与杨仆射书》："的的宵烽。"

⑥ 原注：徒兼切。○按：字书无"湉"字，《广韵》："湉，徒兼切，水声。"左思《吴都赋》："澶湉漠而无涯。"注："澶湉，安流貌，湉音恬。"疑此"湉"即"湉"也。

⑦ 梁简文帝《序愁赋》："看斜晖之度寮。"《元丰九域志》："洪州新建有西山。"《一统志》："西山在章江门外三十里，一名南昌山，即古散原山也。或作獒原山。"《水经注·赣水篇》："石头津步西二十里曰獒原山，叠障四周，杳邃有趣。"《北史·崔㥄传》："惊风飘白日，忽然落西山。"

⑧《北史·齐·琅邪王俨传》："魏氏旧制：中丞出，千步清道。"《淮南子》："自上车而驰，必不能自免于千步之中矣。"董思恭《咏虹诗》："桥上晚光舒。"《幽怪录》："明皇谓叶法师曰：'四方元夕，何处极丽？'曰：'无逾广陵。'俄而虹桥起于殿前，帝步而上。"江淹《丽色赋》："非气象之可譬。"

控压平江十万家①,秋来江静镜新磨②。城头晚鼓雷霆
后,桥上游人笑语多。日落汀痕千里色③,月当楼午一声
歌④。昔年行乐秾桃畔⑤,醉与龙沙拣蜀罗⑥。

①《水经注·赣水篇》:"大江南赣水,总纳洪流,东西四十里,清潭远
涨,绿波凝静,而会注于江川。"《旧唐书·地理志》:"洪州,天宝领县六,户
五万五千五百三十。"杜甫诗:"城中十万户,此地两三家。"

② 沈约诗:"洞澈随清浅,皎镜无冬春。"

③ 江淹诗:"日落长沙渚。"萧琛诗:"烟波千里通。"

④《隋书·律历志》:"月兆日光,当午更耀。"《嫏嬛记》:"绛树一声能歌
两曲。"

⑤《诗》:"何彼秾矣,花如桃李。"

⑥《通典》:"章郡南昌有钟陵龙沙。"《水经注·赣水篇》:"赣水北径龙
沙西,沙甚洁白高峻而阤,有龙形,连亘五里中。旧俗九月九日升高处也。"
《仙传拾遗》:"益州土曹柳某妻李氏,著黄罗银泥裙,五晕罗银泥衫子,单丝
罗红地银泥帔子,盖益都之盛服也。"

台城曲二首①

整整复斜斜,隋旄簇晚沙②。门外韩擒虎③,楼头张丽
华④。谁怜容足地⑤?却羡井中蛙⑥。

①《元和郡县志》:"润州上元县,晋故台城,在县东北五里。"《舆地纪
胜》:"台城一曰苑城,本吴后苑城也。晋咸和中作新宫,遂为宫城,下及
梁、陈,宫皆在此。晋宋时谓朝廷禁省为台,故谓宫城为台城。"《至正金陵
新志》:"今胭脂井南至高阳楼基二里,即古台城之地,尽为军营及居民
蔬圃。"

②《隋书·贺若弼传》:"先是、弼请缘江防人每交代之际,必集历阳。于是,大列旗帜,营幕蔽野,陈人以为大兵至,悉发国中士马,既知防人交代,其众复散,后以为常,不复设备。及弼以大军济江,陈人弗之觉也。"

③《隋书·韩擒传》:"大举伐陈,以擒为先锋。擒以精骑五百,直入朱雀门。"

④《南史·陈·张贵妃传》:"后主自居临春阁,张贵妃居结绮阁,龚、孔二贵嫔居望仙阁,并复道交相往来。"

⑤《庄子》:"地非不广且大也,人之所用容足耳。"

⑥《南史·陈·后主纪》:"韩擒虎趣宫城,自南掖门入,后主乃逃于井,既而军人窥井而呼之,后主不应,欲下石,乃闻叫声,以绳引之,惊其太重,及出,乃与张贵妃、孔贵人三人同乘而上。"《景定建康志》:"景阳井一名烟脂井,又名辱井,在台城内。"《庄子》:"埳井之鼃,谓东海之鳖曰:吾乐与吾跳梁乎井干之上,入休乎缺甃之崖,赴水则接掖持颐,蹶泥则没足灭跗,还虷蟹与科斗,莫吾能若也。"

王颁兵势急①,鼓下坐蛮奴②。漱溅倪塘水③,又牙出骨须④。干芦一炬火⑤,回首是平芜⑥。

①《潜夫论》:"气勇益则兵势自倍。"

②《隋书·王颁传》:"大举伐陈,颁自请行,率徒数百人,从韩擒先锋夜济。"《陈书·任忠传》:"忠小字蛮奴,隋将韩擒虎自新林进军,忠乃率数骑往石子冈降之。《左传》:衿甲面缚,坐于中军之鼓下。"

③ 木华《海赋》:"浟湙潋滟。"《陈书·高祖纪》:"齐兵自方山进及儿塘,游骑至台城。"《通鉴晋纪》注:"倪塘在建康东北方山埭南,倪氏筑塘,因以为名。"《景定建康志》:"倪塘在城东南二十五里。"

④《隋书·王颁传》:"父僧辩为陈武帝所杀,及陈灭,于是发其陵,剖

棺,见陈武帝须并不落,其本皆出自骨中,颁遂焚骨取灰,投水而饮之。"《元和郡县志》:"润州上元县,陈武帝万安陵在县东三十八里方山西北。"《至正金陵新志》:"陈高祖陵,上元县东崇礼乡,地名陵里,去城二十五里,名万安陵。"韩愈诗:"叉牙妨食物。"

　　⑤《宋书·沈庆之传》:"蛮夜下山,人提一炬以烧营。"《陈书·后主纪》:"贺若弼至乐游苑,进攻宫城,烧北掖门。"

　　⑥ 徐悱诗:"回首见长安。"《隋书·地理志》:"丹阳郡自东晋已后置郡,曰扬州。平陈,诏并平荡耕垦,更于石头城置蒋州。"《通鉴·唐纪》:"光启三年,赵晖治南朝台城而居之。"注:"隋之平陈也,悉毁建康台城,更于石城置蒋州,唐废蒋州,以其地隶润州。光启二年,复置升州,治上元县,盖台城之湮废久矣。"

江上雨寄崔碣①

　　春半平江雨,圆文破蜀罗②。声眠篷底客,寒泾钓来蓑。暗澹遮山远③,空濛著柳多④。此时怀一⑤恨⑥,相望意如何⑦?

　　①《史记·郑世家》:"吾欲南至江上何如?"江淹《莲花赋》:"琴柱急兮江上寒。"《唐书·宰相世系表》:博陵大房崔氏:碣字东标。

　　② 王僧孺诗:"绿水散圆文。"《唐六典》:"厥贡益蜀二州单丝罗。"

　　③ 白居易诗:"一丛暗澹将何比。"

　　④ 谢朓《观雨诗》:"空濛如薄雾。"

　　⑤ 一作"旧"。

　　⑥ 刘孝威诗:"唯言有一恨,恨不遂人心。"

　　⑦《宋书·乐志》:"牵牛织女遥相望。"《后汉书·台佟传》:"孝威居身如是,甚苦如何?"

罢钟陵幕吏十三年来泊溢浦感旧为诗①

青梅雨中熟②,檐倚酒旗边③。故国残春梦④,孤舟一褐眠⑤。摇摇远堤柳⑥,暗暗十程烟⑦。南奏钟陵道⑧,无因似昔年。

①《旧唐书·地理志》:"洪州钟陵,汉南昌县,豫章郡所治也。隋改为豫章县。宝应元年六月,以犯肃宗讳,改为钟陵。"按:改豫章为钟陵,以代宗讳豫也,此作肃宗,字误。本传:沈传师廉察江西宣州,辟牧为从事,试大理寺评事。《宋史·选举志》:"节度、观察、防御、团练,推官、判官,节度掌书记,观察支使,谓之幕职官。《元和郡县志》:江州浔阳县,本汉县。隋平陈,改彭蠡县。大业二年,改溢城县。武德五年,复为浔阳县。《庐山记》:江州有盆山,故其城曰溢城,浦曰溢浦。"《后汉书·荀彧传》:"义士有存本之思,兆人怀感旧之哀。"

②鲍照诗:"素盘进青梅。"《初学记》:"梅熟而雨曰梅雨,江东呼为黄梅雨。"《尔雅翼》:"今江南梅熟之时,辄有细雨,连日不绝,衣物皆裛,谓之梅雨。"

③张载《酃酒赋》:"拟酒旗于玄象。"

④《魏书·袁翻传》:"望它乡之阡陌,非故国之池林。"《陈子昂传》:"啼鸟惊残梦。"

⑤朱超诗:"孤舟无四邻。"

⑥《大戴礼》:"若风行至柳上摇摇。"

⑦贾谊《新书》:"君子既去其职,则其于民也,暗暗然如日之已入也。"《唐书·百官志》:"凡三十里有驿。"《元和郡县志》:"江州,南至洪州三百二十五里。"

⑧《汉书·张释之传》:"上指示慎夫人新丰道曰:此走邯郸道也。"如

淳曰："走音奏。奏，趣也。"《金日磾传》："日磾奏厕心动。"师古曰："奏，
向也。"

商山麻涧①

云光岚彩四面合②，柔柔③垂柳十余家。雉飞鹿过芳草
远④，牛巷鸡埘春日斜⑤。秀眉老父对罇酒⑥，蒨袖女儿簪野
花⑦。征车自念尘土计⑧，惆怅溪边书细沙⑨。

①《荆州记》："上洛县有商山，其地险阻，林壑深邃，四皓隐焉。"《方舆
纪要》："麻涧在熊耳峰下，山涧环抱，厥地宜麻，因名麻涧。"《一统志》："商
州偏路在州西北十里。《新唐书·地理志》：贞元七年，刺史李西华自蓝田
至内乡开新道七百余里，回山取途，人不病涉，谓之偏路。《舆程记》：自武
关西北行五十里，至桃花铺，又八十里至白杨店子，又八十里至麻涧，又百
里至新店子，又百里至蓝田县，皆行山中，即所谓偏路也。至蓝田始出险
就平。"

②《拾遗记》："汉昭帝使宫人歌曰：云光开曙月低河。"《後汉书·班固
传》："红尘四合，烟云相连。"

③ 一作"桑"。

④《後汉书·班固传》："竹林果园，芳草甘木。"

⑤ 梁元帝诗："西山晚日斜。"

⑥《方言》："眉，老也。东齐曰眉。"注："言秀眉也。"《后汉书·郑康成
传》："秀眉明目，容仪温伟。"《家语》："或献樽酒束修，子思曰：为费不
当也。"

⑦《周礼》"掌染草"《释文》："茅蒐，蒨也。"《宋书·五行志》："草生可揽
结，女儿可揽抱。"江总诗："野花不识采。"

⑧《山海经》："有国名曰流黄辛氏，其域中方三百里，其出是尘土。"

⑨《宋书·陶潜传》:"既自以心为形役,奚惆怅而独悲?"《一统志》:"商州丹水,出秦岭之息邪涧,亦曰州河。径麻涧,曰麻涧河。"

商山富水①驿②

　　益戆由来未觉贤③,终须南去吊湘川④。当时物议朱云小⑤,后代声华白日悬⑥。邪佞每思当面唾⑦,清贫长欠一杯钱⑧。驿名不合轻移改,留警朝天者惕然⑨。

　　① 一作"春"。

　　② 原注:驿本名与阳谏议同姓名,因此改为富水一作"沙"。驿。○《一统志》:"富水河在商南县东二十里,富水堡在县东二十五里。唐时置富水驿。"《唐书·阳城传》:"隐中条山。德宗召拜右谏议大夫。"按元稹《阳城驿》诗云:"商有阳城驿,名同阳道州,我愿避公讳,名为避贤邮。"据稹诗,谪江陵士曹时作,在元和五年,则改富水驿不知复在何时。俟再考。

　　③《汉书·汲黯传》:"上谓人曰:'甚矣!汲黯之戆也。'"又:"上曰:'人果不可以无学,观汲黯之言,日益甚矣!'"《唐书·阳城传》:"裴延龄诬逐陆贽等,帝怒甚,无敢言。城乃约拾遗王仲舒守延英阁,上疏极论延龄罪,忼慨引谊,申直贽等,累日不止,闻者寒惧,城益厉。帝大怒,召宰相抵城罪,皇太子为开救,良久得免。"

　　④《晋书·庾阐传》:"出补零陵太守,入湘川,吊贾谊,其辞曰:'中兴二年,余忝守衡南,鼓枻三江,路次巴陵,望君山而过洞庭;涉湘川而观汩水,临贾生投书之川,慨以永怀矣!及造长沙,观其遗象,喟然有感,乃吊之云。'"《顺宗实录》:"有薛约者,以言事得罪,吏纵求得城家,德宗闻之,以城为党罪人,出为道州刺史。"

　　⑤《梁书·谢几卿传》:"不屑物议。"《晋书·段灼传》:"安昌侯张禹者,汉之三公,成帝保傅也。佞谄不忠,苟取容媚,是以朱云抗节,求尚方斩马

剑，欲以斩禹，以戒其余，可谓忠矣。成帝不寤，诏御史将云下，欲急烹之，云攀殿折槛，幸赖左将军辛庆忌叩头流血，以死争之，不然云已摧碎矣。后虽释槛不修，欲以彰明直臣，诚足以为后世之戒，何益于汉室所由亡也哉！"《旧唐书·阳城传》："德宗召宰相入议，将加城罪，时顺宗在东宫，为开解之，城赖之获免。于是金吾将军张万福闻谏官伏阁谏，趋往，至延英门，大言贺曰：朝廷有直臣，天下必太平矣！乃造城及王仲舒等曰：谏议能如此言事，天下安得不太平。已而连呼太平、太平。万福武人，年八十余。自此名重天下。"

⑥《晋书·宣帝纪论》："虽自隐过当年，而终见嗤后代。"任昉《宣德皇后令》："客游梁朝，则声华藉甚。"《魏志·武帝纪》："君执大节，精贯白日。"《晋书·江统传》："故能悬名日月，永世不朽。"

⑦《晋书·舆服志》："獬豸神羊，能触邪佞。"《史记·赵世家》："复言长安君为质者，老妇必唾其面。"《唐书·阳城传》："帝意欲相延龄，城显语曰：'延龄为相，吾当取白麻坏之，哭于廷。'帝不相延龄，城力也。坐是下迁国子司业。"

⑧《魏志·华歆传》："歆素清贫，禄赐以振施亲戚故人，家无担石之储。"《晋书·嵇康传》："浊酒一杯，弹琴一曲，志意毕矣。"《唐书·阳城传》："常以木枕布衾质钱，人重其贤，争售之。每约二弟：吾所奉入，而可度月食米几何？薪菜盐几钱？先具之，余送酒家，无留也。"

⑨《旧唐书·韩弘传》："朝天有庆，就日方伸。"

丹　水①

何事苦萦回②？离肠不自裁。恨声随梦去，春态逐云来③。沉定蓝光彻，喧盘粉浪开。翠岩三百尺④，谁作子陵台⑤？

①《水经》："丹水出京兆上洛县西北冢岭山，东南过其县南，又东南过

商县南，又东南至丹水县，入于均。"

②《梁书·刘孺传》："何事久迟回。"唐明皇诗："萦回屡逐风。"

③ 白居易诗："粉黛凝春态。"

④ 苏颋《龙兴寺碑》："径翠岩而北指。"《水经注·丹水篇》："黄水北有墨山，山石悉黑，缋彩奋发，黝焉若墨。丹水南有丹崖山，山悉赪壁霞举，若红云秀天。二岫更为奇观也。"

⑤《通典》："睦州桐庐有严子陵钓台。"

题武关①

碧溪留我武关东②，一笑怀王迹自穷③。郑袖娇娆酬似醉④，屈原顦顇去如蓬⑤。山墙谷堑依然在⑥，弱吐强吞尽已空⑦。今日圣神家四海⑧，戍旂长卷夕阳中⑨。

①《唐书·地理志》："商州商洛县东有武关。"《史记·秦始皇纪》正义："《括地志》云：故武关在商州商洛县东九十里，春秋时少习也。"

②《元丰九域志》："商南有商洛水。"《史记索隐》："《太康地理志》：武关当冠军县西。"

③《北史·刘昶传》："虽无足味，聊复为一笑耳。"《史记·屈原传》："怀王入武关，秦伏兵绝其后，因留怀王以求割地，怀王怒不听，亡走赵，赵不内，复之秦，竟死于秦而归葬。"

④《屈原传》："张仪设诡辩于怀王之宠姬郑袖，怀王竟听郑袖，复释去张仪。"又："众人皆醉，而我独醒。"

⑤ 何晏诗："转蓬去其根。"余见卷三《兰溪》。

⑥《史记·蒙恬传》："堑山堙谷，千八百里。"《大戴礼》："今人称五帝三王，依然若犹存者。"

⑦《汉书·薛宣传》："不吐刚茹柔。"《诗·烝民》传："刚柔之在口，或茹

之，或吐之，喻人之于敌强弱。”

⑧《尚书》：“乃圣乃神。”又：“奄有四海。”《魏书·刘聪等传》：“夫帝王者，配德两仪，家有四海。”

⑨ 王粲诗：“翩翩飞戍旃。”《水经注·漯水篇》：“武州塞水迳日没城南，盖夕阳西颓，戎车所薄之城故也。”

除官赴阙商山道中绝句①

水叠鸣珂树如帐②，长杨春殿九门珂③。我来惆怅不自决④，欲去欲住终如何⑤。

①《梦溪笔谈》：“除拜官职谓除其旧籍，不然也。除，犹易也，以新易旧曰除。阶谓之除者，自下而上，亦更易之义。”《晋书·鲁芝传》：“天水老幼，赴阙献书，乞留芝。”《太平寰宇记》：“商州上洛县商山，又名地肺山。”《旧唐书·地理志》：“商州至京师二百八十一里。”《宋书·五行志》：“道者，地理四方所以交通，王命所由往来也。”《后汉书·吴汉传》：“望见道中有一人，似儒生者”。

②《尔雅翼》：“贝，大者为珂，黄黑色，其骨白，可以饰马。盖此等饰非特取其容，兼取其声，故《说文》贵，贝声也。”何逊诗：“下阪听飞珂。”

③《汉书·司马相如传》：“尝从上至长杨猎。”《三辅黄图》：“长杨宫在今盩厔县，本秦旧宫，至汉修饰之以备行幸，中有垂杨数亩，因为宫名。”《陈书·武帝纪》：“双阙低昂，九门寥豁。”《唐会要》：“九品已上，朔望朝参者，十月一日已后，二月三十日已前，并服袴褶，五品已上著珂缴。”按：此二句中有二“珂”字，疑有误。

④《晋书·袁乔传》：“执笔惆怅，不能自尽。”

⑤ 蔡文姬诗：“去住两情兮难具陈。”《魏书·冯元兴传》：“未知公意如何耳。”

汉　江①

溶溶漾漾白鸥飞②，绿净春深好染衣③。南去北来人自老④，夕阳长送钓船归⑤。

①《通典》："襄州襄阳有汉水。"《元和郡县志》："襄州宜城县汉水，在县东九里。"

② 刘向《九叹》："扬流波之潢潢兮，体溶溶而东回。"《说文》："羕，水长也。"《诗》曰："江之羕矣。"《文选》注："《韩诗》：江之漾矣。"宋之问诗："漾漾潭边月。"

③《杜阳杂编》："南昌国有紫海，水色如烂椹，可以染衣。"

④ 吴均《橘赋》："风凄寒而北来，雁衔霜而南度。"

⑤《梁书·沈约传》："请微躯于夕阳。"

襄阳雪夜感怀①

往事起独念②，飘然自不胜③。前滩急夜响，密雪映寒灯。的的三年梦④，迢迢一线缠⑤。明朝楚山上⑥，莫上最高层⑦。

①《通典》："襄阳郡襄州，理襄阳、安众二县。"

②《魏书·尔朱荣传》："寻绎往事，实切于怀。"《后汉书·光武帝纪》："独念伯升，素结轻客，必举大事。"

③《吴越春秋》："往若飘然，去则难从。"《淮南子》："积力之所举，则无不胜也。"

④ 王僧孺《述梦诗》：“的的一皆是。”《左传》：“声伯梦涉洹至貍脤而占之曰：‘余恐死，故不敢占也。今众繁而从余三年矣，无伤也。’”

⑤ 祖叔辨诗：“迢迢天路殊。”《元氏掖庭记》：“刺绣亭，冬至则候日于此，亭边有一线竿。”《幽明录》：“有女子弹弦而歌曰：连绵葛上藤，一缓复一絙。”

⑥《太平寰宇记》：“襄阳县望楚山，在县南三里。”《通典》：“襄阳，春秋以来楚地。”

⑦ 沈约诗：“楚山高兮杳难度。”庾信诗：“高层出九城。”

咏歌圣德远怀天宝因题关亭长句四韵①

圣敬文思业太平②，海寰天下唱歌行③。秋来气势洪河壮④，霜后精神泰华狞⑤。广德者强朝万国⑥，用贤无敌是长城⑦。君王若悟治安论⑧，安史何人敢弄兵⑨。

①《唐会要》：“玄宗年号二：开元三十年正月一日，改为天宝，天宝十五载七月十五日传位。”《水经注·河水篇》：“门水东北历阳华之山，又东北历峡，谓之鸿关水，水东有城，即关亭也。”

②《旧唐书·宣宗纪》：“大中二年正月，宰臣率文武百僚上徽号曰：圣敬文思和武光孝皇帝。”《后汉书·蔡邕传》：“宣太平于中区。”

③《汉书·天文志》：“五星同色，天下偃兵，百姓安宁，歌舞以行。”《旧唐书·宣宗纪论》：“大中临驭，刑政不滥，贤能效用，百揆四岳，穆若清风，十余年间，颂声载路。”

④《周礼·肆师》注：“祷气势之增倍也。”《庄子》：“秋水时至，百川灌河。”潘岳诗：“登城望洪河。”

⑤《庄子》：“澡雪而精神。”《山海经》：“太华之山，削成而四方，其高五千仞，其广十里。”《初学记》：“《白虎通》云：少阴用事，万物生华，故曰华山。”按：今《白虎通》无此文。

⑥《汉书·扬雄传》："北怀单于广德也。"《陈书·高祖纪》："天子朝万国于太极东堂。"《旧唐书·玄宗纪论》："开元之有天下也,纠之以典刑,明之以礼乐,爱之以慈俭,律之以轨仪,长辔远驭,志在于升平。于斯时也,烽燧不惊,华戎同轨,冠带百蛮,车书万里,所谓世而后仁,见于开元者矣。"

⑦《后汉书·左雄传》："柔远和迩,莫大宁人,宁人之务,莫重用贤。"黄石公《上略》："古军谶曰:贤者所过,其前无敌。"《公羊传》："王者无敌,莫敢当也。"《魏书·高闾传》："赵灵、秦始,长城是筑。"《唐书·李勣传》,"帝曰:炀帝不择人守边,劳中国筑长城以备虏。今我用勣守并,突厥不敢南,贤长城远矣!"《旧唐书·玄宗纪论》:"国无贤臣,圣亦难理。开元之初,贤臣当国,百度惟贞。俄而朝野怨咨,政刑纰缪,何哉? 用人之失也。"

⑧ 各本俱作"治皮论",今从《全唐诗》。○《汉书·贾谊传》:"陛下何不壹令臣得熟数之于前,因陈治安之策,试详择焉。"

⑨《唐书·兵志》:"范阳节度使安禄山反,犯京师,天子之兵,弱不能抗。其后禄山子庆绪及史思明父子继起,中国大乱。"《逆臣传赞》:"禄山、思明,兴贱隶饿俘,假天子恩幸,遂乱天下。"《旧唐书·李宝臣等传论》:"使明皇不懈于开元之政,姚崇久握于阿衡,讵有柳城一孽,敢窥佐伯,况其下者哉?"《汉书·龚遂传》:"其民困于饥寒而吏不恤,故使陛下赤子,盗弄陛下之兵于潢池中耳。"

途中作

绿树南阳道①,千峰势远随②。碧溪风澹③态④,芳树雨余⑤姿⑥。野渡云初暖⑦,征人袖半垂⑧。残花不一⑨醉⑩,行乐是何时⑪?

①《元和郡县志》:"秦昭襄王取韩地,置南阳郡,以在中国之南而有阳地,故曰南阳。"《国语》:"列树以表道。"宋之问诗:"绿树秦京道。"

② 王昌龄诗："千峰迎夕阳。"张衡《南都赋》："其地势则武阙关其西,桐柏揭其东。"

③ 一作"慢"。

④《元丰九域志》："南阳郡穰有淯水、朝水。南阳有梅溪水、白水、清泠水。"

⑤ 一作"阴"。

⑥ 梁元帝《纂要》："春木曰华树、芳树。"

⑦ 李嘉祐诗："野渡花争发。"

⑧ 何逊诗："征人慕前侣。"

⑨ 一作"足"。

⑩ 萧子云诗："蛱蝶恋残花。"《晋书·孝武帝纪论》："肆一醉于崇朝。"

⑪《宋书·乐志》："今日不作乐,当待何时?"

重到襄阳哭亡友韦①寿朋②

故人坟树立③秋风④,伯道无儿迹更空⑤,重到笙歌分散地⑥,隔江吹笛⑦月明中⑧。

① 一作"章"。

② 一作"重宿襄州哭韦楚老拾遗"。《剧谈录》："朱崖李相国平泉庄,去洛城三十里,东南隅即处士韦楚老拾遗别墅。楚老风韵高致,雅好山水,相国居廊庙日,以白衣擢升谏署。"

③ 一作"五"。

④ 任昉《哭范仆射》诗："一朝万化尽,犹我故人情。"《白虎通》："天子坟高三仞,树以松;诸侯半之,树以柏;大夫八尺,树以栾;士四尺,树以槐;庶人无坟,树以杨柳。"《水经注·汳水篇》："薄伐城内有故冢方坟,有人著大冠绛单衣,杖竹立冢前,呼采薪孺子伊永昌曰:我王子乔也,弗得取吾坟上

树也。"《易林》:"秋风生哀,花落心悲。"按:《通鉴·汉纪》注引《春秋纬》云:"大夫八尺,树以药草。余俱同《白虎通》。"

⑤《晋书·邓攸传》:"攸字伯道,时人语曰:天道无知,使邓伯道无儿。"

⑥ 鲍照诗:"笙歌待明发。"

⑦ 一作"曲"。

⑧《晋书·向秀传》:"邻人有吹笛者,发声寥亮,追想曩昔游宴之好,感昔而叹。"《国史补》:"李牟月夜泛江,维舟吹笛。"

赤　壁①

折戟沈沙铁未②销,自将磨洗认前朝③。东风不与周郎便④,铜雀春深锁二乔⑤。

①《元和郡县志》:"鄂州蒲圻县赤壁山,在县西一百二十里,北临大江,其北岸即乌林,与赤壁相对,即周瑜用黄盖策焚曹公舟船败走处。"按:此诗又见李商隐集。

② 一作"半"。

③《宋书·檀道济传》:"道济立功前朝,威名甚重。"

④《吴志·周瑜传》:"瑜时年二十四,吴中皆呼为周郎。权遣瑜及程普等逆曹公,遇于赤壁,瑜部将黄盖曰:'操军方连船舰,首尾相接,可烧而走也。'"注:"《江表传》曰,至战日,盖先取轻利舰十舫,载燥荻枯柴积其中,灌以鱼膏,赤幔覆之,建旌旗龙幡于舰上,时东南风急,因以十舰最著前,中江举帆,去北军二里余,同时发火,火烈风猛,往船如箭,飞埃艳烂,烧尽北船,延及岸边营砦。瑜等率轻锐继其后,雷鼓大进,北军大坏,曹公退走。"

⑤《水经注·浊漳水篇》:"邺西三台:中曰铜雀台,高十丈,有屋百一间。"《吴志·周瑜传》:"乔公两女,皆国色也。策自纳大乔,瑜纳小乔。"裴注引《江表传》曰:"策从容戏瑜曰:'乔公二女,虽流离,得吾二人作婿,亦足

为欢。'"《许彦周诗话》："杜牧之《赤壁诗》'折戟沉沙'云云，意谓赤壁不能纵火，为曹公夺二乔置之铜雀台上也。孙氏霸业，系此一战，社稷存亡，生灵涂炭都不问，只恐捉了二乔，可见措大不识好恶。"按：诗不当如此论，此直村学究读史见识，岂足与语诗人言近指远之故乎？

云梦泽①

日旗龙旆想飘扬②，一索功高缚楚王③。直是超然五湖客④，未如终始郭汾阳⑤。

①《元和郡县志》："安州安陆县云梦泽，在县南五十里。"

②《周礼·司常》："日月为常，交龙为旆。"《穆天子传》："日月之旆。"《战国策》："楚王游于云梦，结驷千乘，旌旗蔽天。"魏武帝诗："随风远飘扬。"

③《小尔雅》："绋，索也，大者谓之索，小者谓之绳。"《史记·项羽纪》："劳苦而功高如此。"《淮阴侯传》："人有上书告楚王信反，高祖以陈平计，发使告诸侯会陈，吾将游云梦，实欲袭信。高祖且至楚，信谒高祖于陈，上令武士缚信载后车。"

④《史记·蔡泽传》："范蠡知之，超然辟世，长为陶朱公。"《国语》："范蠡灭吴，反至五湖，范蠡辞于王曰：君王勉之，臣不复入于越国矣。遂乘轻舟以浮于五湖，莫知其所终。"

⑤《旧唐书·郭子仪传》："子仪进封汾阳郡王。"又："子仪辞太尉曰：苟西戎即叙，怀恩就擒，必当追踪范蠡，继迹留侯。"又："史臣裴垍曰：子仪富贵寿考，繁衍安泰，华荣终始，人道之盛，此无缺焉。"

除官行至昭应闻友人出官因寄①

贱子来②千里③，明公去一麾④。可⑤能休⑥涕泪⑦，岂独感恩知⑧。草木穷秋⑨后⑩，山川落照时⑪。如何望故国⑫？驱马却迟迟⑬。

①《唐书·地理志》："京兆府昭应，本新丰，天宝七载曰昭应。"《太平寰宇记》："雍州昭应县东五十八里。"

② 一作"行"。

③《魏志·曹爽传》注："《魏末传》曰：作书与宣王曰：贱子爽哀惶恐怖。"《汉书·司马相如传》："足下不远千里，来况齐国。"

④《蜀志·费诗传》："委仰明公，无复已已。"《魏书·韩麒麟传》："明公仗节方夏。"余见卷二《将赴吴兴》。

⑤ 一作"不"。

⑥ 一作"挥"。

⑦《晋书·夏统传》："闻河女之音，不觉涕泪交流。"

⑧《宋书·谢晦传》："臣虽凡浅，感恩目厉。"

⑨ 一云"秋风"。

⑩ 宋玉《九辩》："悲哉秋之为气也！萧瑟兮，草木摇落而变衰。"

⑪《晋书·赵至传》："登高远眺，则山川攸隔。"刘孝绰诗："落照满川涨。"

⑫《庄子》："旧国旧都，望之畅然。"

⑬《韩诗外传》："其驱马舒，其民依依，其行迟迟。"

寄浙东韩乂评事①

一笑五云溪上舟②，跳丸日月十经秋③。鬓衰酒减欲谁泥？迹辱魂惭好自尤。梦寐几回迷蛱蝶④，文章应广《畔牢愁》⑤。无穷尘土无聊事⑥，不得清言解不休⑦。

①《元和郡县志》："越州，浙东观察使理所。"《唐书·宰相世系表》："韩乂，定远令。"《百官志》："大理寺评事从八品下。"按：《国史补》云："江淮客刘圆尝谒江州刺史崔沇，称前拾遗，沇引坐，徐劝曰：'谏官不可自称，司直评事可矣。'则知唐人所称官位多假借，不足据也。"

②《南齐书·张融传》："吾生平所善，自当凌云一笑。"《太平寰宇记》："越州会稽县若邪溪，在县东南二十八里，唐吏部侍郎徐浩游之云：'曾子不居胜母之间，吾岂游若邪之溪?'遂改为五云之溪。"《唐书·艺文志》："范摅《云溪友议》三卷，咸通时，自称五云溪人。"

③韩愈诗："日月如跳丸。"

④《庄子》："昔者庄周梦为胡蝶，栩栩然胡蝶也。俄而觉，则蘧蘧然周也。不知周之梦为胡蝶与? 胡蝶之梦为周与?"《埤雅》："蛱蝶，一名胡蝶。"

⑤《汉书·扬雄传》："作书旁《惜诵》以下至《怀沙》一卷，名曰《畔牢愁》，赞其意，欲求文章成名于后世。"

⑥《魏书·尔朱世隆传》："屋中有一板床，床上无席，大有尘土。"李陵《答苏武书》："与子别后，益复无聊。"

⑦《晋书·乐广传》："广善清言而不长于笔。"

泊秦淮①

烟笼寒水月笼沙②，夜泊秦淮近酒家③。商女不知亡国恨④，隔江犹唱《后庭花》⑤。

①《通鉴·晋纪》注："秦淮，在今建康上元县南三里，秦始皇时，望气者言：金陵有天子气，使凿山为渎，以断地脉。故曰秦淮。或云：淮水发源屈曲，不类人工。"

②《淮南子》："天之所闭也，寒水之所积也。"庾信《小园赋》："荆轲有寒水之悲。"

③《晋书·卫恒传》："或时不持钱,诣酒家饮。"

④《陈书·后主纪论》："古人有言:亡国之主多有才艺,考之梁、陈及隋,信非虚论。"《吕氏春秋》:"亡国戮民,非无乐也,不乐其乐。"

⑤《旧唐书·音乐志》："前代兴亡,实由于乐。陈将亡也,为《玉树后庭花》,齐将亡也,而为《伴侣曲》,行路闻之,莫不悲泣,所谓亡国之音也。"按:沈氏炳震曰:"按《通典》:齐将亡也,为《伴侣》《行路难》,闻之莫不悲泣。"则《行路难》亦乐府名也。书少一"难"字,则"行路"字属"闻"之上矣。然观太宗语:"今三曲俱存。"既云三曲,《玉树后庭花》一曲也,《伴侣曲》二曲也,《行路难》三曲也,似应从《通典》。考《通鉴·唐纪》作"齐之将亡,作《伴侣曲》;陈之将亡,作《玉树后庭花》,其声哀思,行路闻之"云云,其下载太宗语,直作今二曲具存,自据《旧书》为说。又《唐书·武平一传》云"昔齐衰有《行伴侣》,陈灭有《玉树后庭花》"云云,疑有脱误。

秋浦涂中

　　萧萧山路穷秋雨①,淅淅溪②风一岸蒲③。为问寒沙新到雁④,来时还下⑤杜陵无⑥?

①《元和郡县志》："池州秋浦县乌石山,在县西一百四十里。"刘向《九叹》:"秋风浏浏以萧萧。"骆宾王诗:"山路犹南属。"庾肩吾诗:"秋雨蒙重嶂。"

② 一作"江"。

③《元和郡县志》："秋浦县贵池,在县西七里;秋浦水在县西八十里。"谢惠连诗:"淅淅振条风。"杜甫诗:"溪风为飒然。"崔颢诗:"江风晚淅凉。"《埤雅》:"蒲,水草也,似莞而褊,有脊,生于水厓。"

④ 范云诗:"寒沙四面平。"

⑤ 一作"在"。

⑥《三辅黄图》："汉宣帝杜陵，在长安城内。"

题桃花夫人庙①

　　细腰宫里露桃新②，脉脉无言几度春③。至竟息亡缘底事④？可怜金谷堕楼人⑤。

　　① 原注：即息夫人。○《一统志》："汉阳府桃花夫人庙，在黄陂县东三十里，唐杜牧有《题桃花夫人庙》诗，即息夫人也。"

　　②《后汉书·马廖传》："楚王爱细腰，宫中多饿死。"《宋书·乐志》："桃生露井上。"

　　③《古诗》："脉脉不得语。"

　　④《戒庵漫笔》："唐人多言至竟，如云到底也。杜牧云'至竟息亡缘底事'、'至竟江山谁是主'之类。"《左传》："蔡哀侯绳息妫以语楚子，楚子如息，以食入享，遂灭息，以息妫归，生堵敖及成王焉。未言，楚子问之，对曰：'吾以妇人而事二夫，纵弗能死，其又奚言。'"

　　⑤《孟珠曲》："可怜景阳山，苕苕百尺楼。"《水经注·谷水篇》："谷水又东左会金谷水，水出太白原，东南流历金谷，谓之金谷水，晋卫尉卿石崇之故居也。"《晋书·石崇传》："崇有妓曰绿珠，美而艳，孙秀使人求之。崇时在金谷别馆，登凉台，临清流，妇人侍侧。使者以告，崇勃然曰：绿珠吾所爱，不可得也。竟不许。秀怒，乃矫诏收崇。崇正宴于楼上，介士到门，崇谓绿珠曰：'我今为尔得罪。'绿珠泣曰：'当效死于君前。因自投于楼下而死。'"按《列女传》云："息夫人者，息君夫人也。楚灭息，虏其君使守门，妻其夫人而纳之于宫。楚王出游，夫人送出，见息君，谓之曰：'人生要一死而已，何至自苦，终不以身更贰醮。'遂自杀。"若然，则夫人似早为一雪斯言者。然牧之据左氏，其事自确。许彦周谓此诗为二十八字史论。良然。即已为文夫人而后自杀，亦落第二义矣。

初春有感寄歙州邢员外①

雪涨②前溪水③，啼声已绕滩。梅衰未减态，春嫩不禁寒。迹去梦一觉④，年来事百般⑤。闻君亦多感⑥，何处倚阑干⑦？

① 梁元帝《纂要》："孟春曰上春、初春。"《南齐书·王僧虔传》："因汝有感，故略叙胸怀。"《唐书·地理志》：江南道歙州新安郡。本集《歙州刺史邢君墓志铭》："邢涣思，讳群，会昌五年由户部员外郎出为处州，罢，授歙州。"《唐六典》："户部员外郎从六品上。"

② 一作"溺"。

③《景定严州续志》："分水县前溪，在县南，出柳柏乡，经分水乡入定安，会于天目溪。"

④《列子》："一觉一寐，觉之所为者实，梦之所见者妄。"

⑤《汲冢周书》："心私虑适，百事乃僻。"

⑥ 韩愈诗："平生每多感。"

⑦ 张率诗："何处访公子？"晋《西洲曲》："阑干十二曲。"

书怀寄中朝往还①

平生自许少尘埃②，为吏尘中势自回③。朱绂久惭官借与④，白头⑤还叹老将来⑥。须知世路难轻进⑦，岂是君门不大开⑧。霄汉几多同学伴⑨？可怜头角尽卿材⑩。

①《后汉书·黄琼传》："桓帝欲褒崇梁冀，使中朝二千石以上会议其

礼。"《通鉴》注:"西都中世以后,以三公九卿为外朝官,东都无中外朝之别也。此中朝直谓朝廷。"《宋书·徐湛之传》:"宣分往还。"

②《晋书·应詹传》:"退以申寻平生。"《殷浩传》:"桓温既以雄豪自许。"《魏志·王粲传》注:"《嵇康传》曰:纵意于尘埃之表。"

③《晋书·嵇康传》:"一行作吏,此事便废。"杜甫诗:"尘中老尽力。"

④《魏志·陈思王植传》:"上惭玄冕,俯愧朱绂。"《旧唐书·舆服志》:"凡绂,皆随裳色。"

⑤ 一作"题"。

⑥ 嵇康《养生论》:"从衰得白,从白得老。"

⑦《后汉书·崔骃传》:"子苟欲勉我以世路,不知其跌而失吾之度也。"

⑧《太玄经》:"天门大开。"

⑨《后汉书·仲长统传》:"则可以凌霄汉,出宇宙之外矣。"《张酺传》:"酺少从祖父充受尚书。"注:"《东观记》曰:充与光武同门学,光武即位,求问充,充已死。"

⑩《晋书·孙绰传》:"树子非不楚楚可怜,但恐永无栋梁日耳。"《蜀志·魏延传》:"延梦头上生角。"《左传》:"其大夫则贤,皆卿材也。"

寄崔钧①

缄书报子玉②,为我谢平津③。自愧扫门士④,谁为乞火人⑤? 词臣陪羽猎⑥,战将骋骈邻⑦。两地差池恨⑧,江汀醉送君⑨。

①《唐书·宰相世系表》:崔氏南祖房钧。

② 韦应物诗:"缄书问所知。"《后汉书·崔瑗传》:"瑗字子玉,与扶风马融、南阳张衡笃相友好。"

③《汉书·恩泽侯表》:"平津献侯公孙弘,以丞相诏所褒侯。"

④《史记·齐悼惠王世家》:"魏勃少时欲求见齐相曹参,家贫无以自通,乃常独早夜扫齐相舍人门外。"

⑤《韩诗外传》:"曹相国为齐相,客谓匮生曰:'东郭先生梁石君,世之贤者也,隐于深山,终不诎身以求仕者也。吾闻先生得谒曹相国,愿先生为之先。臣里母相善妇见疑盗肉,其姑去之,恨而告于里母。里母曰:安行?今令姑呼汝。即束蕴请火,去妇之家曰:吾犬争肉相杀,请火治之。姑乃使人追去妇还之。故里母非谈说之士,束蕴请火非还妇之道也。然物有所感,事有可适,何不为之先?'匮生曰:'愚请尽力为东郭先生梁石君束蕴请火。'"

⑥《册府元龟》:"夏商之前,词臣之制,盖未详闻。"《汉书·扬雄传》:"每上甘泉,常法从,在属车间豹尾中。其十二月羽猎,雄从,以为羽猎田车戎马器械储偫禁御所营,尚泰奢丽夸诩,故聊因《校猎赋》以风。"

⑦《后汉书·陈俊传》:"光武望而叹曰:'战将尽如是,岂有忧哉!'"《史记·高祖功臣侯表》:"柏至以骈邻从起昌邑。"

⑧ 何逊诗:"念此一筵笑,分为两地愁。"梁武帝诗:"惊散忽差池。"

⑨ 江淹《构象台骚》:"架半空兮江汀。"

初春雨中舟次和州横江裴使君见迎
李赵二秀才同来因书四韵
兼寄江南许浑先辈①

芳草渡头微雨时②,万株杨柳拂波垂③。蒲根水暖雁初浴④,梅径香寒蜂⑤未知⑥。辞客倚风吟暗澹,使君回马湿旌旂⑦。江南仲蔚多情调⑧,怅望春⑨阴几首诗⑩!

①《唐书·地理志》:"淮南道和州历阳郡。"《通鉴·汉纪》注:"横江渡在今和州,正对江南之采石,即今之杨林渡口。"《后汉书·马援传》注:"《东

观汉记》：宣帝时以郎持节号使君。"《国史补》："进士为时所尚久矣，是故俊乂实集其中，通称谓之秀才。"《通典》："古扬州，唐为淮南道、江南道。"《周书·宇文神举传》："先辈旧齿，至于今而称之。"许浑注见卷二《许七侍御》。

②《古诗》："兰泽多芳草。"

③ 江总诗："金谷万株连绮甍。"

④ 梁元帝《与刘智藏书》："非贵松子为餐，蒲根是服。"

⑤ 一作"蝶"。

⑥ 顾野王诗："风吹梅径香。"

⑦《后汉书·寇恂传》："使君建节衔命，以临四方。"宋之问诗："回马欲黄昏。"《汉书·叙传》："出入弋猎，旌旃鼓吹。"

⑧《汉书·地理志》："江南卑湿。"《高士传》："张仲蔚者，平陵人，明天官博物，善属文，好诗赋，闭门养性，不治荣名。"

⑨ 一作"青"。

⑩ 蔡邕诗："暮宿河南，怅望天阴，雨雪滂滂。"《唐书·艺文志》："许浑《丁卯集》二卷。"

和州绝句

　　江湖醉度十年春①，牛渚山边六问津②。历阳前事知何③实④？高位纷纷见陷人⑤。

①《晋书·郭璞传》："无江湖而放浪。"《宋书·郭希林传》："日月不处，忽复十年。"

②《后汉书·郡国志》："秣陵南有牛渚。"《方舆胜览》："牛渚山在当涂县北三十里，山下有矶，古津渡处也。与和州横江相对。"

③ 一作"虚"。

④《艺文类聚》："《淮南子》曰：历阳之都，一夕反而为湖。历阳，淮南

国名。昔有老妪，常行仁义，有两书生过之，谓曰：'此国当没为湖，视东城门阃有血，便走上山，勿反顾也！'自尔妪数往视门阃，吏问之，姥对如其言。暮，门吏杀鸡，以血涂门，明早妪早往，见门血，便走上山，国没为湖。"《史记·秦始皇纪赞》："前事之不忘，后事之师也。"

⑤《国语》："高位实疾偾，厚味实腊毒。"《后汉书·班固传》："飓飓纷纷，矰缴相缠。"《吴志·步骘传》："重案深诬，趣欲陷人，以成威福。"按：《文选》"暴兴疾颠"注引《国语》作"高位实疾颠"。

题乌江亭①

胜败兵家②事不③期④，包羞忍耻是男儿⑤。江东子弟多才俊⑥，卷土重来未可知⑦。

①《史记·项羽纪》正义："《括地志》云：乌江亭即和州乌江县是也。晋初为县。注《水经》云：水又北，左傅黄律口，《汉书》所谓乌江亭长舣舟以待项羽，即此也。"按：今《水经注》无此文。

② 一云"由来"。

③ 一云"不可"。

④《汉书·陈平传》："今有尾生、孝己之行，而无益于胜败之数。"《艺文志》："兵家者，盖出古司马之职，王官之武备也。"《公羊传》："遇者何？ 不期也。"

⑤《说苑》："蒙羞被好兮不訾诟耻。"《宋书·乐志》："男儿居世，各当努力。"

⑥《汉书·项籍传》："羽引东欲渡乌江，乌江亭长檥船待，谓羽曰：'江东虽小，地方千里，众数十万，亦足王也。愿大王急渡！今独臣有船，汉军至，亡以渡。'羽笑曰：'乃天亡我，何渡为？且籍与江东子弟八千人渡而西，今亡一人还，纵江东父兄怜而王我，我何面目见之哉？'"《梁书·王亮传》：

"齐竟陵王子良,开西邸,延才俊,以为士林馆。"

⑦《宋书·乐志》:汉太乐食举十三曲:二曰重来。"《汉书·项籍传》:"项伯曰:'天下事未可知。'"

题横江馆①

孙家兄弟晋龙骧②,驰骋功名业帝王③。至竟江山谁是主④?苔矶空属钓鱼郎⑤。

①《太平寰宇记》:"和州历阳县横江浦,在县东南二十六里。对江南岸之采石往来济处。"李白诗:"横江馆前津吏迎。"《太平府志》:"采石驿在采石镇,滨江即唐时横江馆也。在明为皇华驿。"按《明一统志》云:"黄州府横江馆在赤壁山南,晋龙骧将军蒯恩建。"下引牧之诗云云。据诗,龙骧与孙家兄弟并举,自当以在历阳者为是。

②《通鉴》:"汉兴平元年,孙策舅吴景领丹阳太守,刘繇南渡江逐景,景退屯历阳,繇遣将樊能、于麋屯横江,张英屯当利口以拒之。二年,袁术表策为折冲校尉,收兵进攻横江、当利,皆拔之。策渡江转斗,所向皆破,莫敢当其锋者。"《吴志·孙权传》注:"《江表传》曰:策起事,权尝随从,好侠养士,始有知名,侔于父兄矣。"《隋书·薛道衡传》:"孙权兄弟,遂有吴楚之地。"《宋书·百官志》:"龙骧将军,晋武帝始以王濬居之。"《晋书·王濬传》:"拜益州刺史,寻为龙骧将军,伐吴,兵不血刃,无相支抗,于是顺风鼓棹,径造三山,孙皓委质请命。"按:孙策破横江,在兴平中,《太平寰宇记》"横江浦"下引谓在建安初者,误也。

③《魏志·卫臻传》:"将使天下驰骋而起矣。"《战国策》:"此皆以一胜立尊令,成功名于天下。"《北史·卫操等传论》:"托身驰骤之私,自立功名之地。"《魏志·武帝纪》注:"《魏武故事》:公令曰:'设使国家无有孤,不知当几人称帝,几人称王。'"

④《晋书·王导传》:"风景不殊,举目有江山之异。"

⑤《宋书·王弘之传》:"性好钓,上虞江有一处名三石头,弘之常垂纶于此。"

寄澧州张舍人笛①

发匀肉好生春岭②,截玉钻星寄使君③。檀的染④时痕半月⑤,落梅飘处响穿云⑥。楼中威凤倾冠听⑦,海上惊鸿掠水分⑧。遥想紫泥封诏罢⑨,夜深应隔禁墙闻⑩。

①《唐书·地理志》:"山南道澧州澧阳郡。"《百官志》:"中书舍人正五品上。"《宋书·乐志》:"笛,按马融《长笛赋》,此器起近世,出于羌中,京房备其五音,又称丘仲工其事,不言仲所造。"《风俗通》则曰:"丘仲造笛,武帝时人,其后更有羌笛尔。三说不同,未详孰实。"

② 马融《长笛赋》:"惟箌笼之奇生兮,于终南之阴崖。"

③《南齐书·刘绘传》:"与人语,呼为使君。"

④ 一作"深"。

⑤《宋书·符瑞志》:"景星,大星也。状如半月。"按:的,《说文》作"旳",明也。《易》曰"为的颡",故射鹄曰的,而女当姹变以丹注面亦曰的,此檀的似谓指甲红染如半月状,亦或谓指印笛孔,的然有痕。徐鼎臣《梦游》诗"檀的漫调银字管"本诸此。

⑥《乐府解题》:"《梅花落》,笛中曲也。自宋鲍照以下常为之。"《唐逸史》:"李暮开元中吹笛,为第一部,自教坊请假至越州,州客举进士者十人,同会镜湖,欲邀李湖上吹之,有独孤生者到会所,李生更有一笛,拂拭以进,独孤视之曰:此都不堪取执者,粗取耳。遂吹,声发入云,四座震慄。"

⑦《水经注·渭水篇》:"秦穆公时,有箫史者善吹箫,能致白鹄、孔雀。穆公女弄玉好之,公为作凤台以居之。积数十年,一旦随凤去,云雍宫世有

箫管之声焉。"王僧孺诗："嬴女凤凰楼。"《汉书·宣帝纪》："南郡获白虎、威凤为宝。"顾恺之《凤赋》："朱冠赫以双翘。"

⑧ 马融《长笛赋》："状似流水，又象飞鸿。"

⑨《后汉书·舆服志》注："玺皆以武都紫泥封。"《唐六典》："中书舍人掌凡诏旨制敕及玺书册命，皆按典故起草进，昼既下，则署而行之。"

⑩ 元稹《连昌宫词》注："玄宗尝于上阳宫夜后新翻一曲，属明夕正月十五，潜游灯下，忽闻酒楼上有笛，奏前夕新曲，大骇之。明日密遣捕捉笛者诘验之，自云：'某其夕窃于天津桥上玩月，闻宫中度曲，遂于桥柱上抹谱记之，即长安少年善笛者李謩也。'玄宗异而遣之。"

寄扬州韩绰判官①

青山隐隐水遥遥②，秋尽江南草木③凋④。二十四桥明月夜⑤，玉⑥人何处教⑦吹箫⑧？

①《唐书·方镇表》："至德元年，置淮南节度使，治扬州。"《唐会要》："会昌五年九月，中书门下奏条流诸道判官员额，淮南河东旧额各除向前职额外，淮南留营田判官，河东留留守判官。"

② 一云"迢迢"。○谢朓诗："还望青山郭。"《水经注·漯水篇》："连山隐隐。"《左传》："远哉遥遥。"

③ 一云"岸草"，又"木"一作"未"。

④《周书·王褒传》："江南燠热，橘柚冬青。"《梁书·刘峻传》："候草木以共凋。"

⑤ 李峤诗："地疑明月夜。"《补笔谈》："扬州在唐时最为富盛，旧城南北十五里一百一十步，东西七里三十步。可纪者有二十四桥：最西浊河茶园桥，次东大明桥，入西水门有九曲桥，次东正当帅牙南门有下马桥，又东作坊桥。桥东河转向南有洗马桥，次南桥，又南阿师桥，周家桥，小市桥，广济

桥,新桥,开明桥,顾家桥,通明桥,太平桥,利国桥。出南水门有万岁桥,青园桥。自驿桥北河流东出,有参伍桥,次东水门东出有山光桥,又自牙门下马桥直南有北三桥、中三桥、南三桥,号九桥,不通船,不在二十四桥之数,皆在今州城西门之外。"按:沈氏所列桥下或自注"今存",知已有不存者,且数亦不合。《方舆胜览》云:"扬州府二十四桥,隋置,并以城门坊市为名,后韩令坤省筑州城,分布阡陌,别立桥梁,所谓二十四桥,或在或废,不可得而考矣。"斯语当得其实。

⑥ 一作"美"。

⑦ 一作"坐"。

⑧《拾遗记》:"蜀甘后玉质柔肌,态媚容冶,河南献玉人,高三尺,乃取玉人置后侧,后与玉人,洁白齐润,观者殆相乱惑,嬖宠者非惟嫉于甘后,亦妒于玉人也。"张若虚诗:"何处相思明月楼。"《旧唐书·乐志》:"箫,舜所造也。《尔雅》谓之茭,大曰筒。汉世有洞箫。"

送李群玉赴举①

故人别来面如雪②,一榻拂云秋影中③。玉白花④红三百首⑤,五陵谁唱与春风⑥?

①《唐书·艺文志》:"李群玉诗三卷,后集五卷,字文山,澧州人。裴休观察湖南,厚延致之。及为相,以诗论荐,授校书郎。"

② 吴筠诗:"故人杯酒别。"虞世南《史略》:"卢士深妻,崔林义之女,有才学。春日以桃花靧儿面,咒曰:取红花,取白雪,与儿洗面作光悦。"

③《后汉书·陈蕃传》:"郡人周璆,高洁之士,前后郡守招命,莫肯至,唯蕃能致焉,字而不名,特为置一榻,去则县之。"吴均诗:"车中旌拂云。"

④ 一作"化"。

⑤《论语疏》:"诗三百者,言诗篇之大数也。"

⑥《后汉书·班固传》："南望杜霸，北眺五陵，英俊之域，绂冕所兴。"
《说苑》："管仲曰：吾不能以春风风人，春雨雨人，吾道穷矣。"

送薛种游湖南①

贾傅松醪酒②，秋来美更香。怜君片云思③，一棹去④
潇湘⑤。

①《唐书·方镇表》："大历四年，湖南观察使徙治潭州。"按：薛种，《唐
书·宰相世系表》未见。

②《汉书·贾谊传》："天子后亦疏之，不用其议，以谊为长沙王太傅。"
陆机诗："瓦罍酌松醪。"

③ 梁简文帝诗："可怜片云生，暂重还复轻。"

④ 一云"一去绕"。

⑤ 牟融诗："西风一棹轻。"《元和郡县志》："潭州长沙县湘水，南自衡山
县界流入于岳州湘阴县界。"曹植诗："夕宿潇湘沚"。

题寿安县甘棠馆御沟①

一渠东注芳华苑②，苑锁池塘百岁空③。水殿半倾蟾口
涩④，为谁流下蓼花中⑤？

①《隋书·地理志》："河南郡寿安，后魏置县，曰甘棠。仁寿四年改
焉。"《一统志》："寿安故城，今宜阳县治。相传为周时召伯听政之所。《水
经注》：甘水发于鹿蹄山，世人目其所为甘棠。"《名胜志》："宜阳县西北有胜
因寺，即甘棠驿故阯。"《南齐书·礼志》："天渊池南石沟，引御沟水。"按：

《释名》:"水洸出所为泽曰掌。"据《元和郡县志》"寿安县"下云"后魏分新安置甘掌县",故近时《水经注校本》于《甘水篇》之目,其所为甘棠,亦改甘掌云。

②《元和郡县志》:"寿安县洛水,西自福昌县界流入。"白居易诗:"一渠春水绿千条。"《隋书·音乐志》:"大业二年,总追四方散乐,大集东都,于芳华苑积翠池侧,帝帷宫女观之。"《西京杂记》:"东都隋苑曰会通,又改为芳华神都苑,周回一百二十六里,东面七十里,南面三十九里,西面五十里,北面四十二里。"

③《史记·货殖传》:"百岁树之以德。"

④ 柳恽诗:"天渊临水殿。"《魏志·明帝纪》注:"《魏略》曰:引谷水过九龙前,为玉井绮栏,蟾蜍含受,神龙吐出。"

⑤《尔雅》:"蔷,虞蓼。"注:"虞蓼,泽蓼。"柳宗元《田家诗》:"蓼花被堤岸,陂水寒更渌。"

汴河①怀古②

锦缆龙舟隋炀帝③,平台复道汉梁王④。游人闲⑤起前朝念⑥,折柳孤吟断杀肠⑦。

① 一作"口"。

②《水经·汳水篇》:"汳水出阴沟,于浚仪县北又东至梁郡蒙县,为获水余波,南入睢阳城中。"《文献通考》:"开封府有通济渠,隋炀帝开,引黄河水以通江淮漕运,兼引汴水,即浪宕渠也。"《禹贡锥指》:"《水经注》'汳水',《汉志》作'卞水'。《说文》作'汳',后人恶'反'字,因改为'汴'。"《宋书·武帝纪》:"此国风所以永思,小雅所以怀古。"

③《隋书·炀帝纪》:"大业元年三月,造龙舟、凤艒、黄龙、赤舰、楼船等数万艘。八月,上御龙舟,幸江都,舳舻相接二百余里。七年二月,上自江

都御龙舟入通济渠,遂幸于涿郡。"《隋遗录》:"炀帝幸江都,至汴,帝御龙舟,萧妃乘凤舸,锦帆彩缆,穷极侈靡。"《吴志·甘宁传》注:"《吴书》曰:宁出入,步则陈车骑,水则连轻舟,住止常以缯锦维舟,去或割弃,以示奢也。"王台卿诗:"锦缆回沙碛。"按:凤艒,《隋书·食货志》作"凤鹢",字各异。

④《太平寰宇记》:"宋州虞城县平台,在县西南五十里,春秋宋皇国父为宋所筑平台。《史记》云:梁孝王大治宫室,筑东苑,方三百余里,为复道,自宫连属于平台。"

⑤ 一作"还"。

⑥ 王胄诗:"游人卖药罢。"《汉书·谷永传》:"许班之贵,顷动前朝。"

⑦《宋书·五行志》:"晋太康末,京洛始为《折杨柳》之歌。"《开河记》:"虞世基请用垂柳栽于汴渠两堤上。"陶潜诗:"眷眷往昔时,忆此断人肠。"

汴河阻冻①

千里长河初冻时②,玉珂瑶珮响参差③。浮生恰④似冰⑤底水⑥,日夜东流人不知⑦。

① 一作"风"。○《宋史·河渠志》:"汴河自隋疏为永济渠,唐改为广济。"《说文》:"冻,冰也。"

②《汉书·地理志》:"淮阳国扶沟涡水,首受狼汤渠,东至向入淮,过郡三,行千里。"《宋书·乐志》:"发源幽岫,永归长河。"

③ 张华诗:"乘马鸣玉珂。"庾信《邛竹杖赋》:"绮绅瑶珮,出芳房于蕙庭。"江淹诗:"为我吹参差。"

④ 一作"一"。

⑤ 一作"水"。

⑥《庄子》:"其生若浮。"《论衡》:"人生于天地之间,其犹冰也。"谢朓诗:"百年如流水。"《水经注·河水篇》:"《述征记》曰:河冰始合,车马不敢

过,要须狐行,云此物善听,冰下无水乃过,人见狐行方渡。"

⑦《吕氏春秋》:"水泉东流,日夜不休。"

酬张祜处士见寄长句四韵①

七子论诗谁似公②?曹刘须在指挥中③。荐衡昔日推④文举⑤,乞火无⑥人作蒯通⑦。北极楼台长挂梦⑧,西江波浪远吞空⑨。可怜故国三千里⑩,虚唱歌辞满六宫⑪。

①《后汉书·申屠蟠传》:"文学将兴,处士复用。"

②《魏志·王粲传》注:"《典论》曰:今之文人,鲁国孔融,广陵陈琳,山阳王粲,北海徐幹,陈留阮瑀,汝南应场,东平刘桢,斯七子者,于学无所遗,于辞无所假,咸自以骋骐骥于千里,仰齐足而并驰。"《汉书·儒林传序》:"孔子论《诗》则守《周南》。"《晋书·桓温传》:"刘公妓女曰:'公甚似刘司空。'"

③钟嵘《诗品》:"王粲诗在曹刘间别构一体。"《抱朴子》:"仪曹萧之指挥。"

④一作"知"。

⑤原注:令狐相公曾表荐处士。○《后汉书·祢衡传》:"唯善鲁国孔融及弘农杨修,常称曰:'大儿孔文举,小儿杨德祖,余子碌碌,莫足数也。'融亦深爱其才,遂上疏荐之。"《唐书·令狐楚传》:"楚为中书侍郎,同中书门下平章事。穆宗即位,进门下侍郎。"《唐摭言》:"张祜元和长庆中深为令狐文公所知,公镇天平日,自草荐表,令以新旧格诗三百篇表进,请宣付中书门下。祜至京师,方属元江夏偃仰内廷,上因召问祜之辞藻上下,稹对曰:'张祜雕虫小巧,壮夫耻而不为者,或奖激之,恐变陛下风教。'上颔之,由是寂寞而归。"

⑥一作"何"。

⑦《汉书·郦通传》："里母非谈说之士也，束蕴乞火，非还妇之道也。然物有相感，事有适可，臣请乞火于曹相国。"

⑧《晋书·天文志》："北极五星，钩陈六星，皆在紫宫中。北极，北辰最尊者也。"《论衡》："天之崇高，非直楼台。"

⑨ 谢瞻诗："发棹西江隩。"虞炎诗："三山波浪高。"

⑩ 晋《青骢曲》："齐唱可怜使人惑。"

⑪ 原注：处士诗："故国三千里，深宫二十年，一声《河满子》，双泪落君前。"○《周礼·内宰》注："六宫，后五前一，王之妃百二十人，后一人，夫人三人，嫔九人，世妇二十七人，女御八十一人。"

寄宣州郑谏议①

大夫官重醉江东②，萧洒名儒振古风③。文石陛④前辞圣主⑤，碧云天外作冥鸿⑥。五言宁谢颜光禄⑦，百岁须齐卫武公⑧。再拜宜同⑨丈人行⑩，过庭交分有无中⑪。

①《元和郡县志》："宣州为宣歙观察理所。"按：郑氏官谏议者，《唐书》有裔、绰、朗，俱见本传。当文宗、武宗时，《宰相世系表》北祖房有合敬者，亦为谏议大夫，然俱不言曾为宣州。考《郑薰传》云："薰字子溥，亡乡里世系，擢进士第，历考功郎中，翰林学士，出为宣歙观察使，颇以清力自将，贬棣王府长史，分司东都。懿宗立，召为太常少卿，后以太子少师致仕。薰端劲，再知礼部，举引寒俊，士类多之。既老，号所居为隐岩，莳松于庭，号七松处士云。"此所寄似即其人，然传又不言以谏议大夫出为宣州也。当再考。

②《唐书·百官志》："门下省左谏议大夫正四品。中书省右谏议大夫如门下省。"《魏书·出帝纪》："大夫之职，位秩贵显。"《晋书·张翰传》："翰有清才，善属文，而纵任不拘，时人号为江东步兵。"

③ 孔稚珪《北山移文》："萧洒出尘之想。"《汉书·匡衡传》："萧望之名

儒,有师傅旧恩,天子任之。"《魏志·毛玠传》:"君有古人之风。"

④ 一作"阶"。

⑤《汉书·梅福传》:"愿壹登文石之陛。"《王褒传》:"诏褒为圣主得贤臣颂其意。"

⑥ 戴叔伦诗:"碧云深处共翱翔。"《晋书·索袭传》:"形居尘俗而栖心天外。"《南齐书·顾欢传》:"昔有鸿飞天首,积远难量,越人以为凫,楚人以为乙,人自楚越,鸿常一耳。"《后汉书·逸民传序》:"扬雄曰:'鸿飞冥冥,弋人何篡焉。'言其违患之远也。"

⑦《南史·颜延之传》:"孝武登阼,以为金紫光禄大夫,延之尝问鲍照己与灵运优劣,照曰:'谢五言如初日芙蓉,自然可爱;君诗若铺锦列绣,雕缋满眼。'"

⑧《内经》:"上古之人,春秋皆度百岁,而动作不衰。"《吴志·孙权传》:"昔卫武公年过志壮,勤求辅弼。"

⑨ 一作"为"。

⑩《白虎通》:"所以必再拜何?法阴阳也。"《论衡》:"尊公妪为丈人。"《汉书·匈奴传》:"汉天子我丈人行。"

⑪《晋书·夏侯湛传》:"承门户之业,受过庭之训。"白居易诗:"交分何其深。"《汉书·扬雄传》:"独驰骋于有无之际。"

题元①处士高亭②

水接西江③天外声④,小斋松影拂云平⑤。何人教我吹长笛⑥?与⑦倚春⑧风弄月明⑨。

① 一作"袁"。

② 原注:宣州。○《后汉书·崔骃传》:"处士山积,学者川流。"

③ 一作"江西"。

④《晋书·天文志》:"《黄帝书》曰:天在地外,水在天外,水浮天而载地者也。"

⑤ 杜甫诗:"阶前树拂云。"

⑥《宋书·律志》:"歌声长者用长笛长律。"《文选·长笛赋》注:"《说文》:笛,七孔,长一尺四寸,今长笛是也。"

⑦ 一作"兴"。

⑧ 一作"秋",又作"清"。

⑨《太平御览》:"《外国图》曰:风山之首,高三百里,春风穴方三十里,春风自此出也。"魏武帝诗:"月明星稀。"

郑瓘协律①

广文遗韵留樗散②,鸡犬图书共一船③。自说江湖不归事④,阻风中酒过年年⑤。

①《唐书·宰相世系表》:郑氏北祖房瓘,登州户曹参军。《百官志》:"太常寺协律郎,正八品上。"

②《唐书·郑虔传》:"虔坐谪十年,还京师,明皇爱其才,置广文馆,以虔为博士。"杜甫《送郑虔诗》:"郑公樗散鬓成丝。"权德舆《送舅泳序》:"得骚楚之遗韵。"《庄子》注:"樗散之材,不合世用。"

③ 晋《清商曲》:"一船使两桨。"

④《南齐书·高逸传序》:"入庙堂而不出,徇江湖而永归。"

⑤《嫏嬛记》:"石氏女嫁为尤郎妇,尤为商不归,妻忆之病,临亡曰:'吾恨不阻其行,以至于此,今凡有商旅远行,吾当作大风,为天下妇人阻之。'"王世懋《读史订疑》:"'中酒'二字,始见于《徐邈传》中圣人,义如中著之中,而音反从平声。《樊哙传》:项羽既飨军士,中酒。颜注云:'饮酒之中也,不醉不醒,故谓之中。'义宜从平声,而音乃竹仲切,何也?亦犹中兴之中,音

同竹仲邪?"王士禛《居易录》:"中酒之中平声,中兴之中去声,然又有不尽然者,《野客丛书》引《汉书·樊哙传》军士中酒,注竹仲反。齐己诗'秋低以中陶潜酒'作去声,祖此。予按:叶石林次韵程伯禹次章云'汉道中兴此一时',作平声。石林号博雅,必有所本。"释宝月诗:"年年望望情不歇。"

和野人殷潜之①题筹笔驿十四韵②

三吴裂婺女③,九锡狱孤儿④。霸主⑤业未半⑥,本朝心是谁⑦?永安宫受诏⑧,筹笔驿沉思⑨。画地乾坤在⑩,濡豪胜负知⑪。艰难同草创⑫,得失计豪氂⑬。寂默经千虑⑭,分明混一期⑮。川流萦智思⑯,山耸助扶持⑰。忼慨匡时略⑱,从容问罪师⑲。褒中秋鼓角⑳,渭曲晚旌旗㉑。仗义悬无敌㉒,鸣攻㉓固有辞㉔。若非天夺去㉕,岂复虑㉖能支㉗。子夜星才落㉘,鸿毛鼎便㉙移㉚。邮亭世自换㉛,白日事长垂㉜。何处躬耕者㉝,犹题殄瘁诗㉞。

① 一作"夫"。
② 《后汉书·汉阴老父传》:"我野人耳,不达斯语。"《全唐诗》:"殷潜之自称野人,与杜牧同时,诗一首。"《方舆胜览》:"阆州筹笔驿在绵谷县,去州北九十九里。旧传诸葛武侯出师,尝驻此。"《尚书古文疏证》:"《广元县旧志》云:潜水出县北一百三十余里木寨山,流经神宣驿,又南二十里,经龙洞口至朝天驿北。朝天驿,古筹笔驿也。"按:《全唐诗》载殷潜之题筹笔驿诗:"江东矜割据,邺下夺孤釐,霸略非匡汉,宏图欲佐谁?奏书辞后主,仗剑出全师。重袭褒斜路,悬开反正旗。欲将苞有截,必使举无遗。沉虑经谋际,挥毫决胜时,圜瓠当分画,前箸比操持。山秀扶英气,川流入妙思。算成功在毂,运去事终亏。命屈天方厌,人亡国自随。艰难推旧姓,开创极初基。

总叹曾过地,宁探作教资。若归新历数,谁复顾衰危? 报德兼明道,长留识者知。"而牧之集各本,其诗列和殷诗之前,亦不言殷作。范元实《诗眼》云:筹笔驿,殷潜之与杜牧诗甚健丽云云。今殷诗别见,而二诗中多有因缘缀合之处,知杜集故附有殷诗,而转写者混列之也。兹据正。

③《水经注·渐水篇》:"汉高帝十二年一吴也,后分为三,世号三吴,吴兴、吴郡、会稽,其一焉。"《汉书·地理志》:"粤地牵牛、婺女之分野也。"左思《吴都赋》:"婺女寄其曜,翼轸寓其精。"注:"婺女越分,翼轸楚分,非吴分,故言寄曜寓精也。"

④《魏志·武帝纪》:"建安十八年,以丞相领冀州牧如故,又加君九锡。"《晋书·石勒载记》:"勒曰:大丈夫行事,当礌礌落落,如日月皎然,终不如曹孟德、司马仲达欺他孤儿寡妇,狐媚以取天下也。"

⑤ 一作"王"。

⑥《蜀志·诸葛亮传》"先帝创业未半"注:"《默记》曰:刘氏据益州,为世霸主。"

⑦《宋书·谢晦传》:"虽形在远外,心系本朝。"

⑧《蜀志·先主传》:"章武二年,改鱼复县曰永安。三年四月,先主殂于永安宫。"《诸葛亮传》:"先主于永安病笃,召亮于成都,属以后事。"

⑨《通鉴·唐纪》注:"筹,所以计算;笔,所以书。"《增韵》:"驿,传舍也。"刘歆《与扬雄书》:"非子云澹雅之才,沉郁之思,不能经年锐精,以成此书。"《隋书·薛道衡传》:"衡每至构文,必隐坐空斋,蹋壁而卧,闻户外有人便怒,其沉思如此。"

⑩《汉书·张安世传》:"大将军光问千秋战斗方略,山川形势,千秋口对兵事,画地成图,无所忘失。"《五行志》:"则乾坤之阴阳。"

⑪《史记·律志》:"闻声效胜负。"

⑫《后汉书·吴汉等传论》:"中兴之业,诚艰难也。"《范升传》:"陛下草创天下,纪纲未定。"《广雅》:"创,始也;草,略也。"

⑬《史记·聂政传》:"多人不能无生得失。"《淮阳侯传》:"审豪氂之小计。"《汉书·律历志》:"度长短者,不失豪氂。"按《汉书》注:"孟康曰:豪,兔

豪也,十豪为氂。"《隋书·律历志》引《孙子算术》云:"蚕所生,吐丝为忽,十忽为秒,十秒为豪,十豪为氂,十氂为分。"今见存《孙子算经》又作"十忽为一丝,十丝为一豪"。语各异。

⑭ 江德《修心赋》:"遂寂默之幽心。"《汉书·韩信传》:"知者千虑,必有一失。愚者千虑,必有一得。"

⑮《蜀志·蒋琬传》:"夫见血者,事分明也。"《晋书·恭帝纪》:"仍恃保祐,克黜祸乱,遂冕旒辰极,混一六合。"

⑯ 扬雄《剧秦美新》:"川流海渟。"

⑰《魏志·管宁传》:"能自在约,不须扶持。"

⑱《晋书·郗鉴传》:"登坛忼慨,三军争为用命。"唐太宗诗:"提剑郁匡时。"

⑲《汉书·张良传》:"所与从容言天下事甚众。"《隋书·炀帝纪》:"甘野誓师,夏开承大禹之业;商郊问罪,周发成文王之志。"

⑳《蜀志·诸葛亮传》:"率诸军北驻汉中,扬声由斜谷道取郿。"《水经注·沔水篇》:"褒水东南历褒口,即褒谷之南口也;北口曰斜,所谓北出褒斜。褒水又南经褒县故城东,褒中县也,本褒国矣。"《后汉书·公孙瓒传》:"鼓角鸣于地中。"

㉑《蜀志·诸葛亮传》:"悉大众由斜谷出据武功五丈原,与司马宣王对于渭南,分兵屯田,为久住之基,耕杂于渭滨居民之间。"《北周书·文帝纪》:"遂进军至渭曲,背水东西为阵。"《汉书·王莽传》:"自黄帝汤武行师,必待部曲旌旗号令。"《韩非子》:"旌旗不乱于大泽。"

㉒《梁书·武帝纪》:"今太白出西方,仗义而动,天时人事,有何不利?"陆贾《新语》:"杖仁者霸,杖义者强。"《汉书·刑法志》:"言以仁谊绥民者,无敌于天下也。"

㉓ 一作"故"。

㉔《左传》:"子产有辞。"

㉕《晋书·石勒载记》:"天欲不成吾事邪? 何夺吾右侯之早也。"

㉖ 一作"虏"。

㉗《蜀志·诸葛亮传》注："《默记》曰：若此人不亡，终其志意，连年运思，刻日兴谋，则凉雍不解甲，中国不释鞍，胜负之势，亦已决矣。"

㉘《隋书·礼仪志》："夜半子时，即是晨始。"《子夜变歌》："三更开门去，始知子夜变。"《蜀志·诸葛亮传》注："《晋阳秋》曰：有星赤而芒角，自东北西南流，投于亮营，三投再还，往大还小，俄而亮卒。"

㉙ 一作"渐"。

㉚《隋书·杨玄感等传论》："九鼎之譬鸿毛，未喻轻重。"《后汉书·孔融传论》："故使移鼎之迹，事隔于人存；代终之规，启机于身后也。"

㉛《后汉书·百官志》注："《汉官仪》曰：十里一亭，亭长、亭候。五里一邮，邮间相去二里半，司奸盗。"《论衡》："二十八宿为日月舍，犹地有邮亭，为长吏廨矣。"陆机《连珠》："才换世则俱困，功偶时而并劭。"按：《史记索隐》引《汉书旧仪》云"五里一邮，邮人居间，相去二里半"比刘昭引，多"人居"二字。

㉜《后汉书·蔡邕传》："连光芒于白日。"

㉝《北史·斛律光传》："将留何处人？"《蜀志诸葛亮传》："亮躬耕陇亩，好为《梁父吟》。"

㉞《后汉书·郭太传》："太傅陈蕃，大将军窦武，为阉人所害，林宗哭之于野恸，既而叹曰：'人之云亡，邦国殄瘁，瞻乌爰止，不知于谁之屋耳？'"

重题绝句一首

邮亭寄人世①，人世寄邮亭②。何如自筹度③，鸿路有冥冥④。

①《汉书·赵充国传》："缮治邮亭，充入金城。"

②《宋书·乐志》："人生若寄。"《后汉书·赵孝传》："尝从长安还，欲止邮亭。"

③《礼记·曲礼》疏："必关忠诚筹度。"

④《隋书·卢思道传》："扬子曰：鸿飞冥冥，骞翥高也。"

送陆洿郎中弃官东归①

少微星动照春云②，魏阙衡门路自分③。倏去忽来应有意④，世间尘土漫疑君⑤。

①《通鉴》："长庆四年四月，以布衣姜洽为补阙，试大理评事陆洿、布衣李虞、刘坚为拾遗。"《唐书·百官志》："吏部郎中正五品上，诸郎中品皆如之。"《宋书·傅隆传》："家在上虞，及东归，便有终焉之志。"

②《晋书·天文志》："少微四星，在太微西，士大夫之位也。一名处士。"王俭《褚渊碑文》："音徽与春云等润。"

③《吕氏春秋》："中山公子牟谓詹子曰：'身在江海之上，心居魏阙之下，奈何！'"《晋书·皇甫谧传》："子独栖迟衡门，放形世表。"

④《南史·张融传》："时魏主至淮而退，帝问：'何意忽来忽去？'未有答者。融时在下坐，抗声曰：'以无道而来，见有道而去。'"《晋书·庾敳传》："敳著《意赋》，从子亮问曰：'若有意也，非赋所尽；若无意也，复何所赋？'答曰：'在有无之间耳。'"

⑤《风俗通》："家人作食设案，欻有不清尘土投污之。"

寄珉笛与宇文舍人①

调高银字声还侧②，物比柯亭韵校奇③。寄与玉人天上去④，桓将军见不教吹⑤。

①《礼记·聘礼》注:"珉,石似玉。"《通典》:"古者以玉为管。"《周礼·小师》注:"管,如篴而小。"

②《唐书·礼乐志》:"俗乐二十有八调,其后或有宫调之名,或以倍四为度,复有银字之名,中管之格,皆前代应律之器也。"

③《后汉书·蔡邕传》注:"伏滔《长笛赋序》云:柯亭之观,以竹为椽,邕取为笛,奇声独绝也。"

④《晋书·裴楷传》:"楷风神高迈,容仪俊爽,时人谓之玉人。"《搜神记》:"济北弦超,夜梦神女,自称天上玉女。"

⑤《晋书·桓伊传》:"进号右将军,伊善音乐,尽一时之妙,为江左第一。有蔡邕柯亭笛,常自吹之。"

寄内兄和州崔员外十二韵①

历阳崔太守②,何日不含情③。恩义同钟李④,埙篪实弟兄⑤。光尘能混合⑥,擘画最分明⑦。台阁仁贤誉⑧,闺门孝友声⑨。西方像教毁⑩,南海绣衣行⑪,金橐宁回顾⑫,珠箄肯一枨⑬。只宜裁密诏⑭,何日取专城⑮?进退无非道⑯,徊翔必有名⑰。好风初婉软⑱,离思苦萦盈⑲。金马旧游贵⑳,桐庐春水生㉑。雨侵寒牖梦,梅引冻醪倾。共祝中兴主㉒,高歌唱太平㉓。

①《仪礼》:"舅之子。"注:"内兄弟也。"《通典》:"尚书省员外郎二十九人,吏户兵刑四部及司勋各二人,余司各一人,并左右司,共三十一人。"

②《唐会要》:"武德元年六月,改郡为州,置刺史。天宝元年正月,改州为郡,改刺史为太守。至德二年十二月,又改郡为州,太守为刺史。"

③ 王粲诗:"含情欲待谁。"

④ 原注：李膺、钟瑶，中外兄弟，少相友善。○《晋书·郗鉴传》："州中之士，素有感其恩义者。"《后汉书·钟皓传》："皓兄子瑾，母，膺之姑也。瑾好学慕古，与膺同年，俱有声名。"按：据《后汉书》，钟皓兄子名瑾，《魏志·钟繇传》注引《先贤行状》，则作皓兄子觐，而此注乃作瑶，疑误。

⑤《诗·何人斯》笺："我与女恩如兄弟，其相应和如埙箎。"

⑥《魏志·辛毗传》："大人宜小降意，和光同尘。"

⑦《淮南子》："财制礼义之宜，擘画人事之终始者也。"《汉书·薛宣传》："得为君分明之。"

⑧《后汉书·陈宠传》："陈宠奉事先帝，深见纳任，故久留台阁，赏赐有殊。"《鲁丕传》："既显岩穴，以求仁贤。"

⑨《汉书·王莽传》："闺门之内，孝友之德，众莫不闻。"

⑩《后汉书·天竺国传》："世传明帝梦见金人长大，顶有光明，以问群臣。或曰：西方有神，名曰佛，其形长丈六尺而黄金色。帝于是遣使天竺，问佛道法，遂于中国图画形像焉。楚王英始信其术，中国因此颇有奉其道者，后遂转盛。"《魏书·释老志》："太延中，凉州平，徙其国人于京邑，沙门佛事皆俱东，象教弥增矣。"《旧唐书·武宗纪》："会昌五年八月制：三代已前，未尝言佛，汉魏之后，像教寖兴，是由季时，传此异俗，物力彫瘵，风俗浇诈，莫不由是而致业。况我高祖、太宗，以武定祸乱，以文理华夏，执此二柄，足以经邦，岂可以区区西方之教，与我抗衡哉！朕博览前言，旁求舆议，弊之可革，断在不疑。其天下所拆寺四千六百余所，还俗僧尼二十六万五百人，收充两税户，拆招提、兰若四万余所，收膏腴上田数千万顷，收奴婢为两税户十五万人，隶僧尼属主客，显明外国之教，勒大秦穆护祆三千余人还俗，不杂中华之风。於戏！前古未行，似将有待；及今尽去，岂谓无时。下制明庭，宜体予意。"按：僧尼二十六万五百，《旧》纪语凡再见，《通鉴》曰：《会要》作还俗僧尼二十六万五千余人，数为不合。

⑪ 原注：为岭南拆寺副使。○《通典》："贞观初，并省州县，始于山河形便分为十道，十曰岭南道南海郡广州，理南海、番禺二县。"《汉书·武帝纪》："遣直指使者暴胜之等，衣绣衣，杖斧，分部逐捕。"

⑫《史记·陆贾传》："南越王尉他赐陆生橐中装,直千金,他送亦千金。"崔骃《七依》："回顾百万,一笑千金。"

⑬《左传》："越围吴,楚隆造于越军,吴王与之一箪珠,使问赵孟。"《后汉书·钟离意传》："时交阯太守张恢坐臧伏法,以资物班赐群臣,意得珠玑,悉委地而不拜赐,曰:'孔子忍渴于盗泉之水,曾子回车于胜母之闾,恶其名也。'此臧秽之宝,诚不敢拜。"《文选·祭古冢文》注："南人以物触物为柽。"

⑭《蜀志·先主传》："献帝舅车骑将军董承辞,受帝衣带中密诏。"

⑮《宋书·乐志》："三十侍中郎,四十专城居。"

⑯《后汉书·隽不疑传》："进退必以礼。"《盐铁论》："君子进必以道,退必以义。"

⑰屈原《九歌》："君回翔兮以下。"《礼记》："师必有名。"

⑱陈子昂诗："柳叶开时任好风。"

⑲《宋书·南郡王义宣传》："常日非苦,今日分别始是苦。"

⑳《史记·滑稽传》："金马门者,宦署门也,门傍有铜马,故谓之曰金马门。时聚宫下博士诸先生与论议。"

㉑《元和郡县志》,睦州桐庐县桐庐江,源出杭州於潜县界天目山,南流至县东一里,合浙江。《吴志·诸葛瑾传》注："《吴录》曰:及春水生,潘璋等作水城于上流。"

㉒《汉书·韦玄成传》："中兴之功,未有高焉者也。"

㉓《晋书·潘岳传》："顿足起舞,抗音高歌。"《宋书·乐志》："宇宙歌太平。"

遣　兴

镜弄白髭须,如何作老夫①。浮生长匆匆②,儿小且呜呜③。忍过事堪喜④,泰来忧胜无⑤。治平心径熟⑥,不遣有穷途⑦。

①《南史·齐·郁林王纪》:"高帝为相王镇东府时,年五岁,床前戏,高帝方令左右拔白发,问之曰:'儿言我谁邪?'答曰:'太翁。'高帝笑谓左右曰:'是岂有为人作曾祖而拔白发者乎!'即掷镜镮。"《汉书·南粤传》:"老夫处越四十九年,于今抱孙焉。"

②《大戴礼》:"君子终身守此勿勿也。"《颜氏家训》:"世中书翰,多称勿勿,相承如此,不知所由,或有妄言此'忽忽'之残缺耳。按《说文》:勿者,州里所建之旗也,象其柄及三斿之形,取以趣民事,故匆遽者,称为勿勿。"

③《史记·李斯传》:"歌呼呜呜,快耳目者,真秦之声也。"

④ 裴度诗:"灰心缘忍事。"

⑤ 陶潜诗:"慰情良胜无。"

⑥ 谢朓《思归赋序》:"心之径也有域,而怀重渊之深。"

⑦《吴越春秋》:"夫人赈穷途,少饭亦何嫌哉!"

早　秋①

疏雨洗空旷,秋标惊意新。大热去酷吏②,清风来故人③。罇酒酌未酌,晓花嚬不嚬。铢秤与缕雪④,谁觉老陈陈⑤?

①《梁书·王僧辩传》:"崦嵫既夕,蒹葭早秋。"

②《魏书·崔巨伦传》:"葛荣闻其才名,欲用为黄门侍郎,巨伦心恶之,五月五日会集官僚,令巨伦赋诗,巨伦乃曰:五月五日时,天气已大热,狗便呀欲死,牛复吐出舌。以此自晦获免。"《汉书·自序》:"报虐以威,殃亦凶终。述《酷吏传》第六十。"

③《国语》:"火见而清风戒寒。"《韩非子》:"吴起令人求故人,故人来,

方与之食。"

④《汉书·枚乘传》:"铢铢而称之,至石必差。"余未详。

⑤《吕氏春秋》:"舜为天子,陈陈殷殷,莫不被泽。"

秋 思①

热去解钳钛②,飘萧秋半时③。微雨池塘见④,好风襟袖知⑤。短发梳未足⑥,枕凉闲且欹。平生分过此⑦,何事不参差⑧。

① 白居易诗:"引琴弹秋思。"

②《梁书·武帝纪》:"钳钛之刑,积岁于牢犴。"

③ 杜甫诗:"飘萧觉素发。"

④ 杨师道诗:"池塘藉芳草。"

⑤ 陶潜诗:"微雨从东来,好风与之俱。"沈约《谢赐绢启》:"起凉风于襟袖。"

⑥《汉乐府》:"发短耳何长。"

⑦《世说》:"郗太尉拜司空,语同坐曰:'平生意不在多。'"《南史·王微传》:"我何得而叨忝逾分。"

⑧《南齐书·顾宪之传》:"心用参差,难卒澄一。"

途中一绝①

镜中丝发悲来惯②,衣上尘痕拂渐难③。惆怅江湖钓竿④手⑤,却遮西日向长安⑥。

①《郡阁雅谈》："杜牧舍人，罢任浙西郡，道中有诗云云。与杜甫齐名，时号大小杜。"

②庾信《为梁上黄侯世子与妇书》："想镜中看影，尚不含啼。"《小园赋》："发则睢阳乱丝。"《子夜歌》："宿昔不梳头，丝发被两肩。"

③《述异记》："《古诗》云：安得香水泉，濯郎衣上尘。"

④一作"鱼"。

⑤《吴志·潘濬传》注："《吴书》曰：心震面热，惆怅累旬。"《晋书·郭璞传》："无江湖而放浪。"《宋书·乐志》："钓竿何冉冉，芳饵甘且鲜。"

⑥左思《吴都赋》："将转西日而再中。"《桓子新论》："人闻长安乐，则出门向西而笑。"

春尽途中①

田园不事来游宦②，故国谁教尔别离③？独倚关亭还把酒④，一年春尽送春时⑤。

①孟浩然诗："林卧愁春尽。"

②《汉书·汲黯传》："黯隐于田园者数年。"《晋书·陶潜传》："归去来兮，田园将芜胡不归？"《史记·张丞相传》："深惟士之游宦，所以至封侯者微甚。"

③《后汉书·马援传》："王磐拥富赀居故国。"《宋书·乐志》："使君生别离。"

④《读史方舆纪要》："陕州灵宝县鸿关，在县西南四十里。"《水经注》："门水东北历陕，谓之鸿关水，水东有城，即关亭也。"杜甫诗："把酒从衣湿。"

⑤梁武帝《子夜歌》："一年漏将尽。"崔鲁诗："野酌乱无巡，送君兼送春。"

题村舍

三①树稚桑春未到②，扶床乳③女午啼饥④。潜销暗铄归何处⑤？万指⑥侯家自不知⑦。

① 一作"数"。

② 一作"蘄"。○《诗·七月》笺："柔桑，稚桑也。"《氾胜之书》："桑至春生，一亩食三薄蚕。"

③ 一作"儿"。

④ 一作"鸡"。○《古诗》："小姑始扶床。"

⑤ 李白诗："蚕稠桑柘空。"《说苑》："归何党矣？"

⑥ 一作"户"。

⑦ 《汉书·货殖传》："童手指千。"又："亦比千乘之家。"《息夫躬传》："奸人以为侯家富，常夜守之。"《颜氏家训》："保俸禄之资，不知有耕稼之苦。"

代人寄远①

河桥酒旆风软②，候馆梅花雪娇③。宛陵楼上瞪目④，我郎何处情饶？

① 六言二首。○韩愈诗："裁衣寄远泪眼暗。"

② 庾信《李陵别赞》："河桥两岸，临路凄然。"张衡《周天大象赋》："酒旗缉谦以承欢。"戴叔伦诗："风软扁舟稳。"

③《周礼·遗人》："市有候馆。"王筠《雪里梅花诗》："翻光同雪舞。"

④《元和郡县志》：“宣州宣城县，本汉宛陵县。”沈佺期诗：“瞪目眠欲闭。”

绣领任垂蓬鬓①，丁香闲结春梢②。剩肯新年归否③？江南绿草迢迢④。

①《汉书·广川王去传》：“姬荣爱为去刺方领绣。”傅玄诗：“顾绣领兮含晖。”

②《图经本草》：“丁香木类桂，高丈余，叶似栎，凌冬不凋。”《碎录》：“丁香一名百结，子出枝叶上如钉，长三四分，有粗大如山茱萸者，名母丁香。”

③ 庾信《春赋》：“新年鸟声千种啭。”

④《梁书·陈伯之传》：“暮春三月，江南草长。”潘岳诗：“迢迢远行客。”

闺　情

娟娟却月眉①，新鬓学鸦飞②。暗砌匀檀粉③，晴窗画夹衣④。袖红垂寂寞⑤，眉黛敛依稀⑥。还向长陵去⑦，今宵归不归⑧？

① 鲍照诗：“娟娟似蛾眉。”梁元帝《玄览赋》：“望却月而成眉。”

② 江淹诗：“双鬓鸦雏色。”

③《释名》：“粉，分也，研米使分散也，胡粉，胡饧也，脂和以涂面也。”

④《钗小志》：“梁陈士人春游，画衣粉面，弦歌相逐。”潘岳《秋兴赋》：“御袷衣。”《韵会》：“袷，夹衣也。”

⑤ 庾信诗：“红袖拂秋霞。”江总诗：“离蝉寂寞讵含情。”

⑥ 沈约诗：“托意眉间黛。”梁元帝诗：“翠眉暂敛千重结。”江淹《赤虹

赋》：“依稀不常。”

⑦《元和郡县志》：“咸阳县长陵故城，在县东北三十里。初，汉徙关东豪族以奉陵邑，长陵、茂陵各万户。”

⑧ 郭璞《江赋》：“或忘夕而宵归。”

旧 游

闲吟芍药诗①，怅望久颦眉②。盼昐回眸远③，纤衫整髻迟。重寻春昼梦④，笑把浅花枝⑤。小市长陵住⑥，非郎谁得知⑦？

①《古今注》：“牛亨问将离别相赠以芍药者。’答曰：‘芍药一名将离，故将别以赠之。’”江淹《别赋》：“下有芍药之诗。”

② 谢朓诗：“怅望一涂阻。”《晋书·戴逵传》：“是犹美西施而学其颦眉。”

③《梁书·沈约传》：“回余眸于艮域。”

④《吴越春秋》：“过姑胥之台，忽然昼梦，子为占之。”

⑤ 张正见诗：“暗开脂粉弄花枝。”

⑥《汉书·孝景王皇后传》：“初，皇太后微时所为金王孙生女，俗在民间，盖讳之也。武帝始立，韩嫣白之，帝曰：‘何为不早言？’乃车驾自往迎之。其家在长陵小市，直至其门，使左右入求之。”《太平寰宇记》：“咸阳县长陵故城，在今县东北四十里，去高帝长陵三里。杜牧之诗云‘小市长陵住’，即此。”

⑦ 武后《苏氏织锦回文记》：非我佳人，莫之能解。《晋书·王献之传》：“谢安问：‘君书何如君家尊？’答曰：‘故当不同。’安曰：‘外论不尔。’答曰：‘人那得知？’”

寄　远

只影随惊雁①，单栖锁画笼②。向春罗袖薄③，谁念舞台风④？

① 鲍照《野鹅赋》："立菰蒲之寒渚，托只影而为双。"庾肩吾诗："惊雁避虚弓。"

②《禽经》："鹍必匹飞，鹃必单栖。"

③ 梁简文帝《梅花赋》："袄衣始薄，罗袖初单。"

④《拾遗记》："帝与飞燕戏于太液池，每轻风时至，飞燕殆欲随风入水，帝以翠缨结飞燕之裙。常怨曰：'妾微贱，何复得预缨裙之游！'今太液池尚有避风台，即飞燕缨裙之处。"

帘①

徒云逢剪削，岂谓见偏装。凤节轻雕日，鸾花薄饰香。问屏何屈曲②？怜帐解周防③。下溃金阶露④，斜分碧瓦霜⑤。沉沉伴春梦⑥，寂寂侍华堂⑦。谁见昭阳殿⑧，真珠十二行⑨。

①《初学记》："《释名》曰：帘，廉也，自障蔽为廉耻也。"按：今《释名》作"嗛"。

②《南齐书·王秀之传》："王远如屏风，屈曲从俗。"

③ 杜预《春秋传序》："包周身之防。"杜甫诗："雅节在周防。"

④《宋书·乐志》："金阶玉为堂。"

⑤《神仙传》:"碧瓦鳞差。"

⑥《史记·陈涉世家》:"入宫见殿屋帷帐,客曰:'夥颐!涉之为王沉沉者。'"沈佺期诗:"春梦失阳关。"

⑦《南史·王融传》:"为尔寂寂,邓禹笑人。"《周舍传》:"每入官府,虽广夏华堂,闺阁重邃,舍居之,则尘埃满积。"

⑧《西京杂记》:"赵飞燕女弟居昭阳殿,中庭彤朱而殿上丹漆,砌皆铜沓,黄金涂白玉阶,壁带往往为黄金釭,含蓝田璧,明珠翠羽饰之。"

⑨《汉武故事》:"上起神屋曰昭阳殿,皆以白珠为帘箔。"梁武帝诗:"头上金钗十二行。"

寄题甘露寺北轩①

　　曾上蓬莱宫里行②,北轩栏槛最留情③。孤高堪弄桓伊笛④,缥渺宜闻子晋笙⑤。天接海门秋水色⑥,烟笼隋⑦苑暮钟声⑧。他年会著荷衣去⑨,不向山僧道姓名⑩。

①《太平寰宇记》:"润州丹徒县甘露寺,在城东角土山上,下临大江,晴明轩槛,上见扬州历历,诗人多留题。"

②《史记·淮南王安传》:"即从臣东南至蓬莱山,见芝成宫阙。"左思诗:"列宅紫宫里,飞宇若云浮。"

③《南齐书·倖臣传论》:"陪兰槛而高眄。"张九龄诗:"聊洗滞留情。"

④ 高适诗:"登临骇孤高。"《一统志》:"邀笛步,在上元县青溪桥右,晋王徽之邀桓伊吹笛处。"

⑤ 木华《海赋》:"群仙缥渺。"《列仙传》:"周太子晋,好吹笙作凤皇鸣,游伊洛之间,道士浮丘公接以上嵩高山。"

⑥《旧唐书·韩滉传》:"拜润州刺史,镇海军节度使,以舟师由海门扬威武,至申浦而还。"王昌龄《宿京江口诗》:"残月生海门。"庾信诗:"蒙吏观

秋水。"

⑦ 一作"鹿"。

⑧《元和郡县志》:"润州北渡江,至扬州七十里。"《一统志》:"扬州隋苑,在江都县北七里。"韦应物诗:"建业暮钟时。"

⑨《左传》:"晋人以其役之劳,请俟他年。"屈原《九歌》:"荷衣兮蕙带,儵而来兮忽而逝。"

⑩ 庾信诗:"山僧或见寻。"《高士传》:"吾子皮相之士,何足语姓名也。"

题青云馆①

虬蟠千仞剧羊肠②,天府由来百二强③。四皓有芝轻汉祖④,张仪无地与怀王⑤。云连帐影萝阴合⑥,枕绕泉声客梦凉⑦。深处会容高尚者⑧,水苗三顷百株桑⑨。

①《一统志》:"《九域志》:商洛县有青云镇。《旧志》有废青云馆在州南一百五十里,即青云镇也。"

② 左思《吴都赋》:"轮囷虬蟠。"《晋书·张载传》:"壁立千仞。"《魏书氏传》:"仇池方百顷,四面斗绝,高七里余,羊肠蟠道,三十六回。"《隋书·崔赜传》:"从驾登太行山,诏问:'何处有羊肠坂?'赜对曰:'臣按,《汉书·地理志》:上党壶关县有羊肠坂。'帝曰:'不是。'又答曰:'臣按,皇甫士安撰《地书》云:太原北九十里有羊肠坂。'帝曰:'是也。'因谓牛弘曰:'崔祖濬所谓问一知二。'"《汉书·王莽传》:"绕雷之固,南当荆楚。"注:"谓之绕雷者,言四面塞陁,其道屈曲,溪谷之水,回绕而雷也。其处即今商州界七盘十二绗是也。"

③《史记·留侯世家》:"所谓金城千里,天府之国也。"《高祖纪》:"秦形胜之国,带河山之险,县隔千里,持戟百万,秦得百二焉。"

④《高士传》:"四皓者,皆河内轵人,秦始皇时,见秦政虐,乃退入蓝田

山，而作歌曰：莫莫高山，深谷逶迤，煜煜紫芝，可以疗饥，唐虞世远，吾将何归？驷马高盖，其忧甚大，富贵之畏人，不如贫贱之肆志。乃共入商雒，隐地肺山。及秦败，汉高闻而征之，不至，深自匿终南山，不能屈己。"

⑤《史记·屈原传》："秦惠王令张仪佯去秦事楚，曰：'秦甚憎齐，楚诚能绝齐，秦愿献商于之地六百里。'楚怀王贪而信张仪，遂绝齐，使使如秦受地，张仪诈之曰：仪与王约六里，不闻六百里。"

⑥ 一作"近"。○《宋书·乐志》："高峻与云连。"元稹诗："床空帐影深。"

⑦ 高适诗："溪冷泉声苦。"

⑧《魏书·阳尼传》："钦四皓之高尚兮，叹伊周之涉危。"

⑨ 白居易诗："水苗泥易耨。"《魏书·高允传》："方一里则为田三顷七十亩。"《蜀志·诸葛亮传》："成都有桑八百株，薄田十五顷。"

正初奉酬歙州刺史邢群①

翠岩千尺倚溪斜，曾得严光作钓家②。越嶂远分丁字水③，腊梅迟见二年花④。明时刀尺君须用⑤，幽处田园我有涯⑥。一壑风烟阳羡里⑦，解龟休去路非赊⑧！

①《魏书·高祖纪》："今三正告初，只感交切。"邢群《郡中有怀寄上睦州员外杜十三兄》诗："城枕溪流更浅斜，丽谯连带邑人家。经冬野菜青青色，未腊山梅处处花。虽免瘴云生岭上，永无京信到天涯。如今岁晏从羁滞，心喜弹冠事不赊。"按：旧本邢诗混列牧之诗前，而题下有"歙州刺史邢群"六字，今据《全唐诗》正之。

②《水经注·浙江水篇》："桐庐县至于潜凡十有六濑，第二是严陵濑，濑带严陵山，山下有一石室，汉严子陵之所居也。"

③ 鲍照诗："烟曀越嶂深。"《一统志》："严州府东阳江，在建德县东南二

里,上流即衢婺二港,至兰溪县合流,又北至县东南入浙江,形如丁字,亦名丁字水。"

④ 范成大《梅谱》:"蜡梅本非梅种,以其与梅同时而香,又近之,人言腊时开,故以名,非也,为色正似黄蜡耳。"

⑤《魏志·陈思王植传》:"志欲自效于明时。"郭泰机诗:"衣工秉刀尺。"

⑥ 祖咏诗:"别业居幽处,到来生隐心。"《晋书·桓秘传》:"放志田园,好游山水。"《庄子》:"吾生也有涯。"

⑦《汉书叙传》:"渔钓于一壑,则万物不奸其志。"庾信《侯莫陈夫人墓志铭》:"地势风烟。"余见卷二《李侍郎》。

⑧ 谢灵运诗:"解龟在景平。"

江上偶见绝句①

楚乡寒食橘花时②,野渡临风驻彩旗③。草色连云人去住④,水纹如縠燕参差⑤。

①《越绝书》:"伍员过于荆,至江上欲涉,见一丈人刺小船方将渔,从而请焉。"

② 柳宗元诗:"楚乡农事春。"《荆楚岁时记》:"去冬节一百五日,即有疾风甚雨,谓之寒食。"《史记·苏秦传》:"楚必致橘柚之园。"《淮南子》:"橘柚有乡。"梁简文帝诗:"城风泛橘花。"

③ 韦应物诗:"野渡无人舟自横。"屈原《九歌》:"临风恍兮浩歌。"刘禹锡诗:"彩旗双引到沅湘。"

④ 江淹诗:"草色敛穷水。"庾肩吾诗:"栈阁自连云。"杜甫诗:"去住损春心。"

⑤ 梁元帝诗:"风散水纹长。"《太平御览》:"《舆地志》曰:縠江,其水波

澜交错,状如罗縠之文,因以为名。"鲍照诗:"春燕参差风散梅。"

题木兰庙①

弯弓征战作男儿②,梦里曾经与画眉③。几度思归还把酒④,拂云堆上祝明妃⑤。

①《太平寰宇记》:"黄州黄冈县木兰山,在县西一百五十里,旧废县取此为名,今有庙在木兰乡。"《演繁露》:"乐府有木兰,乃女子,代父征戍,十年而归,不受爵赏,人为作诗,然不著何代人。或者疑为寓言。然白乐天《题木兰花》云:'怪得独饶脂粉态,木兰曾作女郎来。'又杜牧有《题木兰庙》诗云云。既有庙貌,又云曾作女郎,则诚有其人矣。"

②《史记·秦始皇纪赞》:"士不敢弯弓而报怨。"《后汉书·何敞传》:"昔陈平生于征战之世。"《隋书·突厥传》:"碛北未静,犹烦征战。"陈琳诗:"男儿宁当格斗死。"

③张九龄诗:"所思如梦里。"《汉书·张敞传》:"为妇画眉。"

④《诗序》:"《泉水》,卫女思归也。"

⑤《元和郡县志》:"朔方军北与突厥以河为界,河北岸有拂云堆神祠,突厥将入寇,必先诣祠,祭酹求福。"《旧唐书·音乐志》:"明君,汉元帝时,匈奴单于入朝,诏王嫱配之,即昭君也。及将去,入辞,光彩射人,耸动左右,天子悔焉。汉人怜其远嫁,为作此歌。晋文王讳昭,故晋人谓之明君。"江淹《恨赋》:"明妃去时,仰天太息。"按:《旧唐》志语俱本《通典》,《通典》"元帝"作"宣帝",则误也。

入商山①

早入商山百里云②,蓝溪桥下水声分③。流水旧声人旧耳,此回呜咽不堪闻④。

①《十道山川考》:"商山,在商州上洛县南十四里,商洛县南一里。"

②《庄子》:"适百里者宿舂粮。"

③《一统志》:"蓝溪水在蓝田县东南。"《长安志》:"蓝谷水,南自秦岭西流经蓝关,蓝桥,经王顺山下,出蓝谷,西北流入灞。"县志:蓝溪即蓝谷水,又谓之清河。《水经注》有墐水西径峣关,北历峣柳城,又西北流入灞,疑即此。"《通鉴·唐纪》注:"蓝桥在蓝田关南。"谢灵运诗:"石横水分流。"

④《元和郡县志》:"清水县小陇山,又名分水岭,陇上有水,东西分流,行人歌曰:陇上流水,鸣声幽咽,遥见秦川,肝肠断绝。"《开元占经》:"李淳风曰:商风声如呜咽流水,鸣声感人。"

偶　题

甘罗昔作秦丞相①,子政曾为汉辇郎②。千载更逢王侍读③,当时还道有文章④。

①《野客丛书》:"《史记》:甘罗年十二,事秦相文信侯吕不韦,后因说赵有功,始皇封为上卿。未尝为秦相也。"《北史·彭城王㩁传》曰:"甘罗为秦相,未闻能书。"《仪礼》疏曰:"甘罗十二相秦,未必要至五十。"则知此谬已久,牧之盖循袭用之。

②《汉书·刘向传》:"向字子政,本名更生,年十二,以父德任为辇郎。"

③《文心雕龙》:"逢其知音,千载其一乎!"《唐六典》:"开元初,褚元量、冯怀素侍讲禁中,为侍读。"

④《宋书·颜延之传》:"文章之美,冠绝当时。"《晋书·罗含传》:"含幼孤,为叔母朱氏所养。少有志尚,尝昼卧,梦一鸟,文彩异常,飞入口中,因起,惊说之。朱氏曰:'鸟有文章,汝后必有文章。'自此后藻思日新。"

送卢秀才一绝①

春濑与烟远②，送君孤棹开③。潺湲如不改④，愁更钓鱼来⑤。

①《唐书·选举志》："诏诸州明经、秀才、俊士、进士，明于理体，为乡里称者，县考试，州长重复，岁随方物入贡。"按：本集有《送卢秀才赴举》文云："余自池改睦，凡同舟三千里，复为余留睦七十日，今去。"当即此卢秀才。又卷三有《送卢需秀才赴举》诗，未知即其人否。

②《南齐书·张融传》："帐春霞于秀濑。"

③《庄子》："送君者，皆自崖而反，君自此远矣。"长孙佐辅诗："独随孤棹去。"

④《宋书·乐志》："随波潺湲。"

⑤《符子》："太公涓钓隐溪，五十六年矣，不得一鱼，季连往见之，太公涓踞石隐崖，不饵而钓，仰咏俯吟，暮则释竿，其膝所处，石皆如臼，其跗触石若路，季连曰：'钓本在鱼，无鱼何钓？'公曰：'不见康王父之钓乎？涉蓬莱，钓巨海，攉岸投纶，五百年矣，未尝得一鱼，方吾，犹一朝耳。'果得大鲤，有兵钤在其中。"按《太平御览》引，与此少异，此据马氏《绎史》。

醉　题

金镊洗霜鬓①，银觥敌露桃②。醉头扶不起，三丈日还高③。

①《南齐书·周盘龙传》："盘龙爱妾杜氏，上送金钗镊二十枚。"《云仙

杂记》：“王僧虔晚年恶白发，一日对客，左右进铜镊，僧虔曰：'却老先生至矣，其几乎？'”晋《子夜歌》：“霜鬓不可视。”

② 白居易诗：“酒试银觥琖分深。”王昌龄诗：“昨夜风开露井桃。”

③《水经注·汶水篇》：“泰山东南山顶，名曰日观，日观者，鸡一鸣时，见日始欲出，长三丈许，故以名焉。”

题商山四皓庙一绝①

吕氏强梁嗣子柔②，我于天性岂恩仇③。南军不祖左边袖④，四老安刘是灭刘⑤。

①《一统志》：“商州四皓庙，在州西金鸡原，一在州东商洛镇。”

②《汉书·吕皇后传》：“吕后为人刚毅。”又：“太子为人仁弱，高祖以为不类己，常欲废之。”《宋书·颜延之传》：“私恃顾盼，成强梁之心。”

③《孝经》：“父子之道，天性也。”《关尹子》：“天下之理，恩或化仇，仇或化恩。”

④《文献通考》：“汉京师有南北军之屯，南军，卫尉主之，掌宫城门内之兵。北军，中卫主之，掌京城门内之兵。高后时，吕禄为将军，掌北军。产为相国，掌南军。”《汉书·高后纪》：“太尉勃入北军，行令军中曰：'为吕氏右袒，为刘氏左袒。'军皆左袒，勃遂将北军，然尚有南军，丞相平召朱虚侯章佐勃，章从勃请卒千人，入未央宫掖门击产，杀之。”

⑤《汉书·张良传》：“上欲废太子，立戚夫人子赵王如意，吕后恐，不知所为，乃使建成侯吕择劫良为画计，良曰：'此难以口舌争也。顾上有所不能致者四人，四人年老矣，皆以嫚侮士，故逃匿山中，义不为汉臣，然上高此四人，诚令太子为书，卑辞安车固请，宜来。来以为客，时从入朝，令上见之，则一助也。'于是四人至，客建成侯所。十一年，黥布反，上欲使太子往击之，四人相谓曰：'凡来者，将以存太子，太子将兵，事危矣！'乃说建成侯，

急请吕后，承间为上泣言。于是上自将而东。十二年，上从破黥布归，愈欲易太子，良谏不听。及宴，置酒，太子侍。四人者从太子，年皆八十有余，须眉皓白，衣冠甚伟。上怪问曰：'何为者？'四人前对，各言其姓名。上乃惊曰：'吾求公，避逃我，今公何自从吾儿游乎？'四人曰：'陛下轻士善骂，臣等义不辱，故恐而亡匿。今闻太子仁孝，恭敬爱士，天下莫不延颈，愿为太子死者，故臣等来。'上曰：'烦公幸卒调护太子！'四人为寿已毕，趋去，上目送之，召戚夫人指视曰：'我欲易之，彼四人辅之，羽翼已成，难动矣！吕氏真乃主矣。'上起去罢酒，竟不易太子者，良本招此四人之力也。"《高帝纪》："周勃重厚少文，然安刘氏者，必勃也。"《周勃传》："高后崩，吕禄以赵王为汉上将军，吕产以吕王为相国，秉权，欲危刘氏，勃与丞相平、朱虚侯章共诛诸吕，遂迎立代王，是为孝文皇帝。"《文帝纪》："诏曰：间者诸吕用事擅权，谋为大逆，欲危刘氏宗庙，赖将相列侯，宗室大臣诛之，皆伏其辜。朕初即位，其赦天下。"

送隐者一绝①

　　无媒径路草萧萧②，自古云林远市朝③。公道世间唯白发④，贵人头上不曾饶⑤。

　　①《宋书·隐逸传序》："身隐，故称隐者。道隐，故曰贤人。"
　　②《韩诗外传》："士不中道相见，女无媒而嫁者，君子不行也。"《晋书·阮籍传》："时率意独驾，不由径路。"屈原《九歌》："风飒飒兮木萧萧。"
　　③《隋书·李谔传》："逆旅之与旗亭，自古非同一概。"《历代名画记》："宗炳自为画山水序曰：峰岫峣嶷，云林森眇。"《周书·薛端传》："韦居士退不丘壑，进不市朝，怡然守道，荣辱不及，何其乐也！"
　　④《汉书·萧望之传》："庶事理，公道立。"《魏豹传》："人生一世间。"《五行志》："白发，衰年之象。"

⑤《史记·秦始皇纪》:"先帝之大臣,皆天下累世名贵人也。"陶潜诗:"空负头上巾。"鲍照诗:"日月流迈不相饶。"

题张处士山庄一绝①

好鸟疑敲磬②,风蝉认轧筝③。修篁与嘉树④,偏倚半岩生⑤。

①《后汉书·刘恺传》:"恺性笃古,贵处士。"谢朓诗:"解佩拂山庄。"

② 曹植诗:"好鸟鸣高枝。"《拾遗记》:"幽州之墟,羽山之北,有善鸣之鸟,名曰青鹥,其声似钟磬笙竽也。"

③ 谢灵运诗:"萧瑟含风蝉。"《升庵诗话》:"古人殿阁檐棱间,有风琴、风筝,皆因风动成音,自谐宫商,此乃檐下铁马也。今名纸鸢曰风筝,非也。"

④ 任昉《秋竹赋》:"临曲沼,夹修篁。"《后汉书·马融传》:"珍林嘉树,建木丛生。"

⑤ 钱起诗:"半岩采珉者。"

有怀重送斛斯判官①

苍苍烟月满川亭②,我有劳歌一为听③。将取离魂随白骑④,三台星里拜文星⑤。

①《汉书·伍被传》:"心有所怀,感动千里。"《唐会要》:"会昌五年九月,中书门下奏条流诸道判官员额。"

②《穆天子传》:"讼之繇,数泽苍苍。"张九龄诗:"烟月赏恒余。"《水经

注·漯水篇》：“绿水澄澹，川亭望远，亦为游瞩之胜所也。”

③《韩诗》：“伐木废，朋友之道缺，劳者歌其事。诗人伐木，自苦其事，故以为文。”按今《韩诗外传》无此文，此据《文选》注引。

④ 崔湜诗：“离魂暗马惊。”《水经注·济水篇》：“同水出南原下，东北流径白骑陨。”

⑤《晋书·天文志》：“三台六星，两两相比，起文昌，列抵太微，一曰天柱，三公之位也。在人曰三公，在天曰三台，主开德宣符也。”吴筠《八公山赋》：“文星乱石，藻日流阶。”

赠　别

　　娉娉袅袅十三余，豆蔻梢头二月初①。春风十里扬州路②，卷上珠帘总不如③。

①《桂海虞衡志》：“红豆蔻，花淡红，鲜妍如桃杏花色，蕊重则下垂，每蕊心有两瓣相并，词人托兴曰比目连理云。”《西溪丛语》：“杜牧之诗云：‘娉娉嫋嫋十三余，豆蔻梢头二月初。’不解豆蔻之义。阅《本草》，豆蔻花生叶间，南人取其未大开者，谓之含胎花，言尚小如妊身也。”江淹诗：“江南二月春。”

② 鲍照诗：“春风澹荡使思多。”《晋书·天文志》：“人目所望，不过十里。”隋炀帝诗：“扬州旧处可淹留。”

③ 何逊诗：“珠帘旦初卷。”《史记·外戚世家》：“邢夫人衣故衣，独身来前，尹夫人望见之曰：此真是也。于是乃低头俯而泣，自痛其不如也。”

　　多情却似总无情①，惟觉罇前笑不成②。蜡烛有心还惜别③，替人垂泪到天明④。

① 韩愈诗:"多情怀酒伴。"《古歌》:"无情尚不离,有情安可别。"

② 钱起诗:"相忆绿罇前。"骆宾王诗:"旭旦含颦不成笑。"

③《魏书·李孝伯传》:"义恭献蜡烛十梃。"《西京杂记》:"寒食禁火日,赐侯家蜡烛。"

④《北齐书·孙搴传》:"高祖曰:'折我右臂,仰觅好替还我!'"陈后主诗:"思君如夜烛,垂泪著鸡鸣。"《左传》注:"降娄中而天明。"

寄 远

前山极远碧云合①,清夜一声白雪微②。欲寄相思千里月③,溪边残照雨霏霏④。

① 庾肩吾诗:"前山黄叶起。"江淹诗:"日暮碧云合,佳人殊未来。"

②《拾遗记》:"孙亮作琉璃屏风,每于月下清夜舒之。"梁简文帝诗:"一声一转煎心。"《淮南子》:"师旷奏白雪之音,而神物为之下降。"

③ 李陵诗:"万里遥相思。"谢庄《月赋》:"隔千里兮共明月。"

④ 孟浩然诗:"竹间残照入。"

九 日①

金英繁乱拂栏香②,明府辞官酒满缸③。还有玉楼轻薄女④,笑他寒燕一双双⑤。

①《荆楚岁时记》:"九月九日,土人并集野饮宴。"

② 王筠诗:"菊花偏可憙,碧叶媚金英。"

③《后汉书·刘宠传》:"自明府下车以来,狗不夜吠,民不见吏。今闻

当见弃去,故自扶奉送。"李白诗:"思尔欲辞官。"《宋书·陶潜传》:"江州刺史王弘欲识之,不能致也。尝九月九日无酒,出宅边菊丛中坐久,值弘送酒至,即便就酌,醉而后归。"

④ 梁简文帝《大法颂序》:"玉楼十二,遥耻神仙。"《古诗》:"盈盈楼上女。"《魏书·萧宝夤传》:"少子凯妻,长孙稚女也,轻薄无礼。"

⑤ 白居易诗:"恋巢寒燕未能归。"《公羊传》:"为其双双而俱至者与?"

寄牛相公①

汉水横冲蜀浪分②,危楼点的拂孤云③。六年仁政讴歌去④,柳远春堤处处闻⑤。

①《唐书·牛僧孺传》:"以户部侍郎同中书门下平章事,寻迁中书侍郎。敬宗立,进封奇章郡公。是时政出近幸,僧孺数表乞位,帝为于鄂州置武昌军,授武昌节度使同平章事。"按:《旧唐书·敬宗纪》云:"于鄂州特置武昌军额,宠僧孺也。"《僧孺传》亦有其语。考《旧宪纪》于元和元年正月书,以鄂岳沔观察使韩皋为鄂岳蕲安黄等州节度使。三年二月书,以武昌军节度使韩皋为镇海军节度使。于五年十二月,则书以前御史中丞吕元膺为鄂州刺史,鄂黄岳沔蕲安黄等州观察使,以鄂岳观察使郗士美为河南尹。故《新书·方镇表》亦云:元和元年,升鄂岳观察使为武昌军节度使。五年,罢武昌军节度使,置鄂岳都团练观察使,则鄂岳已先有武昌之号。宝历初,第复置以宠僧孺,不可云特置武昌军号也。《新》传及《旧》纪传语俱未谛。又《旧》纪元和五年之鄂黄岳沔蕲安黄云云,其"鄂"下衍"黄"字。又《旧·文宗纪》太和四年正月,以武昌节度使牛僧孺为兵部尚书同中书门下平章事,以尚书左丞杜元颖检校户部尚书,充武昌军节度,鄂岳蕲黄安申等州观察使。考杜元颖未尝为武昌节度,并不为尚书左丞,纪于次年八月书武昌军节度使元稹卒,知杜元颖为元稹之误,即《新》、《旧》元稹传可证也。又

《旧》稹传云：太和五年七月二十二日卒于镇。白居易稹墓志同。《旧》纪卒稹于八月，自据奏到日。传书太和四年正月出镇，五年卒，而墓志则云在鄂三载，疑"三"字传写误也。又《旧》纪于元稹卒后，继书以陕虢观察使崔郾为鄂岳安黄观察使，知僧孺、元稹俱以故相莅镇，故为复武昌军额。稹卒后，鄂岳即仍为观察使。《新·方镇表》于宝历元年不云置武昌军，太和五年不云罢军，俱脱误也。

②《旧唐书·地理志》："鄂州江夏，江汉二水会于州西。"《元和郡县志》："沔州汉阳县鲁山，一名大别山，在县东北一百步。其山前枕蜀江，北带汉水。"《水经注·江水篇》："江水东北至江夏沙羡县西北，沔水从北来注之。"《沔水篇》："沔水南至江夏沙羡县北，南入于江。《地说》言：汉水东行触大别之阪，南与江合，与《尚书》、杜预注相符。"

③《元和郡县志》："鄂州今为鄂岳观察理所，州城西临大江，西南角因矶为楼，名黄鹤楼。"《一统志》："《武昌府志》：黄鹤山自高冠山西至于江，其首隆然，黄鹤楼枕焉。"《水经注·南沮水篇》："危楼倾崖，恒有落势。"

④《旧唐书·牛僧孺传》："凡镇江夏五年。太和三年，李宗闵屡荐僧孺有才，不宜居外。四年正月召还，守兵部尚书同平章事。"《梁书·元帝纪》："讴歌再驰，是用翘首。"

⑤《晋书·陶侃传》："尝课诸营种柳，都尉夏施盗官柳植之于己门，侃后见，驻车问曰：'此是武昌西门前柳，何因盗来此种？'"《梁书·曹景宗传》："迁郢州刺史，于城南起宅，长堤以东，夏口以北，开街列门，东西数里。"《一统志》："武昌府江堤，在江夏县北，长五千五百余丈。通城堤，在嘉鱼县东北，自龙潭山至旧鱼山驿，高丈许，广三丈，种柳。"梁元帝诗："处处春情多。"

为人题赠二首

我乏青云称①，君无买笑金②。虚传南国貌③，争奈五陵心④。桂席尘瑶珮⑤，琼炉烬水沉⑥。凝魂空荐梦⑦，低珥⑧悔听琴⑨。月落珠帘卷⑩，春寒锦幕深⑪。谁家楼上笛⑫，何处月明砧⑬？兰径飞蝴蝶⑭，筠笼语翠襟⑮。和簪抛凤髻⑯，将泪入鸳衾⑰。的的新添恨⑱，迢迢绝好音⑲。文园终病渴⑳，休咏《白头吟》㉑！

①《汉书·扬雄传》："当涂者，入青云。"

② 江总诗："百万千金买歌笑。"

③ 鲍照《芜城赋》："东都妙姬，南国丽人，蕙心纨质，玉貌绛唇。"

④ 徐陵《玉台新咏序》："五陵豪族，充选掖庭。"

⑤ 谢朓《送远曲》："琼筵妙舞绝，桂席羽觞陈。"庾信《邛竹杖赋》："得与绮绅瑶佩，出芳房于蕙庭。"

⑥《本草》："木之心节置水则沉，故名沉水，亦曰水沉。"

⑦ 宋玉《高唐赋》："昔者先王尝游高唐，怠而昼寝，梦见一妇人曰：'妾巫山之女也，为高唐之客，闻君游高唐，愿荐枕席。'"

⑧ 一作"耳"。

⑨《史记·司马相如传》："及饮卓氏，弄琴，文君窃从户窥之，心悦而好之。"庾信《小园赋》："鱼何情而听琴。"

⑩ 范静妻沈氏诗："月落锦屏虚。"庾信诗："珠帘卷丽日，翠幕蔽重阳。"《拾遗记》："越有美女二人，一名夷光，一名修明，以贡于吴，吴处以椒华之房，贯细珠为帘幌，朝下以蔽景，夕卷以待月。"

⑪ 庾肩吾诗："春寒极晚秋。"江淹《别赋》："抚锦幕而虚凉。"

⑫ 晋《折杨柳歌》："窈窕谁家妇？"

⑬ 宋《莫愁曲》："莫愁在何处？"李白诗："谁怜明月夜，肠断听秋砧。"

⑭ 江淹诗："兰径少行迹。"张正见诗："艳粉惊飞蝶。"

⑮ 祢衡《鹦鹉赋》："绿衣翠衿。"又："闭以雕笼。"

⑯《释名》："簪，兓也，以兓连冠于发也；又枝也，因形名之也。"《事文类聚》："周文王髻上加翠翘花，傅之铅粉，其高髻名凤髻。"

⑰《辍耕录》："孟蜀主一锦被,其阔犹今之三幅帛,而一梭织成,被头作二穴若云板样,盖以扣于项下,如盘领状,两侧余锦,则拥覆于肩,此之谓鸳衾也。"

⑱ 宋《读曲歌》:"的的两相忆。"

⑲ 谢灵运诗:"迢迢万里帆。"梁简文帝诗:"一去十三年,复无好音信。"

⑳《史记·司马相如传》:"相如口吃而善著书,尝有消渴疾,与卓氏婚,饶于财,称病闲居,不慕官爵,拜为孝文园令。"

㉑《西京杂记》:"相如将聘茂陵人女为妾,卓文君作《白头吟》以自绝,相如乃止。"

绿树莺莺语①,平江燕燕飞②。枕前闻去雁③,楼上送春归④。半月缢双脸⑤,凝腰素一围⑥。西墙苔漠漠⑦,南浦梦依依⑧。有恨簪花懒⑨,无寥斗草稀⑩。雕笼长惨澹⑪,兰畹谩芳菲⑫。镜敛青蛾黛⑬,灯挑皓腕肌⑭。避人匀迸泪⑮,搵袖倚残晖。有貌虽桃李⑯,单栖足是非⑰。云軿载驳去⑱,寒夜看裁衣⑲。

① 吴迈远诗:"绿树摇晴光。"《本草释名》:"鸎,《禽经》云:鸎鸣嘤嘤,故名。或云:鸎项有文,故从賏,賏,项饰也。或作'莺',鸟羽有文也。《诗》云'有莺其羽'是矣。"

②《吕氏春秋》:"二女作歌一终曰:燕燕往飞。实始作为北音。"

③ 孙逖诗:"香来荐枕前。"萧统《四月启》:"今因去雁,聊寄刍荛。"

④《南齐书·裴皇后传》:"置钟于景阳楼上,宫人闻钟声,早起装饰。"沈约诗:"怅春归之未几。"

⑤ 徐陵《孝义寺碑》:"明星皎皎,流半月之光。"徐伯阳诗:"双脸含娇特好羞。"

⑥ 宋玉《好色赋》:"腰如束素。"

⑦《淮南子》："东面而望，不见西墙。"谢朓诗："生烟纷漠漠。"

⑧《太平寰宇记》："鄂州江夏县南浦，在县南三里，《离骚》云'送美人兮南浦'，其源出京首山，西入江。"按："送美人"句，见《九歌·河伯》。

⑨《论衡》："李广不侯，王朔谓之有恨。"谢偓诗："簪花举复低。"

⑩ 李陵《答苏武书》："与子别后，益复无聊。"《岁华纪丽》："端午斗百草，缠五丝。"

⑪《世说》："风霜固所不论，乃先集其惨淡。"

⑫ 屈原《离骚》："余既滋兰之九畹兮，又树蕙之百亩。"又："佩缤纷其繁饰兮，芳菲菲其弥章。"张正见诗："披襟出兰畹。"庾肩吾诗："佳期竟不归，春日生芳菲。"

⑬ 江淹《神女赋》："青娥羞艳，素女惭光。"梁元帝诗："怨黛舒还敛。"

⑭ 卢询诗："挑灯更惜花。"嵇康《琴赋》："扬和颜，攘皓腕。"

⑮《宋书·朱百年传》："隐迹避人。"谢朓《祭阮夫人文》："迸泪失声，潺湲如线。"

⑯ 曹植诗："南国有佳人，容华若桃李。"

⑰《易通卦验》："博劳性好单栖。"《庄子》："彼亦一是非，此亦一是非。"

⑱ 张说诗："轻举托云��。"

⑲ 梁武帝诗："调梭织寒夜。"简文帝诗："何时玉窗里，夜夜更缝衣？"

少年行①

官为骏马监②，职帅羽林儿③。两绶藏不见④，落花何处期⑤？猎敲白玉镫⑥，怒袖紫金锤⑦。田窦长留醉⑧，苏辛曲让⑨歧⑩。豪持出塞节⑪，笑别远山眉⑫。捷报云台贺⑬，公卿拜寿卮⑭。

①《乐府解题》:"《结客少年场行》,言轻生重义,忼慨以立功名也。"余解亦见卷二。

②《汉书·百官表》:"太仆有骏马令丞。"《唐六典》:"太仆卿之职,总诸监牧之官,诸牧监掌群牧孳课之事。"

③《汉书·百官表》:"羽林掌送从,又取从军死事之子孙养羽林,官教以五兵,号曰羽林孤儿。"《唐六典》:"皇朝名武卫所领兵为羽林,又别置左右屯营,各有大将军、将军等员。龙朔二年,为左右羽林军,其名则历代之羽林也。"

④《汉书·金日磾传》:"日磾两子:赏为奉车都尉,建驸马都尉,及赏嗣侯,佩两绶。"《朱买臣传》:"买臣衣故衣,怀其印绶,步归郡邸。"

⑤梁简文帝诗:"落花随燕入。"沈约诗:"昨宵何处宿?"

⑥萧统诗:"白玉镂鞿羁。"徐陵诗:"玉镫绣缠鬃。"

⑦《唐书·西域传》:"钵露种多紫金。"《汉书·淮南厉王传》:"即自袖金椎椎之。"《水经注·渠水篇》:"清沟水历博浪泽,昔张良为韩报仇,以金椎击秦始皇于此。"骆宾王诗:"金锤许报韩。"

⑧《汉书·窦田灌韩传》:"灌夫过丞相蚡,蚡曰:'吾欲与仲孺过魏其侯。'夫以语婴,婴洒扫张具,及饮酒酣,夫起舞属蚡,蚡不起,夫徙坐,语侵之,婴乃扶夫去,谢蚡,蚡卒饮至夜,极欢而去。"曹摅诗:"田窦相夺移。"崔日用诗:"留醉奉宸晖。"

⑨ 一作"护"。

⑩《汉书·赵充国等传赞》:"苏、辛父子著节,此其可称列者也。"《后汉书·冯异传》:"行与诸将相逢,辄引车避道。"《尔雅》:"一达谓之道路,二达谓之歧旁。"

⑪《汉书·张骞传》:"拜为中郎将,将三百人,马各二匹,牛羊以万数,赍金币帛,直数千巨万,多持节副使,道可便,遣之旁国。"《晋书·乐志》:"李延年造新声二十八解,有《出塞》、《入塞曲》。"

⑫《汉书·司马相如传》:"拜相如为中郎将,建节往使。"余见卷二《题桐叶》。

⑬杜甫诗:"捷书夜报清昼同。"《后汉书·朱祐等传论》:"显宗追感前世功臣,乃图画二十八将于南宫云台。"《范升传》:"建武四年正月,朝公卿大夫博士,见于云台。"

⑭《汉书·司马迁传》:"陵未没时,使有来报,汉公卿王侯皆奉觞上寿。"

盆　池①

凿破苍苔地②,偷他一片天③。白云生镜里④,明月落阶前⑤。

①《魏志·管辂传》注:"《辂别传》曰:其才若盆盎之水,所见者清,所不见者浊。"韩愈《盆池诗》:"汲水埋盆作小池。"

②谢朓诗:"苍苔依砌上。"

③庾信诗:"光如一片水。"

④《淮南子》:"白泉之埃,上为白云。"沈约《和白云》诗:"倒影入华池。"蔡凝诗:"春云处处生。"庾信《行雨山铭》:"花来镜里。"

⑤曹植诗:"明月澄清影。"《洞冥记》:"帝起俯月台,台下穿池,登台以眺,月影入池中,使宫人乘舟弄月影,因名影娥池。"《仪礼·大射仪》:"交于阶前。"

有　寄

云阔烟深树,江澄水浴秋。美人何处在①?明月满山头②。

① 屈原《九歌》："望美人兮未来。"庾信诗："不知何处天边？"

② 陈后主诗："山空明月深。"《列仙传》："乘白鹤，驻山头，望之不得到。"

别　集

寓　言

暖风迟日柳初含，顾影看身又自惭。何事明朝独惆怅？杏花时节在江南。

猿

月白烟青水暗流，孤猿衔恨叫中秋。三声欲断疑肠断，饶是少年须①白头。

① 一作"今"。

怀　归

尘埃终日满窗前，水态云容思浩然。争得便归湘浦去，却持竿上钓鱼船。

边上晚秋

黑山南面更无州，马放平沙夜不收。风送孤城临晚角，一声声入客心愁。

伤友人悼吹箫妓

玉箫声断没流年,满目春愁陇树①烟。艳质已随云雨散,凤楼空锁月明天。

① 一作"上"。

访许颜

门近寒溪窗近山,枕山流水日潺潺。长嫌世上浮云客,老向尘中不解颜。

春日古道傍作

万古荣华旦暮齐,楼台春尽草萋萋。君看陌上何人墓?旋化红尘送马蹄。

青　冢

青冢前头陇水流,燕山①山上墓云秋。蛾眉一坠穷泉路,夜夜孤魂月下愁。

① 一作"支"。

大梦上人自庐峰回

行脚寻常到寺稀，一枝藜杖一禅衣。开①门满院空秋色，新向庐峰过夏归。

① 一作"闲"。

洛中二首

柳动晴风拂路尘，年年宫阙锁浓春。一从翠辇无巡幸，老却蛾眉几许人？

风吹柳带摇晴绿，蝶绕花枝恋暖香。多把芳菲泛春酒，直教愁色对愁肠。

边上闻胡笳三首

何处吹笳薄暮天？塞垣高鸟没狼烟。游人一听头堪白，苏武争禁①十九年。

海路无尘边草新，荣枯不见绿杨春。白沙日暮愁云起，独感离乡万里人。

胡雏吹笛上高台，寒雁惊飞去不回。尽日春风吹不散，只因②分付客愁来。

① 一云"曾经"。

② 一作"应"。

春日寄许浑先辈

蓟北雁初去，湘南春又归。水流沧海急，人到白头稀。
塞路尽何处？我愁当落晖。终须①接鸳鹭，霄汉共高飞。

① 一作"年"。

经阖闾城

遗踪委衰草，行客思悠悠。昔日人何处？终年水自流。
孤烟村戍远，乱雨海门秋。吟罢独归去，烟云尽惨愁。

并州道中

行役我方倦，苦吟谁复闻？戍楼春带雪，边角暮吹云。
极目无人迹，回头送雁群。如何遣公子？高卧醉醺醺。

别　怀

相别徒成泣，经过总是空。劳生惯离别，夜梦苦西东。
去路三湘浪，归程一片风。他年寄消息，书在鲤鱼中。

渔　父

白发沧浪上,全忘是与非。秋潭垂钓去,夜月叩船归。
烟影侵芦岸,潮痕在竹扉。终年狎鸥鸟,来去且无机。

秋　梦

寒空动高吹,月色满清砧。残梦夜魂断,美人边思深。
孤鸿秋出塞,一叶暗辞林。又寄征衣去,迢迢天外心。

早秋客舍

风吹一片叶,万物已惊秋。独夜他乡泪,年年为客愁。
别离何处尽?摇落几时休?不及磻溪叟,身闲长自由。

逢故人

故交相见稀,相见倍依依。尘路事不尽,云岩闲好归。
投人销壮志,徇俗变真机。又落他乡泪,风前一满衣。

秋晚江上遣怀

孤舟天际外,去路望中赊。贫病远行客,梦魂多在家。

蝉吟秋色树,鸦噪夕阳沙。不拟彻双鬓,他方掷岁华。

长安夜月

寒光垂静夜,皓彩满重城。万国尽分照,谁家无此名^①?
古槐疏影薄,仙桂动秋声。独有长门里,蛾眉对晓晴。

① 一作"明"。

云

东西那有碍,出处岂虚心。晓入洞庭阔,暮归巫峡深。
渡江随鸟影,拥树隔猿吟。莫隐高唐去,枯苗待作霖。

春 怀

年光何太急,倏忽又青春。明月谁家主?江山暗换人。
莺花潜运老,荣乐渐成尘。遥忆朱门柳,别离应更频。

逢故人

年年不相见,相见却成悲。教我泪如霰,嗟君发似丝。
正伤携手处,况值落花时。莫惜今宵醉,人间忽忽期。

闲　题

男儿所在即为家,百镒黄金一朵花。借问春风何处好?
绿杨深巷马头斜。

金谷园

繁华事散逐香尘,流水无情草自春。日暮东风怨啼鸟,
落花犹似堕楼人。

重登科

星汉离宫月出轮,满街含笑绮罗春。花前每被青娥①
问,何事重来只一人?

①　一作"蛾"。

游　边

黄沙连海路无尘,边草长枯不见春。日暮拂云堆下过,
马前逢著射雕人。

将赴池州道中作

青阳云水去年寻,黄绢歌诗出翰林。投辖暂停留酒客,绛帷斜系满松阴。妖人笑我不相问,道者应知归路心。南去南来尽乡国,月明秋水只沉沉。

隋宫春

龙舟东下事成空,蔓草萋萋满故宫。亡国亡家为颜色,露桃犹自恨春风。

蛮中醉①

瘴塞蛮江入洞流,人家多在竹棚头。青山海上无城郭,唯见松牌出象州。

① 一云张籍诗。题无"醉"字。

寓　题

把酒直须判酩酊,逢花莫惜暂淹留。假如三万六千日,半是悲哀半是愁。

送赵十二赴举

省事却因多事力，无心翻似有心来。秋风郡阁残花在，别后何人更一杯？

偶呈郑先辈

不语亭亭俨薄妆，画裙双凤郁金香。西京才子旁看取，何似乔家那窈娘？

子　规①

蜀地曾闻子规鸟，宣城又见杜鹃花。一叫一回肠一断，三春三月忆三巴。

① 按此诗又见《李白集》。题作"宣城见杜鹃花"。

江　楼

独酌芳春酒，登楼已半醺。谁惊一行雁？冲断过江云。

旅　宿

旅馆无良伴，凝情自悄然。寒灯思旧事，断雁警愁眠。

远梦归侵晓,家书到隔年。湘江好烟月,门系钓鱼船。

杜　鹃

杜宇竟何冤,年年叫蜀门。至今衔积恨,终古吊残魂。
芳草迷觞①结,红花染血痕。山川尽春色,呜咽复谁论?

① 一作"肠"。

闻　蝉

火云初似灭,晓角欲微清。故国行千里,新蝉忽数声。
时行仍仿佛,度日更分明。不敢频倾耳,唯忧白发生。

送友人

十载名兼利,人皆与命争。青春望①不住,白发自然生。
夜雨滴乡思,秋风从别情。都门五十里,驰马逐鸡声。

① 一作"留"。

旅　情

窗虚枕簟凉,寝倦忆潇湘。山色几时老?人心终日忙。
松风半夜雨,帘月满堂霜。匹马好归去,江头橘正香。

晓 望

独起望山色,水鸡鸣蓼洲。房星随月晓,楚木向云秋。
曲渚疑江尽,平沙似浪浮。秦原在何处? 泽国碧悠悠。

贻友人

自是东西客,逢人又送人。不应相见老,只是别离频。
度日还知暮,平生未识春。傥无迁谷分,归去养天真。

书 事

自笑走红尘,流年旧复新。东风半夜雨,南国万家春。
失计抛渔艇,何门化涸鳞? 是谁添岁月,老却暗投人。

别 鹤

分飞共所从,六翮势催①风。声断碧云外,影孤明月中。
青田归路远,丹桂旧巢空。矫翼知何处,天涯不可穷。

① 一作"摧"。

晚　泊

帆湿去悠悠，停桡宿渡头。乱烟迷野岸，独鸟出中流。
蓬雨延乡梦，江风阻暮秋。悦无身外事，甘老向扁舟。

山　寺

峭壁引行径，截溪开石门。泉飞溅虚牖①，云起涨河轩。
隔水看来路，疏篱见定猿。未闲难久住，归去复何言。

① 一作"槛"。

早　行

垂鞭信马行，数里未鸡鸣。林下带残梦，叶飞时忽惊。
霜凝孤鹤迥，月晓远山横。僮仆休辞虑①，时平路复平。

① 一作"险"。

秋日偶题

荷花兼柳叶，彼此不胜秋。玉露滴初泣，金风吹更愁。
绿眉甘弃坠，红脸恨飘流。叹息是游子，少年还白头。

忆　归

新城非故里，终日想柴扃。兴罢花还落，愁来酒欲醒。何人初发白，几处乱山青。远忆湘江上，渔歌对月听。

黄州偶见作

朔风高紧掠河楼，白鼻骓郎白罽裘。有个当垆明似月，马鞭斜揖笑回头。

醉　倒

日晴空乐下仙云，俱在凉亭送使君。莫辞一盏即相请，还是三年更不闻。

酬许十三秀才兼依来韵

多为裁诗步竹轩，有时凝思过朝昏。篇成敢道怀金璞，吟苦唯应似岭猿。迷兴每惭花月夕，寄愁长在别离魂。烦①君把卷侵寒烛，丽句时传画戟门。

① 一作"凭"。

后池泛舟送王十秀才

城日晚悠悠，弦歌在碧流。夕风飘度曲，烟屿①隐行舟。问拍疑②新令，怜香占彩毹。当筵虽一醉，宁复缓离愁。

① 一作"嶼"。
② 一作"拟"。

书　情

谁家洛浦神？十四五来人。媚发轻垂额，香衫软着身。摘莲红袖湿，窥渌翠蛾频。飞鹊徒来往，平阳公主亲。

兵部①尚书席上作

华堂今日绮筵开，谁唤②分司御史来？偶③发狂言惊满座，三重粉面④一时回⑤。

① 一作"李"。
② 一作"召"。
③ 一作"忽"。
④《纪事》作"两行红粉"。
⑤《古今诗话》："牧为御史，分务雒阳。时李司徒愿罢镇闲居，声伎豪侈，雒中名士咸谒之。李高会朝客，以杜持宪，不敢邀致，杜遣座客达意，愿

与斯会。李不得已,邀之。杜独坐南向,瞪目注视,引满三卮,问李云:'闻有紫云者孰是?'李指之,杜凝睇良久曰:'名不虚传,宜以见惠!'李俯而笑,诸伎亦回首破颜。杜又自饮三爵,朗吟此诗而起,意气闲逸,旁若无人。杜不拘细行,故诗有'十年一觉扬州梦,赢得青楼薄倖名'。"

骕骦坂

荆州一万里,不如蒯易度。仰首望飞鸣,伊人何异趣?

外　集

斑竹筒簟

血染斑斑成锦纹，昔年遗恨至今存。分明知是湘妃泣，何忍将身卧泪痕。

和严恽秀才落花

共惜流年留不得，且环流水醉流杯。无情红艳年年盛，不恨凋零却恨开。

倡楼戏赠

细柳桥边深半春，缃衣帘里动香尘。无端有寄闲消息，背插金钗笑向人。

初上船留寄

烟水本好尚，亲交何惨悽。况为珠履客，即泊锦帆堤。沙雁同船去，田鸦绕岸啼。此时还有味，必卧日从西。

秋 岸

河岸微退落,柳影微凋疏。船上听呼稚,堤南趁漉鱼。
数帆旗去疾,一艇箭回初。曾入相思梦,因凭附远书。

过大梁闻河亭方宴赠孙子端

梁园纵玩归应少,赋雪搜才去必频。板路岂缘无罚酒,
不教客右更添人。

题吴兴消暑楼十二韵

晴日登攀好,危楼物象饶。一溪通四境,万岫绕层霄。
鸟翼舒华屋,鱼鳞棹短桡。浪花机乍织,云叶近①新雕。台
榭罗嘉卉,城池敞丽谯。蟾蜍来作鉴,蟏蛸引成桥。燕任随
秋叶,人空集早潮。楚鸿行尽直,沙鹭立偏翘。暮角凄游
旅,清歌惨沉寥。景牵游目困,愁托酒肠销。远吹流松韵,
残阳渡柳桥。时陪庾公赏,还悟脱烦嚣。

① 一作"匠"。

奉送中丞姊夫俦自大理卿出镇江西
叙事书怀因成十二韵

惟帝忧南纪，搜贤与大藩。梅仙调步骤，庾亮拂橐鞬。一室何劳扫，三章自不冤。精明如定国，孤峻似陈蕃。灞岸秋犹嫩，蓝桥水始喧。红旆挂石壁，黑稍断云根。滕阁丹霄倚，章江碧玉奔。一声仙妓唱，千里暮江痕。私好初童稚，官荣见子孙。流年休挂念，万事至无言。玉辇君频过，冯唐将未论。佣书酬万债，竹坞问樊村。

中丞业深韬略志在功名再奉[①]
长句一篇兼有谐劝[②]

墙似邓林江拍[③]天，越香巴锦万千千。滕王阁上《柘枝》鼓，徐孺亭西[④]铁轴船。八部[⑤]元侯非不贵[⑥]，万人师长岂无权。要君[⑦]严重疏欢乐，犹有河湟可下鞭[⑧]。

① 一作"拜"。
② 一本题上有"豫章"二字。
③ 一作"泊"。
④ 一作"前"。
⑤ 一作"郡"。
⑥ 韩愈《滕王阁记》："太原王公为御史中丞，观察江南西道，洪、江、饶、虔、吉、信、抚、袁，悉属治所。八州之前所不便及欲愿欲而不得者，公至之日，

皆罢行之。"按《唐书·方镇表》：乾元元年，置洪吉观察使，领洪、吉、虔、抚、袁五州。上元元年，增信州。贞元四年，增江州而不见饶州之来属，疏也。

⑦　一作"知"。

⑧　原注：时收河湟，且立三州六关。

和裴杰秀才新樱桃

新果真琼液，未①应宴紫兰。圆疑窃龙颔，色已夺鸡冠。远火微微辨，繁星历历看。茂先知味好，曼倩恨偷难。忍用烹骈②酪，从将玩玉盘。流年如可驻，何必九华丹。

①　一作"人"。
②　一作"酥"。

春　思

岂君心的的，嗟我泪涓涓。绵羽啼来久，锦鳞书未传。兽炉凝冷艳①，罗幕蔽晴烟。自是求佳梦，何须讶昼眠。

①　一作"焰"。

代人作

楼高春日早，屏束麝烟堆。盼眄凝魂别，依稀梦雨来。绿鬟羞妥么，红颊思夭①偎。斗草怜香蕙，簪花间雪梅。戍

辽虽咽切,游蜀亦迟回。锦字梭悬壁,琴心月满台。笑筵凝
贝启,眠箔晓珠开。腊破征车动,袍襟对泪裁。

① 一作"天"。

偶题二首

　　劳劳千里身,襟袂满行尘。深夜悬双泪,短亭思远人。
苍①江程未息,黑水梦何频。明月轻桡去,唯应钓赤鳞。
　　有恨秋来极,无端别后知。夜阑终耿耿,明发竟迟迟。
信已凭鸿去,归唯与燕期。只应②明月见,千里两相思。

① 一作"沧"。
② 一作"因"。

冬至日遇京使发寄舍弟

　　远信初逢①双鲤去,他乡正遇一阳生。尊前岂解愁家
国,辇下唯能忆弟兄。旅馆夜忧姜被冷,暮江寒觉晏裘轻。
竹门风过还惆怅,疑是松窗雪打声。

① 一作"凭"。

洛下送张曼容赴上党召

　　歌阕罇残恨起①偏,凭君不用设离筵。未趋雉尾随元

老,且蓦羊肠过少年。七叶汉貂真密近,一枝诿桂亦徒然。羽书正急征兵地,须遣头风处处痊。

① 一作"却"。

宣州留赠

红铅湿尽半罗裙,洞府人间手欲分。满面风流虽似玉,四年夫婿恰如云。当春离恨杯长满,倚柱关情日渐曛。为报眼波须稳当,五陵游宕莫知闻。

寄题宣州开元寺

松寺曾同一鹤栖,夜深台殿月高低。何人为倚东楼柱,正是千山雪涨溪。

赠张祜

诗韵一逢君,平生称所闻。粉毫唯画月,琼尺只裁云。黥阵人人慑,秋星①历历分。数篇留别我,羞杀李将军。

① 一作"霜"。

残春独来南亭因寄张祜

暖云如粉草如茵,独步长堤不见人。一岭桃花红锦黻,半溪山水碧罗新。高枝百舌犹欺鸟,带叶梨花独送春。仲蔚欲知何处在,苦吟林下拂诗尘。

宣州开元寺南楼

小楼才受一床横,终日看山酒满倾。可惜和风夜来雨,醉中虚度打窗声。

寄远人

终日求人卜,回回道好音。那时离别后,入梦到如今。

别沈处士

旧事参差梦,新程逦迤秋。故人如见忆,时到寺东楼。

留　赠

舞靴应任闲人看,笑脸还须待我开。不用镜前空有泪,蔷薇花谢即归来。

奉和仆射相公春泽稍愆圣君轸虑嘉雪忽降品汇昭苏即事书成四韵①

飘来鸡树凤池边,渐压琼枝冻碧涟。银阙双高银汉里,玉山横列玉墀前。昭阳殿下风回急，承露盘中月彩圆。上相抽毫歌帝德，一篇风雅美丰年。

① 原注：白相国。

寄李播评事

子列光殊价，明时忍自高。宁无好舟楫，不泛恶风涛。大翼终难戢，奇锋且自韬。春来烟渚上，几净雪霜毫？

送牛相公出镇襄州

盛时常注意，南雍暂分茅。紫殿辞明主，岩廊别旧交。危幢侵碧雾，寒旆猎红旓。德业悬秦镜，威声隐楚郊。拜尘先洒泪，成厦昔容巢。遥仰沉碑会，鸳鸯玉佩敲。

送薛邦二首

可怜走马骑驴汉，岂有风光肯占伊。只有三张最惆怅，下山回马尚迟迟。

小捷风流已俊才，便将红粉作金台。明年未去池阳郡，更乞春时却重来。

见穆三十宅中庭梅榴花谢

矜红掩素似多才，不待樱桃不逐梅。春到未曾逢宴赏，雨余争解免低徊。巧穷南国千般艳，趁得春风二月开。堪恨王孙浪游去，落英狼籍始归来。

留诲师曹等诗

万物有丑好，各一姿状分。唯人即不尔，学与不学论。学非探其花，要自拨其根。孝友与诚实，而不忘尔言。根本既深实，柯叶自滋繁。念尔无忽此，期以庆吾门。

洛　阳

文争武战就神功，时似开元天宝中。已建玄戈收相土，应回翠帽过离宫。侯门草满宜①寒兔，洛浦沙深下②塞鸿。疑有女蛾③西望处，上阳烟树正秋风。

① 一作"罝"。
② 一作"见"。
③ 一作"娥"。

寄唐州李玼尚书

累代功勋照世光，奚胡闻道死心降。书功笔秃三千管，领节门排十六双。先揖耿弇声寂寂，今看黄霸事搬搬。时人欲识胸襟否？彭蠡秋连万里江。

南陵道中①

南陵水面漫悠悠，风紧云轻欲变秋。正是客心孤回处，谁家红袖凭②江楼？

　　① 一本作"寄远"。
　　② 一作"倚"。

登九峰楼

晴江滟滟含浅沙，高低绕郭滞秋花。牛歌鱼笛山月上，鹭渚鹙梁溪日斜。为郡异乡徒泥酒，杜陵芳草岂无家。白头搔杀倚柱遍，归棹何时闻轧鸦？

别　家

初岁娇儿未识爷，别爷不拜手吒叉。拊头一别三千里，何日迎门却到家？

归①　家②

稚子牵衣问③，归来何太迟？共谁争岁月？赢得鬓边丝。

① 一作"到"。

② 一作赵嘏诗。

③ 一云"童稚苦相问"。

雨

连云接塞添迢递,洒幕侵灯送寂寥。一夜不眠孤客耳,主人窗外有芭蕉。

送 人

鸳鸯帐里①暖芙蓉,低泣②关山几万重③。明镜半边钗一股,此④生何处不相逢?

① 一云"绣被"。

② 一云"遥想"。

③ 一云"万里重"。

④ 一作"人"。

遣 怀

道泰时还泰,时来命不来。何当离城市,高卧博山隈。

醉赠薛道封

饮酒论文四百刻，水分云隔二三年。男儿事业知公有，卖与明君直几钱？

歙州卢中丞见惠名酝

谁怜贱子启穷途，太守封来酒一壶。攻破是非浑似梦，削平身世有如无。醺醺若借嵇康懒，兀兀仍添宁武愚。犹念悲秋更分赐，夹溪红蓼映风蒲。

咏　袜

钿尺裁量减四分，纤纤玉笋裹轻云。五陵年少欺他醉，笑把花前出画裙。

宫词二首

蝉翼轻绡傅体红，玉肤如醉向春风。深宫①锁闭犹疑惑，更取丹沙试辟宫。

监宫引出暂开门，随例须②朝不是恩。银钥却收金锁合，月明花落又黄昏。

① 一作"闸"。
② 一作"趋"。

月

三十六宫秋夜深，昭阳歌断信沉沉。唯应独伴陈皇后，照见长门望幸心。

忍死留别献盐铁裴相公二十叔

贤相辅明主，苍生寿域开。青春辞白日，幽壤作黄埃。岂是无多士，偏蒙不弃才。孤坟一①尺土，谁可为培栽？

① 一作"三"。

悲吴王城

二月春色①江上来，水精波动碎楼台。吴王宫殿柳含翠，苏小宅房花正开。解舞细腰何处往？能歌姹女逐谁回？千秋万古无消息，国作荒原人作灰。

① 一作"风"。

闺情代作

梧桐叶落雁初归，迢递无因寄远衣。月照石泉金点冷，

凤酣箫管玉声微。佳人力①杵秋风外,荡子从征梦寐希。遥
望戍楼天欲晓,满城鼞鼓白云飞。

① 一作"刀"。

寄沈褒秀才

晴河万里色如刀,处处浮云卧碧桃。仙桂茂时金镜晓,
洛波飞处玉容高。雄如宝剑冲牛斗,丽似鸳鸯养羽毛。他
日忆君何处望? 九天香满碧萧骚。

入　关

东西南北数衢通,曾取江西径过东。今日更寻南去路,
未秋应有北归鸿。

及第后寄长安故人

东都放榜未花开,三十三人走马回。秦地少年多办①
酒,已②将春色入关来③。

① 一作"酿"。
② 一作"即"。
③ 《摭言》:"牧于崔郾侍郎下及第,时东都放榜,西都过堂,有诗云云。"

偶 作

才子风流咏晓霞,倚楼吟住日初斜。惊杀东邻绣床女,错将黄晕压檀花。

赠终南兰若僧①

北阙南山是故乡②,两枝仙桂一时芳。休公都不知名姓,始觉禅门气味长。

①《戊签》题下云:"与同年城南游览,至丈八寺赠禅僧。"
②一云"家在城南杜曲傍"。

遣 怀

落魄①江南②载酒行,楚腰肠断③掌中轻。十年一觉扬州梦,占④得青楼薄倖名。

① 一作"拓"。
② 一作"湖"。
③ 一作"纤细"。
④ 一作"赢"。

秋 感

金风万里思何尽,玉树一窗秋影寒。独掩柴门明月下,泪流香袂倚阑干。

赠渔父

芦花深泽静垂纶,月夕烟朝几十春。自说孤舟寒水畔,
不曾逢着独醒人。

叹　花①

自恨寻芳到已迟,往年曾见未开时。如今风摆花狼籍,
绿叶成阴子满枝②。

① 一作"怅诗"。
② 一作:"自是寻春去校迟,不须惆怅怨芳时。狂风落尽深红色,绿叶
成阴子满枝。"○《摭言》:"牧佐宣城幕,游湖州,刺史崔君张水戏,使州人毕
观,令牧闲行阅奇丽,得垂髫者十余岁。后十四年,牧刺湖州,其人已嫁生
子矣,乃怅然而为诗。"

题刘秀才新竹

数茎幽玉色,晓夕翠烟分。声破寒窗梦,根穿绿藓纹,
渐笼当槛日,欲碍入帘云。不是山阴客,何人爱此君?

山　行

远上寒山石径斜,白云生处有人家。停车坐爱枫林晚,

霜叶红于二月花。

书　怀

满眼青山未得过,镜中无那鬓丝何。只言旋老转无事,欲到中年事更多。

紫薇花

晓迎秋露一枝新,不占园中最上春。桃李无言又何在?向风偏笑艳阳人。

醉后呈崔大夫

谢傅秋凉阅管弦,徒教贱子侍华筵。溪头正雨归不得,辜负南①窗一觉眠。

① 一作"东"。

和宣州沈大夫登北楼书怀

兵符严重辞金马,星剑光芒射斗牛。笔落青山飘古韵,帐开红旆照高秋。香连日彩浮绡幕,溪逐歌声绕画楼。可惜登临佳丽地,羽仪须去凤池游。

夜　雨

九月三十日，雨声如别①秋。无端满阶叶，共白几人头？点滴侵寒梦，萧骚着淡愁。渔歌听不唱，蓑湿棹回舟。

① 一作"初"。

方　响

数条秋水挂琅玕，玉手丁当怕夜寒。曲尽连敲三五①下，恐惊珠泪落金盘。

① 一作"四"。

将出关宿层峰驿却寄李谏议

孤驿在重阻，云根掩柴扉。数声暮禽切，万壑秋意归。心驰碧泉涧，目断青琐闱。明日武关外，梦魂劳远飞。

使回枉唐州崔司马书兼寄四韵因和

清晨候吏把书来，十载离忧得暂开。痴叔去时还读《易》，仲容多兴索衔杯。人心计日殷勤望，马首随云早晚回。莫为霜台愁岁暮，潜龙须待一声雷。

郡斋秋夜即事寄斛斯处士许秀才

有客谁人肯夜过？独怜风景奈愁何。边鸿怨处迷霜久，庭树空来见月多。故国杳无千里信，彩弦时伴一声歌。驰心只待城乌晓，几对虚檐望白河。

同赵二十二访张明府郊居联句

陶潜官罢酒瓶空，门掩杨花一夜风。牧 古调诗吟山色里，无弦琴在月明中。嘏 远檐高树宜幽鸟，出岫孤云逐晚虹。牧 别后东篱数枝菊，不知闲醉与谁同？嘏

早春题真上人院①

清羸已近百年身，古寺风烟又一春。寰海自成戎马地，唯师曾是太平人。

① 原注：生天宝初。

对花微疾不饮呈坐中诸公

花前①虽病亦提壶，数调持觞兴有无？尽日临风羡人醉，雪香空伴白髭须。

① 一作"间"。

酬王秀才桃花园见寄

桃满西园淑景催,几多红艳浅深开。此花不逐溪流出,晋客无因入洞来。

走笔送杜十三归京①

烟鸿上汉声声远,逸骥寻云步步高。应笑内兄年六十,郡城闲坐养霜毛。

① 胡震亨云:"牧之卒年五十,此云六十,或非牧诗也。"按:杜十三即牧之,此是送杜之诗,内兄年六十,作者自谓也。

送王十至襄中因寄尚书

阙下经年别,人间两地情。坛场新汉将,烟月古隋城。雁去梁山远,云高楚岫明。君家荷藕好,缄恨寄遥程。

后池泛舟送王十

相送西郊暮景和,青苍竹外绕寒波。为君蘸甲十分饮,应见离心一倍多。

367

重送王十

分^①袂还应立马看，向来离思始知难。雁飞不见行尘灭，景下山遥极目寒。

① 一作"执"。

洛阳秋夕

泠泠寒水带霜风，更在天桥夜景中。清禁漏闲烟树寂，月轮移在上阳宫。

赠猎骑

已落双雕血尚新，鸣鞭走马又翻身。凭君莫射南来雁，恐有家书寄远人。

怀吴中冯秀才^①

长洲苑外草萧萧，却算游程岁月遥。唯有别时今不忘，暮烟秋雨过枫桥。

①《全唐诗》云张祜作，题作"枫桥"。

寄东塔僧

初月微明漏白烟,碧松梢外挂青天。西风静起传深业①,应送愁吟入夜蝉②。

① 一作"夜"。
② 一作"禅"。

秋　夕

红①烛秋光冷画屏,轻罗小扇扑流萤。瑶②阶衣色凉如水,坐③看牵牛织女星④。

① 一作"银"。
② 一作"天"。
③ 一作"卧"。
④《竹坡诗话》:"此一诗杜牧之、王建集中皆有之,不知其谁所作。以余观之,当是建诗耳。盖二子之诗,其清婉大略相似,而牧多险侧,建多平丽。此诗盖清而平者也。"

瑶　瑟

玉仙瑶瑟夜珊珊,月过楼西①桂烛残。风景人间不如此,动摇湘水彻明寒。

① 一作"西楼"。

送故人归山

三清洞里无端别，又拂尘衣欲卧云。看著挂冠迷处所，北山萝月在移文。

闻　角

晓楼烟槛出云霄，景下林塘已寂寥。城角为秋悲更远，护霜云破海天遥。

押兵甲发谷口寄诸公

晓涧青青桂色孤，楚人随玉上天衢。水辞谷口山寒少，今日风头校暖无？

和令狐侍御赏蕙草

寻常诗思巧如春，又喜幽亭蕙草新。本是馨香比君子，绕栏今更为何人？

偶　题

道在人间或可传，小还轻^①变已多年。今来海上升高望,不到蓬莱不是仙。

① 一作"经"。

三川驿伏览座主舍人留题

旧迹依然已十秋,雪山当面照银钩。怀恩泪尽霜天晓,一片余霞映驿楼。

陕州醉赠裴四同年

凄风洛下同羁思,迟日棠阴得醉歌。自笑与君三岁别,头衔依旧鬓丝多。

破　镜

佳人失手镜初分,何日团圆再会君?今朝万里秋风起,山北山南一片云。

长安雪后

秦陵汉苑参差雪,北阙南山次第春。车马满城原上去,岂知惆怅有闲人。

华清宫

零叶翻红万树霜，玉莲开蕊暖泉香。行云不下朝元阁，一曲《淋铃》泪数行。

冬日题智门寺北楼

满怀多少是恩酬，未见功名已白头。不为寻山试筋力，岂能寒上背云楼。

别王十后遣京使累路附书

重关晓度宿云寒，羸马缘知步步难。此信的应中路见，乱山何处拆书看？

许秀才至辱李蕲州绝句问断酒之情因寄

有客南来话所思，故人遥枉醉中诗。暂因微疾须防酒，不是欢情减旧时。

送张判官归兼谒鄂州大夫

处士闻名早，游秦献疏回。腹中书万卷，身外酒千杯。

江雨春波阔,园林客梦催。今君拜旌戟,凛凛近霜台。

宿长庆寺

南行步步远浮尘,更近青山昨夜邻。高铎数声秋撼玉,霁河千里晓横银。红蕖影落前池净,绿稻香来野径频。终日官闲无一事,不妨长醉是游人。

望少华三首

身随白日看将老,心与青云自有期。今对晴峰无十里,世缘多累暗生悲。

文字波中去不还,物情初与是非闲。时名竟是无端事,羞对灵山道爱山。

眼看云鹤不相随,何况尘中事作为。好伴羽人深洞去,月前秋听玉参差。

登澧州驿楼寄京兆韦尹①

一话涔阳旧使君,郡人回首望青云。政声长与江声在,自到津楼日夜闻。

① 原注:尹曾典此郡。

长安晴望

翠屏山对凤城开,碧落摇光霁后来。回识六龙巡幸处,飞烟闲绕望春台。

岁日①朝回口号

星河犹在整朝衣,远望天门再拜归。笑向春风初五十,敢言知命且知非。

① 一作"旦"。

骕骦骏①

瑶池罢游宴,良乐委尘沙。遭遇不遭遇,盐车与鼓车。

①《统签》作"坂",与别集《骕骦》一首合作二首。

龙丘途中二首①

汉苑残花别,吴江盛夏来。唯看万树合,不见一枝开。
水色饶湘浦,滩声怯建溪。泪流回月上,可得更猿啼?

① 亦见李商隐集。

宫人冢

尽是离宫院中女,苑墙城外冢累累。少年入内教歌舞,不识君王到老①时。

① 一作"死"。

寄浙西李判官

燕台上客意何如? 四五年来渐渐疏。直道莫抛男子业,遭时还与故人书。青云满眼应骄我,白发浑头少恨渠。唯念贤哉崔大让,可怜无事不歌鱼。

寄杜子二首

不识长杨事北胡,且教红袖醉来扶。狂风烈焰虽千尺,豁得平生俊气无?

武牢关吏应相笑,个里年年往复来。若问使君何处去,为言相忆首长回。

卢秀才将出王屋高步名场江南相逢赠别

王屋山人①有古文,欲攀青桂弄氛氲。将携健笔干明主,莫向仙坛问白云。驰逐宁教争处让,是非偏忌众中分。

交游话我凭君道,除却鲈鱼更不闻。

① 一作"中"。

送刘三复郎中赴阙

横溪辞寂寞,金马去追游。好是鸳鸯侣,正逢霄汉秋。
玉珂声琐琐,锦帐梦悠悠。微笑知今是,因风谢钓舟。

羊栏浦夜陪宴会

弋槛营中夜未央,雨沾云惹侍襄王。毹来香袖依稀暖,
酒凸觥心泛滟光。红弦高紧声声急,珠唱铺圆袅袅长。自
比诸生最无取,不知何处亦升堂?

送杜颖赴润州幕

少年才俊赴知音,丞相门栏不觉深。直道事人男子业,
异乡加饭弟兄心。还须整理韦弦佩,莫独矜夸玳瑁簪。若
去上元怀古去①,谢安坟下与沉吟。

① 一作"处"。

有 感

宛溪垂柳最长枝,曾被春风尽日吹。不堪攀折犹堪看,

陌上少年来自迟。

书怀寄卢州^①

谢山南畔州，风物最宜秋。太守悬金印，佳人敞画楼。
凝缸暗醉夕，残月上汀洲。可惜当年鬓，朱门不得游。

① 一云"泸州守"。

贺崔大夫崔正字

内举无惭古所难，燕台遥想拂尘冠。登龙有路水不峻，
一雁背飞天正寒。别夜酒余红烛短，映山帆去^①碧霞残。谢
公楼下潺湲响，离恨诗情添几般。

① 一作"满"。

江南送左师

江南为客正悲秋，更送吾师古渡头。惆怅不同尘土别，
水云踪迹去悠悠。

寝　夜

蛩唱如波咽，更深似水寒。露华惊弊褐，灯影挂尘冠。

故国初离梦,前溪更下滩。纷纷毫发事,多少宦游难。

十九兄郡楼有宴病不赴

十二层楼敞画檐,连云歌尽草纤纤。空堂病怯阶前月,燕子喑垂一行①帘。

① 一作"竹",又作"桁"。

愁

聚散竟无形,回肠自结成。古今留不得,离别又潜生。降虏将军思,穷秋远客情。何人更憔悴,落第泣秦京。

隋　苑①

红霞②一抹广陵春,定子③当筵④睡脸新。却笑丘墟隋炀帝,破家亡国为谁人⑤?

① 亦见李商隐集,题云"定子"。
② 一作"浓檀"。
③ 原注:定子,牛相小青。
④ 一云"初开"。
⑤ 一云"何人"。

芭　蕉

芭蕉为雨移，故向窗前种。怜渠点滴声，留得归乡梦。梦远莫归乡，觉来一翻动。

汴人舟行答张祜

千万长河共使船，听君诗句倍怆①然！春风野岸名花发，一道帆樯画柳烟。

① 一作"悽"。

牧陪昭应卢郎中在江西宣州佐今吏部沈公幕
罢府周岁公宰昭应牧在淮南瘵职
叙旧成二十〔二〕韵用以投寄

燕雁下扬州，凉风柳陌愁。可怜千里梦，还是一年秋。宛水环朱槛，章江敞碧流。谬陪吾益友，只事我贤侯。印组紊光马，锋铊看解牛。井闾安乐易，冠盖惬依投。政简稀开阁，功成每运筹。送春经野坞，迟日上高楼。玉裂歌声断，霞飘舞带收。泥情斜拂印，别脸小低头。日晚花枝烂，钉凝粉彩稠。未曾孤酩酊，剩肯只淹留。重德俄征宠，诸生苦宦游。分途之绝国，洒泪拜行辀。聚散真漂梗，光阴极转邮。铭心徒历历，屈指尽悠悠。君作烹鲜用，谁膺仄席求？卷怀能愤悱,卒岁且优游。去矣时难遇,沽哉价莫酬,满枝为鼓吹,衷甲避戈矛,隋帝宫荒草,秦王土一丘。相逢好大笑,除此总云浮。

补　遗

题水西寺①

三日去还住，一生焉再游。含情碧溪水，重上粲公楼。

① 见《唐音统签》。

江楼晚望①

湖山翠欲结蒙笼，汗漫谁游夕照中？初语燕雏知社日，习飞鹰隼识秋风。波摇珠树千寻拔，山凿金陵万仞空。不欲登楼更怀古，斜阳江上正飞鸿。

① 见《唐音统签》。

赠别宣州崔群相公①

衰散相逢洛水边，却思同在紫薇天。尽将舟楫板桥去，早晚归来更济川。

① 见《唐音统签》。

吴宫词二首①

越兵驱绮罗，越女唱吴歌。宫烬花声少，台荒麋迹多。茱萸垂晓露，菡萏落秋波。无遣君王醉，满城嚬翠娥。

香径绕吴宫，千帆落照中。鹤鸣山苦雨，鱼跃水多风。城带晚莎绿，池连秋蓼红。当年国门外，谁信伍员忠？

① 见范成大《吴郡志》。

金 陵①

始发碧江口，旷然谐远心。风清舟在鉴，日落水浮金。瓜步逢潮信，台城过雁音。故乡何处是？云外即乔林。

① 见《景定建康志》。

即 事①

小院无人雨长苔，满庭修竹间疏槐。春愁兀兀成幽梦，又被流莺唤醒来。

① 已下三首见《事文类聚》、《全唐诗》。

七　夕

云阶月地一相过，未抵经年别恨多。最恨明朝洗车雨，不教回脚渡天河。

蔷薇花

朵朵精神叶叶柔，雨晴香拂醉人头。石家锦障依然在，闲倚狂风夜不收。

中秋日拜起居表晨渡天津桥即事十六韵
献居守相国崔公兼呈工部刘公①

碧树康庄内，清川巩洛间。坛分中岳顶，城缭大河湾。广殿含凉静，深宫积翠闲②。楼齐云漠漠，桥束水潺潺。过雨桂枝润，迎霜柿叶殷。紫鳞冲晚浪，白鸟背秋山。月拜西归表，晨趋北向班。鸳鸿随半仗，貔虎护重关。玉帐才容足，金罍暂解颜。迹留伤堕屦，恩在乐衔环。南省兰先握，东堂桂早攀。龙门君夭矫，莺谷我绵蛮。分薄秇心懒，哀多庾鬓斑。人惭公干卧，频送子牟还。自睹宸居壮，谁忧国步艰？只应时与醉，因病纵疏顽。

① 已下见《全唐诗》。
② 原注：内有含凉殿、积翠楼。

寄卢先辈

一从分首剑江滨,南国相思寄梦频。书去又逢商岭雪,信回应过洞庭春。关河日日悲长路,霄汉年年望后尘。犹指丹梯曾到处,莫教犹作独迷人。

南楼夜

玉管金罇夜不休,如悲昼短惜年流。歌声袅袅彻清夜,月色娟娟当翠楼。枕上暗惊垂钓梦,灯前偏起别家愁。思量今日英雄事,身到簪裾已白头。

怀紫阁山

学他趋世少深机,紫阁青霄半掩扉。山路远怀王子晋,诗家长忆谢玄晖。百年不肯疏荣辱,双鬓终应老是非。人道青山归去好,青山曾有几人归?

题孙逸人山居

长悬青紫与芳枝,尘刹①无应②免别离。马上多于在家日,罇前堪忆少年时。关河客梦还乡远,雨雪山程出店迟。却羡高人终此老,轩车过尽不知谁。

① 一作"世"。
② 一作"因"。

中途①寄友人

　　道傍高木尽依依，落叶惊风处处飞。未到乡关闻早雁，独于客路授②寒衣。烟霞旧想长相阻，书剑投人久不归。何日一名随事了，与君同采碧溪薇。

　　① 一云"途中"。
　　② 一作"受"。

送苏协律从事振武

琴尊诗思劳，更欲学龙韬。王粲暂投笔，吕虔初佩刀。
夜吟关月苦，秋望塞云高。去去从军乐，雕飞岱马豪。

宣州开元寺赠惟真上人

曾与径山为小师，千年僧行众人知。夜深月色当禅处，
斋后钟声到讲时。经雨绿苔侵古画，过秋红叶落新诗。劝
君莫厌江城客，虽在风尘别有期。

绿　萝

绿萝萦数匝，本在草堂间。秋色寄高树，昼阴笼近①山。
移花疏处过②，劚药困时攀。日暮微风起，难寻旧径还。

① 一作"远"。
② 一作"种"。

陵阳送客

南楼送郢客，西郭望荆门。凫鹄下寒渚，牛羊归远村。

兰舟倚行櫂,桂酒掩余樽。重此一留宿,前汀烟月①昏。

① 一作"水"。

川守大夫刘公早岁寓居敦行里肆有题壁十韵今之置第乃获旧居洛下大僚因有唱和叹咏不足辄献此诗

旅馆当年葺,公才此日论。林繁轻竹祖,树暗惜桐孙。炼药藏金鼎,疏泉陷石盆。散科松有节,深薙草无根。龙卧池犹在,莺迁谷尚存。昔为扬子宅,今是李膺门。积学萤尝聚,微词凤早吞。百年明素志,三顾起新恩。雪耀冰霜冷,尘飞水墨昏。莫教垂露迹,岁晚杂苔痕。

冬日五湖①馆水亭怀别

芦荻花多触处飞,独凭虚槛雨微微。寒林叶落鸟巢出,古渡风高渔艇稀。云抱四山终日在,草荒三径几时归? 江城向晚西流②急,无限乡心③闻捣衣。

① 一作"浪"。
② 一作"东风"。
③ 一作"一半乡愁"。

不　寝

到晚不成梦,思量堪白头。多无百年命,长有万般愁。世路应难尽,营生卒未休,莫言名与利,名利是身仇。

泊松江①

清露白云明月天,与君齐棹木兰船。南湖风雨②一相失,夜泊横塘心渺然。

① 一作许浑诗,题作"夜泊松江渡寄友人"。
② 一作"风波湖雨"。

闻开江相国宋①下世二首

权门阴进②夺移才,驿骑如星堕峡来。晁氏有恩忠作祸,贾生无罪直为灾。贞魂误向崇山没,冤气疑从湘③水回。毕竟成功④何处是?五湖云月一帆开。

月落清湘⑤棹不喧,玉杯瑶瑟奠蘋蘩。谁令⑥力制乘轩鹤,自取机沉在槛猿。位极乾坤三事贵,谤兴华夏一夫冤。宵衣旰食明天子,日伏青蒲不为⑦言。

① 一作"宋相公申锡"。
② 一作"奏"。

③ 一作"汨"。
④ 一作"功成"。
⑤ 一作"湘潭"。
⑥ 一作"能"。
⑦ 一作"敢"。

出　关

朝缨初解佐江渍,麋鹿心知自有群。汉囿猎稀慵献赋,楚山耕早任移文。卧归渔浦月连海,行望凤城花隔云。关吏不须迎马笑,去时无意学终军。

暝投云智寺渡溪不得却取沿江路往

双岩泻一川,回马断桥前。古庙阴风地,寒钟暮雨天。沙虚留虎迹,水滑带龙涎。却下临江路,潮深无渡船。

宣城送萧兵曹①

桂楫谪湘渚,三年波上春。舟寒句②溪雪,衣故③洛城尘。客道耻摇尾,皇恩宽犯鳞。花时去国远,月夕上楼频。赊④酒不辞病,佣书非为贫。行吟值渔父,坐隐对樵人。紫陌罢双辙,碧潭穷一纶⑤。高秋更南去,烟水是通津。

① 一作许浑诗。

② 一作"刻"。
③ 一作"破"。
④ 一作"贪"。
⑤ 一作"轮"。

过鲍溶宅有感

寥落故人宅,重来身已亡。古苔残墨沼,深竹旧书堂。
秋色池馆①静,雨声云木凉。无因展交道,日暮倍心伤。

① 一作"塘"。

寄兄弟①

江城红叶尽,旅思倍凄凉。孤梦家山远,独眠秋夜长。
道存空倚命,身贱未归乡。南望仍垂泪,天边雁一行。

① 此诗又见许浑集,题作《寄小弟》。

秋　日

有计自安业,秋风罢远吟。买山惟种竹,对客更弹琴。
烟起药厨晚,杵声松院深。闲眠得真性,惆怅旧时心。

卜居招书侣

忆昨①未知道,临川每羡鱼。世途行处见,人事病来疏。

微雨秋栽竹，孤灯夜读书。怜君亦同志，晚岁傍山居。

① 一作"意壮"。

西山草堂

何处人事少？西峰①旧草堂。晒书秋日晚，洗药石泉香。后岭有②微雨，北窗生晓凉。徒劳问归路，峰叠绕家乡。

① 一作"山"。
② 一作"看"。

贻隐者

回报隐居山，莫忧山兴阑。求人颜色尽，知道性情宽。信谱弹琴误，缘①崖劚药难。东皋亦自给，殊愧远相安。

① 一作"沿"。

石　池

通竹引泉脉，泓澄深①石盆。惊鱼翻藻叶，浴鸟上松根。残月留②山影，高风耗水痕。谁家洗秋药？来往自开门。

① 一作"潋"。

② 一作"斜日回"。

怀政禅师院

山斋路几层，败衲学真乘。寒暑移双树，光阴尽一灯。风飘高竹雪，泉涨小池冰。莫讶频来此，修身欲到僧。

送荔浦蒋明府赴任

路长春欲尽，歌怨酒多酣。白社莲塘①北，青袍桂水南。驿行盘鸟道，船宿避龙潭。真得诗人趣，烟霞处处谙。

① 一作"宫"。

秋夕有怀

念远坐西阁，华池涵月凉。书回秋欲尽，酒醒夜初长。露白莲衣浅，风清蕙带香。前年此佳景，兰棹醉横塘。

秋霁寄远

初霁独登赏，西楼多远风。横烟秋水上，疏雨夕阳中。高树下山鸟，平芜飞草虫。唯应待明月，千里与君同。

经古行宫①

台②阁参差倚太阳,年年花发满山香。重门勘③锁青春晚,深殿垂帘白日长。草色芊绵侵御路,泉声呜咽绕宫墙。先皇一去无回驾,红粉云环④空断肠。

① 一作"经华清宫"。
② 一作"楼"。
③ 一作"闲"。
④ 一作"翠鬟"。

秋晚怀茅山石涵村舍

十亩山田近石涵,村居风俗旧曾谙。帘前白艾惊春燕,篱上青桑待晚蚕。云暖采茶来岭北,月明沽酒过溪南。陵阳秋尽多归思,红树萧萧覆碧潭。

留题李侍御书斋

曾话平生志,书斋几见留。道孤心易感,恩重力难酬。独立千峰晚,频来一叶秋。鸡鸣应有处,不学泪空①流。

① 一作"潜"。

行次白沙馆先寄上河南王侍郎

夜程何处宿？山叠树层层。孤馆闲秋雨，空堂停曙灯。
歌惭渔浦客，诗学雁门僧。此意无人识，明朝见李膺。

贵　游

朝回珮马草萋萋，年少恩深卫霍齐。斧钺旧威龙塞北，
池台新赐凤城西。门通碧树开金锁，楼对青山倚玉梯。南
陌行人齐回首，笙歌一曲暮云低。

越　中

石城花暖鹧鸪飞，征客春帆秋不归。犹自保郎心似石，
绫梭夜夜织寒衣。

闻范秀才自蜀游江湖

蜀道下湘渚，客帆应不迷。江分三峡响，山并九华齐。
秋泊雁初宿，夜吟猿乍啼。归时慎行李，莫到石城西。

宿东横山①濑

孤舟路渐赊，时见碧桃花。溪雨滩声急，岩风树势斜。

猕猴悬弱柳②,鸂鶒睡横楂。漫向仙林宿,无人识阮家。

① 一作"小"。
② 一作"蔓"。

贻①迁客

无机还得罪,直道不伤情。微雨昏山色,疏笼闭鹤声。
闲居多野客,高枕见江城。门外长溪水,怜君又濯缨。

① 一作"赠"。

寄桐江隐者①

潮去潮来洲渚春,山花如绣草如茵。严陵台下桐江水,
解钓鲈鱼能几人?

① 一作许浑诗。

长兴里夏日寄南邻①避暑

侯家大道旁,蝉噪树苍苍。开锁洞门远,卷帘官舍凉。
栏围红药盛,架引绿萝长。永日一敧枕,故山云水乡。

① 一作"林"。

送大昱禅师^①

禅床深竹里，心与径山期。结社多高客，登坛尽小师。
早秋归寺远，新雨上滩迟。别后江云碧，南斋一首诗。

① 一作许浑诗。

梁秀才以早春旅次大梁将归郊扉言怀
兼别示亦蒙见赠凡二十韵走笔依韵

玉塞功犹阻，金门事已陈^①。世途皆扰扰，乡党尽循循。
客道难投足，家声易发身。松篁标节晚，兰蕙吐词春。处困
羞摇尾，怀忠壮犯鳞。宅临三楚水，衣带二京尘。敛迹愁山
鬼，遗形慕谷神。采芝先避贵，栽橘早防贫。弦泛桐材响，
杯澄糯醅醇。但寻陶令集，休献楚王珍。林密闻风远，池平
见月匀。藤龛红婀娜，苔磴绿嶙峋。雪树交梁苑，冰河涨孟
津。面邀文作友，心许德为邻。旅馆将分被，婴儿共洒巾。
渭阳连汉曲，京口接漳滨^②。通塞时应定，荣枯理会均。儒
流当自勉，妻族更谁亲？照瞩三光政，生成四气仁。磻溪有
心者，垂白肯湮沦。

① 梁君在文皇朝献书，荣宣下中书，令授一官，为执政所阻。
② 某自监察御史谢病归家，蒙除润州司马。

分司东都寓居履道叨承川尹
刘侍郎大夫恩知上四十韵

命世须人瑞，匡君在岳灵。气和薰北陆，襟旷纳东溟。赋妙排鹦鹉，诗能继鹡鸰，蒲亲香案色，兰动粉闱馨①。周孔传文教，萧曹授武经。家僮谙禁掖，厩马识金铃②。性与奸邪背，心因启沃冥。进贤光日月，诛恶助雷霆。阊阖开时召，《箫韶》奏处听。水精悬御幄，云母展宫屏。捧诏巡汧陇，飞书护井陉。先声威虎兕，余力活鹪螟。荣重秦军箭，功高汉将铭。戈铤回紫塞，干戚散彤庭。顺美皇恩洽，扶颠国步宁。禹谟推掌诰，汤网属司刑③。稚榻蓬莱掩，膺舟巩洛停。马群先去害，民籍更添丁。猾吏门长塞，豪家户不扃。四知台上镜，三惑镜中瓶。雅韵凭开匣，雄铓待发硎。火中胶绿树，泉下劚青萍。五岳期双节，三台空一星。风池方注意，麟阁会图形。寒暑逾流电，光阴甚建瓴。散曹分已白，崇直眼由青。赐第成官舍，佣居起客亭④。松筠侵巷陌，乐黍接郊坰。宿雨回为沼。春沙淀作汀。鱼罾栖翡翠，蛛网挂蜻蜓。迟晓河初转，伤秋露已零。梦余钟杳杳，吟罢烛荧荧。字小书难写，杯迟酒易醒。久贫惊早雁，多病放残萤。雪劲孤根竹，风雕数荚蓂。转喉空婀娜，垂手自娉婷。胫细摧新履，腰羸减旧鞓。海边慵逐臭，尘外怯吞腥。隐豹窥重巘，潜虬避浊泾。商歌如不顾，归棹越南澪⑤。

① 侍郎自补阙拜。

② 侍郎寻归翰苑。

③ 侍郎自中书舍人迁刑部郎中。

④ 某六代祖，国初赐宅在仁和里，寻已属官舍，今于履道坊赁宅居止。

⑤ 某家在朱方，扬子江界有南瀼、北瀼。

题白云楼①

西北楼开四望通，残霞成绮月悬弓。江村夜涨浮天水，泽国秋生动地风。高下绿苗千顷尽，新陈红粟万箱空。才微分薄忧何益，却欲回心学塞翁。

① 一作许浑诗。题作《汉水伤稼》。

赠　别

眼前迎送不曾休，相续轮蹄似水流。门外若无南北路，人间应免别离愁。苏秦六印归何日？潘岳双毛去值秋。莫怪分襟衔泪语，十年耕钓忆沧洲。

秋夜与友人宿

楚国同游过十霜，万重心事几堪伤。蒹葭露白莲塘浅，砧杵夜清河汉凉。云外山川归梦远，天涯歧路客愁长。寒城欲晓闻吹笛，犹卧东轩月满床。

将赴京留赠僧院

九衢尘土递追攀，马迹轩车日暮间。玄发尽惊为客换，白头曾见几人闲？空悲浮世云无定，多感流年水不还。谢却从前受恩地，归来依止叩禅关。

寄湘中友人

莫恋醉乡迷酒杯，流年长怕少①年催。西陵水阔鱼难到，南国路遥书未回。匹马计程愁日尽，一蝉何事引秋来？相如已定题桥志，江上无由梦钓台。

① 一作"老"。

江上逢友人

故国归人酒一杯，暂停兰棹共裴回。村连三峡暮云起，潮送九江烟雨来。已作相如投赋计，还凭殷浩寄书回。到时若见东篱菊，为问经霜几度开。

金谷怀古

凄凉遗迹洛川东，浮世荣枯万古同。桃李香消金谷在，绮罗魂断玉楼空。往年人事伤心外，今日风光属梦中。徒想夜泉流客恨,夜泉流恨恨无穷。

行经庐山东林寺

离魂断续楚江墙,叶坠初红十月天。紫陌事多难暂息,青山长在好闲眠。方趋上国期干禄,未得空堂学坐禅。他岁若教如范蠡,也应须入五湖烟。

途中逢故人话西山读书早曾游览

西岩曾到读书堂,穿竹行莎十里强。湖上梦余波滟滟,岭头愁断路茫茫。经过事寄烟霞远,名利尘随日月长。莫道少年头不白,君看潘岳几茎霜。

将赴京题陵阳王氏水居

帘卷平芜接远天,暂宽行役到罇前。是非境里有闲日,荣辱尘中无了年。山簇暮云千野雨,江分秋水九条烟。马蹄不道贪西去,争向一声高树蝉。

送　别

溪边杨柳色参差,攀折年年赠别离。一片风帆望已极,三湘烟水返何时?多远去棹将愁远,犹倚危亭①欲下迟。莫殢酒杯闲过日,碧云深处是佳期。

① 一作"楼"。

寄　远

两叶愁眉愁不开,独含惆怅上层台。碧云空断雁行处,红叶已雕人未来。塞外音书无消息,道傍车马起尘埃。功名待寄凌烟阁,力尽辽城不肯回。

新　柳

无力摇风晓色新,细腰争妒看来频。绿荫未覆长堤水,金穗先迎上苑春。几处伤心怀远路,一枝和雨送行尘。东门门外多离别,愁杀朝朝暮暮人。

旅怀作

促促因吟昼短诗,朝惊秋色暮空枝。无情春色不长久,有限年光多盛衰。往事只应随梦里,劳生何处是闲时?眼前扰扰日一日,暗送白头人不知。

雁

万里衔芦别故乡,云飞雨①宿向潇湘。数声孤枕堪垂泪,几处高楼欲断肠。度日翩翩斜避影,临风一一直成行。
年年辛苦来衡岳,羽翼摧残陇塞霜。

① 一作"水"。

惜　春

花开又花落,时节暗中迁。无计延春日,何能驻①少年。
小丛初散蝶,高柳即闻蝉。繁艳归何处? 满山啼杜鹃。

① 一作"留"。

鸳　鸯

两两戏沙汀,长疑画不成。锦机争织样,歌曲爱呼名。
好育顾栖息,堪怜泛浅清。凫鸥皆尔类,惟羡独含情。

闻　雁

带霜南去雁,夜好宿汀沙。惊起向何处? 高飞极海涯。
入云声渐远,离岳路由①赊。归梦当时断,参差欲到家。

① 一作"犹"。

附　录

杜牧卒年考

缪　钺

关于杜牧的年岁，新、旧《唐书》本传都说他卒年五十，而未言卒于何年。《樊川文集》中作品有数篇自记年岁者，推其生年，当在唐德宗贞元十九年，而《樊川文集》卷十杜牧《自撰墓志铭》，乃得病将死前所作，亦云："年五十。"所以钱大昕《疑年录》谓杜牧年五十，生于德宗贞元十九年癸未（803），卒于宣宗大中六年壬申（852）。1940年，我作《杜牧之年谱》，发表于《浙江大学文学院集刊》第一、二两集中，关于杜牧生卒年，就是用以上的说法。

后来浙江大学中文系同学徐扶明君抄录岑仲勉先生《李德裕会昌伐叛编集证》（载中山大学《史学专刊》第二卷第一期）中的一段见示，其中考证杜牧卒年与旧说不同，认为《樊川文集》卷十七有《归融赠左仆射制》，又有《崔璪除刑部尚书苏涤除左丞崔玙除兵部侍郎等制》，而据《旧唐书·宣宗纪》，归融之卒在大中七年（853）正月，崔璪诸人除官均在大中七年七月，因此推定杜牧之卒不得早于大中七年七月，如果卒于大中七年，则应当是五十一岁。1956年，我编写《杜牧诗选》，在写前言与《杜牧行年简谱》时，关于杜牧卒年，即改从岑说。

近来我又加以研究，觉得岑先生的说法仍有问题。照一般情况，《旧唐书》诸帝纪中所载各官除授年月，都是根据《实录》，应当是可信的；但是唐宣宗以后，无有《实录》，五代时人修《旧唐书》，对于宣宗以后事迹,多方采获,补苴而成,其中难免疏舛(参看赵翼《廿二史札记》卷十六《旧唐书源委》条及《唐实录国史凡两次散失》条),所以我们考订杜牧卒年时,不能完全相信《旧唐书·宣宗纪》。

今举一例,可以说明此问题。

杜牧《樊川文集》卷十八有《李讷除浙东观察使兼御史大夫制》,而《旧唐书·宣宗纪》记李讷除浙东观察使在大中十年(856)正月。如果完全相信《旧唐书·宣宗纪》,那么,杜牧卒年不但不应早于大中七年七月,而且到大中十年正月他还仍然健在,能够撰写除官制书。但是这是否是事实呢?不是的,因为《旧唐书·宣宗纪》中的记载是错误的。吴廷燮《唐方镇年表考证》引《绍兴志》:唐浙东观察使李讷,大中六年任;又引《嘉泰会稽志》:大中六年八月,李讷自华州刺史授浙东,九年九月贬潮州,而《通鉴》亦记大中九年七月浙东军乱,逐李讷。因此推断李讷除浙东观察使应在大中六年八月,而《旧唐书·宣宗纪》所载"大中十年正月",是错误的。按吴廷燮之说甚确,李讷除浙东观察使应在大中六年八月,这时杜牧正作中书舍人,所以可以撰写李讷除官制。

关于杜牧卒年,仍应根据新、旧《唐书》本传及杜牧《自撰墓志铭》,定为大中六年(十一月之后),即852年,年五十岁。至于《旧唐书·宣宗纪》所载归融之卒在大中七年正月,崔璪等三人除官在大中七年七月,盖均有错误,似不能据此以怀疑杜牧的卒年。

杜牧诗集 [唐] 杜牧 著 [清] 冯集梧 注　西厢记 [元] 王实甫 著

李贺诗集 [唐] 李贺 著　　　　　　　　　[清] 金圣叹 评点

　　　[宋] 吴正子 注 [宋] 刘辰翁 评　牡丹亭 [明] 汤显祖 著

李煜词集（附李璟词集、冯延巳词集）　　　　　[清] 陈同 谈则 钱宜 合评

　　　　　　[南唐] 李煜 著　　　　长生殿 [清] 洪昇 著 [清] 吴人 评点

柳永词集 [宋] 柳永 著　　　　　桃花扇 [清] 孔尚任 著

晏殊词集·晏幾道词集　　　　　　　　　[清] 云亭山人 评点

　　　[宋] 晏殊 晏幾道 著　　　古文辞类纂 [清] 姚鼐 纂集

苏轼词集 [宋] 苏轼 著 [宋] 傅幹 注　古文观止 [清] 吴楚材 吴调侯 选注

黄庭坚词集·秦观词集　　　　　　文心雕龙 [南朝梁] 刘勰 著

　　[宋] 黄庭坚 著 [宋] 秦观 著　　　　[清] 黄叔琳 注 纪昀 评

李清照诗词集 [宋] 李清照 著　　　　　李详 补注 刘咸炘 阐说

辛弃疾词集 [宋] 辛弃疾 著　　　人间词话·王国维词集 王国维 著

纳兰性德词集 [清] 纳兰性德 著

部分将出书目
（敬请关注）

周礼	水经注	文选
公羊传	史通	孟浩然诗集
榖梁传	孔子家语	李白全集
史记	日知录	杜甫全集
汉书	文史通义	白居易诗集
后汉书	金刚经	诗品
三国志		

上海古籍出版社
官方微信